家藏文库

# 西厢记 桃花扇

西厢记／〔元〕王实甫 著
桃花扇／〔清〕孔尚任 著
屠青 校注

中州古籍出版社
·郑州·

## 图书在版编目（CIP）数据

西厢记 /（元）王实甫著；屠青校注 . 桃花扇 /（清）孔尚任著；屠青校注 . —郑州：中州古籍出版社，2018. 11（2023. 6 重印）

（家藏文库）

ISBN 978-7-5348-7702-5

Ⅰ . ①西… ②桃… Ⅱ . ①王… ②孔… ③屠… Ⅲ . ①杂剧–剧本–中国–元代②传奇剧（戏曲）–剧本–中国–清代 Ⅳ . ① I237

中国版本图书馆 CIP 数据核字（2018）第 247361 号

JIACANG WENKU:XIXIANG JI TAOHUA SHAN

家藏文库：西厢记　桃花扇

| | |
|---|---|
| 选题策划 | 卢欣欣 |
| 约稿统筹 | 卢欣欣 |
| 责任编辑 | 刘　琳 |
| 责任校对 | 牛冰岩 |
| 封面设计 | 王　歌 |
| 版式设计 | 曾晶晶 |

| | |
|---|---|
| 出 版 社 | 中州古籍出版社（地址：郑州市郑东新区祥盛街 27 号 6 层 邮编：450016　电话：0371-65788693） |
| 发行单位 | 河南省新华书店发行集团有限公司 |
| 承印单位 | 河南新华印刷集团有限公司 |
| 开　　本 | 640 mm×960 mm　1/16 |
| 印　　张 | 28 |
| 字　　数 | 360 千字 |
| 版　　次 | 2018 年 11 月第 1 版 |
| 印　　次 | 2023 年 6 月第 2 次印刷 |
| 定　　价 | 55.00 元 |

本书如有印装质量问题，请联系出版社调换。

# 目 录

## 西厢记

前言 ································································· 3
第一本　张君瑞闹道场杂剧 ································· 35
第二本　崔莺莺夜听琴杂剧 ································· 61
第三本　张君瑞害相思杂剧 ································· 94
第四本　草桥店梦莺莺杂剧 ································· 120
第五本　张君瑞庆团圆杂剧 ································· 145

## 桃花扇

前言 ································································· 175
桃花扇序 ·························································· 183
桃花扇小引 ······················································· 185
桃花扇小识 ······················································· 186
桃花扇本末 ······················································· 187
桃花扇凡例 ······················································· 190

桃花扇纲领 ········· 192

桃花扇砌抹 ········· 195

## 卷一

| 试一出 | 先声 | ········· | 200 |
| 第一出 | 听稗 | ········· | 202 |
| 第二出 | 传歌 | ········· | 209 |
| 第三出 | 哄丁 | ········· | 214 |
| 第四出 | 侦戏 | ········· | 220 |
| 第五出 | 访翠 | ········· | 225 |
| 第六出 | 眠香 | ········· | 232 |
| 第七出 | 却奁 | ········· | 238 |
| 第八出 | 闹榭 | ········· | 242 |
| 第九出 | 抚兵 | ········· | 248 |

## 卷二

| 第十出 | 修札 | ········· | 252 |
| 第十一出 | 投辕 | ········· | 255 |
| 第十二出 | 辞院 | ········· | 262 |
| 第十三出 | 哭主 | ········· | 267 |
| 第十四出 | 阻奸 | ········· | 271 |
| 第十五出 | 迎驾 | ········· | 276 |
| 第十六出 | 设朝 | ········· | 280 |
| 第十七出 | 拒媒 | ········· | 286 |

| 第十八出 | 争位 | 293 |
| 第十九出 | 和战 | 298 |
| 第二十出 | 移防 | 301 |
| 闰二十出 | 闲话 | 304 |

## 卷三

| 加二十一出 | 孤吟 | 310 |
| 第二十一出 | 媚座 | 312 |
| 第二十二出 | 守楼 | 318 |
| 第二十三出 | 寄扇 | 321 |
| 第二十四出 | 骂筵 | 326 |
| 第二十五出 | 选优 | 332 |
| 第二十六出 | 赚将 | 337 |
| 第二十七出 | 逢舟 | 342 |
| 第二十八出 | 题画 | 346 |
| 第二十九出 | 逮社 | 352 |

## 卷四

| 第三十出 | 归山 | 358 |
| 第三十一出 | 草檄 | 363 |
| 第三十二出 | 拜坛 | 370 |
| 第三十三出 | 会狱 | 375 |
| 第三十四出 | 截矶 | 378 |
| 第三十五出 | 誓师 | 382 |

| 第三十六出 | 逃难 | 385 |
| 第三十七出 | 劫宝 | 391 |
| 第三十八出 | 沉江 | 395 |
| 第三十九出 | 栖真 | 398 |
| 第四十出 | 入道 | 402 |
| 续四十出 | 余韵 | 410 |

| 附录一 | 桃花扇跋语 | 419 |
| 附录二 | 桃花扇后序 | 421 |
| 附录三 | 桃花扇考据 | 426 |
| 附录四 | 桃花扇题辞 | 433 |

# 西厢记

# 前　言

《西厢记》的作者王实甫是中国文学史上最优秀的戏曲作家之一，关于他的生平事迹，史料记载很少。我们只能从极其有限的记载中，了解一些他的基本情况。据《录鬼簿》记载，王实甫，名德信，大都（今北京）人。据邓绍基先生考证，王实甫或生于1236年左右，即金亡之际，主要活动年代在至元到大德年间（1264—1307），或卒于至大、皇庆初，即1312年左右，王实甫的年龄或略小于关汉卿、白朴。《西厢记》的创作时间难以确考，大约写于元成宗元贞、大德年间。元末明初贾仲明有《凌波仙》词吊王实甫："风月营密匝匝列旌旗，莺花寨明飐飐排剑戟，翠红乡雄赳赳施谋智。作词章风韵美，士林中等辈伏低。新杂剧，旧传奇，《西厢记》天下夺魁。""风月营""莺花寨""翠红乡"，都是元代官妓聚居的教坊、行院或上演杂剧的勾栏。显然，王实甫是熟悉这些官妓生活的，因此擅长写"儿女风情"一类的戏。《北宫词纪》所收署名王实甫的散曲《商调·集贤宾（退隐）》中写道："想着那红尘黄阁昔年羞，到如今白发青衫此地游"，"人事远，老怀幽，志难酬，知机的王粲；梦无凭，见景的庄周"，"怕狼虎恶图谋，遇事休开口，逢人只点头，见香饵莫吞钩，高抄起经纶大手"，可知王实甫早年曾经为官，宦途不无坎坷，晚年退隐。曲中又有"且喜的身登中寿"，"百年期六分甘到手"，可以推断他六十岁时已退隐不仕。

王实甫所作杂剧，名目可考者共十三种。今存有《西厢记》《破窑记》和《丽春堂》。除杂剧外，王实甫还有少量散曲流传，散见于《中原音韵》《雍熙乐府》《北宫词纪》和《九宫大成》等书中。其中，小令《中吕·十二月过尧民歌》和《别情》，与《西厢记》的曲词风格相近。《西厢记》不仅是王实甫的代表作，而且是元代杂剧创作中最优秀的作品之一。《中原音韵》曾把《西厢记》第一本第三折的曲文作为"定格"的范例标举。明初朱权《太和正音谱》誉王实甫词"如花间美人"，"铺叙委婉，深得骚人之趣"，"极有佳句"。可见，他的作品在元代和元明之际已被称为杂剧之冠。

《西厢记》故事的源头是唐代诗人元稹的传奇小说《莺莺传》（也称《会真记》）。《莺莺传》以凄婉动人的笔墨描写了崔莺莺与张生情投意合的过程；同时，又以饱含同情的基调描写了张生对崔莺莺"始乱终弃"的结局，活现了那个时代女子的悲惨命运。自《莺莺传》后，敷演崔莺莺、张生爱情的"西厢"故事便以各种不同的方式流传、演变。金元时期，著名作家董解元以《莺莺传》为蓝本，在民间流传的崔张故事的基础上进行了加工再创作，写成《西厢记诸宫调》（简称《董西厢》）。董解元以无视封建礼教的大师气概和超凡的创作胆量，对《莺莺传》做了革命性的改造。在内容上，它大大丰富了《莺莺传》的内容，把一个"始乱终弃"的爱情悲剧，改编成一个有情人终成眷属的爱情佳话；在形式上，它把一个文人手头把玩的传奇小说改编成为大众娱乐的讲唱故事，为后代戏剧的再加工打下了声腔、音韵及篇章结构的基础，同时也为西厢记故事的普及推广及后来的戏剧改编打下了群众基础。王实甫的《西厢记》在情节内容上基本根据《董西厢》进行改编，同时又对其进行了完善，在形式变换和细节处理上更加工巧，使故事发展更加富有逻辑性，心理刻画更加细腻，人物形象更加丰满，主题更加鲜明。在形式上，《西厢记》将诸宫调这种一人表演的讲唱文本改造成多角色扮演和演唱的戏剧，建立了一个立体化的舞台表演体系。同时，《西厢记》也剔除了诸宫调中的一些不合理情节（如表现张生轻狂、庸俗的情节），使题材更加集中，情节更加紧凑。王实甫的《西厢记》是以"情"为纽带的，在王实甫的眼里，爱情是婚姻的基础，只有男女双方"有情"，才能白头偕老。他不把"父母之命，媒妁之言"放在眼里，希望"天下有情人终成眷属"，这是对封建礼教和封建婚姻制度的大胆挑战。《西厢记》之所以能持久不衰，正是因为它表达了"永老无别离，万古常完聚，愿普天下有情的都成了眷属"这一永恒主题。《西厢记》是对前代爱情文学的大总结、大提高，同时又为后世的爱情文学开辟了新天地、新境界，其重要性不同寻常。但在明清时期的大量传奇小说和"世情书"中，《西厢记》一直被奉为"淫书"宝典，直到曹雪芹以超越常人的眼光，赋予《西厢记》以崭新的面貌，将其作为爱情经典，并以此来塑造宝、黛的形象。曹雪芹的高明之处在于，他消解了《西厢记》中庸俗的一面，聚焦于《西厢记》"落红成阵"的意象和诗的意境，将它与青春凋谢的悲剧联系在一起，从而确立了塑造林黛玉形象的基调，提高了阅读《西厢记》的品格。可见，一部经典的形成，作者的贡献当然不容忽略，读者的参与也是极其重要的。

《西厢记》是中国戏曲史上的经典之作，塑造了张生、莺莺、红娘等个性鲜明的典型形象。这些人物形象熠熠生辉，已经成为美好爱情的象征。莺莺是《西厢记》中着力塑造的第一个艺术形象，剧中所有的故事情节、戏剧冲突都是由她引起并逐步展开的。王实甫根据莺莺的家庭出身、生活环境等条件，着重刻画了其美丽聪慧而多情、感情深沉而炽烈、做事果断而又谨慎的性格。在她的心目中，功名利禄不过是过眼云烟，爱情才是最重要的，这与张生是息息相通的。这种思想既不同于《董西厢》中的崔莺莺，也不同于其他剧本中追求夫唱妇随的大家闺秀。莺莺的形象蕴含着作家离经叛道，大胆追求爱情幸福，反对封建礼教统治的进步思想，散发着永久的艺术魅力，给普天下有情人以巨大的精神鼓舞。《西厢记》中的莺莺比《莺莺传》中的年长两岁，"年一十九岁"，年龄上更为成熟，对爱情的渴盼更为浓烈，所以她与张生初次见面就敢于"回顾"。当红娘敦促她回避时，她的反应竟是"回顾觑末下"，完全将"非礼勿言，非礼勿视，非礼勿听"的礼教规范抛到了九霄云外，这说明莺莺内心有对爱情的期待与青春的萌动。但是相国小姐的特殊身份使莺莺在与张生交往过程中具有矛盾的思想感情，她心中炽热的情感一直在和礼教进行着激烈的交锋。这些冲突导致其对爱情的表达含蓄蕴藉，表现在作品中，莺莺有许多口不应心的"假意"，经常会"变了卦也"，例如《妆台窥简》和《乘夜逾墙》中莺莺的两次变脸。莺莺在经过一系列的内心冲突和思想斗争之后，才毅然决定和张生走到一起。这充分体现了莺莺的自重以及对待爱情的严肃态度。可以说，莺莺的矛盾心理以及矛盾表现，正是这一艺术形象的生动感人之处。

《西厢记》中塑造了一个特别另类的张生形象。王实甫笔下的张生一反士子追求仕途前程的传统，义无反顾地将爱情置于功名利禄之上。他清醒中含有朴厚，怀才不遇却开朗乐观，品格高尚却幽默风趣，蔑视礼教却不故做姿态，在戏剧冲突的不断形成与演变中，给人留下了深刻印象。张生第一次出场，就明确地交代自己的身世背景，作为官宦之后，他不甘埋没自己多年寒窗苦读而学成的"满腹文章"，"欲往上朝取应"，希望早日"得遂大志"。可是，当他邂逅莺莺，多年的"取应""求进"理念瞬间消失得无影无踪，马上决定"不往京师去应举也罢"，找借口寓居在普救寺"靠着西厢"崔莺莺居处的附近。从此，爱情成为他生活的唯一追求。坠入情网之后，张生表现出种种可爱之态：他为能接近莺莺煞费苦心，为自己读懂了莺莺的约会诗而在红娘面前显摆，为求得红娘的帮助他"跪"地而"哭"，为老夫人的赖婚而气急败坏，莺莺的"绝情"使他"病体日笃"，莺莺的"药方儿"又使他霍然而愈。总之，他的喜怒哀乐都源自他对莺莺的爱情期待。当他的爱情期待成为私结连理的现实后，科举功名以老夫人逼试的形式强制性地摆在他的面前。他为了维护自己来之不易的爱情婚姻不得不屈从就范，但是心里却十分不情愿。当他"得了头名状元"，仍一门心思只有爱情，并不以功名为念。"这一个"张生形象在有着浓厚功名情结的文人群中显得特别另类。在男权社会，男女两性的爱情观是有差异的："爱情于男子只是生命中之一段插话，于女子则是生命之全书。"张生将爱情视为自己生命的唯一，对爱情至真至诚。这一意识超越了将爱情视为"只是生命中之一段插话"的所有男子，回归到人性本真的对爱情、婚姻的全力重视。"张生"这一形象影响了当时和后世许多爱情题材的文学创作，如同一时期《墙头马上》中的裴少俊、稍后的《倩女离魂》中的王文举、后世《牡丹亭》中的柳梦梅、《红楼梦》中的贾宝玉等，激励着后世许多青年积极追求爱情婚姻自由。

红娘是《西厢记》中一个不可缺少的重要人物，在剧中的情节发展中起到不可替代的作用。在元稹的笔下，红娘只是一个起陪衬作用的丫鬟，形象非常单薄。到了《西厢记诸宫调》里，红娘成了崔、张结合最重要的帮手，是崔、张爱情发展的纽带。在《西厢记》中，红娘以全新的面貌出现在人们面前。她聪明机智、善良泼辣、爱憎分明、正义勇敢、善解人意、乐于助人，这种鲜明的个性通过她那张弛有度的言语得到了淋漓尽致的展现。红娘在全剧中是一个起关键性作用的线索人物，剧作中情节的跌宕起伏，节奏的快慢进程，在一定程度上是由红娘掌控和推动的。当崔莺莺和张生的爱情受到重重阻碍时，红娘大胆冲破封建礼教的束缚，挺身而出，一方面要蒙蔽严厉守旧的老夫人，一方面要鼓励常常没有主见的张生，一方面还要顾虑心思细腻的小姐。由于她的鼎力相助，崔莺莺和张生才摆脱了封建礼教的束缚，终成眷属。她全力促成崔张爱情的最主要原因，是可怜天下有情人，是对建立在自由平等基础上的爱情的认同。汤显祖对王实甫笔下的红娘给予极高的评价，认为她有"二十分才，二十分识，二十分胆。有此军师，何攻不破，何战不克"（汤海若先生批评《西厢记》）。正是由于红娘在《西厢记》中的重要作用，"红娘"这一形象已经由文学人物，发展演变为一种家喻户晓的社会角色，成为一种独特的文化现象。如今，"红娘"已成为媒人或媒婆的代名词。红娘是充满喜庆色彩的，她虽有媒妁之言，却完全是从当事人的意愿出发的，更不会乔太守乱点鸳鸯谱。红娘是普世而理性的，既有对婚姻的严肃审慎，又蕴含着对当事人爱情的担当奉献，更有期待这种爱情之花能结出婚姻之果的成功和喜悦。

  《西厢记》在语言上取得了很高的艺术成就，为读者呈现出多层次的丰富美感。与关汉卿等前期作家的剧作相比，《西厢记》的曲词宾白亦雅亦俗，既拥有当行本色之所长，又独擅雅练精工之韵致。一方面，它使用了大量的方言俗语和质朴的白话语言，使作品呈现出一种朴素之美；另一方面，它大量借鉴和引用了唐诗宋词和经史典故的语言以及一些清新飘逸、景中含情、情景交融之语，使作品呈现出一种"华丽之美"。但无论华美还是质朴的语言，都是为了用来表现不同人物的身份、性格和心境而设置的。当然，二者也不是截然分开的，而是在华美中有本色，在藻丽中有白描，呈现出"雅俗相间之美"。作者在引用经史典故之语时往往与白话口语相结合，浑融无间；有时又会把白话的语言用诗的意境和诗的功力写成，使之读来优美而有韵味。《西厢记》经常被拿来与《春秋》、《史记》、《汉书》、《庄子》、《诗经》、《楚辞》、李杜诗歌等其他经典进行比较,这充分说明戏曲在明清时代已经发展成为一种独立而成熟的艺术形式,达到足以和其他经典比肩的地位。此外,《西厢记》中还包含了很多独特的语言现象,是研究元代汉语的绝佳材料,具有很高的语言学研究价值。

《西厢记》作为五本二十折的大型连台杂剧,情节设计生动曲折,波澜横生,错落跌宕,扣人心弦;而结构宏伟严谨,开阖自如,缜密多变,首尾照应,达到了臻于完善的艺术境地。《西厢记》以五本的宏伟篇幅连演一个故事,在结构上极其严密紧凑,每本之间,每折之间,都有密切的联系。如每本最后一折的《络线娘煞尾》曲子,都预示了下一本戏的内容。《西厢记》是中国古典喜剧精华之一,作者以积极乐观的思想主题、机趣横生的喜剧冲突、生动细腻的人物心理描写、喜剧化的语言,为观众讲述一个美丽的爱情故事,让人们在愉悦中感受到笑的魅力。当人们看到张生攀墙一跳,看到莺莺惊呼有贼,看到红娘让张生下跪挨骂的时候,不禁时而捧腹大笑,时而会心微笑。

《西厢记》问世后,广为流传,刊本极多。王实甫所著《西厢记》的原本已经失传,今天能见到的均为明清刊本。至今明刊《西厢记》尚存近四十种,清刊《西厢记》也有近四十种,另有近人校注本五十种左右。今存最早、最完整的《西厢记》刊本是明弘治十一年(1498)金台岳家刻本《新刊大字魁本全相奇妙注释西厢记》(简称弘治本)。弘治本后,有影响、有代表性的校注本有王骥德的《新校注古本西厢记》、凌濛初刻本《西厢记》及毛奇龄的《论定西厢记》等。凌濛初本尤其值得称许,该本校订精审,注释允当。本书校注即以暖红室翻刻的凌濛初刻本为底本,根据王骥德本、弘治本、毛奇龄刻本、汲古阁六十种传奇本、《雍熙乐府》本等互校,同时也参考金圣叹批注本、王季思注本、吴晓铃注本、吴书荫校点本,择善而从。为方便读者阅读,对于正文与注释中的错讹之处,直接在文中改正,不再出校勘记。在注释中,不过多地解释典故出处,特别是对于已经成为约定俗成用法的典故不再解释;对于难懂的句子串释大义,对于难以理解的字词重点阐释并注音,以方便读者理解,提高读者的阅读兴趣。不当之处,敬请方家和读者批评指正。

清光绪十五年上海鸿宝斋石印本《增像第六才子书》图

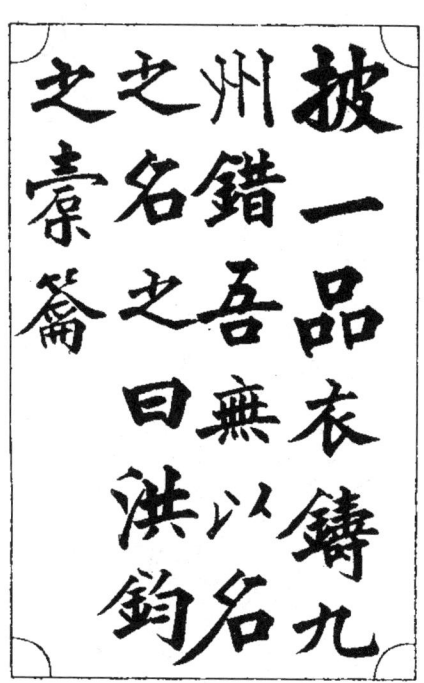

清光绪十五年上海鸿宝斋石印本《增像第六才子书》图

清光绪十五年上海鸿宝斋石印本《增像第六才子书》图

清光绪十五年上海鸿宝斋石印本《增像第六才子书》图

欢郎

清光绪十五年上海鸿宝斋石印本《增像第六才子书》图

清光绪十五年上海鸿宝斋石印本《增像第六才子书》图

清光绪十五年上海鸿宝斋石印本《增像第六才子书》图

清光绪十五年上海鸿宝斋石印本《增像第六才子书》图

清光绪十五年上海鸿宝斋石印本《增像第六才子书》图

清光绪十五年上海鸿宝斋石印本《增像第六才子书》图

清光绪十五年上海鸿宝斋石印本《增像第六才子书》图

清光绪十五年上海鸿宝斋石印本《增像第六才子书》图

清光绪十五年上海鸿宝斋石印本《增像第六才子书》图

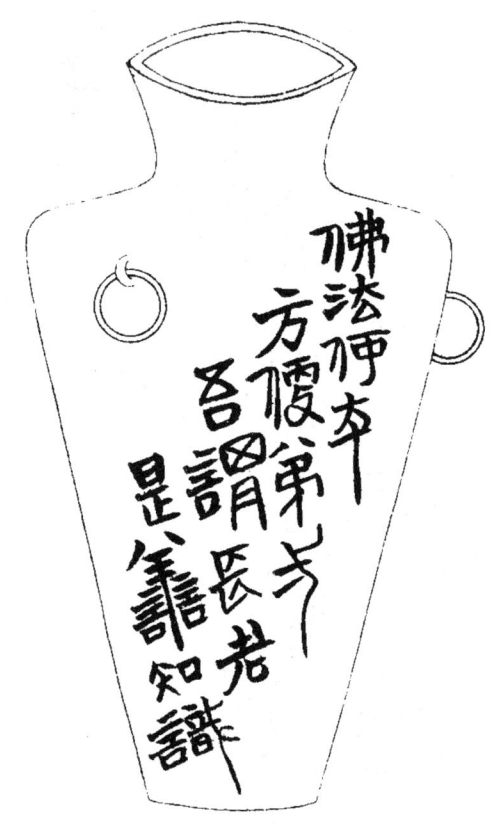

清光绪十五年上海鸿宝斋石印本《增像第六才子书》图

清光绪十五年上海鸿宝斋石印本《增像第六才子书》图

清光绪十五年上海鸿宝斋石印本《增像第六才子书》图

清光绪十五年上海鸿宝斋石印本《增像第六才子书》图

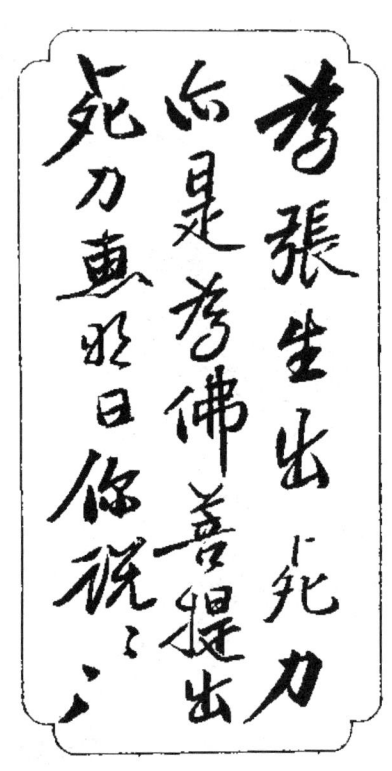

清光绪十五年上海鸿宝斋石印本《增像第六才子书》图

清光绪十五年上海鸿宝斋石印本《增像第六才子书》图

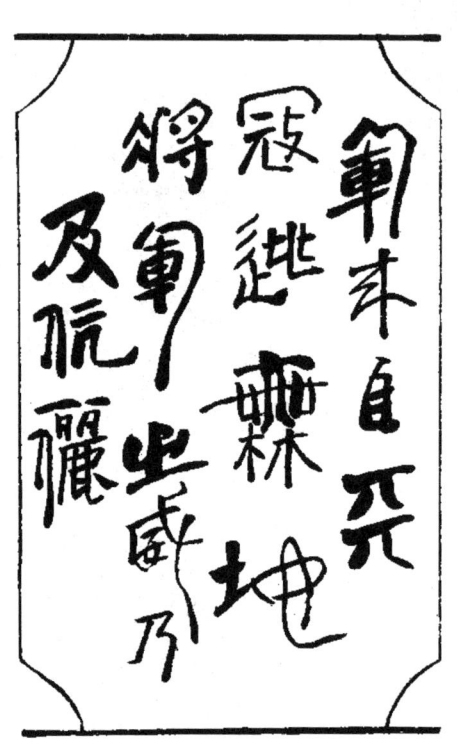

清光绪十五年上海鸿宝斋石印本《增像第六才子书》图

清光绪十五年上海鸿宝斋石印本《增像第六才子书》图

其名則帚其
其名則鼠向火豕女
則行昌張言欲

清光绪十五年上海鸿宝斋石印本《增像第六才子书》图

清光绪十五年上海鸿宝斋石印本《增像第六才子书》图

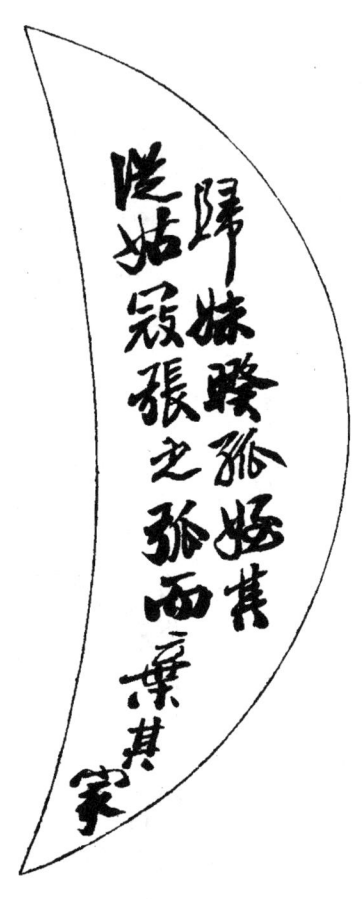

清光绪十五年上海鸿宝斋石印本《增像第六才子书》图

# 第一本

## 张君瑞闹道场杂剧

### 楔　子①

（外扮老夫人上开②）老身姓郑，夫主姓崔，官拜前朝相国，不幸因病告殂③。只生得个小姐，小字莺莺，年一十九岁，针黹④女工，诗词书算，无不能者。老相公在日，曾许下老身之侄、郑尚书之长子郑恒为妻。因俺孩儿父丧未满，未得成合。又有个小妮子，是自幼伏侍孩儿的，唤做红娘。一个小厮儿，唤做欢郎。先夫弃世之后，老身与女孩儿扶柩至博陵安葬；因路途有阻，不能得去。来到河中府，将这灵柩寄在普救寺内。这寺是先夫相国修造的，是则天娘娘香火院，况兼法本长老又是俺相公剃度

---

①楔（xiē）子：戏曲、小说的引子。一般在篇首，用以点明、补充正文。元杂剧一般分为四折（相当于现代戏剧中的"幕"或"出"），每一折唱一套曲子。"楔子"是四折之外的小场子，只唱双曲不唱套曲，相当于话剧中的序幕或戏曲中的过场，通常放在第一折的前面。

②外：元杂剧角色名"外末""外旦""外净"的简称。开："开科"或"开呵"的简称。宋元时期，民间杂技开始表演时，第一个登场的人介绍内容或表演唱念都叫作"开呵"。

③殂（cú）：死亡。

④针黹（zhǐ）：指缝纫、刺绣等针线活。

的和尚，因此俺就这西厢下一座宅子安下。一壁①写书附京师去，唤郑恒来相扶回博陵去。我想先夫在日，食前方丈，从者数百，今日至亲则这三四口儿，好生伤感人也呵！

【仙吕】【赏花时】夫主京师禄命终，子母孤孀途路穷；因此上旅榇在梵王宫②。盼不到博陵旧冢，血泪洒杜鹃红。

今日暮春天气，好生困人，不免唤红娘出来分付他。红娘何在？（旦徕扮红见科③）（夫人云）你看佛殿上没人烧香呵，和小姐散心耍一回去来。（红云）谨依严命。（夫人下）（红云）小姐有请。（正旦④扮莺莺上）（红云）夫人着俺和姐姐佛殿上闲耍一回去来。（旦唱）

【幺篇⑤】可正是人值残春蒲郡东，门掩重关萧寺中；花落水流红，闲愁万种，无语怨东风。（并下）

# 第一折

（正末⑥扮张生骑马引徕人上开）小生姓张，名珙，字君瑞，本贯西

---

①一壁：也说"一壁厢"。犹言"一方面"，表示一个动作跟另一个动作同时进行。

②旅榇（chèn）：尚未迁入祖坟而暂时寄放在外的棺材。梵王宫：本指大梵天王的宫殿，此泛指佛寺。

③徕（lái）：元杂剧中扮演小孩的角色，亦作"徕儿"。科：古典戏曲剧本中指示角色表演动作时的用语。

④正旦：元杂剧中扮演女主角的角色。

⑤幺篇：戏曲术语。北曲中连续使用同一曲牌时，后面各曲不再标出曲牌名，而写作"幺篇"或"幺"。

⑥正末：元杂剧中扮演男主角的角色，相当于明代以后戏剧中的"生"。

洛人也，先人拜礼部尚书，不幸五旬之上，因病身亡。后一年丧母。小生书剑飘零，功名未遂，游于四方。即今贞元十七年二月上旬，唐德宗即位，欲往上朝取应，路经河中府，过蒲关上。有一故人，姓杜名确，字君实，与小生同郡同学，当初为八拜之交。后弃文就武，遂得武举状元，官拜征西大元帅，统领十万大军，镇守着蒲关。小生就望哥哥一遭，却往京师求进。暗想小生，萤窗雪案，刮垢磨光①，学成满腹文章，尚在湖海飘零，何日得遂大志也呵！万金宝剑藏秋水②，满马春愁压绣鞍。

【仙吕】【点绛唇】游艺中原，脚跟无线、如蓬转。望眼连天，日近长安远。

【混江龙】向《诗》《书》经传，蠹鱼③似不出费钻研。将棘围④守暖，把铁砚磨穿。投至得云路鹏程九万里，先受了雪窗萤火二十年。才高难入俗人机，时乖不遂男儿愿。空雕虫篆刻⑤，缀断简残编。

行路之间，早到蒲津。这黄河有九曲，此正古河内之地，你看好形势也呵！

【油葫芦】九曲风涛何处险，则除是此地偏。这河带齐梁，分秦晋，

---

①刮垢磨光：比喻深入研讨，力求臻于精湛。
②秋水：指宝剑的光芒，比喻满腹的才华无人知晓，就像宝剑的光芒不被人看见一样。
③蠹（dù）鱼：一种蛀蚀书籍、衣服的小虫子。
④棘围：指科举时代的考场。
⑤雕虫篆刻：比喻词章小技。

隘幽燕；雪浪拍长空，天际秋云卷；竹索缆浮桥，水上苍龙偃；东西贯九州，南北串百川。归舟紧不紧①如何见？却便似弩箭乍离弦。

【天下乐】只疑是银河落九天；渊泉云外悬，入东洋不离此径穿。滋洛阳千种花，润梁园万顷田，也曾泛浮槎②到日月边。

话说间早到城中。这里一座店儿，琴童接了马者！店小二哥那里？（小二上云）自家是这状元店里小二哥。官人要下③呵，俺这里有干净店房。（末云）头房里下，先撒和④那马者！小二哥，你来，我问你：这里有甚么闲散心处？宫观、寺院、胜境、福地皆可。（小二云）俺这里有座寺，名曰普救寺，是则天皇后香火院，盖造非俗：琉璃殿相近青霄，舍利塔直侵云汉。南来北往，三教九流，过者无不瞻仰；则除那里可以君子游玩。（末云）琴童料持下晌午饭！俺到那里走一遭便回来也。（仆云）安排下饭，撒和了马，等哥哥回家。（下）（法聪上）小僧法聪，是这普救寺法本长老座下弟子。今日师父赴斋⑤去了，着我在寺中，但有探长老的，便记着，待师父回来报知。山门下立地，看有甚么人来。（末上云）却早来到也。（见聪了，聪问云）客官从何来？（末云）小生西洛至此，闻上刹幽雅清爽，一来瞻仰佛像，二来拜谒长老。敢问长老在么？（聪云）俺师父不在寺中，贫僧弟子法聪的便是，请先生方丈拜茶。（末云）既然长老不在呵，不必吃茶；敢烦和尚相引，瞻仰一遭，幸甚！（聪

---

①紧不紧：表示迅速，"不紧"在此起加重语气的作用。元杂剧中常常在某一原来肯定的词后面加上否定词来加重语气。

②浮槎（chá）：传说中来往于海上和天河之间的木筏。

③下：这里表示住宿。

④撒和：在驴马劳累之后，卸去鞍勒，让其慢慢溜达一会儿，然后再喂草料。多引申指以饮食款客或喂饲驴马。

⑤赴斋：和尚应邀到外面去吃饭。

云）小僧取钥匙，开了佛殿、钟楼、罗汉堂、香积厨，盘桓①一会，师父敢待回来。（做看科）（末云）是盖造得好也呵！

【村里迓鼓】随喜②了上方佛殿，又来到下方僧院。行过厨房近西，法堂北，钟楼前面。游了洞房，登了宝塔，将回廊绕遍。数了罗汉，参了菩萨，拜了圣贤③。

（莺莺引红娘拈花枝上云）红娘，俺去佛殿上耍去来。（末做见科）呀！正撞着五百年前风流业冤。

【元和令】颠不刺④的见了万千，似这般可喜娘的庞儿罕曾见⑤。则着人眼花撩乱口难言，魂灵儿飞在半天。他那里尽人调戏⑥，軃⑦着香肩，只将花笑拈。

【上马娇】这的是兜率宫⑧，休猜做了离恨天⑨。呀，谁想着寺里遇

---

①盘桓：徘徊；逗留。
②随喜：佛教语，表示欢喜之意随瞻拜佛像而生，因此用来指称游谒寺院。
③圣贤：这里指释迦牟尼佛。
④颠不刺："颠"表示风流的意思，"不刺"是元代语言中的语助词，用来加重它所粘附的形容词的意义。
⑤可喜娘：可爱的姑娘。庞儿：即脸儿。
⑥调戏：原指戏谑、嘲弄，这里是欣赏、品评的意思。
⑦軃（duǒ）：同"嚲"，下垂。
⑧兜率宫：天宫。
⑨离恨天：佛经谓须弥山正中有一天，四方各有八天，共三十三天。民间传说三十三天中，最高者是离恨天。后比喻男女生离，抱恨终身的境地。

神仙！我见他宜嗔宜喜春风面，偏！宜贴翠花钿。

【胜葫芦】则见他宫样眉儿新月偃，斜侵入鬓云边。（旦云）红娘，你觑：寂寂僧房人不到，满阶苔衬落花红。（末云）我死也！未语前先腼腆，樱桃①红绽，玉粳②白露，半晌恰方③言。

【幺篇】恰便似呖呖莺声花外啭④，行一步可人怜。解舞腰肢娇又软，千般袅娜，万般旖旎⑤，似垂柳晚风前。

（红云）那壁有人，咱家去来。（旦回顾觑⑥末下）（末云）和尚，恰怎么观音现来？（聪云）休胡说，这是河中府崔相国的小姐。（末云）世间有这等女子，岂非天姿国色乎？休说那模样儿，则那一对小脚儿，价值百镒⑦之金。（聪云）偌⑧远地，他在那壁，你在这壁，系着长裙儿，你便怎知他脚儿？（末云）法聪，来，来，来，你问我怎便知，你觑：

【后庭花】若不是衬残红，芳径软，怎显得步香尘底样儿浅。且休题眼角儿留情处，则这脚踪儿将心事传。慢俄延，投至到栊门⑨儿

---

①樱桃：比喻女子小而红润的嘴。
②玉粳（jīng）：比喻女子细密洁白的牙齿。
③恰方：才；方才。
④啭（zhuàn）：鸟婉转地鸣叫。
⑤旖旎（yǐ nǐ）：温存柔媚。
⑥觑（qù）：偷看，窥探。
⑦镒（yì）：古代重量单位，一镒合二十两（一说二十四两）。
⑧偌（ruò）：这么，那么。
⑨栊（lóng）门：房门。栊，窗棂木，窗，亦借指房舍。

前面，刚那①了一步远。刚刚的打个照面，风魔②了张解元。似神仙归洞天，空余下杨柳烟，只闻得鸟雀喧。

【柳叶儿】呀，门掩着梨花深院，粉墙儿高似青天。恨天，天不与人行方便，好着我难消遣，端的是怎留连。小姐呵，则被你兀的③不引了人意马心猿？

（聪云）休惹事，河中开府的小姐去远了也。（末唱）

【寄生草】兰麝香仍在，佩环声渐远。东风摇曳垂杨线，游丝牵惹桃花片，珠帘掩映芙蓉面。你道是河中开府相公家，我道是南海水月观音现。

"十年不识君王面，始信婵娟解误人。"小生便不往京师去应举也罢。（觑聪云）敢烦和尚对长老说知，有僧房借半间，早晚温习经史，胜如旅邸内冗杂，房金依例拜纳，小生明日自来也。

【赚煞】饿眼望将穿，馋口涎空咽，空着我透骨髓相思病染，怎当他临去秋波那一转！休道是小生，便是铁石人也意惹情牵。近庭轩，花柳争妍，日午当庭塔影圆。春光在眼前，争奈玉人不见，将一座梵王宫疑是武陵源④。（并下）

---

①那：即"挪"，挪动。
②风魔：使人着魔。
③兀的（dì）：亦作"兀底""兀得"，语气助词。与"不"连用，表示反诘，犹言"怎的不"。
④武陵源：亦作"武陵溪"，指刘晨、阮肇在天台山采药遇到仙女的爱情故事。

# 第二折

　　(夫人上白①)前日长老将钱去与老相公做好事②,不见来回话。道与红娘,传着我的言语去问长老:"几时好与老相公做好事?"就着他办下东西的当③了,来回我话者。(下)(净扮洁④上)老僧法本,在这普救寺内做长老。此寺是则天皇后盖造的。老僧乃相国崔珏的令尊剃度的。此寺年深崩损,又是崔相国重修的。现今崔老夫人领着家眷扶柩回博陵去,路阻难行,夫人恶市廛⑤冗杂,暂寓本寺西厢之下,待路通回博陵迁葬。夫人处事温俭,治家有方,是是非非,人莫敢犯。夜来老僧赴斋,不知曾有人来望老僧否?(唤聪问科)(聪云)夜来有一秀才自西洛而来,特谒我师,不遇而返。(洁云)山门外觑着,若再来时,报我知道。(末上)昨日见了那小姐,着小生一夜无眠,若非法聪和尚呵,那小姐倒有顾盼小生之意。今日去问长老借一间僧房,早晚温习经史;倘遇那小姐出来,必当饱看一会。

---

①白:即"宾白",戏曲中的说白,区别于曲文。
②做好事:指请僧道举行斋醮之事以超度亡灵。
③的当:恰当,稳妥。
④洁:元代民间调侃和尚的用语"洁郎"的简称。
⑤市廛(chán):指店铺集中的市区。

清光绪十五年上海鸿宝斋石印本《增像第六才子书》图

【中吕】【粉蝶儿】不做周方①,埋怨杀你个法聪和尚!借与我半间儿客舍僧房,与我那可憎才②居止处门儿相向。虽不能够窃玉偷香,且将这盼行云眼睛儿打当③。

【醉春风】往常时见傅粉的委实羞,画眉的敢是谎;今日多情人一见了有情娘,着小生心儿里早痒痒。迤逗④得肠荒,断送⑤得眼乱,引惹得心忙。

（末见聪科）（聪云）师父正望先生来哩,只此少待,小僧通报去。（洁出见末科）（末云）是好一个和尚呵!

【迎仙客】我则见他头似雪,鬓如霜,面如童,少年得内养;貌堂堂,声朗朗,头直上⑥只少个圆光⑦,却便是捏塑来的僧伽像。

（洁云）请先生方丈内相见。夜来老僧不在,有失迎迓,望先生恕罪!（末云）小生久闻老和尚清誉,欲来座下听讲,不期昨日不得相遇。今能一见,是小生三生有幸矣。（洁云）先生世家何郡?敢问上姓大名,因甚至此?（末云）小生姓张,名珙,字君瑞。

【石榴花】大师一一问行藏,小生仔细诉衷肠,自来西洛是吾乡,

---

①周方:周全方便。
②可憎才:可爱的人。
③打当:收拾;准备。
④迤逗:挑逗;引诱。
⑤断送:引逗。
⑥直上:方位词。
⑦圆光:指佛菩萨头顶上的圆轮金光。

宦游在四方。寄居咸阳。先人拜礼部尚书多名望，五旬上因病身亡。（洁云）老相公弃世，必有所遗。（末唱）平生正无偏向，止留下四海一空囊。（洁云）老相公在官时浑俗和光①。

【斗鹌鹑】俺先人甚的是浑俗和光，衠②一味风清月朗。（洁云）先生此一行，必上朝取应去。（末唱）小生无意求官，有心待听讲。小生特谒长老，奈路途奔驰，无以相馈。量着穷秀才人情则是纸半张，又没甚七青八黄③，尽着你说短论长，一任待掂斤播两④。

径禀：有白银一两，与常住⑤公用，略表寸心，望笑留是幸！（洁云）先生客中，何故如此？（末云）物鲜不足辞，但充讲下一茶耳。

【上小楼】小生特来见访，大师何须谦让。（洁云）老僧决不敢受。（末唱）这钱也难买柴薪，不够斋粮，且备茶汤。（觑聪云）这一两未为厚礼。你若有主张，对艳妆，将言词说上，我将你众和尚死生难忘。

（洁云）先生必有所请。（末云）小生不揣有恳，因恶旅冗杂，早晚难以温习经史，欲假一室，晨昏听讲。房金按月任意多少。（洁云）敝寺颇有数间，任先生拣选。（末唱）

---

①浑俗和光：不露锋芒，与世无争。
②衠（zhūn）：全，尽。
③七青八黄：泛指钱财。
④掂斤播两：估量轻重。也比喻品评优劣或形容过分计较。
⑤常住：佛家语，僧、道称寺舍、田地、什物等为常住物，简称常住。

【幺篇】也不要香积厨，枯木堂①。远着南轩，离着东墙，靠着西厢。近主廊，过耳房，都皆停当。（洁云）便不呵，就与老僧同榻何如？（末笑云）要怎么？你是必休提着长老方丈。

（红上云）老夫人着俺问长老："几时好与老相公做好事？看得停当回话。"须索②走一遭去来。（见洁科）长老万福！夫人使侍妾来问："几时好与老相公做好事？"着看得停当了回话。（末背云③）好个女子也呵！

【脱布衫】大人家举止端详，全没那半点儿轻狂。大师行④深深拜了，启朱唇语言得当。

【小梁州】可喜娘的庞儿浅淡妆，穿一套缟素衣裳；胡伶渌老不寻常⑤，偷睛望，眼挫⑥里抹张郎。

【幺篇】若共他多情小姐同鸳帐，怎舍得他叠被铺床。我将小姐央，夫人央，他不令许放，我亲自写与从良⑦。

（洁云）二月十五日，可与老相公做好事。（红云）妾与长老同去佛殿看了，却回夫人话。（洁云）先生请少坐，老僧同小娘子看一遭便来。

---

①枯木堂：和尚参禅打坐处。因如枯木寂然不动，故称。
②须索：必须。
③背云：戏曲中的旁白。犹"背躬"。多见于元杂剧。
④行（háng）：作为实词的接尾语，起指示方位的作用。曲词中称"我行""娘行""大师行"等均为此种用法。"大师行"表示"大师面前""大师这里"。
⑤胡伶：聪明伶俐。渌（lù）老：眼睛的俗称。
⑥眼挫：眼角；眼梢。
⑦从良：旧指奴婢役满被释或赎身为自由民。

（末云）何故却小生？便同行一遭，又且何如？（洁云）便同行！（末云）着小娘子先行，俺近后些。（洁云）一个有道理的秀才。（末云）小生有一句话敢道么？（洁云）便道不妨。（末唱）

【快活三】崔家女艳妆，莫不是演撒①你个老洁郎？（洁云）俺出家人那有此事？（末唱）既不沙②，却怎睃趁③着你头上放毫光，打扮的特来晃④。

（洁云）先生是何言语！早是⑤那小娘子不听得哩，若知呵，是甚意思！（红上佛殿科）（末唱）

【朝天子】过得主廊，引入洞房，好事从天降。我与你看着门儿，你进去。（洁怒云）先生，此非先王之法言，岂不得罪于圣人之门乎？老僧偌大年纪，焉肯作此等之态？（末唱）好模好样忒莽撞，没则罗便罢，烦恼怎么耶⑥唐三藏？怪不得小生疑你，偌大一个宅堂，可怎生别没个儿郎，使梅香来说勾当。（洁云）老夫人治家严肃，内外并无一个男子出入。（末背云）这秃厮巧说。你在我行、口强，硬抵着头皮撞。

（洁对红云）这斋供道场都完备了，十五日请夫人小姐拈香。（末问

---

①演撒：方言。勾搭，引诱。
②既不沙：转接之词，起承上启下作用，表示不然、否则。沙，语助词，无义。
③睃（suō）趁：注目搜寻；看。
④晃：漂亮，俊秀。
⑤早是：幸而，幸好。
⑥怎么耶：为什么。

云）何故？（洁云）这是崔相国小姐至孝，为报父母之恩。又是老相国禫日①，就脱孝服，所以做好事。（末哭科云）"哀哀父母，生我劬劳②，欲报深恩，昊天罔极。"小姐是一女子，尚然有报父母之心；小生湖海飘零数年，自父母下世之后，并不曾有一陌纸钱相报。望和尚慈悲为本，小生亦备钱五千，怎生带得一分儿斋，追荐俺父母咱③！便夫人知也不妨，以尽人子之心。（洁云）法聪与这先生带一分者。（末背问聪云）那小姐明日来么？（聪云）他父母的勾当，如何不来。（末背云）这五千钱使得有些下落者。

【四边静】人间天上，看莺莺强如做道场。软玉温香④，休道是相亲傍；若能够汤⑤他一汤，倒与人消灾障。

（洁云）都到方丈吃茶。（做到科）（末云）小生更衣咱。（末出科云）那小娘子一定出来也，我只在这里等待问他咱。（红辞洁云）我不吃茶了，恐夫人怪来迟，去回话也。（红出科）（末迎红娘祗揖⑥科）小娘子拜揖！（红云）先生万福！（末云）小娘子莫非莺莺小姐的侍妾么？（红云）我便是，何劳先生动问？（末云）小生姓张，名珙，字君瑞，本贯西洛人也，年方二十三岁，正月十七日子时建生，并不曾娶妻……（红云）谁问你来？我又不是算命先生，要你那生年月日何用？（末云）敢问小姐

---

①禫（dàn）日：古代丧礼，父母去世后二十七个月叫作"禫"，子女在这一天举行祭祀，除去孝服。
②劬（qú）劳：劳累；劳苦。
③咱：语助词，相当于"哪"。
④软玉温香：形容年轻女子身体洁白柔软，散发着温馨的青春气息。
⑤汤：挨靠，轻轻地蹭。
⑥祗揖（zhī yī）：见面时向对方行肃拜之礼。祗，敬，恭敬。揖，古代的拱手礼。

常出来么?(红怒云)先生是读书君子,孟子曰:"男女授受不亲,礼也。"君子"瓜田不纳履,李下不整冠"。道不得个"非礼勿视,非礼勿听,非礼勿言,非礼勿动"。俺夫人治家严肃,有冰霜之操。内无应门五尺之童,年至十二三者,非呼召不敢辄入中堂。向日莺莺潜出闺房,夫人窥之,召立莺莺于庭下,责之曰:"汝为女子,不告而出闺门,倘遇游客小僧私视,岂不自耻。"莺立谢而言曰:"今当改过从新,毋敢再犯。"是他亲女,尚然如此,何况以下侍妾乎?先生习先王之道,尊周公之礼,不干己事,何故用心?早是妾身,可以容恕,若夫人知其事呵,决无干休。今后得问的问,不得问的休胡说!(下)(末云)这相思索①是害也!

【哨遍】听说罢心怀怏怏②,把一天愁都撮在眉尖上。说:"夫人节操凛冰霜,不召乎,谁敢辄入中堂?"自思想,比及③你心儿里畏惧老母亲威严,小姐呵,你不合临去也回头儿望。待扬④下,教人怎扬?赤紧的⑤情沾了肺腑,意惹了肝肠。若今生难得有情人,是前世烧了断头香⑥。我得时节手掌儿里奇擎⑦,心坎儿里温存,眼皮儿上供养。

---

①索:准定,只得。
②怏怏(yì yàng):忧郁不快。
③比及:如果,假设。
④扬:扔掉,抛弃。
⑤赤紧的:实在是;真个是。
⑥断头香:断折的线香或棒香。民间风俗,以断头香供佛,来生会得与亲人离散的果报。
⑦奇擎(qíng):捧托,高举。奇,语助词。

【耍孩儿】当初那巫山远隔如天样，听说罢又在巫山那厢。业身躯①虽是立在回廊，魂灵儿已在他行。本待要安排心事传幽客，我则怕漏泄春光与乃堂②。夫人怕女孩儿春心荡，怪黄莺儿作对，怨粉蝶儿成双。

【五煞】小姐年纪小，性气刚。张郎倘得相亲傍，乍相逢厌见何郎粉，看邂逅偷将韩寿香③。才到是未得风流况，成就了会温存的娇婿，怕甚么能拘束的亲娘。

【四煞】夫人忒虑过，小生空妄想，郎才女貌合相仿。休直待眉儿浅淡思张敞，春色飘零忆阮郎④。非是咱自夸奖：他有德言工貌，小生有恭俭温良。

【三煞】想着他眉儿浅浅描，脸儿淡淡妆，粉香腻玉搓咽项。翠裙鸳绣金莲小，红袖鸾绡玉笋长⑤。不想呵，其实强：你撇下半天风韵，我拾得万种思量。

却忘了辞长老。（见洁科）小生敢问长老，房舍如何？（洁云）塔院侧边西厢一间房，甚是潇洒，正可先生安下。现收拾下了，随先生早晚来。（末云）小生便回店中搬去。（洁云）吃斋了去。（末云）长老收拾下

---

①业身躯：佛教语。罪孽之身。
②乃堂：指老夫人。
③偷将韩寿香：指韩寿偷香的故事，比喻男女暗中通情。
④阮郎：指阮肇。汉代会稽郡剡县人刘晨、阮肇一起到天台山采药，遇到两位美丽的仙女，被邀至家中，并招为婿。
⑤鸾绡：绣有鸾形图饰的绢裙。玉笋：比喻女子纤细白嫩的手指。

斋，小生取行李便来。（洁云）既然如此，老僧准备下斋，先生是必便来。（下）（末云）若在店中人闹，倒好消遣；搬在寺中静处，怎么挨这凄凉也呵。

【二煞】院宇深，枕簟①凉，一灯孤影摇书幌。纵然酬得今生志，着甚支吾此夜长。睡不着如翻掌，少可②有一万声长吁短叹，五千遍捣枕捶床。

【尾】娇羞花解语，温柔玉有香，我知他乍相逢记不真娇模样，我则索手抵着牙儿慢慢的想。（下）

# 第三折

（正旦上云）老夫人着红娘问长老去了，这小贱人不来我行回话。（红上云）回夫人话了，去回小姐话去。（旦云）使你问长老："几时做好事？"（红云）恰回夫人话也，正待回姐姐话：二月十五日，请夫人姐姐拈香。（红笑云）姐姐，你不知，我对你说一件好笑的勾当。咱前日寺里见的那秀才，今日也在方丈里。他先出门儿外等着红娘，深深唱个喏道："那壁小娘子莫非莺莺小姐的侍妾乎？"又道："小生姓张，名珙，字君瑞，本贯西洛人也，年二十三岁，正月十七子时建生，并不曾娶妻……"（莺莺云）谁着你去问他？（红云）姐姐，却是谁问他来？他还呼着小姐

---

① 簟（diàn）：竹席。
② 少可：至少。"可"在此为语助词。

名字说:"小姐常出来么?"被红娘抢白了一顿呵回来了。姐姐,我不知他想甚么哩,世上有这等傻角!(旦笑云)红娘,休对夫人说。天色晚也,安排香案,咱花园内烧香去来。(下)(末上云)搬至寺中,正近西厢居址。我问和尚每①来,小姐每夜花园内烧香。这个花园和俺寺中合着。比及②小姐出来,我先在太湖石畔墙角儿边等待,饱看一会。两廊僧众都睡着了。夜深人静,月朗风清,是好天气也呵!正是"闲寻方丈高僧语,闷对西厢皓月吟"。

**【越调】【斗鹌鹑】**玉宇无尘,银河泻影;月色横空,花阴满庭;罗袂生寒,芳心自警。侧着耳朵儿听,蹑着脚步儿行:悄悄冥冥,潜潜等等。

**【紫花儿序】**等待那齐齐整整、袅袅婷婷、姐姐莺莺。一更之后,万籁无声,直至莺庭。若是回廊下没揣的③见俺可憎④,将他来紧紧的搂定;则问你那会少离多,有影无形。

(旦引红娘上云)开了角门儿,将香桌出来者。(末唱)

**【金蕉叶】**猛听得角门儿呀的一声,风过处花香细生。蹑着脚尖儿仔细定睛,比我那初见时庞儿越整。

(旦云)红娘,移香桌儿近太湖石畔放者!(末做看科云)料想春娇

---

①每:元代语言习惯在人称代词的后面加上"每"表示复数,类似现在的"们"字。
②比及:及至,等到。
③没揣的:忽然间,猛然间。
④可憎:可爱。

厌拘束，等闲飞出广寒宫。看他容分一捻①，体露半襟，觯香袖以无言，垂罗裙而不语。似汀陵妃子，斜倚舜庙朱扉；如玉殿嫦娥，微现蟾宫素影。是好女子也呵！

【调笑令】我这里甫能、见娉婷，比着那月殿嫦娥也不恁般撑②。遮遮掩掩穿芳径，料应来小脚儿难行。可喜娘的脸儿百媚生，兀的不引了人魂灵！

（旦云）取香来！（末云）听小姐祝告③甚么？（旦云）此一炷香，愿化去先人，早生天界！此一炷香，愿中堂老母，身安无事！此一炷香……（做不语科）（红云）姐姐不祝这一炷香，我替姐姐祝告：愿俺姐姐早寻一个姐夫，拖带红娘咱！（旦再拜云）心中无限伤心事，尽在深深两拜中。（长吁科）（末云）小姐倚栏长叹，似有动情之意。

【小桃红】夜深香霭散空庭，帘幕东风静。拜罢也斜将曲栏凭，长吁了两三声。剔团圞④明月如悬镜。又不见轻云薄雾，都则是香烟人气，两般儿氤氲得不分明。

我虽不如司马相如，我则看小姐颇有文君之意。我且高吟一绝，看他说甚的："月色溶溶夜，花阴寂寂春。如何临皓魄，不见月中人？"（旦云）有人墙角吟诗。（红云）这声音便是那二十三岁不曾娶妻的那傻角。（旦云）好清新之诗，我依韵做一首。（红云）你两个是好做一首。（旦念

---

①一捻：一点点，可捻在手指间。形容小或纤细。
②恁般撑：这样美。恁般，这样，那样。撑，"撑达"的省语，漂亮、出色。
③祝告：祷告于神灵。
④剔团圞（luán）：形容非常圆。剔，程度副词，非常，极其。

诗云)"兰闺久寂寞,无事度芳春。料得行吟者,应怜长叹人。"(末云)好应酬得快也呵!

【秃厮儿】早是那脸儿上扑堆①着可憎,那堪那心儿里埋没着聪明。他把那新诗和得忒应声,一字字,诉衷情,堪听。

【圣药王】那语句清,音律轻,小名儿不枉了唤做莺莺。他若是共小生厮觑定,隔墙儿酬和到天明。方信道"惺惺的自古惜惺惺"。

  我撞出去,看他说甚么。

【麻郎儿】我拽起罗衫欲行,(旦做见科)他陪着笑脸儿相迎。(红云)姐姐,有人,咱家去来,怕夫人嗔着。(莺回顾下)(末唱)不做美的红娘太浅情,便做道"谨依来命"。

【幺篇】我忽听一声猛惊。元来是扑剌剌宿鸟飞腾,颤巍巍花梢弄影,乱纷纷落红满径。

  小姐,你去了呵,那里发付②小生!

【络丝娘】空撇下碧澄澄苍苔露冷,明皎皎花筛月影。白日凄凉柱耽病,今夜把相思再整。

---

  ①扑堆:满堆。
  ②发付:打发;发落。

【东原乐】帘垂下，户已扃①，却才个悄悄相问，他那里低低应。月朗风清恰二更，厮俟幸②：他无缘，小生薄命。

【绵搭絮】恰寻归路，伫立空庭，竹梢风摆，斗柄云横。呀！今夜凄凉有四星③，他不偢④人待怎生！虽然是眼角儿传情，咱两个口不言心自省。

今夜甚睡到得我眼里呵！

【拙鲁速】对着盏碧荧荧短檠⑤灯，倚着扇冷清清旧帏屏。灯儿又不明，梦儿又不成；窗儿外淅零零的风儿透疏棂⑥，忒楞楞的纸条儿鸣；枕头儿上孤另⑦，被窝儿里寂静。你便是铁石人，铁石人也动情。

【幺篇】怨不能，恨不成，坐不安，睡不宁。有一日柳遮花映，雾帐云屏，夜阑人静，海誓山盟。恁时节风流嘉庆，锦片也似前程⑧，美满恩情，咱两个画堂春自生。

---

①扃（jiōng）：上闩，关门。
②俟（xī）幸：烦恼，折磨。
③四星：有两种说法，一是古代秤杆以二分半为一星，四星则言"十分"，多用以形容程度深；二是指北斗七星中的第一至第四星，即枢、璇、玑、权四星。这里两种意思兼而有之。
④偢（chǒu）：顾视；理睬。
⑤檠（qíng）：灯架，烛台。
⑥棂（líng）：旧式房屋的窗格。
⑦孤另：孤单，孤独。
⑧前程：在元杂剧中多指婚姻。

【尾】一天好事从今定,一首诗分明照证;再不向青琐闼梦儿中寻①,则去那碧桃花树儿下等。(下)

## 第四折

(洁引聪上云)今日二月十五开启②,众僧动法器者。请夫人小姐拈香。比及夫人未来,先请张生拈香。怕夫人问呵,则说道贫僧亲者。(末上云)今日二月十五日,和尚请拈香,须索走一遭。

【双调】【新水令】梵王宫殿月轮高,碧琉璃瑞烟笼罩。香烟云盖结,讽咒海波潮。幡影飘飖③,诸檀越④尽来到。

【驻马听】法鼓金铙⑤,二月春雷响殿角;钟声佛号,半天风雨洒松梢。侯门不许老僧敲,纱窗外也没有红娘报。害相思的馋眼脑⑥,见他时须看个十分饱。

(末见洁科)(洁云)先生先拈香,恐夫人问呵,则说是老僧的亲。

---

①青琐闼(tà):借指华丽的房室。此句暗用韩寿偷香的故事,意思是不到京城求取功名和艳遇了。
②开启:僧人开始做道场、佛事。
③飘飖(yáo):飘荡;飞扬。
④檀越:梵语的音译,指施主。
⑤铙(náo):铜质圆形的打击乐器。
⑥眼脑:眼睛。

（末拈香科）

【沉醉东风】惟愿存在的人间寿高，亡化的天上逍遥。为曾、祖、父先灵，礼佛、法、僧三宝。焚名香暗中祷告：则愿得红娘休劣，夫人休觉，犬儿休恶！佛啰，早成就了幽期密约。

（夫人引旦上云）长老请拈香，小姐，咱走一遭，（末做见科）（觑聪云）为你志诚呵，神仙下降也。（聪云）这生却早两遭儿也。（末唱）

【雁儿落】我则道这玉天仙离了碧霄，原来是可意种来请醮①。小子多愁多病身，怎当他倾国倾城貌。

【得胜令】恰便似檀口点樱桃，粉鼻儿倚琼瑶，淡白梨花面，轻盈杨柳腰。妖娆，满面儿扑堆着俏；苗条，一团儿衠是娇。

（洁云）贫僧一句话，夫人行敢道么？老僧有个敝亲，是个饱学的秀才，父母亡后，无可相报。对我说："央及带一分斋，追荐父母。"贫僧一时应允了，恐夫人见责。（夫人云）长老的亲便是我的亲，请来厮见咱。（末拜夫人科）（众僧见旦发科②）（末唱）

【乔牌儿】大师年纪老，法座上也凝眺；举名的班首真呆㑉③，觑着法聪头作金磬敲。

---

①醮（jiào）：道士设坛念经做法事。
②发科：指传统剧演出中角色所做的滑稽动作和表情。
③呆㑉（lǎo）：元时方言，意为痴呆懵懂。元杂剧中常用"㑉"作形容词的词尾。

清光绪十五年上海鸿宝斋石印本《增像第六才子书》图

【甜水令】老的小的，村的俏的，没颠没倒，胜似闹元宵。稔色①人儿，可意冤家，怕人知道，看时节泪眼偷瞧。

【折桂令】着小生迷留没乱②，心痒难挠。哭声儿似莺啭乔林，泪珠儿似露滴花梢。大师也难学，把一个发慈悲的脸儿来朦着。击磬的头陀③懊恼，添香的行者心焦。烛影风摇，香霭云飘；贪看莺莺，烛灭香消。

（洁云）风灭灯也。（末云）小生点灯烧香。（旦与红云）那生忙了一夜。

【锦上花】外像儿风流，青春年少；内性儿聪明，冠世才学。扭捏着身子儿百般做作，来往向人前卖弄俊俏。

（红云）我猜那生——

【幺篇】黄昏这一回，白日那一觉，窗儿外那会镬铎④。到晚来向书帏里比及睡着，千万声长吁怎挨到晓。

（末云）那小姐好生顾盼小子。

【碧玉箫】情引眉梢，心绪恁知道；愁种心苗，情思我猜着。畅⑤

---

①稔（rěn）色：美色；美貌。
②迷留没乱：形容心绪烦躁，精神恍惚。
③头陀：梵语Dhūta的译音，意为"抖擞"，即去掉尘垢烦恼。此处指僧人。
④镬（huò）铎：形容喧闹。
⑤畅：副词。表示程度，相当于"甚""极"。

懊恼！响铛铛云板敲。行者又嚎，沙弥又哨①。怎须不夺人之好。

（洁与众僧发科）（动法器了，洁摇铃杵宣疏了，烧纸科）（洁云）天明了也，请夫人小姐回宅。（末云）再做一会也好，那里发付小生也呵！

【鸳鸯煞】有心争似无心好，多情却被无情恼。劳攘了一宵，月儿沉，钟儿响，鸡儿叫。畅道是②玉人归去得疾，好事收拾得早，道场毕诸人散了。酩子里③各归家，葫芦提④闹到晓。（并下）

【络丝娘煞尾】则为你闭月羞花相貌，少不得剪草除根大小。
题目　老夫人闭春院，崔莺莺烧夜香
正名⑤　小红娘传好事，张君瑞闹道场

---

①哨：即胡哨，撮起嘴唇或塞指于口所吹出的尖锐声音，多用作招集的信号。
②畅道是：相当于"端的是"，表示"真正是""简直是"的意思。
③酩（mǐng）子里：暗地里，暗中。
④葫芦提：亦作"葫芦蹄""葫芦题""葫芦啼"，指糊里糊涂。
⑤题目、正名：戏曲用语。元明杂剧和南戏的剧情要，通常在结尾处用一联或二联对句，概括全剧主要关目，用末句写出此剧的全名，而此句的末三字或四字多为此剧的简称。如马致远《汉宫秋》，其结尾对句是"沉黑江明妃青冢恨，破幽梦孤雁汉宫秋"；又如王子一《误入桃源》，其结尾对句是"太白金星降临凡世，紫霄玉女凤有尘缘，青衣童子报知仙境，刘晨阮肇误入桃源"，这两处对句的末句"破幽梦孤雁汉宫秋"与"刘晨阮肇误入桃源"便是这两个杂剧各自的全称，而"汉宫秋""误入桃源"便是其简称。在刊刻剧本时或把它放在剧前，或放在剧后。或称"题目正名"，或省称为"题目"或"正名"。

# 第二本

## 崔莺莺夜听琴杂剧

## 第一折

（孙飞虎上开）自家姓孙，名彪，字飞虎，方今唐德宗即位，天下扰攘①。因主将丁文雅失政，俺分统五千人马，镇守河桥，劫掳良民财物。近知先相国崔珏之女莺莺，眉黛青颦，莲脸生春，有倾国倾城之容，西子、太真之颜，现在河中府普救寺借居。我心中想来：当今用武之际，主将尚然不正，我独廉何为？大小三军，听吾号令：人尽衔枚②，马皆勒口③，连夜进兵河中府！掳莺莺为妻，是我平生愿足。（下）（法本慌上）谁想孙飞虎将半万贼兵围住寺门，鸣锣击鼓，呐喊摇旗，欲掳莺莺小姐为妻。我今不敢违误，即索报知夫人走一遭。（下）（夫人慌云）如此却怎了！俺同到小姐卧房里商量去。（下）（旦引红娘上云）自见了张生，神魂荡漾，情思不快，茶饭少进。早是离人伤感，况值暮春天道，好烦恼人也呵！好句有情怜夜月，落花无语怨东风。

---

①扰攘：混乱；骚乱。
②衔枚：古代行军时，为了防止士兵喧哗保持军队的严肃和隐蔽，在士兵嘴里横放一种类似筷子的东西，用绳子拴着两头系在脖子后面。
③勒口：以绳索或口罩等物套住嘴，使之不能发声。

【仙吕】【八声甘州】恹恹①瘦损,早是伤神,那值②残春。罗衣宽褪③,能消几度黄昏?风袅篆烟④不卷帘,雨打梨花深闭门;无语凭阑干,目断⑤行云。

【混江龙】落红成阵,风飘万点正愁人。池塘梦晓,阑槛辞春;蝶粉轻沾飞絮雪,燕泥香惹落花尘;系春心情短柳丝长,隔花阴人远天涯近。香消了六朝金粉,清减⑥了三楚精神。

(红云)姐姐情思不快,我将被儿薰得香香的,睡些儿。(旦唱)

【油葫芦】翠被生寒压绣裀,休将兰麝薰;便将兰麝薰尽,则索自温存。昨宵个锦囊佳制⑦明勾引,今日玉堂人物⑧难亲近。这些时坐又不安,睡又不稳,我欲待登临又不快,闲行又闷。每日价⑨情思睡昏昏。

---

①恹(yān)恹:精神萎靡的样子,也用以形容病态。
②那(nài)值:正赶上。
③褪(tùn):使穿着的衣服或套着的东西脱离。
④篆烟:盘香的烟缕。
⑤目断:犹望断,一直望到看不见。
⑥清减:消瘦。
⑦锦囊佳制:优美的文句。这里指隔墙酬和诗。据说唐代诗人李贺经常早上骑着一匹瘦驴出门游玩,让一个小书童背着锦囊跟随着,他想出诗句,就随手写下来放在锦囊里。
⑧玉堂人物:泛指显贵的文士。此处指张生。
⑨价:语助词,常用作副词词尾,和"地"用法相同,有时也写作"家"。

【天下乐】红娘呵，我则索搭①伏定鲛绡②枕头儿上盹。但出闺门，影儿般不离身。（红云）不干红娘事，老夫人着我跟着姐姐来。（旦云）俺娘也好没意思！这些时直恁般堤防着人；小梅香伏侍得勤，老夫人拘束得紧，则怕俺女孩儿折了气分③。

（红云）姐姐往常不曾如此无情无绪；自见了那张生，便觉心事不宁，却是如何？（旦唱）

【那吒令】往常但见个外人，氲的④早嗔；但见个客人，厌的⑤倒褪；从见了那人，兜的⑥便亲。想着他昨夜诗，依前韵，酬和得清新。

【鹊踏枝】吟得句儿匀，念得字儿真，咏月新诗，煞强似⑦织锦回文⑧。谁肯把针儿将线引，向东邻通个殷勤。

【寄生草】想着文章士，旖旎人；他脸儿清秀身儿俊，性儿温克⑨情儿顺，不由人口儿里作念心儿里印。学得来"一天星斗焕文章"，

---

①搭：副词，表示动作由此及彼。
②鲛绡：传说中鲛人所织的绡。亦借指薄绢、轻纱。
③气分（fèn）：身份、体面。
④氲（yūn）的：红着脸。"氲"同"晕"。
⑤厌的：亦作"厌地"。猛地，突然，忽然。元曲中多用此与"忽的"互文。
⑥兜的：突然、立刻。
⑦煞强似：确实胜过；超过。
⑧织锦回文：用五色丝织成的回文诗图。
⑨温克：本指醉酒后能蕴藉自持，后也指人持有温和恭敬的态度。

不枉了"十年窗下无人问"。

（飞虎领兵上围寺科）（下）（卒子内高叫云）寺里人听者：限你每三日内将莺莺献出来与俺将军成亲，万事干休。三日之后不送出，伽蓝尽皆焚烧，僧俗寸斩，不留一个。（夫人、洁同上敲门了）（红看了云）姐姐，夫人和长老都在房门前。（旦见了科）（夫人云）孩儿，你知道么？如今孙飞虎将半万贼兵围住寺门，道你"眉黛青颦，莲脸生春，似倾国倾城的太真"，要掳你做压寨夫人。孩儿，怎生是了也？（旦唱）

【六幺序】听说罢魂离了壳，现放着祸灭身，将袖梢儿揾①不住啼痕。好教我去住无因，进退无门，可着俺那埚儿里人急偎亲②？孤孀子母无投奔，赤紧的先亡过了有福之人。耳边厢金鼓连天震，征云冉冉，土雨③纷纷。

【幺篇】那厮每风闻，胡云④。道我"眉黛青颦，莲脸生春，恰便是倾国倾城的太真"；兀的⑤不送了他三百僧人？半万贼军，岂敢剪草除根？这厮每于家为国无忠信，恣情的掳掠人民。更将那天宫般盖造⑥焚烧尽，则没那诸葛孔明，便待要博望烧屯。

（夫人云）老身年六十岁，不为寿夭；奈孩儿年少，未得从夫，却如

---

①揾（wèn）：拭，擦。
②可着俺：却教我。那埚儿里：亦作"那埚儿"，哪里；哪儿。人急偎亲：指人到危急时则想投靠亲友。
③土雨：指飞扬的尘土。
④胡云：胡说。
⑤兀的：语气助词，与"不"连用，表示反诘，类似"怎的不"。
⑥盖造：房屋，建筑物。

之奈何？（旦云）孩儿有一计，想来只是将我与贼汉为妻，庶可免一家儿性命。（夫人哭科）俺家无犯法之男，再婚之女，怎舍得你献与贼汉，却不辱没了俺家谱！（洁云）俺同到法堂上两廊下，问僧俗有高见者，俺一同商议个长便①。（同到法堂科）（夫人云）小姐却是怎生？（旦云）不如将我与贼人，其便有五。

【后庭花】第一来免摧残老太君；第二来免殿堂作灰烬；第三来诸僧无事得安存；第四来先君灵柩稳；第五来欢郎虽是未成人，（欢云）俺呵，打甚么不紧②。（旦唱）须是崔家后代孙。莺莺为惜己身，不行从③着乱军：诸僧众污血痕，将伽蓝火内焚，先灵为细尘，断绝了爱弟亲，割开了慈母恩。

【柳叶儿】呀，将俺一家儿不留一个龆龀④，待从军又怕辱没了家门。我不如白练套头儿寻个自尽，将我尸榇，献与贼人，也须得个远害全身。

【青哥儿】母亲，都做了莺莺生忿⑤，对旁人一言难尽。母亲，休爱惜莺莺这一身。您孩儿别有一计；不拣何人，建立功勋，杀退贼军，扫荡妖氛；倒陪家门，情愿与英雄结婚姻，成秦晋⑥。

---

①长便：长久方便之计。
②打甚么不紧：没有什么要紧。元杂剧中常用此语。
③行从：跟从，这里引申指顺从。
④龆龀（tiáo chèn）：小孩换牙，借指孩童。
⑤生忿：忤逆。
⑥秦晋：春秋时秦晋两国世通婚姻，后来就以此来指代两姓联姻。

（夫人云）此计较可。虽然不是门当户对，也强如陷于贼中。长老在法堂上高叫："两廊僧俗，但有退兵之策的，倒陪房奁，断送①莺莺与他为妻。"（洁叫了住②）（末鼓掌上云）我有退兵之策，何不问我？（见夫人）（洁云）这秀才便是前日带追荐的秀才。（夫人云）计将安在？（末云）"重赏之下，必有勇夫；赏罚若明，其计必成。"（旦背云）只愿这生退了贼者。（夫人云）恰才与长老说下，但有退得贼兵的，将小姐与他为妻。（末云）既是恁的③，休唬了我浑家④，请入卧房里去，俺自有退兵之策。（夫人云）小姐和红娘回去者！（旦对红云）难得此生这一片好心！

【赚煞】诸僧众各逃生，从家眷谁俅问，这生不相识横枝儿⑤着紧。非是书生多议论，也堤防着玉石俱焚。虽然是不关亲，可怜见命在逡巡⑥，济不济权将秀才来尽⑦。果若有《出师表》文、吓蛮书⑧信，张生呵，则愿你笔尖儿横扫了五千人。

（夫人云）此事如何？（末云）小生有一计，先用着长老。（洁云）老僧不会厮杀，请秀才别换一个。（末云）休慌，不要你厮杀。你出去与贼汉说："夫人本待便将小姐出来，送与将军，奈有父丧在身。不争鸣锣击鼓，惊死小姐，也可惜了。将军若要做女婿呵，可按甲束兵，退一射之

---

①断送：陪送。
②住：稍停，类似话剧中的"哑场"，指戏剧舞台上因剧情需要而出现暂停音乐或说白的场面。
③恁的：如此，这样。亦作"恁底""恁地"。
④浑家：妻子。
⑤横枝儿：喻指局外人，不相干的人。
⑥逡巡（qūn xún）：顷刻；极短时间。
⑦济不济权将秀才来尽：此句指任由秀才做主。
⑧吓蛮书：相传李白通晓外语，曾为唐玄宗起草答渤海国王的国书，使渤海王不敢造次生事，后世称为"吓蛮书"。

地。限三日功德圆满，脱了孝服，换上颜色衣服，倒陪房奁，定将小姐送与将军。不争①便送来，一来父孝在身，二来于君不利。"你去说去。（洁云）三日后如何？（末云）有计在后。（下）

# 第二折

（洁朝鬼门道叫科）请将军打话。（飞虎引卒上云）快送莺莺出来。（洁云）将军息怒！夫人使老僧来与将军说。（说如前了）（飞虎云）既然如此，限你三日后。若不送来，我着你人人皆死，个个不存。你对夫人说去，怎的这般好性儿的女婿，教他招了者。（引卒下）（洁云）贼兵退了也，三日后不送出去，便都是死的。（末云）小子有一故人，姓杜名确，号为白马将军，现统十万大兵，镇守着蒲关。一封书去，此人必来救我。此间离蒲关四十五里，写了书呵，怎得人送去？（洁云）若是白马将军肯来，何虑孙飞虎。俺这里有一个徒弟，唤作惠明，则是要吃酒厮打。若使央他去，定不肯去；须将言语激着他，他便去。（末唤云）有书寄与杜将军，谁敢去？谁敢去？（惠明上云）我敢去！（唱）

【正宫】【端正好】不念《法华经》，不礼《梁皇忏》②，彪③了僧伽

---

①不争：不要紧，没关系。
②《梁皇忏》：即梁武帝为超度其妻而作的《慈悲道场忏法》。
③彪（diū）：抛掷。

帽,袒下我这偏衫①。杀人心逗起英雄胆,两只手将乌龙尾钢橼撺②。

【滚绣球】非是我贪,不是我敢,知他怎生唤做打参③,大踏步直杀入虎窟龙潭。非是我搀④,不是我揽⑤,这些时吃菜馒头委实口淡,五千人也不索炙煿煎燂⑥。腔子里热血权消渴,肺腑内生心且解馋,有甚腌臜⑦!

【叨叨令】浮沙羹、宽片粉添些杂糁,酸黄齑⑧、烂豆腐休调唻,万余斤黑面从教暗⑨,我将这五千人做一顿馒头馅。是必休误了也么哥!休误了也么哥!包残余肉把青盐蘸。

(洁云)张秀才着你寄书去蒲关,你敢去么?(惠唱)

【倘秀才】你那里问小僧敢去也那不敢,我这里启大师用咱。你道

---

①偏衫:僧尼的一种服装。开脊接领,斜披在左肩上,像袈裟之类的法衣。
②乌龙尾钢橼(chuán):指铁棍。撺(zuàn):古同"攥",用手紧握。
③打参:静坐参禅。
④搀:抢先。
⑤揽:兜揽。
⑥煿(bó):煎炒或烤干食物。燂(tán):烤烂。"炙煿煎燂"相当于现在的"煎炒烹炸"。
⑦腌臜(ā za):脏;不干净。
⑧黄齑(jī):咸腌菜。"齑"古同"齋"。
⑨暗:"按"的假借用法。此句指暂且按下黑面不用。

是飞虎将声名播斗南①;那厮能淫欲,会贪婪,诚何以堪!

(末云)你是出家人,却怎不看经礼忏,则厮打为何?(惠唱)

【滚绣球】我经文也不会谈,逃禅也懒去参;戒刀头近新来钢蘸,铁棒上无半星儿土渍尘缄。别的都僧不僧、俗不俗,女不女、男不男,则会斋得饱也则去那僧房中胡渰②,那里管焚烧了兜率③也似伽蓝。则为那善文能武人千里,凭着这济困扶危书一缄,有勇无惭。

(末云)他倘若不放你过去如何?(惠云)他不放我呵,你放心!

【白鹤子】着几个小沙弥把幢幡宝盖④擎,壮行者将杆棒镬叉担。你排阵脚将众僧安,我撞钉子⑤把贼兵来探。

【二】远的破开步将铁棒彪,近的顺着手把戒刀钐⑥;有小的提起来将脚尖跐⑦,有大的扳下来把髑髅勘⑧。

---

①斗南:北斗星以南,借指中国或海内。
②胡渰(yān):装傻,装痴。
③兜率:即"兜率天",梵语音译。佛教认为天分许多层,第四层叫兜率天。它的内院是弥勒菩萨的净土,外院是天上众生所居之处。
④幢幡宝盖:指佛、道教仪仗中所用的旌旗、伞盖。
⑤撞钉子:比喻冒险。
⑥钐(shàn):抡开镰刀或钐镰大片地割。
⑦跐(zhuàng):同"撞"。
⑧髑髅(dú lóu):指死人的头骨。勘:同"砍"。

【一】瞅一瞅古都都①翻了海波，滉②一滉厮琅琅震动山岩；脚踏得赤力力地轴摇，手扳得忽刺刺天关撼。

【耍孩儿】我从来驳驳劣劣③，世不曾忑忑忐忐④，打熬⑤成不厌天生敢。我从来斩钉截铁常居一，不似恁惹草拈花没掂三⑥。劣性子人皆惨，舍着命提刀仗剑，更怕甚勒马停骖。

【二】我从来欺硬怕软，吃苦不甘，你休只因亲事胡扑掩⑦。若是杜将军不把干戈退，张解元干⑧将风月担，我将不志诚的言词赚。倘或纰缪，倒大⑨羞惭。

（惠云）将书来，你等回音者。

【收尾】您与我助威风擂几声鼓，仗佛力呐一声喊。绣旗下遥见英雄俺，我教那半万贼兵吓唬破胆。（下）

（末云）老夫人长老都放心，此书到日，必有佳音。咱"眼观旌节旗，耳听好消息"。你看"一封书札逡巡至，半万雄兵咫尺来"。（并下）

---

①古都都：描摹声音的副词，与下文中的"厮琅琅""赤力力""忽刺刺"用法相同。

②滉（huàng）：水深而广。

③驳驳劣劣：类似现在的"大大咧咧"。

④忑忑忐忐：心神不安，胆怯。

⑤打熬：磨炼。

⑥没掂三：不知轻重，欠考虑，糊涂。

⑦扑掩：猜测。

⑧干（gān）：徒然，白白地。

⑨倒大：无比，非常。

（杜将军引卒子上开）林下晒衣嫌日淡，池中濯足恨鱼腥；花根本艳公卿子，虎体元斑将相孙①。自家姓杜，名确，字君实，本贯西洛人也。自幼与君瑞同学儒业，后弃文就武。当年武举及第，官拜征西大将军，正授管军元帅，统领十万之众，镇守着蒲关。有人自河中来，听知君瑞兄弟在普救寺中，不来望我；着人去请，亦不肯来，不知主甚意。今闻丁文雅失政，不守国法，剽掠黎民；我为不知虚实，未敢造次兴师。孙子曰："凡用兵之法，将受命于君，合军聚众，圮地无舍，衢地交合，绝地无留；围地则谋，死地则战；途有所不由，军有所不击，城有所不攻，地有所不争，君命有所不受。故将通于九变之利者，知用兵矣。治兵不知九变之术，虽知五利，不能得人用矣。"吾之未疾进后征讨者，为不知地利浅深出没之故也。昨日探听去，不见回报。今日升帐，看有甚军情来，报我知道者！（卒子引惠明和尚上开）（惠云）我离了普救寺，一日至蒲关，见杜将军走一遭。（卒报科）（将军云）着他过来！（惠打问讯了云）贫僧是普救寺来的，今有孙飞虎作乱，将半万贼兵，围住寺门，欲劫故臣崔相国女为妻。有游客张君瑞奉书令小僧拜投于麾下，欲求将军以解倒悬之危。（将军云）将过书来！（惠投书了）（将军拆书念曰）珙顿首再拜大元帅将军契兄纛②下：伏自洛中，拜违犀表③，寒暄屡隔，积有岁月，仰德之私，铭刻如也。忆昔联床风雨，叹今彼各天涯；客况复生于肺腑，离愁无慰于羁怀。念贫处十年藜藿，走困他乡；羡威统百万貔貅④，坐安边境。故知虎体食天禄，瞻天表，大德胜常；使贱子慕台颜，仰台翰，寸心为慰；辄

---

①"花根本艳公卿子"二句：表达自己是将门虎子之意。"花根本艳"意指花朵的美艳是从花根来的，"虎体元斑"意指老虎身上的斑纹是与生俱来的。

②纛（dào）：古代军队里的大旗。

③犀表：对武将仪表的尊称。

④貔貅（pí xiū）：比喻勇猛的军队。

禀:小弟辞家,欲诣帐下,以叙数载间阔①之情;奈至河中府普救寺,忽值采薪之忧②,不及径造。不期有贼将孙飞虎,领兵半万,欲劫故臣崔相国之女,实为迫切狼狈。小弟之命,亦在逡巡。万一朝廷知道,其罪何归?将军倘不弃旧交之情,兴一旅之师;上以报天子之恩,下以救苍生之急;使故相国虽在九泉,亦不泯将军之德。愿将军虎视去书,使小弟鹄观③来旄。造次干渎④,不胜惭愧!伏乞台照不宣!张珙再拜,二月十六日书。(将军云)既然如此,和尚你行,我便来。(惠明云)将军是必疾来者!

**【仙吕】【赏花时】**那厮掳掠黎民德行短,将军镇压边庭机变宽。他弥天罪有百千般。若将军不管,纵贼寇骋无端。

**【幺篇】**便是你坐视朝廷将帝主瞒。若是扫荡妖氛着百姓欢,干戈息,大功完。歌谣遍满,传名誉到金銮。

(将军云)虽无圣旨发兵,"将在军,君命有所不受"。大小三军,听吾将令:速点五千人马,人尽衔枚,马皆勒口。星夜起发,直至河中府普救寺救张生走一遭。(飞虎引卒子上开)(将军引卒子骑竹马调阵,拿绑下)(夫人、洁同末上云)下书已两日,不见回音。(末云)山门外呐喊摇旗,莫不是俺哥哥至了。(末见将军了)(引夫人拜了)(将军云)杜确有失防御,致令老夫人受惊,切勿见罪是幸!(末拜将军了)自别兄长台颜,一向有失听教;今得一见,如拨云睹日。(夫人云)老身子母,如将

---

① 间(jiàn)阔:久别,远隔。
② 采薪之忧:患病的委婉说法。
③ 鹄(hú)观:如鹄引领翘望。形容盼望殷切。
④ 干渎:亦作"干黩",冒犯。

清光绪十五年上海鸿宝斋石印本《增像第六才子书》图

军所赐之命,将何补报?(将军云)不敢,此乃职分之所当为。敢问贤弟,因甚不至戎帐?(末云)小弟欲来,奈小疾偶作,不能动止,所以失敬,今见夫人受困,所言退得贼兵者,以小姐妻之,因此愚弟作书请吾兄。(将军云)既然有此姻缘,可贺,可贺!(夫人云)安排茶饭者!(将军云)不索①,尚有余党未尽,小官去捕了,却来望贤弟。左右那里,去斩孙飞虎去!英雄将叛从今起,搅乱贼徒到此休。(拿贼了)本欲斩首示众,具表奏闻,见丁文雅失守之罪;恐有未叛者,今将为首者各杖一百,余者尽归旧营去者!(孙飞虎谢了下)(将军云)张生建退贼之策,夫人面许结亲;若不违前言,淑女可配君子也。(夫人云)恐小女有辱君子。(末云)请将军筵席者!(将军云)我不吃筵席了,我回营去,异日却来庆贺。(末云)不敢久留兄长,有劳台候。(将军望蒲关起发)(众念云)马离普救敲金镫,人望蒲关唱凯歌。(下)(夫人云)先生大恩,不敢忘也。自今先生休在寺里下,只着仆人寺内养马,足下来家内书院里安歇。我已收拾了,便搬来者。到明日略备草酌,着红娘来请,你是必来一会,别有商议。(下)(末云)这事都在长老身上。(问洁云)小子亲事未知何时?(洁云)莺莺亲事拟定妻君。只因兵火至,引起雨云心。(下)(末云)小子收拾行李去花园里去也。(下)

---

①不索:不需要;不必。

# 第三折

(夫人上云)今日安排下小酌,单请张生酬劳。道与红娘,疾忙去书院中请张生,着他是必便来,休推故。(下)(末上云)夜来老夫人说,着红娘来请我,却怎生不见来?我打扮着等他。皂角也使过两个也,水也换了两桶也,乌纱帽擦得光挣挣的。怎么不见红娘来也呵?(红娘上云)老夫人使我请张生。我想若非张生妙计呵,俺一家儿性命难保也呵。

【中吕】【粉蝶儿】半万贼兵,卷浮云片时扫净,俺一家儿死里逃生。舒心的列山灵,陈水陆①,张君瑞合当钦敬。当日所望无成;谁承望一缄书倒为了媒证。

【醉东风】今日个东阁玳筵开②,煞强如西厢和月等。薄衾单枕有人温,早则不冷、冷。受用足宝鼎香浓,绣帘风细,绿窗人静。
　　可早来到也。

【脱布衫】幽僻处可有人行,点苍苔白露泠泠。隔窗儿咳嗽了一声。
　　(红敲门科)(末云)是谁来也?(红云)是我。他那里启朱唇急来答应。
　　(末云)拜揖小娘子。(红唱)

【小梁州】则见他叉手③忙将礼数迎,我这里"万福,先生"。乌纱

---

① 山灵、水陆:指山珍海味,形容宴席的丰盛。
② 东阁:古代称宰相招致、款待宾客的地方。玳筵:即玳瑁筵,指豪华、丰盛的宴席。
③ 叉手:男子两手在胸前相交,表示恭敬,又称"拱手礼"。

清光绪十五年上海鸿宝斋石印本《增像第六才子书》图

小帽耀人明，白襕①净，角带闹黄鞓②。

【幺篇】衣冠济楚庞儿俊，可知道引动俺莺莺。据相貌，凭才性，我从来心硬，一见了也留情。

（末云）"既来之，则安之。"请书房内说话。小娘子此行为何？（红云）贱妾奉夫人严命，特请先生小酌数杯，勿却。（末云）便去，便去。敢问席上有莺莺姐姐么？（红唱）

【上小楼】"请"字儿不曾出声，"去"字儿连忙答应；可早莺莺根前，"姐姐"呼之，喏喏连声。秀才每闻道"请"，恰便似听将军严令，和他那五脏神愿随鞭镫。

（末云）今日夫人端的为甚么筵席？（红唱）

【幺篇】第一来为压惊，第二来因谢承。不请街坊，不会亲邻，不受人情。避众僧，请老兄，和莺莺匹聘。（末云）如此小生欢喜。（红唱）则见他欢天喜地，谨依来命。

（末云）小生客中无镜，敢烦小娘子看小生一看何如？（红唱）

---

①白襕（lán）：白色衫袍，为当时儒生的衣裳。襕，古代一种上下衣相连的服装。

②角带闹黄鞓（tīng）：装饰有兽角的黄色皮腰带，是当时儒生的打扮。角带，以兽角为装饰的腰带；闹，掺杂；鞓，皮腰带。

【满庭芳】来回顾影,文魔秀士①,风欠酸丁②。下工夫将额颅③十分挣,迟和疾擦倒苍蝇,光油油耀花人眼睛,酸溜溜螫得人牙疼。(末云)夫人办甚么请我?(红唱)茶饭已安排定,淘下陈仓米数升,炸下七八碗软蔓青④。

(末云)小生想来:自寺中一见了小姐后,不想今日得成婚姻,岂不为前生分定?(红云)姻缘非人力所为,天意尔。

【快活三】咱人一事精,百事精;一无成,百无成。世间草木本无情。自古云:"地生连理木,水出并头莲。"他犹有相兼并。

【朝天子】休道这生,年纪儿后生,恰学害相思病。天生聪俊,打扮素净,奈夜夜成孤另。才子多情,佳人薄幸,兀的不担搁了人性命。(末云)你姐姐果有信行?(红唱)谁无一个信行,谁无一个志诚,恁两个今夜亲折证。.

我嘱咐你咱!

【四边静】今宵欢庆,软弱莺莺,可曾惯经?你索款款轻轻,灯下

---

①文魔秀士:疯狂的读书人。
②酸丁:旧时对贫寒而迂腐的读书人嘲讽性的称呼。"风欠酸丁"指痴呆的读书人。
③额颅:额头。
④蔓青:疑似"蔓菁",又名芜菁,植物名。块根肉质,花黄色,块根可做蔬菜,俗称大头菜。

交鸳颈。端详可憎①,好煞人也无干净②!

（末云）小娘子先行,小生收拾书房便来。敢问那里有甚么景致?（红唱）

【耍孩儿】俺那里有落红满地胭脂冷,休辜负了良辰美景。夫人遣妾莫消停,请先生勿得推称。俺那里准备着鸳鸯夜月销金帐,孔雀春风软玉屏。乐奏合欢令,有凤箫象板,锦瑟鸾笙。

（末云）小生书剑飘零,无以为财礼,却是怎生?（红唱）

【四煞】聘财断不争,婚姻自有成,新婚燕尔安排定。你明博得跨凤乘鸾客,我到晚来卧看牵牛织女星。休僥幸,不要你半丝儿红线,成就了一世儿前程。

【三煞】凭着你灭寇功,举将能,两般儿功效如红定③。为甚俺莺娘心下十分顺,都则为君瑞胸中百万兵。越显得文风盛,受用足珠围翠绕,结果了黄卷青灯④。

【二煞】夫人只一家,老兄无伴等⑤,为嫌繁冗寻幽静。（末云）别有甚客人?（红唱）单请你个有恩有义闲中客,且回避了无是无非窗

---

①可憎：可爱的人。
②无干净：不肯罢休；没有了结。
③红定：旧俗订婚时,男方送给女方的聘礼。
④黄卷青灯：指辛勤夜读。黄卷,书。
⑤伴等：同伴。

下僧。夫人的命，道足下莫教推托，和贱妾即便随行。

（末云）小娘子先行，小生随后便来。（红唱）

【收尾】先生休作谦，夫人专意等。常言道"恭敬不如从命"，休使得梅香再来请。（下）

（末云）红娘去了，小生拽上书房门者。我比及①到得夫人那里，夫人道："张生，你来了也，饮几杯酒，去卧房内和莺莺做亲去！"小生到得卧房内，和姐姐解带脱衣，颠鸾倒凤，同谐鱼水之欢，共效于飞之愿②。觑他云鬟低坠，星眼微朦，被翻翡翠，袜绣鸳鸯；不知性命何如？且看下回分解。

（笑云）单羡法本好和尚也：只凭说法口，遂却读书心。（下）

# 第四折

（夫人排桌子上云）红娘去请张生，如何不见来？（红见夫人云）张生着红娘先行，随后便来也。（末上见夫人施礼科）（夫人云）前日若非先生，焉得有今日；我一家之命，皆先生所活也。聊备小酌，非为报礼，勿嫌轻意。（末云）"一人有庆，兆民赖之。"此贼之败，皆夫人之福。万一杜将军不至，我辈皆无免死之术。此皆往事，不必挂齿。（夫人云）将酒来，先生满饮此杯。（末云）"长者赐，少者不敢辞。"（末做饮酒科）（末把夫人酒了）（夫人云）先生请坐！（末云）小子侍立座下，尚然越

---

①比及：如果，假使。
②于飞之愿：比喻夫妻恩爱。

礼，焉敢与夫人对坐。(夫人云)道不得个"恭敬不如从命"。(末谢了，坐)(夫人云)红娘，去唤小姐来，与先生行礼者！(红朝鬼门道唤云)老夫人后堂待客，请小姐出来哩！(旦应云)我身子有些不停当①，来不得。(红云)你道请谁哩？(旦云)请谁？(红云)请张生哩？(旦云)若请张生，扶病也索走一遭。(红发科了)(旦上)免除崔氏全家祸，尽在张生半纸书。

【双调】【五供养】若不是张解元识人多，别一个怎退得干戈。排着酒果，列着笙歌。篆烟微，花香细，散满东风帘幕。救了咱全家祸，殷勤呵正礼，钦敬呵当合。

【新水令】恰才向碧纱窗下画了双蛾，拂拭了罗衣上粉香浮涴②，则将指尖儿轻轻的贴了钿窝③。若不是惊觉人呵，这其间犹压着绣衾卧。

(红云)觑俺姐姐这个脸儿吹弹得破，张生有福也呵！(旦唱)

【幺篇】没查没利谎偻㑩④，你道我宜梳妆的脸儿吹弹得破。(红云)俺姐姐天生的一个夫人的样儿。(旦唱)你那里休聒，不当信口开合。知他命福是如何？我做一个夫人也做得过。

(红云)往常两个都害，今日早则喜也！(旦唱)

---

①停当：舒服。
②浮涴(wò)：即浮尘。涴，污，弄脏。
③钿窝：指女子面颊贴花钿的地方。
④没查没利谎偻㑩(lóu luó)：指无凭无据瞎说。没查没利，言语不实。偻㑩，干练、伶俐、机灵。

【乔木查】我相思为他,他相思为我,从今后两下里相思都较可①。酬贺间礼当酬贺,俺母亲也好心多。

（红云）敢着小姐和张生结亲呵,怎生不做大筵席,会亲戚朋友?安排小酌为何?（旦云）红娘,你不知夫人意。

【搅筝琶】他怕我是赔钱货,两当一便成合。据着他举将除贼,也消得家缘过活。费了甚一股那②便待要结丝萝③;休波④,省人情⑤的奶奶忒虑过,恐怕张罗。

（末云）小子更衣咱。（做撞见旦科）（旦唱）

【庆宣和】门儿外,帘儿前,将小脚那⑥。我恰待目转秋波,谁想那识空便的灵心儿早瞧破。唬得我倒躲,倒躲。

（末见旦科）（夫人云）小姐近前,拜了哥哥者!（末背云）呀,声息不好了也!（旦云）呀,俺娘变了卦也!（红云）这相思又索害也。（旦唱）

---

①较可：疾病减轻；痊愈。
②一股那：即"一股脑",表示匆匆忙忙地。
③丝萝：指菟丝和女萝,二者均为蔓生植物,缠绕于草木,不易分开,因此诗文中常用来比喻结为婚姻。
④休波：算了吧。元杂剧中的"波"与现代汉语中的"吧"同法相同。
⑤省(xǐng)人情：懂得人情世故。
⑥那：同"挪",与下文中的"怎动那"用法相同。

【雁儿落】荆棘刺①怎动那！死没腾②无回豁③！措支刺④不对答！软兀刺⑤难存坐！

【得胜令】谁承望这即即世世⑥老婆婆，着莺莺做妹妹拜哥哥。白茫茫溢起蓝桥水⑦，不邓邓⑧点着袄庙火⑨。碧澄澄清波，扑剌剌⑩将比目鱼分破；急攘攘因何，纥搭⑪地把双眉锁纳合。

（夫人云）红娘看热酒，小姐与哥哥把盏者！（旦唱）

【甜水令】我这里粉颈低垂，蛾眉频蹙，芳心无那，俺可甚"相见

---

①荆棘刺：慌张、惊恐的样子。
②死没腾：形容发愣失神，有气无力的样子。
③回豁：回答，反应。
④措支刺：形容惊慌失措的样子。
⑤软兀刺：形容精神萎靡、瘫软无力的样子。
⑥即即世世：世故，狡猾。
⑦白茫茫溢起蓝桥水：此句化用"蓝桥相会"和"尾生抱柱而死"两个典故。蓝桥，在陕西省蓝田县东南蓝溪之上。相传其地有仙窟，为唐裴航与仙女云英约会的地方。"尾生抱柱而死"是说尾生曾与一女子相约在桥上相会，当时河水暴涨，女子一直不来，尾生抱着桥上的柱子一直等候，结果被水淹死。
⑧不邓邓：同"不登登"，表示愤怒的样子。
⑨袄庙火：民间传说记载，蜀帝的公主与乳母陈氏的儿子相爱，二人相约于袄庙。公主到达时，陈生正在睡觉，公主不忍叫醒他，就留下手上佩带的玉环走了。陈生醒来后，看到玉环，知道公主已经来过，后悔不已，怨气化火烧毁了庙宇，陈生也被烧死。
⑩扑刺（là）剌：象声词，多形容禽鸟拍翅声。
⑪纥（gē）搭：比喻行动快速，犹突然。

话偏多"？星眼朦胧，檀口嗟咨，撅窨①不过，这席面儿畅好②是乌合。

（旦把酒科）（夫人央科）（末云）小生量窄。（旦云）红娘接了台盏者！

【折桂令】他其实咽不下玉液金波。谁承望月底西厢，变做了梦里南柯。泪眼偷淹，酪子里揾湿香罗。他那里恨倦开，软瘫做一垛③；我这里手难抬，称④不起肩窝。病染沉疴，断然难活。则被你送了人呵，当甚么偻㑩⑤。

（夫人云）再把一盏者！（红递盏了）（红背与旦云）姐姐，这烦恼怎生是了！（旦唱）

【月上海棠】而今烦恼犹闲可⑥，久后思量怎奈何？有意诉衷肠，争奈母亲侧坐，成抛躲⑦，咫尺间发如间阔⑧。

【幺篇】一杯闷酒尊前过，低首无言自摧挫⑨。不甚醉颜酡⑩，却早

---

①撅窨（diān yìn）：顿足忍气；怅惘。
②畅好：正好；甚好。
③一垛：一堆。
④称：支撑。
⑤当甚么偻㑩：即"逞什么英雄""充什么能干"之意。
⑥闲可：等闲，不要紧。
⑦抛躲：回避，避开。
⑧间（jiàn）阔：久别，远隔。
⑨摧挫：折磨，作践。
⑩酡（tuó）：饮酒后脸色变红。

嫌玻璃盏大。从因我，酒上心来较可。

（夫人云）红娘送小姐卧房里去者！（旦辞末出科）（旦云）俺娘好口不应心也呵！

【乔牌儿】老夫人转关儿①没定夺，哑谜儿怎猜破；黑阁落②甜话儿将人和③，请将来着人不快活。

【江儿水】佳人自来多命薄，秀才每从来懦。闷杀没头鹅④，撇下陪钱货；不争你不成亲呵，下场头那答儿发付我！

【殿前欢】恰才个笑呵呵，都做了江州司马泪痕多。若不是一封书将半万贼兵破，俺一家怎得存活。他不想结姻缘想甚么？到如今难着莫⑤。老夫人谎到天来大；当日成也是恁个母亲，今日败也是恁个萧何。

【离亭宴带歇指煞】从今后玉容寂寞梨花朵，胭脂浅淡樱桃颗，这相思何时是可⑥？昏邓邓黑海来深，白茫茫陆地来厚，碧悠悠青天来阔；太行山般高仰望，东洋海般深思渴⑦。毒害的恁么。俺娘呵，

---

①转关儿：改变主意。
②黑阁落：指屋角暗处。阁落，即方言"圪塔"，表示角落。
③和：哄骗。
④没头鹅：天鹅群飞，为首的一只叫作头鹅。鹅群失去带头的鹅，称作"没头鹅"。多用以形容慌张无主的样子。这里指张生。
⑤着莫：捉摸。
⑥可：终结，结束。
⑦思渴：强烈的相思之情。

将颤巍巍双头花蕊搓，香馥馥同心缕带①割，长挽挽连理琼枝挫。白头娘不负荷②，青春女成担阁，将俺那锦片也似前程蹬脱③。俺娘把甜句儿落空了他，虚名儿误赚④了我。（下）

（末云）小生醉也，告退。夫人根前，欲一言以尽意，未知可否？前者贼寇相迫，夫人所言，能退贼者，以莺莺妻之。小生挺身而出，作书与杜将军，庶几得免夫人之祸。今日命小生赴宴，将谓有喜庆之期；不知夫人何见，以兄妹之礼相待？小生非图哺啜⑤而来，此事果若不谐，小生即当告退。（夫人云）先生纵有活我之恩，奈小姐先相国在日，曾许下老身侄儿郑恒。即日有书赴京唤去了，未见来。如若此子至，其事将如之何？莫若以金帛相酬，先生拣豪门贵宅之女，别为之求，先生台意若何？（末云）既然夫人不与，小生何慕金帛之色？却不道"书中有女颜如玉"？则今日便索⑥告辞。（夫人云）你且住者，今日有酒也。红娘扶哥哥去书房中歇息，到明日咱别有话说。（下）（红扶末科）（末念）有分只熬萧寺夜，无缘难遇洞房春。（红云）张生，少吃一盏却不好！（末云）我吃甚么来！（末跪红科）小生为小姐，昼夜忘餐废寝，魂劳梦断，常忽忽如有所失。自寺中一见，隔墙酬和，迎风带月，受无限之苦楚。甫能得成就婚姻，夫人变了卦，使小生智竭思穷，此事几时了！小娘子怎生可怜小生，将此意申与小姐，知小生之心。就小娘子前解下腰间之带，寻个自尽。（末念）可怜刺股悬梁志，险作离乡背井魂。（红云）街上好贱柴，

---

① 同心缕带：同心结，象征坚贞的爱情。
② 负荷：担负，承担。
③ 蹬脱：踢开，抛弃。
④ 误赚：欺骗。
⑤ 哺啜：吃喝。
⑥ 便索：就；就要。

清光绪十五年上海鸿宝斋石印本《增像第六才子书》图

烧你个傻角。你休慌,妾当与君谋之。(末云)计将安在?小生当筑坛拜将①。(红云)妾见先生有囊琴一张,必善于此。俺小姐深慕于琴。今夕妾与小姐同至花园内烧夜香,但听咳嗽为令,先生动操。看小姐听得时说甚么言语,却将先生之言达知。若有话说,明日妾来回报,这早晚怕夫人寻我,回去也。(下)

# 第五折

(末上云)红娘之言,深有意趣。天色晚也,月儿,你早些出来么!(焚香了)呀,却早发擂②也!呀,却早撞钟也!(做理琴科)琴呵,小生与足下湖海相随数年,今夜这一场大功,都在你这神品——金徽、玉轸、蛇腹、断纹、峄阳、焦尾、冰弦之上。天那!却怎生借得一阵顺风,将小生这琴声吹入俺那小姐玉琢成、粉捏就、知音的耳朵里去者!(旦引红上,红云)小姐,烧香去来,好明月也呵!(旦云)事已无成,烧香何济!月儿,你团圆呵,咱却怎生?

【越调】【斗鹌鹑】云敛晴空,冰轮乍涌;风扫残红,香阶乱拥;离恨千端,闲愁万种。夫人那,"靡不有初,鲜克有终"。他做了影儿里的情郎,我做了画儿里的爱宠。

---

①筑坛拜将:《汉书·高帝纪上》:"汉王齐戒设坛场,拜信(韩信)为大将军,问以计策。"后以"筑坛拜将"表示仰仗贤能。

②发擂:指起更打鼓,也指启明定昏。

【紫花儿序】则落得心儿里念想，口儿里闲提，则索向梦儿里相逢。俺娘昨日个大开东阁，我则道怎生般炮凤烹龙①？朦胧，可教我"翠袖殷勤捧玉钟"，却不道"主人情重"？则为那兄妹排连，因此上鱼水难同。

（红云）姐姐，你看月阑②，明日敢有风也？（旦云）风月天边有，人间好事无。

【小桃红】人间看波，玉容深锁绣帏中，怕有人搬弄。想嫦娥，西没东生谁与共？怨天公，裴航③不作游仙梦。这云似我罗帏数重，只恐怕嫦娥心动，因此上围住广寒宫。

（红做咳嗽科）（末云）来了。（做理琴科）（旦云）这甚么响？（红发科）（旦唱）

【天净沙】莫不是步摇得宝髻玲珑？莫不是裙拖得环珮玎珑？莫不是铁马④儿檐前骤风？莫不是金钩双控⑤，吉玎珰⑥敲响帘栊？

【调笑令】莫不是梵王宫夜撞钟？莫不是疏竹潇潇曲槛中？莫不是

---

①炮凤烹龙：形容豪奢珍奇的美味佳肴。
②月阑：月晕，是起风的征兆。
③裴航：唐传奇中的人物，唐长庆年间，秀才裴航于蓝桥驿因机缘巧遇云英，最终娶云英为妻，二人俱入玉峰洞中，食丹仙化，成为神仙眷侣。后世戏曲经常搬演此事。
④铁马：悬挂于屋檐间的铃，风吹发声。
⑤控：悬，垂。
⑥吉玎珰：碰击所发出的声音。

牙尺剪刀声相送？莫不是漏声长滴响壶铜①？潜身再听在墙角东，原来是近西厢理结丝桐②。

【秃厮儿】其声壮，似铁骑刀枪冗冗③；其声幽，似落花流水溶溶；其声高，似风清月朗鹤唳④空；其声低，似儿女语小窗中喁喁⑤。

【圣药王】他那里思不穷，我这里意已通，娇鸾雏凤失雌雄；他曲未终，我意转浓，争奈伯劳飞燕各西东：尽在不言中。

我近书窗听咱。（红云）姐姐，你这里听，我瞧夫人一会便来。（末云）窗外有人，定是小姐，我将弦改过，弹一曲，就歌一篇，名曰《凤求凰》。昔日司马相如得此曲成事，我虽不及相如，愿小姐有文君之意。（歌曰）有美人兮，见之不忘。一日不见兮，思之如狂。凤飞翱翔兮，四海求凰。无奈佳人兮，不在东墙。张弦代语兮，欲诉衷肠。何时见许兮，慰我彷徨？愿言配德兮，携手相将！不得于飞兮，使我沦亡。（旦云）是弹得好也呵！其词哀，其意切，凄凄然如鹤唳天；故使妾闻之，不觉泪下。

【麻郎儿】这的是令他人耳聪，诉自己情衷。知音者芳心自懂，感怀者断肠悲痛。

---

①壶铜：即漏壶，古代的一种计时工具，也称"漏刻"。
②丝桐：指琴。古人削桐为琴，练丝为弦，故称。
③冗冗：这里指刀枪碰撞的声音。
④唳（lì）：鹤、雁等鸟高亢地鸣叫。
⑤喁（yú）喁：语言应和，小声说话。

清光绪十五年上海鸿宝斋石印本《增像第六才子书》图

【幺篇】这一篇与本宫、始终、不同①。又不是《清夜闻钟》，又不是《黄鹤醉翁》，又不是《泣麟悲凤》。

【络丝娘】一字字更长漏永，一声声衣宽带松。别恨离愁，变成一弄②。张生呵，越教人知重。

（末云）夫人且做忘恩，小姐，你也说谎也呵！（旦云）你差怨了我。

【东原乐】这的是俺娘的机变，非干是妾身脱空；若由得我呵，乞求得效鸾凤。俺娘无夜无明并③女工；我若得些儿闲空，张生呵，怎教你无人处把妾身作诵④。

【绵搭絮】疏帘风细，幽室灯清，都则是一层儿红纸，几榥儿疏棂⑤，兀的不是隔着云山几万重，怎得个人来信息通？便做道十二巫峰，他也曾赋高唐来梦中。

（红云）夫人寻小姐哩，咱家去来。（旦唱）

【拙鲁速】则见他走将来气冲冲，怎不教人恨匆匆，唬得人来怕恐。

------

①这一篇与本宫、始终、不同：此句指张生改变宫调，不以常调弹奏《凤求凰》曲子。
②一弄：一段琴曲。
③并：催促。
④作诵：念叨。
⑤榥（huàng）：窗格，这里作量词用，几榥儿，即几根、几条。棂：旧式窗户的窗格。

早是不曾转动，女孩儿家直恁响喉咙！紧摩弄①，索将他拦纵②，则恐夫人行把我来厮葬送。

（红云）姐姐则管听琴怎么？张生着我对姐姐说，他回去也。（旦云）好姐姐呵，是必再着他住一程儿！（红云）再说甚么？（旦云）你去呵。

【尾】则说道夫人时下有人唧哝，好共歹不着你落空。不问俺口不应的狠毒娘，怎肯着别离了志诚种？（并下）

【络丝娘煞尾】不争惹恨牵情斗引，少不得废寝忘餐病症。

题目　张君瑞破贼计，莽和尚生杀心

正名　小红娘昼请客，崔莺莺夜听琴

---

①摩弄：调弄，引诱。
②拦纵：拦阻。

# 第三本

## 张君瑞害相思杂剧

## 楔　子

（旦上云）自那夜听琴后，闻说张生有病，我如今着红娘去书院里，看他说甚么。（叫红科）（红上云）姐姐唤我，不知有甚事，须索走一遭。（旦云）这般身子不快呵，你怎么不来看我？（红云）你想张……（旦云）张甚么？（红云）我"张"着姐姐哩。（旦云）我有一件事央及你咱。（红云）甚么事？（旦云）你与我望张生走一遭，看他说甚么，你来回我话者。（红云）我不去，夫人知道不是耍。（旦云）好姐姐，我拜你两拜，你便与我走一遭！（红云）侍长①请起，我去则便了。说道："张生，你好生病重，则俺姐姐也不弱。"只因午夜调琴手，引起春闺爱月心。

【仙吕】【赏花时】俺姐姐针线无心不待②拈，脂粉香消懒去添。春恨压眉尖，若得灵犀一点，敢医可了病恹恹。（下）

（旦云）红娘去了，看他回来说甚话，我自有主意。（下）

---

①侍长：也作"使长"，金元时代奴仆对主人的称谓。
②不待：不想；不愿意。

# 第一折

　　(末上云)害杀小生也。自那夜听琴之后,再不能够见俺那小姐。我着长老说将去,道张生好生病重,却怎生不见人来看我?却思量上来,我睡些儿咱。(红上云)奉小姐言语,着我看张生,须索走一遭。我想咱每一家,若非张生,怎存俺一家儿性命也?

【仙吕】【点绛唇】相国行祠,寄居萧寺。因丧事,幼女孤儿,将欲从军死。

【混江龙】谢张生伸志,一封书到便兴师。显得文章有用,足见天地无私。若不是剪草除根半万贼,险些儿灭门绝户俺一家儿。莺莺君瑞,许配雄雌;夫人失信,推托别词;将婚姻打灭,以兄妹为之。如今都废却成亲事,一个价愁糊突了胸中锦绣,一个价泪揾湿了脸上胭脂。

【油葫芦】憔悴潘郎鬓有丝;杜韦娘不似旧时,带围宽清减了瘦腰肢。一个睡昏昏不待观经史,一个意悬悬懒去拈针线;一个丝桐上调弄出离恨谱,一个花笺上删抹成断肠诗;一个笔下写幽情,一个弦上传心事:两下里都一样害相思。

【天下乐】方信道才子佳人信有之,红娘看时,有些乖性儿,则怕有情人不遂心也似此。他害的有些抹媚①,我遭着没三思②,一纳头③安排着憔悴死。

却早来到书院里,我把唾津儿润破窗纸,看他在书房里做甚么。

【村里迓鼓】我将这纸窗儿润破,悄声儿窥视。多管是和衣儿睡起,罗衫上前襟褶裰。孤眠况味,凄凉情绪,无人伏侍。觑了他涩滞气色,听了他微弱声息,看了他黄瘦脸儿。张生呵,你若不闷死,多应是害死。

【元和令】金钗敲门扇儿。(末云)是谁?(红唱)我是个散相思的五瘟使④。俺小姐想着风清月朗夜深时,使红娘来探尔。(末云)既然小娘子来,小姐必有言语。(红唱)俺小姐至今脂粉未曾施,念到有一千番张殿试。

(末云)小姐既有见怜之心,小生有一简,敢烦小娘子达知肺腑咱。(红云)只恐他翻了面皮。

【上马娇】他若是见了这诗,看了这词,他敢颠倒费神思。他拽扎⑤起面皮来:"查得谁的言语你将来,这妮子怎敢胡行事?"他可敢嗤嗤的扯做了纸条儿。

(末云)小生久后多以金帛拜酬小娘子。(红唱)

---

①抹媚:痴迷;迷糊。形容害相思的神态。
②没三思:鲁莽,草率,没有仔细考虑。
③纳头:埋头,低头。这里有无可奈何的意思。
④五瘟使:亦称"五瘟神",迷信传说中主管人间疫病之神。
⑤拽扎:绷紧。

【胜葫芦】哎，你个馋穷酸俫没意儿，卖弄你有家私，莫不图谋你的东西来到此？先生的钱物，与红娘做赏赐，是我爱你的金资？

【幺篇】你看人似桃李春风墙外枝，卖俏倚门儿。我虽是个婆娘有志气。则说道："可怜见小子，只身独自！"怎的呵，颠倒①有个寻思。

（末云）依着姐姐，可怜见小子只身独自！（红云）兀的不是也，你写来，咱与你将去。（末写科）（红云）写得好呵，读与我听咱。（末读云）珙百拜奉书芳卿可人妆次：自别颜范，鸿稀鳞绝，悲怆不胜。孰料夫人以恩成怨，变易前姻，岂得不为失信乎？使小生目视东墙，恨不得腋翅②于妆台左右；患成思渴，垂命有日。因红娘至，聊奉数字，以表寸心。万一有见怜之意，书以掷下，庶几尚可保养。造次不谨，伏乞情恕！后成五言诗一首，就书录呈：相思恨转添，谩把瑶琴弄。乐事又逢春，芳心尔亦动。此情不可违，芳誉何须奉？莫负月华明，且怜花影重。（红唱）

【后庭花】我则道拂花笺打稿儿，原来他染霜毫不构思。先写下几句寒温序，后题着五言八句诗。不移时，把花笺锦字，叠做个同心方胜③儿。忒聪明，忒敬思，忒风流，忒浪子。虽然是假意儿，小

---

①颠倒：反倒，反而。
②腋翅：腋下生翅，意犹飞身。
③方胜：形状像由两个菱形部分重叠相连而成的一种首饰，后借指这种形状。

可的①难到此。

【青哥儿】颠倒写鸳鸯两字，方信道"在心为志"。（末云）姐姐将去，是必在意者！（红唱）看喜怒其间觑个意儿。放心波学士！我愿为之，并不推辞，自有言词。则说道："昨夜弹琴的那人儿，教传示。"

　　这简帖儿我与你将去，先生当以功名为念，休堕了志气者！

【寄生草】你将那偷香手，准备着折桂枝。休教那淫词儿展污②了龙蛇字，藕丝儿缚定鹍鹏翅，黄莺儿夺了鸿鹄志；休为这翠帏锦帐一佳人，误了你玉堂金马③三学士。

　　（末云）姐姐在意者！（红云）放心，放心！

【煞尾】沈约病多般，宋玉愁无二，清减了相思样子。则你那眉眼传情未了时，中心日夜藏之。怎敢因而④，"有美玉于斯"，我须教有发落归着这张纸。凭着我舌尖上说词，更和这简帖儿里心事，管教那人儿来探你一遭儿。（下）

　　（末云）小娘子将简帖儿去了，不是小生说口，则是一道会亲的符

--------

①小可的：寻常的人或事物。
②展污：玷污，弄脏。
③玉堂金马：玉堂殿和金马门的并称。玉堂殿，原为汉未央宫的属殿；金马门，原为汉宫宦者署门。均为学士待诏之所。后来沿用为翰林院的代称。
④因而：轻忽；很不重视。

篆。他明日回话，必有个次第①。且放下心，须索②好音来也。"且将宋玉风流策，寄与蒲东窈窕娘。"（下）

# 第二折

（旦上云）红娘伏侍老夫人不得空便，偌早晚敢待来也。起得早了些儿，困思上来，我再睡些儿咱。（睡科）（红上云）奉小姐言语去看张生，因伏侍老夫人，未曾回小姐话去。不听得声音，敢以睡哩，我入去看一遭。

【中吕】【粉蝶儿】风静帘闲，透纱窗麝兰香散，启朱扉摇响双环。绛台高，金荷小，银釭③犹灿。比及将暖帐轻弹，先揭起这梅红罗软帘偷看。

【醉春风】则见他钗嚲玉斜横，髻偏云乱挽。日高犹自不明眸，畅好是懒、懒。（旦做起身长叹科）（红唱）半晌抬身，几回搔耳，一声长叹。

我待便将简帖儿与他，恐俺小姐有许多假处哩。我则将这简帖儿放在妆盒儿上，看他见了说甚么。（旦做照镜科，见帖看科）（红唱）

---

①次第：条理；头绪。
②须索：必定，一定。
③釭（gāng）：此处指油灯。

西厢记 | 99

【普天乐】晚妆残，乌云①軃，轻匀了粉脸，乱挽起云鬟。将简帖儿拈，把妆盒儿按，开拆封皮孜孜看，颠来倒去不害心烦。(旦怒叫)红娘！(红做意云)呀，决撒②了也！厌的早圪皱③了黛眉。(旦云)小贱人，不来怎么！(红唱)忽的波低垂了粉颈，氲④的呵改变了朱颜。

(旦云)小贱人，这东西那里将来的？我是相国的小姐，谁敢将这简帖来戏弄我，我几曾惯看这等东西？告过夫人，打下你个小贱人下截来。(红云)小姐使将我去，他着我将来。我不识字，知他写着甚么？

【快活三】分明是你过犯，没来由把我摧残；使别人颠倒恶心烦，你不惯，谁曾惯？

姐姐休闹，比及你对夫人说呵，我将这简帖儿去夫人行出首去来。(旦做揪住科)我逗你耍来。(红云)放手，看打下下截来。(旦云)张生近日如何？(红云)我则不说。(旦云)好姐姐，你说与我听咱！(红唱)

【朝天子】张生近间，面颜瘦得来实难看。不思量茶饭，怕见动弹；晓夜将佳期盼，废寝忘餐。黄昏清旦，望东墙淹泪眼。(旦云)请个好太医，看他证候咱。(红云)他证候吃药不济。病患要安，则除是⑤出几点风流汗。

(旦云)红娘，不看你面时，我将与老夫人看，看他有何面目见夫

---

①乌云：指女子的头发。
②决撒：败露；戳穿。
③圪(gē)皱：皱缩。
④氲(yūn)：一下子。
⑤除是：除非；只有。

清光绪十五年上海鸿宝斋石印本《增像第六才子书》图

人?虽然我家亏他,只是兄妹之情,焉有外事。红娘,早是你口稳哩;若别人知呵,甚么模样。(红云)你哄着谁哩,你把这个饿鬼弄得他七死八活,却要怎么?

【四边静】怕人家调犯①,早共晚夫人见些破绽,你我何安。问甚么他遭危难?撋断②得上竿,掇了梯儿看。

(旦云)将描笔儿过来,我写将去回他,着他下次休是这般。(旦做写科)(起身科云)红娘,你将去说:"小姐看望先生,相待兄妹之礼如此,非有他意。再一遭儿是这般呵,必告夫人知道。"和你个小贱人都有话说。(旦掷书下)(红唱)

【脱布衫】小孩儿家口没遮拦,一味的将言语摧残。把似③你使性子,休思量秀才,做多少好人家风范。(红做拾书科)

【小梁州】他为你梦里成双觉后单,废寝忘餐。罗衣不奈五更寒,愁无限,寂寞泪阑干。

【幺篇】似这等辰勾④空把佳期盼,我将这角门儿世不曾牢拴,则

---

①调犯:讥刺,作弄。
②撋断:怂恿;劝说。
③把似:与其。常与"不如""何如""争如"相呼应,用于取舍复句中表示舍的分句。
④辰勾:即水星,比喻难遇之事。

愿你做夫妻无危难。我向这筵席头上整扮①,做一个缝了口的撮合山②。

（红云）我若不去来,道我违拗他,那生又等我回报,我须索走一遭。（下）（末上云）那书倩红娘将去,未见回话。我这封书去,必定成事。这早晚敢待来也。（红上云）须索回张生话去。小姐你性儿忒惯得娇了;有前日的心,那得今日的心来?

【石榴花】当日个晚妆楼上杏花残,犹自怯衣单,那一片听琴心清露月明间。昨日个向晚,不怕春寒,几乎险被先生馔③,那其间岂不胡颜④。为一个不酸不醋风魔汉,隔墙儿险化做了望夫山。

【斗鹌鹑】你用心儿拨雨撩云,我好意儿传书寄简。不肯搜自己狂为,则待要觅别人破绽。受艾焙⑤权时忍这番。畅好是奸。"张生是兄妹之礼,焉敢如此!"对人前巧语花言;——没人处便想张生,——背地里愁眉泪眼。

（红见末科）（末云）小娘子来了。擎天柱,大事如何了也?（红云）不济事了,先生休傻。（末云）小生简帖儿是一道会亲的符箓,则是小娘子不用心,故意如此。（红云）我不用心?有天理,你那简帖儿好听!

---

①整扮:打扮整齐。
②撮合山:指媒人。
③几乎险被先生馔:这里指"你险些被张先生吃了"。
④胡颜:丢人现眼。
⑤艾焙:用艾炷熏灸,比喻苦楚。

【上小楼】这的是先生命悭①,须不是红娘违慢。那简帖儿倒做了你的招状,他的勾头②,我的公案。若不是觑面颜③,厮顾盼,担饶④轻慢,先生受罪,礼之当然。贱妾何辜?争些儿⑤把奴拖犯⑥。

【幺篇】从今后相会少,见面难。月暗西厢,凤去秦楼,云敛巫山。你也赸⑦,我也赸;请先生休讪⑧,早寻个酒阑人散。

(红云)只此再不必申诉足下肺腑,怕夫人寻,我回去也。(末云)小娘子此一遭去,再着谁与小生分剖;必索做一个道理,方可救小生一命。(末跪下揪住红科)(红云)张先生是读书人,岂不知此意,其事可知矣。

【满庭芳】你休要呆里撒奸⑨;你待要恩情美满,却教我骨肉摧残。老夫人手执着棍儿摩娑看,粗麻线怎透得针关。直待我挂着拐帮闲钻懒,缝合唇送暖偷寒。待去呵,小姐性儿撮盐入火⑩,前已是踏着泛⑪;待不去呵,(末跪哭云)小生这一个性命,都在小娘子身上。(红

---

① 命悭(qiān):命薄,命不好。
② 勾头:拘票。
③ 觑(qù)面颜:看在……的面子上。
④ 担饶:饶恕,担待。
⑤ 争些儿:差点儿;险些儿。
⑥ 拖犯:拖累。
⑦ 赸(shàn):躲开,走开。
⑧ 讪(shàn):不好意思,难为情的样子。
⑨ 呆里撒奸:指貌似痴呆,内怀奸诈。
⑩ 撮盐入火:抓取盐入火,燃烧更烈。形容性情急躁,一触即发作。
⑪ 泛:"泛子"的简称,指机关的枢纽。

唱）禁不得你甜话儿热趱①：好着我两下里做人难。

　　我没来由分说；小姐回与你的书，你自看者。（末接科，开读科）呀，有这场喜事，撮土焚香，三拜礼毕。早知小姐简至，理合远接，接待不及，勿令见罪！小娘子，和你也欢喜。（红云）怎么？（末云）小姐骂我都是假，书中之意，着我今夜花园里来，和他"哩也波哩也罗"哩。（红云）你读书我听。（末云）"待月西厢下，迎风户半开，隔墙花影动，疑是玉人来。"（红云）怎见得他着你来？你解与我听咱。（末云）"待月西厢下"，着我月上来；"迎风户半开"，他开门待我；"隔墙花影动，疑是玉人来"，着我跳过墙来。（红笑云）他着你跳过墙来，你做下来。端的有此说么？（末云）俺是个猜诗谜的社家②，风流隋何③，浪子陆贾，我那里有差的勾当。（红云）你看我姐姐，在我行也使这般道儿。

【耍孩儿】几曾见寄书的颠倒瞒着鱼雁，小则小，心肠儿转关④。写着西厢待月等得更阑，着你跳东墙，"女"字边"干"⑤。原来那诗句儿里包笼着三更枣⑥，简帖儿里埋伏着九里山⑦。他着紧处将人慢，恁会云雨闹中取静，我寄音书忙里偷闲。

【四煞】纸光明玉板，字香喷麝兰，行儿边涅透非春汗？一缄情泪

---

①趱（zǎn）：赶，快走。
②社家：行家。
③隋何：人名，汉高祖刘邦的辩士。
④转关：耍手段；玩计谋。
⑤"女"字边"干"：即"奸"。
⑥三更枣："三更早"的隐语。
⑦九里山：在今江苏省徐州市北。传说楚汉相争时，韩信在九里山前列阵，十面埋伏，智取项羽。这里借指计谋。

红犹湿，满纸春愁墨未干。从今后休疑难，放心波玉堂学士，稳情取①金雀鸦鬓。

【三煞】他人行别样的亲，俺根前取次②看，更做道孟光接了梁鸿案③。别人行甜言美语三冬暖，我根前恶语伤人六月寒。我为头儿看：看你个离魂倩女，怎发付掷果潘安④。

（末云）小生读书人，怎跳得那花园过也？（红唱）

【二煞】隔墙花又低，迎风户半拴，偷香手段今番按。怕墙高怎把龙门跳，嫌花密难将仙桂攀。放心去，休辞惮；你若不去呵，望穿他盈盈秋水，蹙损他淡淡春山⑤。

（末云）小生曾到那花园里，已经两遭，不见那好处；这一遭知他又怎么？（红云）如今不比往常。

【煞尾】你虽是去了两遭，我敢道不如这番。你那隔墙酬和都胡侃，证果的是今番这一简。（红下）

（末云）万事自有分定，谁想小姐有此一场好处。小生是猜诗谜的社

---

①稳情取：准定。取，助字，无实义。
②取次：随便，任意。
③更做道孟光接了梁鸿案：此句化用"举案齐眉"的典故，讥讽崔莺莺主动接受了张生的邀约。
④掷果潘安：比喻美男子，这里指张生。
⑤春山：春日山色黛青，以此比喻妇人姣好的眉毛。

家,风流隋何,浪子陆贾,到那里扢扎①帮便倒地。今日颓②天百般的难得晚。天,你有万物于人,何故争此一日?疾下去波!读书继晷③怕黄昏,不觉西沉强掩门;欲赴海棠花下约,太阳何苦又生根?(看天云)呀,才晌午也,再等一等。(又看科)今日万般的难得下去也呵。碧天万里无云,空劳倦客身心;恨杀鲁阳贪战,不教红日西沉④!呀,却早倒西也,再等一等咱。无端三足乌⑤,团团光烁烁;安得后羿弓,射此一轮落?谢天地!却早日下去也!呀,却早发擂也!呀,却早撞钟也!拽上书房门,到得那里,手挽着垂杨,滴流扑⑥跳过墙去。(下)

# 第三折

(红上云)今日小姐着我寄书与张生,当面偌多般假意儿,原来诗内暗约着他来。小姐也不对我说,我也不瞧破他,则请他烧香。今夜晚妆处,比每日较别⑦,我看他到其间怎的瞒我?(红唤科)姐姐,咱烧香去来。(旦上云)花阴重叠香风细,庭院深沉淡月明。(红云)今夜月明风清,好一派景致也呵!

---

①扢扎:象声词。形容行动快速,指突然,立即。
②颓:口语,骂人的话,即"该死的"。
③继晷(guǐ):指夜以继日。晷,日影。
④"恨杀鲁阳贪战"二句:这里用神话故事表达张生期待晚上幽会的急切心情,感觉太阳迟迟不落山。据《淮南子》记载,鲁阳公与韩构交战,正在激烈的时候,天色已晚,太阳西沉,鲁阳公举戈一挥,太阳退回九十里。
⑤三足乌:据传说,太阳中有三足乌鸦,此代指太阳。
⑥滴流扑:形容翻滚坠落的状态。
⑦较别:特别。

【双调】【新水令】晚风寒峭透窗纱，控金钩绣帘不挂。门阑凝暮霭，楼角敛残霞。恰对菱花，楼上晚妆罢。

【驻马听】不近喧哗，嫩绿池塘藏睡鸭；自然幽雅，淡黄杨柳带栖鸦。金莲蹴损牡丹芽，玉簪抓住荼蘼①架。夜凉苔径滑，露珠儿湿透了凌波袜。

　　我看那生和俺小姐巴不得到晚。

【乔牌儿】自从那日初时想月华，挨一刻似一夏；见柳梢斜日迟迟下，早道"好教贤圣打"。

【搅筝琶】打扮的身子儿诈②，准备着云雨会巫峡。只为这燕侣莺俦③，锁不住心猿意马。不则俺那姐姐害，那生呵！二三日来水米不粘牙。因姐姐闭月羞花，真假，这其间性儿难按纳，一地里胡拿④。

　　姐姐，这湖山下立地，我开了寺里角门儿。怕有人听俺说话，我且看一看。（做意了）偌早晚傻角却不来？赫赫赤赤⑤，来。（末云）这其间正好去也，赫赫赤赤。（红云）那鸟来了。

---

①荼蘼（tú mí）：一种落叶小灌木。攀援茎，有刺，夏季开白花，洁美清香，可供观赏。
②诈：指精心打扮后神气活现的样子。
③燕侣莺俦：形容男女欢爱如燕莺般谐和相伴。
④一地里胡拿：一味地胡闹。胡拿，胡来，胡闹。
⑤赫赫赤赤：象声词。元杂剧中多用作男女秘密约会的暗号。

【沉醉东风】我则道槐影风摇暮鸦,原来是玉人帽侧乌纱。一个潜身在曲槛边,一个背立在湖山下;那里叙寒温,并不曾打话。(红云)赫赫赤赤,那鸟来了。(末云)小姐,你来也?(搂住红科)(红云)禽兽,是我!你看得好仔细着,若是夫人怎了。(末云)小生害得眼花,搂得慌了些儿,不知是谁,望乞恕罪!(红唱)便做道"搂得慌"呵,你好索觑咱,多管是饿得你个穷神眼花。

(末云)小姐在那里?(红云)在湖山下,我问你咱。真个着你来哩?(末云)小生猜诗谜社家,风流隋何,浪子陆贾,准定抓扎帮便倒地。(红云)你休从门里去,则道我使你来。你跳过这墙去,今夜这一弄助你两个成亲。我说与你,依着我者。

【乔牌儿】你看那淡云笼月华,似红纸护银蜡;柳丝花朵垂帘下,绿莎茵铺着绣榻。

【甜水令】良夜迢迢,闲庭寂静,花枝低亚。他是个女孩儿家,你须索性儿温存,话儿摩弄,意儿谦洽①;休猜做败柳残花。

【折桂令】他是个娇滴滴美玉无瑕,粉脸生春,云鬓堆鸦。恁的般受怕担惊,又不图甚浪酒闲茶。则你那夹被儿时当奋发,指头儿告了消乏;打叠②起嗟呀,毕罢了牵挂,收拾了忧愁,准备着撑达。

(末做跳墙搂旦科)(旦云)是谁?(末云)是小生。(旦怒云)张生,你是何等之人!我在这里烧香,你无故至此;若夫人闻知,有何理

---

①谦洽:谦和。
②打叠:收拾;安排。

清光绪十五年上海鸿宝斋石印本《增像第六才子书》图

说！（末云）呀，变了卦也！（红唱）

【锦上花】为甚媒人，心无惊怕；赤紧的夫妻每意不争差①。我这里蹑足潜踪，悄地听咱：一个羞惭，一个怒发。

【幺篇】张生无一言，呀，莺莺变了卦。一个悄悄冥冥，一个絮絮答答。却早禁住隋何，迸住陆贾，叉手躬身，妆聋做哑。

张生背地里嘴那里去了？向前搂住丢番②，告到官司，怕羞了你！

【清江引】没人处则会闲嗑牙，就里空奸诈。怎想湖山边，不记"西厢下"。香美娘处分破花木瓜。

（旦）红娘，有贼。（红云）是谁？（末云）是小生。（红云）张生，你来这里有甚么勾当？（旦云）扯到夫人那里去！（红云）到夫人那里，怕坏了他行止。我与姐姐处分他一场。张生，你过来跪着！你既读孔圣之书，必达周公之礼，夤夜③来此何干？

【雁儿落】不是俺一家儿乔坐衙④，说几句衷肠话。我则道你文学海样深，谁知你色胆有天来大？

（红云）你知罪么？（末云）小生不知罪。（红唱）

【得胜令】谁着你夤夜入人家，非奸做贼拿。你本是个折桂客，做

---

① 争差：差错；意外。
② 丢番：放倒。
③ 夤（yín）夜：深夜。
④ 乔坐衙：假装坐堂问事，形容装模作样摆架子。

西厢记 | 111

了偷花汉；不想去跳龙门，学骗马①。姐姐，且看红娘面，饶过这生者！（旦云）若不看红娘面，扯你到夫人那里去，看你有何面目见江东父老？起来！（红唱）**谢小姐贤达，看我面遂情②罢**。若到官司详察，"你既是秀才，只合苦志于寒窗之下，谁教你贪夜辄入人家花园，做得个非奸即盗。"先生呵，**准备精皮肤吃顿打**。

（旦云）先生虽有活人之恩，恩则当报。既为兄妹，何生此心？万一夫人知之，先生何以自安？今后再勿如此，若更为之，与足下决无干休。（下）（末朝鬼门道云）你着我来，却怎么有偌多说话！（红扭过末云）羞也，羞也，却不"风流隋何，浪子陆贾"？（末云）得罪波"社家"，今日便早则死心塌地。（红唱）

【离亭宴带歇拍煞】再休题"春宵一刻千金阶"，准备着"寒窗更守十年寡"。猜诗谜的社家，弅③拍了"迎风户半开"，山障④了"隔墙花影动"，绿惨⑤了"待月西厢下"。你将何郎粉面搽，他自把张敞眉儿画。强风情措大⑥，晴干了尤云殢雨⑦心，悔过了窃玉偷香胆，删抹了倚翠偎红话。（末云）小生再写一简，烦小娘子将去，以尽衷情如何？（红唱）**淫词儿早则休，简帖儿从今罢**。犹古自⑧参

---

①骗马：哄妇女。"学骗马"，这里指不务正业、大材小用的意思。
②遂情：徇情，曲从私情。
③弅（qí）：杂乱。
④山障：阻隔，阻挡。
⑤绿惨：阴暗。
⑥强风情：强作风情。措大：旧指贫寒失意的读书人。
⑦尤云殢（tì）雨：指迷恋于男欢女爱。殢，困扰；纠缠。
⑧犹古自：依然是。

不透风流调法。从今后悔罪也卓文君，你与我游学去波汉司马。（下）

（末云）你这小姐送了人也！此一念小生再不敢举，奈有病体日笃，将如之奈何？夜来得简方喜，今日强扶至此，又值这一场怨气，眼见得休也。只索回书房中纳闷去。桂子闲中落，槐花病里看。（下）

## 第四折

（夫人上云）早间长老使人来，说张生病重。我着长老使人请个太医去看了。一壁道与红娘，看哥哥行问汤药去者，问太医下甚么药？证候如何？便来回话。（下）（红上云）老夫人才说张生病沉重，昨晚吃我那一场气，越重了。莺莺呵，你送了他人。（下）（旦上云）我写一简，则说道药方，着红娘将去与他，证候便可。（旦唤红科）（红云）姐姐唤红娘怎么？（旦云）张生病重，我有一个好药方儿，与我将去咱！（红云）又来也！娘呵，休送了他人！（旦云）好姐姐，救人一命，将去咱！（红云）不是你，一世也救他不得。如今老夫人使我去哩，我就与你将去走一遭。（下）（旦云）红娘去了，我绣房里等他回话。（下）（末上云）自从昨夜花园中吃了这一场气，投着旧证候，眼见得休了也。老夫人说着长老唤太医来看我；我这颡证候，非是太医所治的；则除是那小姐美甘甘、香喷喷、凉渗渗、娇滴滴一点儿唾津儿咽下去，这屙病便可①。（洁引太医上，《双斗医》科范②了）（下）（洁云）下了药了，我回夫人话去，少刻再来

---

① 可：痊愈。
② 科范：指戏曲程式动作。

相望。(下)(红上云)俺小姐送得人如此,又着我去动问,送药方儿去,越着他病沉了也。我索走一遭。异乡易得离愁病,妙药难医肠断人。

【越调】【斗鹌鹑】则为你彩笔题诗,回文织锦;送得人卧枕着床,忘餐废寝;折倒①得鬓似愁潘,腰如病沈。恨已深,病已沉,昨夜个热脸儿对面抢白,今日个冷句儿将人厮侵②。

　　昨夜这般抢白他呵!

【紫花儿序】把似③你休倚着栊门儿待月,依着韵脚儿联诗,侧着耳朵儿听琴。见了他撇假佯多话:"张生,我与你兄妹之礼,甚么勾当!"怒时节把一个书生来跌窨④,欢时节——"红娘,好姐姐,去望他一遭!"——将一个侍妾来逼临⑤。难禁,好着我似线脚儿般殷勤不离了针。从今后教他一任⑥,这的是俺老夫人的不是:将人的义海恩山,都做了远水遥岑⑦。

　　(红见末问云)哥哥病体若何?(末云)害杀小生也!我若是死呵,小娘子,阎王殿前,少不得你做个干连人。(红叹云)普天下害相思的不似你这个傻角。

---

　　①折倒:亦作"折到"。摧残,折磨。
　　②厮侵:欺凌,冒犯。
　　③把似:不如;何如。
　　④跌窨(yìn):顿足忍气,引申为怅惘、怨恨。
　　⑤逼临:逼迫。
　　⑥一任:放任。"教他一任"就是"随他便"的意思。
　　⑦遥岑:远处陡峭的小山崖。

清光绪十五年上海鸿宝斋石印本《增像第六才子书》图

【天净沙】心不存学海文林,梦不离柳影花阴,则去那窃玉偷香上用心。又不曾得甚,自从海棠开想到如今。

因甚的便病得这般了?(末云)都因你行——怕说的谎——因小侍长上来,当夜回书房一气一个死。小生救了人,反被害了。自古云:"痴心女子负心汉。"今日反其事了。(红唱)

【调笑令】我这里自审,这病为邪淫;尸骨喦喦①鬼病侵。更做道秀才每从来恁,似这般干相思的好撒唓②!功名上早则不遂心,婚姻上更返吟复吟③。

(红云)老夫人着我来,看哥哥要甚么汤药。小姐再三伸敬④,有一药方送来与先生。(末做慌科)在那里?(红云)用着几般儿生药,各有制度,我说与你:

【小桃红】"桂花"摇影夜深沉,酸醋"当归"浸。(末云)桂花性温,当归活血,怎生制度⑤?(红唱)面靠着湖山背阴里窨⑥,这方儿最难寻。一服两服令人恁⑦。(末云)忌甚么物?(红唱)忌的是

---

①喦(yán)喦:高峻,引申为瘦削的样子。
②撒唓(tǔn):痴心妄想。唓,痴呆的样子。
③返吟复吟:旧时星命家的迷信说法,象征婚姻难成。
④伸敬:表达恭敬;表示敬意。
⑤制度:制作。
⑥窨(yìn):藏在地窖里。
⑦恁:如此这般。《西厢记》中"恁"字有多处这样的用法,没有特殊意义,只在演唱时用手势、表情说明"恁"是怎么回事。

"知母"未寝,怕的是"红娘"撒沁①。吃了呵,稳情取②"使君子"一星儿"参"。

　　这药方儿小姐亲笔写的。(末看药方大笑科)(末云)早知姐姐书来,只合远接。小娘子——(红云)又怎么?却早两遭儿也。(末云)——不知这首诗意,小姐待和小生"哩也波"哩。(红云)不少了一些儿?

【鬼三台】足下其实啉③,休装哚。笑你个风魔的翰林,无处问佳音,则向简帖儿上计禀④。得了个纸条儿恁般绵里针⑤,若见玉天仙怎生软厮禁⑥?俺那小姐忘恩,赤紧的偻人⑦负心。

　　书上如何说?你读与我听咱。(末念云)"休将闲事苦萦怀,取次摧残天赋才。不意当时完妾命,岂防今日作君灾?仰图厚德难从礼,谨奉新诗可当谋。寄语高唐休咏赋,今宵端的雨云来。"此韵非前日之比,小姐必来。(红云)他来呵怎生?

【秃厮儿】身卧着一条布衾,头枕着三尺瑶琴;他来时怎生和你一处寝?冻得来战兢兢,说甚知音?

【圣药王】果若你有心,他有心,昨日秋千院宇夜深沉。花有阴,

---

①撒沁:亦作"撒吣"。放泼;撒赖。
②稳情取:准定。取,助词,无实义。
③啉(lìn):形容呆傻、愚蠢。
④计禀:计议和禀告。
⑤绵里针:郑重小心。
⑥软厮禁:指用柔言软语去巴结、讨好。
⑦偻人:撒谎的人。

月有阴,"春宵一刻抵千金",何须"诗对会家吟"?

(末云)小生有花银十两,有铺盖赁与小生一付。(红唱)

【东原乐】俺那鸳鸯枕,翡翠衾,便遂杀了人心①,如何肯赁?至如你不脱解和衣儿更怕甚?不强如手执定②指尖儿恁。倘或成亲,到大来福荫。

(末云)小生为小姐如此容色,莫不小姐为小生也减动丰韵么?(红唱)

【绵搭絮】他眉弯远山铺翠,眼横秋水无尘,体若凝酥,腰如嫩柳,俊的是庞儿,俏的是心,体态温柔,性格儿沉。虽不会法灸神针,更胜似救苦难观世音。

(末云)今夜成就的事呵,小生不敢有忘。(红唱)

【幺篇】你口儿里漫沉吟,梦儿里苦追寻。往事已沉,只言目今,今夜相逢管教恁。不图你甚白璧黄金,则要你满头花,拖地锦③。

(末云)怕夫人拘系,不能够出来。(红云)则怕小姐不肯,果有意呵,你放心!

【煞尾】虽然是老夫人晓夜将门禁,好共歹须教你称心。(末云)休

---

①便遂杀了人心:指心满意足。
②执定:牢牢地拿着。
③拖地锦:女子结婚时的披红。"满头花,拖地锦"是鼓励张生积极争取和莺莺成婚。

似昨夜不肯。(红云)你挣揣①咱,来时节肯不肯怎由他,见时节亲不亲尽在恁。(并下)

【络丝娘煞尾】因今宵传言送语,看明日携云握雨。

题目　老夫人命医士,崔莺莺寄情诗

正名　小红娘问汤药,张君瑞害相思

---

①挣揣:振作。

# 第四本

## 草桥店梦莺莺杂剧

## 楔　子

（旦上云）昨夜红娘传简去与张生，约今夕和他相见，等红娘来做个商量。（红上云）姐姐着我传简帖儿与张生，约他今宵赴约。俺那小姐，我怕又有说谎，送了他性命，不是耍处。我见小姐去，看他说甚么。（旦云）红娘，收拾卧房，我睡去。（红云）不争你要睡呵，那里发付那生？（旦云）甚么那生？（红云）姐姐，你又来也！送了人性命不是耍处。你若又翻悔，我出首与夫人，你着我将简帖儿约下他来。（旦云）这小贱人倒会放刁，羞人答答的，怎生去！（红云）有甚的羞，到那里只合着眼者。（红催莺云）去来去来，老夫人睡了也。（旦走科）（红云）俺姐姐语言虽是强，脚步儿早先行也。

【仙吕】【端正好】因姐姐玉精神，花模样，无倒断①晓夜思量。着一片志诚心，盖抹②了漫天谎。出画阁，向书房；离楚岫，赴高唐；

---

①无倒断：不断，没完没了。
②盖抹：涂改；掩盖。

清光绪十五年上海鸿宝斋石印本《增像第六才子书》图

学窃玉,试偷香;巫娥女,楚襄王。楚襄王敢先在阳台①上。(下)

# 第一折

(末上云)昨夜红娘所遗之简,约小生今夜成就。这早晚初更尽也,不见来呵,小姐休说谎咱!人间良夜静复静,天上美人来不来。

【仙吕】【点绛唇】伫立闲阶,夜深香霭、横金界②。潇洒书斋,闷杀读书客。

【混江龙】彩云何在,月明如水浸楼台。僧归禅室,鸦噪庭槐。风弄竹声,则道似金珮响;月移花影,疑是玉人来。意悬悬业眼③,急攘攘情怀,身心一片,无处安排;则索呆答孩④倚定门儿待。越越⑤的青鸾信杳,黄犬⑥音乖。

小生一日十二时,无一刻放下小姐,你那里知道呵!

【油葫芦】情思昏昏眼倦开,单枕侧,梦魂飞入楚阳台。早知道无

---

①阳台:指男女欢会之所。
②金界:佛地,佛寺。
③意悬悬:心神不定的样子。业:指罪孽。
④呆答孩:发呆,发愣。"答孩"为语气助词。
⑤越越:暗暗,悄悄。
⑥黄犬:指晋陆机的黄耳犬,曾经为陆机长途传递书信。后来就以"黄犬"作为信使的代称。

明无夜因他害,想当初"不如不遇倾城色"。人有过,必自责,勿惮改。我却待"贤贤易色"将心戒,怎禁他兜的上心来。

【天下乐】我则索倚定门儿手托腮,好着我难猜:来也那不来?夫人行料应难离侧。望得人眼欲穿,想得人心越窄,多管是冤家不自在①。

　　喏早晚不来,莫不又是谎么?

【那吒令】他若是肯来,早身离贵宅;他若是到来,便春生敝斋;他若是不来,似石沉大海。数着人脚步儿行,倚定窗棂儿待。寄语多才②:

【鹊踏枝】恁的般恶抢白,并不曾记心怀;拨得个意转心回,夜去明来。空调眼色③经今半载,这其间委实难挨。

　　小姐这一遭若不来呵。

【寄生草】安排着害,准备着抬。想着这异乡身强把茶汤挨,则为这可憎才熬得心肠耐,办一片志诚心留得形骸在。试着那司天台打算半年愁,端的是太平车约有十余载④。

---

①不自在:指生病。
②多才:意中人,这里指莺莺。
③调眼色:眉来眼去,挑逗。
④"试着那司天台打算半年愁"二句:这两句意指我心中的忧愁,如果让执掌天文的人来推算,也需要半年的时间;如果让大车来装,也需要十几辆车。太平车,古代一种载重的大车。车两侧有拦板,前由多头牲畜牵引。

（红上云）姐姐，我过去，你在这里。（红敲门科）（末问云）是谁？（红云）是你前世的娘。（末云）小姐来么？（红云）你接了衾枕者，小姐入来也。张生，你怎么谢我？（末拜云）小生一言难尽，寸心相报，惟天可表！（红云）你放轻者，休唬了他！（红推旦入云）姐姐，你入去，我在门儿外等你。（末见旦跪云）张珙有何德能，敢劳神仙下降，知他是睡里梦里？

【村里迓鼓】猛见他可憎模样，——小生那里病来——早医可九分不快。先前见责，谁承望今宵欢爱！着小姐这般用心，不才张珙，合当跪拜。小生无宋玉般容，潘安般貌，子建般才；姐姐，你则是可怜见为人在客！

【元和令】绣鞋儿刚半拆①，柳腰儿够一搦②，羞答答不肯把头抬，只将鸳枕挨。云鬟仿佛坠金钗，偏宜髢髻③儿歪。

【上马娇】我将这钮扣儿松，把搂带儿解；兰麝散幽斋。不良会④把人禁害⑤，哈⑥，怎不肯回过脸儿来？

【胜葫芦】我这里软玉温香抱满怀。呀，阮肇到天台，春至人间花

---

①半拆：大拇指与二拇指伸张开时的距离。
②搦（nuò）：揽，搂。
③髢髻（dí jì）：古代妇女装饰用的一种套网的假发髻。
④不良会：够本领；有本事。"不"在这里是语助词，无义。
⑤禁害：损害；折磨。
⑥哈（hāi）：叹词，表示招呼。

弄色。将柳腰款摆，花心轻拆，露滴牡丹开。

【幺篇】但蘸着些麻儿上来，鱼水得和谐，嫩蕊娇香蝶恣采。半推半就，又惊又爱，檀口揾香腮。

（末跪云）谢小姐不弃，张珙今夕得就枕席，异日犬马之报。（旦云）妾千金之躯，一旦弃之。此身皆托于足下，勿以他日见弃，使妾有白头之叹①。（末云）小生焉敢如此？（末看手帕科）

【后庭花】春罗原莹白，早见红香点嫩色。（旦云）羞人答答的看甚么？（末）灯下偷睛觑，胸前着肉揣②。畅奇哉，浑身通泰，不知春从何处来？无能的张秀才，孤身西洛客，自从逢稔色，思量的不下怀；忧愁因间隔，相思无摆划③；谢芳卿不见责。

【柳叶儿】我将你做心肝儿般看待，点污了小姐清白。忘餐废寝舒心害，若不是真心耐，志诚挨，怎能够这相思苦尽甘来？

【青哥儿】成就了今宵欢爱，魂飞在九霄云外。投至得见你多情小奶奶，憔悴形骸，瘦似麻秸④。今夜和谐，犹自疑猜。露滴香埃，

---

①白头之叹：这里借用司马相如与卓文君的故事，二人因相爱而结婚，但后来司马相如又爱上了别人，欲将其纳为妾，卓文君写了一首《白头吟》表达自己的愤懑之情。后来就用"白头之叹"表达妇女被遗弃而作晚景凄凉之叹。

②揣（chuāi）：藏在衣服里。

③摆划：办法。

④麻秸：剥掉皮的麻秆。常用以比喻人消瘦。

风静闲阶,月射书斋,云锁阳台;审问明白,只疑是昨夜梦中来,愁无奈。

(旦云)我回去也,怕夫人觉来寻我。(末云)我送小姐出来。

【寄生草】多丰韵,忒稔色。乍时相见教人害,霎时不见教人怪,些时得见教人爱。今宵同会碧纱厨①,何时重解香罗带。

(红云)来拜你娘!张生,你喜也。姐姐,咱家去来。(末唱)

【煞尾】春意透酥胸,春色横眉黛,贱却人间玉帛。杏脸桃腮,乘着月色,娇滴滴越显得红白。下香阶,懒步苍苔,动人处弓鞋凤头窄。叹鲰生②不才,谢多娇③错爱。若小姐不弃小生,此情一心者,你是必破工夫明夜早些来。(下)

# 第二折

(夫人引俫上云)这几日窃见莺莺语言恍惚,神思加倍,腰肢体态,比向日不同;莫不做下来④了么?(俫云)前日晚夕,奶奶睡了,我见姐姐和红娘烧香,半晌不回来,我家去睡了。(夫人云)这桩事都在红娘身上,唤红娘来!(俫唤红科)(红云)哥哥唤我怎么?(俫云)奶奶知道你

---

① 碧纱厨:以木为架,顶及四周蒙以绿纱,可以折叠。夏季悬挂,以避蚊蝇。类似于现在的蚊帐。
② 鲰(zōu)生:小生。多作自称的谦词。
③ 多娇:美人。
④ 做下来:出了事情,这里指男女自由结合。

和姐姐去花园里去，如今要打你哩。（红云）呀！小姐，你带累我也！小哥哥，你先去，我便来也。（红唤旦科）姐姐，事发了也，老夫人唤我哩，却怎了？（旦云）好姐姐，遮盖咱！（红云）娘呵，你做的隐秀①者，我道你做下来也。（旦念）月圆便有阴云蔽，花发须教急雨催。（红唱）

【越调】【斗鹌鹑】则着你夜去明来，倒有个天长地久；不争你握雨携云，常使我提心在口②。你则合带月披星，谁着你停眠整宿？老夫人心数③多，情性㑶④；使不着我巧语花言，将没做有。

【紫花儿序】老夫人猜那穷酸做了新婿，小姐做了娇妻，这小贱人做了牵头⑤。俺小姐这些时春山低翠，秋水凝眸，别样的都休，试把你裙带儿拴，纽门儿扣，比着你旧时肥瘦，出落得精神，别样的风流。

（旦云）红娘，你到那里，小心回话者！（红云）我到夫人处，必问："这小贱人！

【金蕉叶】我着你但去处行监坐守，谁着你迤逗⑥的胡行乱走？"若问着此一节呵，如何诉休⑦？你便索与他个"知情"的犯由⑧。

---

①隐秀：隐秘谨慎，不显露。
②提心在口：形容非常恐惧。
③心数：心计。
④㑶（zhòu）：凶狠，厉害，精明。
⑤牵头：指代不正当男女关系的牵线人。
⑥迤逗：挑逗；引诱。
⑦诉休：诉说。休，语助词。
⑧犯由：罪状。

姐姐，你受责理当，我图甚么来？

【调笑令】你绣帏里效绸缪①，倒凤颠鸾百事有。我在窗儿外几曾轻咳嗽，立苍苔将绣鞋儿冰透。今日个嫩皮肤倒将粗棍抽，姐姐呵，俺这通殷勤的着甚来由？

　　姐姐在这里等着，我过去。说过呵，休欢喜；说不过，休烦恼。（红见夫人科）（夫人云）小贱人，为甚么不跪下！你知罪么？（红跪云）红娘不知罪。（夫人云）你故自口强哩。若实说呵，饶你；若不实说呵，我直打死你这个贱人！谁着你和小姐花园里去来？（红云）不曾去，谁见来？（夫人云）欢郎见你去来，尚故自推哩。（打科）（红云）夫人，休闪了手，且息怒停嗔，听红娘说。

【鬼三台】夜坐时停了针绣，共姐姐闲穷究②，说张生哥哥病久。咱两个背着夫人，向书房问候。（夫人云）问候呵，他说甚么？（红云）他说来，道"老夫人事已休，将恩变为仇，着小生半途喜变做忧"。他道："红娘你且先行，教小姐权时落后。"

　　（夫人云）他是个女孩儿家，着他落后怎么！（红唱）

【秃厮儿】我则道神针法灸③，谁承望燕侣莺俦。他两个经今月余则是一处宿，何须你一一问缘由？

---

①绸缪（móu）：形容缠绵不解的男女恋情。
②闲穷究：闲聊。
③神针法灸：指医术高明。

清光绪十五年上海鸿宝斋石印本《增像第六才子书》图

【圣药王】他每不识忧，不识愁，一双心意两相投。夫人得好休，便好休，这其间何必苦追求？常言道"女大不中留"。

（夫人云）这端事都是你个贱人。（红云）非是张生、小姐、红娘之罪，乃夫人之过也。（夫人云）这贱人倒指下我来，怎么是我之过？（红云）信者，人之根本。"人而无信，不知其可也。大车无輗①，小车无軏②，其何以行之哉？"当日军围普救，夫人所许退军者，以女妻之。张生非慕小姐颜色，岂肯区区建退军之策？兵退身安，夫人悔却前言，岂得不为失信乎？既然不肯成就其事，只合酬之以金帛，令张生舍此而去。却不当留请张生于书院，使怨女旷夫，各相早晚窥视，所以夫人有此一端。目下老夫人若不息其事，一来辱没相国家谱；二来张生日后名重天下，施恩于人，忍令反受其辱哉？使至官司，老夫人亦得治家不严之罪。官司若推其详，亦知老夫人背义而忘恩，岂得为贤哉？红娘不敢自专，乞望夫人台鉴：莫若恕其小过，成就大事，捘③之以去其污，岂不为长便乎？

【麻郎儿】秀才是文章魁首，姐姐是仕女班头；一个通彻三教九流，一个晓尽描鸾刺绣。

【幺篇】世有、便休、罢手，大恩人怎做敌头？起白马将军故友，斩飞虎叛贼草寇。

---

① 輗（ní）：古代大车车辕前端与车衡相衔接的部分。
② 軏（yuè）：古代车上置于辕前端与车横木衔接处的销钉。
③ 捘（ruán）：本指揉搓，此为迁就、撮合之义。

【络丝娘】不争和张解元参辰卯酉①,便是与崔相国出乖弄丑。到底干连着自己骨肉,夫人索穷究。

(夫人云)这小贱人也道得是。我不合养了这个不肖之女。待经官呵,玷辱家门。罢罢!俺家无犯法之男,再婚之女,与了这厮罢。红娘,唤那贱人来!(红见旦云)且喜姐姐,那棍子则是滴溜溜在我身上,吃我直说过了。我也怕不得许多,夫人如今唤你来,待成合亲事。(旦云)羞人答答的,怎么见夫人?(红云)娘根前有甚么羞?

【小桃红】当日个月明才上柳梢头,却早人约黄昏后。羞得我脑背后将牙儿衬着衫儿袖。猛凝眸,看时节则见鞋底尖儿瘦。一个恣情的不休,一个哑声儿厮耨②。呸!那其间可怎生不害半星儿羞?

(旦见夫人科)(夫人云)莺莺,我怎生抬举你来,今日做这等的勾当;则是我的孽障,待怨谁的是!我待经官来,辱没了你父亲,这等不是俺相国人家的勾当。罢罢罢!谁似俺养女的不长进!红娘,书房里唤将那禽兽来!(红唤末科)(末云)小娘子唤小生做甚么?(红云)你的事发了也,如今夫人唤你来,将小姐配与你哩。小姐先招了也,你过去。(末云)小生惶恐,如何见老夫人?当初谁在老夫人行说来?(红云)休伴小心,过去便了。

【幺篇】既然泄漏怎干休?是我相投首③。俺家里陪酒陪茶倒捆

---

①参辰卯酉:参、辰,二星名。参星酉时出于西方,辰星卯时出于东方。参与辰、卯与酉相对立,因用以比喻互不相关或势不两立。
②厮耨(nòu):亲昵;相爱。
③投首:投案自首。

就①。你休愁,何须约定通媒媾?我弃了部署②不收,你原来"苗而不秀"③。呸!你是个银样镴枪头。

(末见夫人科)(夫人云)好秀才呵,岂不闻"非先王之德行不敢行"。我待送你去官司里去来,恐辱没了俺家谱。我如今将莺莺与你为妻,则是俺三辈儿不招白衣④女婿,你明日便上朝取应去。我与你养着媳妇,得官呵,来见我;驳落⑤呵,休来见我。(红云)张生早则喜也。

【东原乐】相思事,一笔勾,早则展放从前眉儿皱,美爱幽欢恰动头。既能够,张生,你觑兀的般可喜娘庞儿也要人消受。

(夫人云)明日收拾行装,安排果酒,请长老一同送张生到十里长亭去。(旦念)寄语西河堤畔柳,安排青眼送行人。(同夫人下)(红唱)

【收尾】来时节画堂箫鼓鸣春昼,列着一对儿鸾交凤友。那其间才受你说媒红⑥,方吃你谢亲酒⑦。(并下)

# 第三折

(夫人、长老上云)今日送张生赴京,十里长亭,安排下筵席。我和

---

① 捆就:迁就,将就。
② 部署:元明俗语,指拳棒教师。
③ 苗而不秀:这里指不中用,没出息。
④ 白衣:没有功名、官职的人。
⑤ 驳落:黜退;落第。
⑥ 说媒红:旧俗办喜事人家给媒人的花红财礼。
⑦ 谢亲酒:宋元习俗,男女婚后三日,婿家备酒宴请岳父母及媒人,称"谢亲酒"。

长老先行，不见张生、小姐来到。(旦、末、红同上)(旦云)今日送张生上朝取应，早是离人伤感，况值那暮秋天气，好烦恼人也呵！悲欢聚散一杯酒，南北东西万里程。

【正宫】【端正好】碧云天，黄花地，西风紧。北雁南飞。晓来谁染霜林醉？总是离人泪。

【滚绣球】恨相见得迟，怨归去得疾。柳丝长玉骢①难系，恨不得倩②疏林挂住斜晖。马儿迍迍③的行，车儿快快的随，却告了相思回避，破题儿又早别离。听得道一声去也，松了金钏；遥望见十里长亭，减了玉肌：此恨谁知？

(红云)姐姐今日怎么不打扮？(旦云)你那知我的心里呵？

【叨叨令】见安排着车儿、马儿，不由人熬熬煎煎的气；有甚么心情花儿、靥儿④，打扮得娇娇滴滴的媚；准备着被儿、枕儿，则索昏昏沉沉的睡；从今后衫儿、袖儿，都揾做重重叠叠的泪。兀的不闷杀人也么哥！兀的不闷杀人也么哥！久已后书儿、信儿，索与我凄凄惶惶⑤的寄。

(做到了科)(见夫人科)(夫人云)张生和长老坐，小姐这壁坐，红娘将酒来。张生，你向前来，是自家亲眷，不要回避。俺今日将莺莺与

---

① 玉骢：即玉花骢。泛指骏马。
② 倩（qìng）：请，让。
③ 迍（zhūn）迍：行动迟缓的样子。
④ 靥（yè）儿：古代妇女脸颊上的装饰物。
⑤ 凄凄惶惶：形容忧愁不安，匆遽不停。

你,到京师休辱没了俺孩儿,挣揣①一个状元回来者。(末云)小生托夫人余荫,凭着胸中之才,视官如拾芥②耳。(洁云)夫人主见不差,张生不是落后的人。(把酒了,坐)(旦长吁科)

【脱布衫】下西风黄叶纷飞,染寒烟衰草萋迷。酒席上斜签③着坐的,蹙愁眉死临侵地④。

【小梁州】我见他阁⑤泪汪汪不敢垂,恐怕人知;猛然见了把头低,长吁气,推整⑥素罗衣。

【幺篇】虽然久后成佳配,奈时间⑦怎不悲啼。意似痴,心如醉,昨宵今日,清减了小腰围。

(夫人云)小姐把盏者!(红递酒,旦把盏长吁科云)请吃酒!

【上小楼】合欢未已,离愁相继。想着俺前暮私情,昨夜成亲,今日别离。我谂知这几日相思滋味,却原来此别离情更增十倍。

---

①挣揣(chuài):努力获取。
②拾芥:即"拾地芥",比喻非常容易得到。
③斜签:指侧斜着身子。
④死临侵地:呆呆的,死板板的样子。临侵,表示程度的词尾,无实义,多见于元明戏曲。
⑤阁:含着。
⑥推整:整理。
⑦奈时间:无奈现在。

【幺篇】年少呵轻远别,情薄呵易弃掷。全不想腿儿相挨,脸儿相偎,手儿相携。你与俺崔相国做女婿,妻荣夫贵,但得一个并头莲,煞强如状元及第。

（夫人云）红娘把盏者!（红把酒科）（旦唱）

【满庭芳】供食太急,须臾对面,顷刻别离。若不是酒席间子母每当回避,有心待与他举案齐眉。虽然是厮守得一时半刻,也合着俺夫妻每共桌而食。眼底空留意,寻思起就里,险化做望夫石。

（红云）姐姐不曾吃早饭,饮一口儿汤水。（旦云）红娘,甚么汤水咽得下!

【快活三】将来的酒共食,尝着似土和泥。假若便是土和泥,也有些土气息,泥滋味。

【朝天子】暖溶溶玉醅①,白泠泠似水,多半是相思泪。眼面前茶饭怕不待②要吃,恨塞满愁肠胃。"蜗角虚名,蝇头微利",拆鸳鸯在两下里。一个这壁,一个那壁,一递一声长吁气。

（夫人云）辆起车儿③,俺先回去,小姐随后和红娘来。（下）（末辞洁科）（洁云）此一行别无话儿,贫僧准备买登科录看,做亲的茶饭少不得贫僧的。先生在意,鞍马上保重者!从今经忏无心礼,专听春雷第一声。（下）（旦唱）

---

①玉醅（pēi）：美酒。醅,没过滤的酒。
②怕不待：怎么不,何尝不。
③辆起车儿：套上车辆。

西厢记 | 135

【四边静】霎时间杯盘狼藉，车儿投东，马儿向西，两意徘徊，落日山横翠。知他今宵宿在那里？在梦也难寻觅。

张生，此一行得官不得官，疾便回来。（末云）小生这一去，白夺一个状元，正是："青霄有路终须到，金榜无名誓不归。"（旦云）君行别无所赠，口占一绝，为君送行："弃掷今何在，当时且自亲。还将旧来意，怜取眼前人。"（末云）小姐之意差矣，张珙更敢怜谁？谨赓一绝，以剖寸心："人生长远别，孰与最关亲？不遇知音者，谁怜长叹人？"（旦唱）

【耍孩儿】淋漓襟袖啼红泪，比司马青衫更湿。伯劳东去燕西飞，未登程先问归期。虽然眼底人千里，且尽生前酒一杯。未饮心先醉，眼中流血，心内成灰。

【五煞】到京师服水土，趁程途节饮食，顺时自保揣①身体。荒村雨露宜眠早，野店风霜要起迟！鞍马秋风里，最难调护，最要扶持。

【四煞】这忧愁诉与谁？相思只自知，老天不管人憔悴。泪添九曲黄河溢，恨压三峰华岳低。到晚来闷把西楼倚，见了些夕阳古道，衰柳长堤。

---

①揣：估量，忖度。

清光绪十五年上海鸿宝斋石印本《增像第六才子书》图

【三煞】笑吟吟一处来，哭啼啼独自归。归家若到罗帏里，昨宵个绣衾香暖留春住，今夜个翠被生寒有梦知。留恋你别无意，见据鞍上马，阁不住泪眼愁眉。

（末云）有甚言语嘱咐小生咱？（旦唱）

【二煞】你休忧"文齐福不齐"①，我则怕你"停妻再娶妻"。休要"一春鱼雁无消息"！我这里青鸾有信频须寄，你却休"金榜无名誓不归"。此一节君须记，若见了那异乡花草，再休似此处栖迟。

（末云）再谁似小姐？小生又生此念？（旦唱）

【一煞】青山隔送行，疏林不做美，淡烟暮霭相遮蔽。夕阳古道无人语，禾黍秋风听马嘶。我为甚么懒上车儿内，来时甚急，去后何迟？

（红云）夫人去好一会，姐姐，咱家去！（旦唱）

【收尾】四围山色中，一鞭残照里。遍人间烦恼填胸臆，量这些大小车儿如何载得起？

（旦、红下）（末云）仆童，赶早行一程儿，早寻个宿处。泪随流水急，愁逐野云飞。（下）

---

①文齐福不齐：文章足以登第而命运不济。

# 第四折

（末引仆骑马上开）离了蒲东早三十里也。兀的前面是草桥，店里宿一宵，明日赶早行。这马百般儿不肯走。行色一鞭催去马，羁愁万斛引新诗。

【双调】【新水令】望蒲东萧寺暮云遮，惨离情半林黄叶。马迟人意懒，风急雁行斜。离恨重叠，破题儿第一夜。

想着昨日受用，谁知今日凄凉？

【步步娇】昨夜个翠被香浓薰兰麝，欹珊枕把身躯儿趄①。脸儿厮揾者，仔细端详，可憎的别②。铺云鬓玉梳斜，恰便似半吐初生月。

早到也，店小二哥那里？（小二哥上云）官人，俺这头房里下。（末云）琴童，接了马者！点上灯，我诸般不要吃，则要睡些儿。（仆云）小人也辛苦，待歇息也。（在床前打铺做睡科）（末云）今夜甚睡得到我眼里来也！

【落梅风】旅馆欹单枕，秋蛩③鸣四野，助人愁的是纸窗儿风裂。

---

①趄（qiè）：倾斜。
②可憎的别：别提有多讨厌，这里是反语，表示特别可爱。
③秋蛩（qióng）：指蟋蟀。

乍孤眠被儿薄又怯①,冷清清几时温热!

(末睡科)(旦上云)长亭畔别了张生,好生放心不下。老夫人和梅香都睡了,我私奔出城,赶上和他同去。

【乔木查】走荒郊旷野,把不住心娇怯,喘吁吁难将两气接。疾忙赶上者,打草惊蛇。

【搅筝琶】他把我心肠扯,因此不避路途赊②。瞒过俺能拘管的夫人,稳住俺厮齐攒③的侍妾。想着他临上马痛伤嗟,哭得我也似痴呆。不是我心邪,自别离已后,到西日初斜,愁得来陡峻④,瘦得来咋嗻⑤。则离得半个日头,却早又宽掩过翠裙三四褶,谁曾经这般磨灭⑥?

【锦上花】有限姻缘,方才宁贴⑦;无奈功名,使人离缺。害不了的愁怀,恰才觉些⑧;撇不下的相思,如今又也。

【幺篇】清霜净碧波,白露下黄叶。下下高高,道路曲折;四野风

---

①怯:指人因天气寒冷而蜷缩起来。
②赊:形容遥远。
③齐攒:搅扰。
④陡峻:猛烈,强烈。
⑤咋嗻(chē zhē):形容厉害,凶猛。
⑥磨灭:折磨。
⑦宁贴:安定;平静。
⑧觉些:同"较些",指稍微好一些。

来，左右乱跇①。我这里奔驰，他何处困歇？

【清江引】呆答孩店房儿里没话说，闷对如年夜。暮雨催寒蛩，晓风吹残月，今宵酒醒何处也？

（旦云）在这个店儿里，不免敲门。（末云）谁敲门哩？是一个女人的声音。我且开门看咱。这早晚是谁？

【庆宣和】是人呵疾忙快分说，是鬼呵合速灭。（旦云）是我。老夫人睡了，想你去了呵，几时再得见，特来和你同去。（末唱）听说罢将香罗袖儿拽，却原来是姐姐、姐姐。

难得小姐的心勤！

【乔牌儿】你是为人须为彻，将衣袂不藉②。绣鞋儿被露水泥沾惹，脚心儿管踏破也。

（旦云）我为足下呵，顾不得迢递③。（旦唧唧了）

【甜水令】想着你废寝忘餐，香消玉减，花开花谢，犹自觉争些④；便枕冷衾寒，凤只鸾孤，月圆云遮，寻思来有甚伤嗟。

【折桂令】想人生最苦离别，可怜见千里关山，独自跋涉。似这般

---

①跇（xué）：盘旋。
②不藉：不顾惜。
③迢递：遥远的样子。
④争些：差一点；几乎。

割肚牵肠，倒不如义断恩绝。虽然是一时间花残月缺，休猜做瓶坠簪折①。不恋豪杰，不羡骄奢；自愿的生则同衾，死则同穴。

（外净一行扮卒子上叫云）恰才见一女子渡河，不知那里去了？打起火把者。分明见他走在这店中去也，将出来！将出来！（末云）却怎了？（旦云）你近后，我自开门对他说。

【水仙子】硬围着普救寺下锹钁②，强当住咽喉仗剑钺。贼心肠馋眼脑天生得劣。（卒子云）你是谁家女子，夤夜渡河？（旦唱）休言语，靠后些！杜将军你知道他是英杰，觑不觑着你为了醯酱③，指一指教你化做苷血④。骑着匹白马来也。

（卒子抢旦下）（末惊觉云）呀，原来却是梦里。且将门儿推开看。只见一天露气，满地霜华，晓星初上，残月犹明。无端燕鹊高枝上，一枕鸳鸯梦不成！

【雁儿落】绿依依墙高柳半遮，静悄悄门掩清秋夜。疏刺刺林梢落叶风，昏惨惨云际穿窗月。

【得胜令】惊觉我的是颤巍巍竹影走龙蛇，虚飘飘庄周梦蝴蝶，絮叨叨促织儿无休歇，韵悠悠砧声⑤儿不断绝。痛煞煞伤别，急煎煎

---

①瓶坠簪折：比喻男女分离。
②钁（jué）：钁头，刨土用的一种农具，类似镐。
③醯（xī）酱：醋和酱。亦指酱醋拌和的调料。
④苷（liáo）血：脓血。苷，肠上的脂肪。
⑤砧（zhēn）声：捣衣声。

清光绪十五年上海鸿宝斋石印本《增像第六才子书》图

好梦儿应难舍；冷清清的咨嗟①，娇滴滴玉人儿何处也！

（仆云）天明也。咱早行一程儿，前面打火②去。（末云）店小二哥，还你房钱，鞴③了马者。

【鸳鸯煞】柳丝长咫尺情牵惹，水声幽仿佛人呜咽。斜月残灯，半明不灭。畅道是旧恨连绵，新愁郁结；别恨离愁，满肺腑难淘泻。除纸笔代喉舌，千种相思对谁说。（并下）

【络丝娘煞尾】都则为一官半职，阻隔得千山万水。
题目　小红娘成好事，老夫人问私情
正名　短长亭斟别酒，草桥店梦莺莺

---

①咨嗟：叹息。
②打火：旅途中休息吃饭。
③鞴（bèi）：把鞍辔等套在马身上。

# 第五本

## 张君瑞庆团圆杂剧

## 楔　子

（末引仆人上开云）自暮秋与小姐相别，倏经半载之际。托赖祖宗之荫，一举及第，得了头名状元。如今在客馆听候圣旨御笔除授，惟恐小姐挂念，且修一封书，令琴童家去，达知夫人，便知小生得中，以安其心。琴童过来，你将文房四宝来，我写就家书一封，与我星夜到河中府去。见小姐时说："官人怕娘子忧，特地先着小人将书来。"即忙接了回书来者。过日月好疾也呵！

【仙吕】【赏花时】相见时红雨①纷纷点绿苔，别离后黄叶萧萧凝暮霭。今日见梅开，别离半载。琴童，我嘱咐你的言语记着！则说道特地寄书来。（下）

（仆云）得了这书，星夜望河中府走一遭。（下）

---

①红雨：指落花。

清光绪十五年上海鸿宝斋石印本《增像第六才子书》图

# 第一折

（旦引红娘上开云）自张生去京师，不觉半年，杳无音信。这些时神思不快，妆镜懒抬，腰肢瘦损，茜裙宽褪，好烦恼人也呵！

【商调】【集贤宾】虽离了我眼前，却在心上有；不甫能①离了心上，又早眉头。忘了时依然还又，恶思量无了无休。大都来②一寸眉峰，怎当他许多颦皱。新愁近来接着旧愁，厮混③了难分新旧。旧愁似太行山隐隐，新愁似天堑水悠悠。

（红云）姐姐往常针尖不倒④，其实不曾闲了一个绣床，如今百般的闷倦。往常也曾不快，将息便可，不似这一场清减得十分利害。（旦唱）

【逍遥乐】曾经消瘦，每遍犹闲⑤，这番最陡。（红云）姐姐心儿闷呵，那里散心耍咱。（旦唱）何处忘忧？看时节独上妆楼，手卷珠帘上玉钩，空目断山明水秀；见苍烟迷树，衰草连天，野渡横舟。

（旦云）红娘，我这衣裳这些时都不似我穿的。（红云）姐姐正是"腰细不胜衣"。（旦唱）

---

①不甫能：亦作"不付能"。表示才能够，好容易。不，助词，无义。
②大都来：大概，大抵。
③厮混：指混合在一起。
④针尖不倒：指手不停歇。
⑤犹闲：尚可；还过得去；还不要紧。

【挂金索】裙染榴花，睡损胭脂皱；纽结丁香，掩过芙蓉扣；线脱珍珠，泪湿香罗袖；杨柳眉颦，"人比黄花瘦"。

（仆人上云）奉相公言语，特将书来与小姐。恰才前厅上见了夫人，夫人好生欢喜，着入来见小姐。早至后堂。（咳嗽科）（红问云）谁在外面？（见科）（红见仆了）（红笑云）你几时来？可知道"昨夜灯花报，今朝喜鹊噪"。姐姐正烦恼哩，你自来？和哥哥来？（仆云）哥哥得了官也，着我寄书来。（红云）你则在这里等着，我对俺姐姐说了呵，你进来。（红见旦笑科）（旦云）这小妮子怎么？（红云）姐姐，大喜大喜，咱姐夫得了官也。（旦云）这妮子见我闷呵，特故哄我。（红云）琴童在门首，见了夫人了，使他进来见姐姐，姐夫有书。（旦云）惭愧，我也有盼着他的日头，唤他入来。（仆入见旦科）（旦云）琴童，你几时离京师？（仆云）离京一月多，我来时哥哥去吃游街棍子去了。（旦云）这禽兽不省得，状元唤做夸官，游街三日。（仆云）夫人说的便是，有书在此。（旦做接书科）

【金菊花】早是我只因他去减了风流，不争你寄得书来又与我添些儿证候。说来的话儿不应口，无语低头，书在手，泪凝眸。

（旦开书看科）

【醋葫芦】我这里开时和泪开，他那里修时和泪修，多管阁①着笔尖儿未写早泪先流，寄来的书泪点儿兀自②有。我将这新痕把旧痕湮透。正是一重愁翻做两重愁。

---

①阁：搁，放。
②兀自：还，仍然。

（旦念书科）"张珙百拜，奉启芳卿可人妆次：自暮秋拜违，倏尔半载。上赖祖宗之荫，下托贤妻之德，举中甲第。即目①于招贤馆寄迹，以伺圣旨御笔除授。惟恐夫人与贤妻忧念，特令琴童奉书驰报，庶几免虑。小生身虽遥而心常迩矣，恨不得鹣鹣②比翼，邛邛③并驱。重功名而薄恩爱者，诚有浅见贪饕④之罪。他日面会，自当请谢不备。后成一绝，以奉清照：玉京仙府探花郎，寄语蒲东窈窕娘。指日拜恩衣昼锦，定须休作倚门妆。"

【幺篇】当日向西厢月底潜，今日向琼林宴上扭⑤。谁承望跳东墙脚步占了鳌头，怎想道惜花心养成折桂手，脂粉丛里包藏着锦绣！从今后晚妆楼改做了至公楼⑥。

（旦云）你吃饭不曾？（仆云）上告夫人知道，早晨至今，空立厅前，那有饭吃。（旦云）红娘，你快取饭与他吃。（仆云）感蒙赏赐，我每就此吃饭，夫人写书。哥哥着小人索了夫人回书，至紧，至紧！（旦云）红娘将笔砚来。（红将来科）（旦云）书却写了，无可表意，只有汗衫一领，裹肚一条，袜儿一双，瑶琴一张，玉簪一枚，斑管一枝。琴童，你收拾得好者。红娘取银十两来，就与他盘缠。（红娘云）姐夫得了官，岂无这几件东西，寄与他有甚缘故？（旦云）你不知道。这汗衫儿呀。

---

①即目：目前，现在。
②鹣（jiān）鹣：古代传说中的比翼鸟。
③邛（qióng）邛：古代传说中的并肩兽。
④贪饕（tāo）：贪得无厌。
⑤扭（chōu）：此为出风头、露脸面之义。
⑥至公楼：科举时代主考官观看诸生考试的地方。也可作为"试院"的别称。

【梧叶儿】他若是和衣卧,便是和我一处宿;但贴着他皮肉,不信不想我温柔。(红云)这裹肚要怎么?(旦唱)常则不要离了前后,守着他左右,紧紧的系在心头。(红云)这袜儿如何?(旦唱)拘管他胡行乱走。

(红云)这琴他那里自有,又将去怎么?(旦唱)

【后庭花】当日五言诗紧趁逐,后来因七弦琴成配偶。他怎肯冷落了诗中意,我则怕生疏了弦上手。(红云)玉簪呵,有甚主意?(旦唱)我须有个缘由,他如今功名成就,只怕他撇人在脑背后。(红云)斑管要怎的?(旦唱)湘江两岸秋,当日娥皇因虞舜愁,今日莺莺为君瑞忧。这九嶷山下竹,共香罗衫袖口——

【青哥儿】都一般啼痕湮透。似这等泪斑宛然依旧,万古情缘一样愁。涕泪交流,怨慕①难收,对学士叮咛说缘由,是必休忘旧!

(旦云)琴童,这东西收拾好者。(仆云)理会得。(旦唱)

【醋葫芦】你逐宵野店上宿,休将包袱做枕头,怕油脂腻展污了恐难酬。倘或水侵雨湿休便扭,我则怕干时节熨不开褶皱。一桩桩一件件细收留。

【金菊花】书封雁足此时修,情系人心早晚休?长安望来天际头,倚遍西楼,"人不见,水空流"。

---

①怨慕:指因不得相见而思慕。

（仆云）小人拜辞，即便去也。（旦云）琴童，你见官人对他说。（仆云）说甚么？（旦唱）

【浪里来煞】他那里为我愁，我这里因他瘦。临行时啜赚①人的巧舌头，指归期约定九月九，不觉的过了小春②时候。到如今"悔教夫婿觅封侯"。

（仆云）得了回书，星夜回俺哥哥话去。（并下）

# 第二折

（末云）"画虎未成君莫笑，安排牙爪始惊人。"本是举过便除，奉圣旨着翰林院编修国史。他每那知我的心，甚么文章做得成。使琴童递佳音，不见回来。这几日睡卧不宁，饮食少进，给假在驿亭中将息。早间太医着人来看视，下药去了。我这病卢扁③也医不得。自离了小姐，无一日心闲也呵！

【中吕】【粉蝶儿】从到京师，思量心旦夕如是，向心头横躺着俺那莺儿。请医师，看诊罢，一星星④说是。本意待推辞，则被他察虚实不须看视。

---

①啜赚：撮弄；哄骗。
②小春：即小阳春，指夏历十月。
③卢扁：即古代名医扁鹊。因他家在卢国，故又名"卢扁"。
④一星星：一件件；一点点。

【醉春风】他道是医杂证有方术，治相思无药饵。莺莺呵，你若是知我害相思，我甘心儿死、死。四海无家，一身客寄，半年将至。

（仆上云）我则道哥哥除①了，原来在驿亭中抱病，须索回书去咱。（见了科）（末云）你回来了也。

【迎仙客】疑怪这噪花枝灵鹊儿，垂帘幕喜蛛儿，正应着短檠上夜来灯爆时。若不是断肠词，决定是断肠诗。（仆云）小夫人有书至此。（末接科）写时管情泪如丝，既不呵，怎生泪点儿封皮上渍。

（末读书科）"薄命妾崔氏拜覆，敬奉才郎君瑞文几：自音容去后，不觉许时，仰敬之心，未尝少息。纵云日近长安远，何故鳞鸿之杳矣。莫因花柳之心，弃妾恩情之意？正念间，琴童至，得见翰墨，始知中科，使妾喜之如狂。郎之才望，亦不辱相国之家谱也。今因琴童回，无以奉贡，聊有瑶琴一张，玉簪一枝，斑管一枚，裹肚一条，汗衫一领，袜儿一双，权表妾之真诚。匆匆草字欠恭，伏乞情恕不备。谨依来韵，遂继一绝云：阑干倚遍盼才郎，莫恋宸京黄四娘。病里得书知中甲，窗前览镜试新妆。"那风风流流的姐姐，似这等女子，张珙死也死得着了。

【上小楼】这的堪为字史②，当为款识③。有柳骨颜筋④，张旭张芝，羲之献之。此一时，彼一时，佳人才思，俺莺莺世间无二。

---

①除：任命官职。
②字史：谓书法的典范。
③款识：原本指古代钟鼎彝器上铸刻的文字，这里表示值得刻出来流传。
④柳骨颜筋：唐代柳公权的书法骨力遒健，结构劲紧；颜真卿的书法端庄雄伟，气势开张。后因以"柳骨颜筋"称其书法的字体和法度。

清光绪十五年上海鸿宝斋石印本《增像第六才子书》图

【幺篇】俺做经咒般持，符箓般使。高似金章①，重似金帛②，贵似金资③。这上面若签个押字，使个令史，差个勾使④，则是一张忙不及印赴期的咨示⑤。

（末拿汗衫儿科）休道文章，只看他这针指⑥，人间少有。

【满庭芳】怎不教张生爱尔，堪针工出色，女教为师。几千般用意针针是，可索寻思。长共短又没个样子，窄和宽想象着腰肢，好共歹无人试。想当初做时，用煞那小心儿。

小姐寄来这几件东西，都有缘故，一件件我都猜着了。

【白鹤子】这琴，他教我闭门学禁指⑦，留意谱声诗，调养圣贤心，洗荡巢由⑧耳。

【二煞】这玉簪，纤长如竹笋，细白似葱枝，温润有清香，莹洁无瑕玼。

---

①金章：金质的官印。也用来指代官宦仕途。
②金帛：黄金和丝绸。泛指钱物。
③金资：指钱财。
④勾使：官府捕役。
⑤咨示：通知，告示。
⑥针指：针线活。
⑦禁指：指琴禁淫邪之意。
⑧巢由：指古代传说中的两位隐士巢父、许由。尧曾想让天下给许由，许由不接受，认为这些话污了他的耳朵，就去水边洗耳，并逃往箕山，农耕而食。

【三煞】这斑管,霜枝曾栖凤凰,泪点渍胭脂,当时舜帝恸娥皇,今日淑女思君子。

【四煞】这裹肚,手中一叶绵,灯下几回丝,表出腹中愁,果称心间事。

【五煞】这鞋袜儿,针脚儿细似虮子①,绢帛儿腻似鹅脂,既知礼不胡行,愿足下当如此。

琴童,你临行小夫人对你说甚么?(仆云)着哥哥休别继良姻。(末云)小姐,你尚然不知我的心哩。

【快活三】冷清清客店儿,风淅淅雨丝丝,雨儿零,风儿细,梦回时,多少伤心事。

【朝天子】四肢不能动止,急切里盼不到蒲东寺。小夫人须是你见时,别有甚闲传示?我是个浪子官人,风流学士,怎肯去带残花折旧枝。自从到此,甚的是闲街市②。

【贺圣朝】少甚宰相人家,招婿的娇姿。其间或有个人儿似尔,那里取那温柔,这般才思?想莺莺意儿,怎不教人梦想眠思?

琴童,将这衣裳东西收拾好者。

---

① 虮(jǐ)子:虱的卵。这里形容针脚细密。
② 闲街市:指胡行乱走。

西厢记 | 155

【耍孩儿】则在书房中倾倒个藤箱子，向箱子里面铺几张纸。放时节须索用心思，休教藤刺儿抓住绵丝。高抬在衣架怕吹了颜色，乱裹在包袱中恐锉了褶儿。当如此，切须爱护，勿得因而。

【二煞】恰新婚，才燕尔，为功名来到此。长安忆念蒲东寺。昨宵个春风桃李花开夜，今日个秋雨梧桐叶落时。愁如是，身遥心迩，坐想行思。

【三煞】这天高地厚情，直到海枯石烂时，此时作念何时止？直到烛灰眼下才无泪，蚕老心中罢却丝。我不比游荡轻薄子，轻夫妇的琴瑟，拆鸾凤的雄雌。

【四煞】不闻黄犬音，难传红叶诗，驿长不遇梅花使。孤身去国三千里，一日归心十二时。凭栏视，听江声浩荡，看山色参差。

【尾】忧则忧我在病中，喜则喜你来到此。投至得引人魂卓氏音书至，险将这害鬼病的相如盼望死。（下）

# 第三折

（净扮郑恒上开云）自家姓郑名恒，字伯常。先人拜礼部尚书，不幸早丧。后数年，又丧母。先人在时曾定下俺姑娘的女孩儿莺莺为妻，不想姑夫亡化，莺莺孝服未满，不曾成亲。俺姑娘将着这灵柩，引着莺莺，回博陵下葬，为因路阻，不能得去。数月前写书来唤我同扶柩去；因家中无人，来得迟了。我离京师，来到河中府，打听得孙飞虎欲掳莺莺为妻，得一个张君瑞退了贼兵，俺姑娘许了他。我如今到这里，没这个消息，便好去见他；既有这个消息，我便撞将去呵，没意思。这一件事都在红娘身上，我着人去唤他。则说"哥哥从京师来，不敢来见姑娘，着红娘来下处来，有话去对姑娘行说去"。去的人好一会了，不见来。见姑娘和他有话说。（红上云）郑恒哥哥在下处，不来见夫人，却唤我说话。夫人着我来，看他说甚么。（见净科）哥哥万福！夫人道哥哥来到呵，怎么不来家里来？（净云）我有甚颜色见姑娘？我唤你来的缘故是怎生？当日姑夫在时，曾许下这门亲事；我今番到这里，姑夫孝已满了，特地央及你去夫人行说知，拣一个吉日成合了这件事，好和小姐一答里①下葬去。不争不成合，一答里路上难厮见。若说得肯呵，我重重的相谢你。（红云）这一节话再也休题，莺莺已与了别人了也。（净云）道不得"一马不跨双鞍"，可怎生父在时曾许了我，父丧之后，母倒悔亲？这个道理那里有？（红云）却非如此说。当日孙飞虎将半万贼兵来时，哥哥你在那里？若不是那生呵，那里得俺一家儿来？今日太平无事，却来争亲；倘被贼人掳去呵，哥哥如何去争？（净云）与了一个富家，也不枉了，却与了这个穷酸饿醋。偏我不如他？我仁者能仁、身里出身的根脚②，又是亲上做亲，况兼他父命。（红云）他倒不如你，嗏声！

【越调】【斗鹌鹑】卖弄你仁者能仁，倚仗你身里出身；至如你官上加官，也不合亲上做亲。又不曾执羔雁③邀媒，献币帛问肯。恰

---

①一答里：方言，亦作"一搭里"，表示"一起，一块儿"。
②根脚：指家世、出身、资历等。
③羔雁：用作征召、婚聘、晋谒的礼物。

洗了尘，便待要过门；枉腌①了他金屋银屏，枉污了他锦衾绣裯。

【紫花儿序】枉蠢了他梳云掠月，枉羞了他惜玉怜香，枉村了他嘝雨尤云。当日三才始判，两仪初分；乾坤：清者为乾，浊者为坤，人在中间相混。君瑞是君子清贤，郑恒是小人浊民。

（净云）贼来怎地他一个人退得？都是胡说！（红云）我对你说。

【天净沙】看河桥飞虎将军，叛蒲东掳掠人民，半万贼屯合寺门，手横着霜刃，高叫道要莺莺做压寨夫人。

（净云）半万贼兵，他一个人济甚么事？（红云）贼围之甚迫，夫人慌了，和长老商议，拍手高叫："两廊不问僧俗，如退得贼兵的，便将莺莺与他为妻。"忽有游客张生，应声而前曰："我有退兵之策，何不问我？"夫人大喜，就问："其计何在？"生云："我有一故人白马将军，现统十万之众，镇守蒲关。我修书一封，着人寄去，必来救我。"不想书至兵来，其困即解。

【小桃红】洛阳才子善属文，火急修书信。白马将军到时分，灭了烟尘。夫人小姐都心顺，则为他"威而不猛"，"言而有信"，因此上"不敢慢于人"。

（净云）我自来未尝闻其名，知他会也不会。你这个小妮子，卖弄他偌多！（红云）便又骂我。

---

① 腌：脏；弄脏。

清光绪十五年上海鸿宝斋石印本《增像第六才子书》图

【金蕉叶】他凭着讲性理齐论鲁论，作词赋韩文柳文，他识道理为人敬人，俺家里有信行知恩报恩。

【调笑令】你值一分，他值百分，萤火焉能比月轮？高低远近都休论，我拆白道字①辨与你个清浑②。（净云）这小妮子省得甚么拆白道字，你拆与我听。（红唱）君瑞是个"肖"字这壁着个"立人"，你是个"木寸""马户""尸巾"。

（净云）木寸、马户、尸巾——你道我是个"村驴屌③"。我祖代是相国之门，到不如你个白衣、饿夫、穷士！做官的则是做官。（红唱）

【秃厮儿】他凭师友君子务本，你倚父兄仗势欺人。齑盐④日月不嫌贫，治百姓新民、传闻。

【圣药王】这厮乔议论，有向顺⑤。你道是官人则合做官人，信口喷⑥，不本分。你道穷民到老是穷民，却不道"将相出寒门"。

（净云）这桩事都是那长老秃驴弟子孩儿⑦，我明日慢慢的和他说话。（红唱）

---

①拆白道字：一种字谜游戏。把一个字拆开，使成一句话。如宋黄庭坚《两同心》词："你共人女边着子，争知我门里挑心！"拆开的字合并起来是"好"和"闷"两个字。

②清浑：好坏，是非。

③屌（diǎo）："屌"的异体字，常用做骂人的话。

④齑（jī）盐：指清贫的生活。齑，捣碎的姜、蒜、韭菜等。

⑤向顺：偏向；偏袒。

⑥喷：胡言乱语。

⑦弟子孩儿：骂人的话。娼妓生的孩儿。

【麻儿郎】他出家儿慈悲为本，方便为门。横死眼不识好人，招祸口不知分寸。

（净云）这是姑夫的遗留，我拣日牵羊担酒上门去，看姑娘怎么发落我。（红唱）

【幺篇】讪筋①，发村②，使狠，甚的是软款③温存。硬打挨④强为眷姻，不睹事⑤强谐秦晋。

（净云）姑娘若不肯，着二三十个伴当⑥，抬上轿子，到下处脱了衣裳，赶将来还你一个婆娘。（红唱）

【络丝娘】你须是郑相国嫡亲的舍人，须不是孙飞虎家生的莽军。乔嘴脸、腌躯老⑦、死身分⑧，少不得有家难奔。

（净云）兀的那小妮子，眼见得受了招安了也。我也不对你说，明日我要娶，我要娶。（红云）不嫁你，不嫁你。

【收尾】佳人有意郎君俊，我待不喝采其实怎忍。（净云）你喝一声我听。（红笑云）你这般颏嘴脸，只好偷韩寿下风头香，傅何郎左壁

---

①讪筋：因羞惭或恼怒而脸红筋胀。
②发村：撒野；发脾气。
③软款：温柔；殷勤；柔软。
④硬打挨：硬挨进去。
⑤不睹事：不明事理，糊里糊涂。
⑥伴当：随从的差役或仆人。
⑦腌躯老：丑模样。
⑧死身分：元代骂人的俗语。意思相当于死相、死样子。

厢粉。（下）

（净脱衣科云）这妮子拟定都和那酸丁演撒，我明日自上门去，见俺姑娘，则做不知。我则道张生赘在卫尚书家，做了女婿。俺姑娘最听是非，他自小又爱我，必有话说。休说别个，则这一套衣服也冲动①他。自小京师同住，惯会寻章摘句，姑夫许我成亲，谁敢将言相拒。我若放起刁来，且看莺莺那去？且将压善欺良意，权作尤云殢雨心。（下）（夫人上云）夜来郑恒至，不来见我，唤红娘去问亲事。据我的心则是与孩儿是；况兼相国在时已许下了，我便是违了先夫的言语。做我一个主家的不着，这厮每做下来。拟定则与郑恒，他有言语，怪他不得也。料持下酒者，今日他敢来见我也。（净上云）来到也，不索报覆，自入去见夫人。（拜夫人哭科）（夫人云）孩儿既来到这里，怎么不来见我？（净云）小孩儿有甚嘴脸来见姑娘！（夫人云）莺莺为孙飞虎一节，等你不来，无可解危，许张生也。（净云）那个张生？敢便是状元。我在京师看榜来，年纪有二十四五岁，洛阳张珙，夸官游街三日。第二日头答正来到卫尚书家门首，尚书的小姐十八岁也，结着彩楼，在那御街上，则一球正打着他。我也骑着马看，险些打着我。他家粗使梅香十余人，把那张生横拖倒拽入去。他口叫道："我自有妻，我是崔相国女婿。"那尚书有权势气象，那里听，则管拖将入去了。这个却才便是他本分，出于无奈，尚书说道："我女奉圣旨结彩楼，你着崔小姐做次妻。他是先奸后娶的，不应娶他。"闹动京师，因此认得他。（夫人怒云）我道这秀才不中抬举，今日果然负了俺家。俺相国之家，世无与人做次妻之理。既然张生奉圣旨娶了妻，孩儿，你拣个吉日良辰，依着姑夫的言语，依旧入来做女婿者。（净云）倘或张生有言语，怎生？（夫人云）放着我哩，明日拣个吉日良辰，你便过门

---

①冲动：诱动；挑动。

来。(下)(净云)中了我的计策了,准备筵席、茶礼、花红,克日过门者。(下)(洁上云)老僧昨日买登科记看来,张生头名状元,授着河中府尹。谁想老夫人没主张,又许了郑恒亲事。老夫人不肯去接,我将着肴馔直至十里长亭接官走一遭。(下)(杜将军上云)奉圣旨,着小官主兵蒲关,提调河中府事,上马管军,下马管民。谁想君瑞兄弟一举及第,正授河中府尹,不曾接得。眼见得在老夫人宅里下,拟定乘此机会成亲。小官牵羊担酒直至老夫人宅上,一来庆贺状元,二来就主亲,与兄弟成此大事。左右那里?将马来,到河中府走一遭。(下)

# 第四折

(夫人上云)谁想张生负了俺家,去卫尚书家做女婿去,今日不负老相公遗言,还招郑恒为婿。今日好个日子,过门者,准备下筵席,郑恒敢待来也。(末上云)小官奉圣旨,正授河中府尹。今日衣锦还乡,小姐的金冠霞帔都将著,若见呵,双手索送过去。谁想有今日也呵!文章旧冠乾坤内,姓字新闻日月边。

【双调】【新水令】玉鞭骄马出皇都,畅风流玉堂人物。今朝三品职,昨日一寒儒。御笔亲除,将名姓翰林注。

【驻马听】张珙如愚,酬志了三尺龙泉万卷书;莺莺有福,稳请了五花官诰七香车。身荣难忘借僧居,愁来犹记题诗处。从应举,梦魂儿不离了蒲东路。

（末云）接了马者！（见夫人科）新状元河中府尹婿张珙参见。（夫人云）休拜，休拜，你是奉圣旨的女婿，我怎消受得你拜？（末唱）

【乔牌儿】我谨躬身问起居，夫人这慈色为谁怒？我则见丫鬟使数都厮觑①，莫不我身边有甚事故？

（末云）小生去时，夫人亲自饯行，喜不自胜。今日中选得官，夫人反行不悦，何也？（夫人云）你如今那里想着俺家？道不得个"靡不有初，鲜克有终"。我一个女孩儿，虽然妆残貌陋，他父为前朝相国。若非贼来，足下甚气力到得俺家？今日一旦置之度外，却于卫尚书家作婿，岂有是理？（末云）夫人听谁说？若有此事，天不盖，地不载，害老大小②疗疮！

【雁儿落】若说着《丝鞭仕女图》，端的是塞满章台路。小生呵此间怀旧恩，怎肯别处寻亲去？

【得胜令】岂不闻"君子断其初"，我怎肯忘得有恩处？那一个贼畜生行嫉妒，走将来老夫人行厮间阻？不能够娇姝，早共晚施心数③；说来的无徒④，迟和疾上木驴。

（夫人云）是郑恒说来，绣球儿打着马了，做女婿也。你不信呵，唤红娘来问。（红上云）我巴不得见他，原来得官回来。惭愧，这是非对着也。（末背云）红娘，小姐好么？（红云）为你别做了女婿，俺小姐依旧

---

①厮觑：相看；观望。
②老大小：偌大；老大的。
③施心数：用心计。
④无徒：无赖之辈。

清光绪十五年上海鸿宝斋石印本《增像第六才子书》图

嫁了郑恒也。（末云）有这般跷蹊的事！

【庆东原】那里有粪堆上长出连枝树，淤泥中生出比目鱼？不明白展污①了姻缘簿？莺莺呵，你嫁个油炸猢狲②的丈夫；红娘呵，你伏侍个烟熏猫儿的姐夫；张生呵，你撞着个水浸老鼠的姨夫。这厮坏了风俗，伤了时务。

（红唱）

【乔木查】妾前来拜覆③，省可里④心头怒！间别来安乐否？你那新夫人何处居？比俺姐姐是何如？

（末云）和你也葫芦提⑤了也。小生为小姐受过的苦，诸人不知，瞒不得你。不甫能成亲，焉有是理？

【搅筝琶】小生若求了媳妇，则目下便身殂。怎肯忘得待月回廊，难撇下吹箫伴侣。受了些活地狱，下了些死工夫。不甫能得做妻夫，现将着夫人诰敕，县君⑥名称，怎生待欢天喜地，两只手儿分付与。你划地⑦倒把人赃诬。

（红对夫人云）我道张生不是这般人，则唤小姐出来自问他。（叫旦

---

①展污：玷污，弄脏。亦指使声誉或名节受损。
②油炸猢狲：形容轻狂的样子。
③拜覆：问候的敬词。
④省可里：休要；免得。
⑤葫芦提：亦作"葫芦蹄""葫芦题""葫芦啼"。指糊涂。
⑥县君：古代妇人封号。唐制，五品母妻为"县君"，宋代庶子、少卿监、司业、郎中、京府少尹、赤县令等官之妻封"县君"。元制与唐制同。
⑦划地：无端，平白地。

科）姐姐快来问张生，我不信他直恁般薄情。我见他呵，怒气冲天，实有缘故。(旦见末科)(末云)小姐间别无恙？(旦云)先生万福！(红云)姐姐有的言语，和他说破。(旦长吁云)待说甚么的是！

【沉醉东风】不见时准备着千言万语，得相逢都变做短叹长吁。他急攘攘却才来，我羞答答怎生觑。将腹中愁恰待申诉，及至相逢一句也无。只道个"先生万福"。

（旦云）张生，俺家何负足下？足下见弃妾身，去卫尚书家为婿，此理安在？(末云)谁说来？(旦云)郑恒在夫人行说来。(末云)小姐如何听这厮？张珙之心，惟天可表！

【落梅风】从离了蒲东路，来到京兆府，见个佳人世不曾回顾。硬揣①个卫尚书家女孩儿为了眷属，曾见他影儿的也教灭门绝户。

（末云）这一桩事都在红娘身上，我则将言语傍着他，看他说甚么。红娘，我问人来，说道你与小姐将简帖儿去唤郑恒来。(红云)痴人，我不合与你作成②，你便看得我一般了。(红唱)

【甜水令】君瑞先生，不索踌躇，何须忧虑。那厮本意糊涂；俺家世清白，祖宗贤良，相国名誉。我怎肯他跟前寄简传书？

---

①揣：犹强加。
②作成：成全；照顾。

【折桂令】那吃敲才①怕不口里嚼蛆,那厮待数黑论黄②,恶紫夺朱③。俺姐姐更做道软弱囊揣④,怎嫁那不值钱人样虾朐⑤。你个东君索与莺莺做主,怎肯将嫩枝柯折与樵夫,那厮本意嚣虚⑥,将足下亏图,有口难言,气夯破胸脯。

(红云)张生,你若端的不曾做女婿呵,我去夫人跟前一力保存你。等那厮来,你和他两个对证。(红见夫人云)张生并不曾人家做女婿,都是郑恒谎,等他两个对证。(夫人云)既然他不曾呵,等郑恒那厮来对证了呵,再做说话。(洁上云)谁想张生一举成名,得了河中府尹,老僧一径到夫人那里庆贺。这门亲事,几时成就?当初也有老僧来,老夫人没主张,便待要与郑恒。若与了他,今日张生来却怎生?(洁见末叙寒温科)(对夫人云)夫人,今日却知老僧说的是,张生决不是那一等没行止的秀才。他如何敢忘了夫人,况兼杜将军是证见,如何悔得他这亲事?(旦云)张生,此一事必得杜将军来方可。

【雁儿落】他曾笑孙庞⑦真下愚,论贾马⑧非英物;正授着征西元帅府,兼领着陕右河中路。

---

①吃敲才:骂人话,犹该死的家伙。敲,死刑之一,即杖杀。
②数黑论黄:说长道短,挑唆是非。
③恶紫夺朱:原本表示厌恶以邪代正,后来比喻以邪胜正,以异端充正理。古代以朱为正色,比喻正统。
④囊揣:懦弱;衰弱。
⑤朐(qú):屈曲的干肉。
⑥嚣虚:虚假。
⑦孙庞:指孙膑和庞涓。
⑧贾马:指贾谊和司马相如。

【得胜令】是咱前者护身符，今日有权术。来时节定把先生助，决将贼子诛。他不识亲疏，啜赚良人妇；你不辨贤愚，无毒不丈夫。

（夫人云）着小姐去卧房里去者。（旦、红下）（杜将军上云）下官离了蒲关，到普救寺。第一来庆贺兄弟咱，第二来就与兄弟成就了这亲事。（末对将军云）小弟托兄长虎威，得中一举。今者回来，本待做亲，有夫人的侄儿郑恒，来夫人行说道你兄弟在卫尚书家作赘了。夫人怒欲悔亲，依旧要将莺莺与郑恒，焉有此理？道不得个"烈女不更二夫"。（将军云）此事夫人差矣。君瑞也是礼部尚书之子，况兼又得一举。夫人世不招白衣秀士，今日反欲罢亲，莫非理上不顺？（夫人云）当初夫主在时，曾许下这厮，不想遇此一难，亏张生请将军来杀退贼众。老身不负前言，欲招他为婿；不想郑恒说道，他在卫尚书家做了女婿也，因此上我怒他，依旧许了郑恒。（将军云）他是贼心，可知道诽谤他。老夫人如何便信得他？（净上云）打扮得整整齐齐的，则等做女婿。今日好日头，牵羊担酒过门走一遭。（末云）郑恒，你来怎么？（净云）苦也！闻知状元回，特来贺喜。（将军云）你这厮怎么要诓骗良人的妻子，行不仁之事，我跟前有甚么话说？我奏闻朝廷，诛此贼子。（末唱）

【落梅风】你硬撞入桃源路，不言个谁是主，被东君把你个蜜蜂拦住。不信呵去那绿杨影里听杜宇，一声声道"不如归去"。

（将军云）那厮若不去呵，祗候①拿下。（净云）不必拿，小人自退亲事与张生罢。（夫人云）相公息怒，赶出去便罢。（净云）罢罢！要这性命怎么，不如触树身死。妻子空争不到头，风流自古恋风流；"三寸气在

---

①祗（zhī）候：职官名。元代各省、路、州、县分别设祗候若干名，为供奔走驱使的衙役。

千般用，一日无常万事休。"（净倒科）（夫人云）俺不曾逼死他，我是他亲姑娘，他又无父母，我做主葬了者。着唤莺莺出来，今日做个庆喜的茶饭，着他两口儿成合者。（旦、红上，末、旦拜科）（末唱）

【沽美酒】门迎着驷马车，户列着八椒图，娶了个四德三从宰相女，平生愿足，托赖着众亲故。

【太平令】若不是大恩人拔刀相助，怎能够好夫妻似水如鱼。得意也当时题柱①，正酬了今生夫妇。自古、相女、配夫，新状元花生满路②。

（使臣上科）（末唱）

【锦上花】四海无虞，皆称臣庶；诸国来朝，万岁山呼；行迈羲轩，德过舜禹；圣策神机，仁文义武。

【幺篇】朝中宰相贤，天下庶民富；万里河清，五谷成熟；户户安居，处处乐土；凤凰来仪，麒麟屡出。

【清江引】谢当今盛明唐圣主，敕赐为夫妇。永老无别离，万古常完聚，愿普天下有情的都成了眷属。

---

①题柱：据晋代常璩《华阳国志·蜀志》记载，汉司马相如离开蜀地赴长安时，曾于成都城北升仙桥题句于桥柱，自述致身通显之志，曰："不乘赤车驷马，不过汝下也！"

②花生满路：比喻荣耀、美满。

【随尾】则因月底联诗句，成就了怨女旷夫。显得有志的状元能，无情的郑恒苦。（下）

  题目　　小琴童传捷报，崔莺莺寄汗衫
  正名　　郑伯常干舍命，张君瑞庆团圆


  总目　　张君瑞巧做东床婿，法本师住持南赡地
      老夫人开宴北堂春，崔莺莺待月西厢记

# 桃花扇

# 前　言

《桃花扇》是清初著名剧作家孔尚任的代表作。孔尚任（1648—1718），字聘之、季重，号东塘、岸堂、云亭山人，山东曲阜人，孔子六十四世孙。他少年时隐居石门山读书，二十岁时考取秀才，但参加乡试却不第，后得康熙帝赏识，破格授国子监博士，沉浮宦海十余年，官至户部员外郎。著作有《湖海集》《岸堂文集》等。存世诗文作品有《石门山集》《湖海集》《长留集》《享金簿》《人瑞录》等，近人汇为《孔尚任诗文集》。著有传奇《桃花扇》和《小忽雷》（与顾彩合著）。

孔尚任作为孔子的六十四世孙，是一个饱受儒家学术熏陶的正统汉族文人，但却不得不在异族皇权的统治之下求生存求发展，这已经奠定了他人生的矛盾与悲剧。明清易代给汉族文人士大夫带来的打击是巨大的，这种感觉在孔家后人孔尚任心里可能更加深刻。因此，孔尚任在创作《桃花扇》的过程中，思想感情是复杂的。他一直处在儒与道、仕与隐、颂圣与吊明、忠清与宗汉、救世与遁世的矛盾中。但他有独立的人格，有自己的主见，有惊人的魄力，终于突破了矛盾和禁区，以现实主义的大手笔，出色地构思了亡明痛史中爱情纠葛与政治浪潮相互交织的剧作，展示了广阔的历史背景和社会内容，使《桃花扇》成为一部不朽的悲剧名著。

《桃花扇》"借离合之情，写兴亡之感"，借复社文人侯方域与秦淮名妓李香君悲欢离合的爱情故事，描绘了南明弘光王朝的兴亡过程，揭示了弘光王朝必然覆亡的命运。剧作讲述了一个悲剧故事：明末复社名士侯方域与秦淮名妓李香君相恋，阉党余孽阮大铖企图笼络侯方域，但因李香君的反对而没能得逞，他又转而投靠奸臣马士英。马、阮等迎立福王，把持朝政，排挤和打击正派人士。侯方域被迫远依史可法，李香君也被征选入宫。后清兵南下，攻破南京，侯、李得以在南京栖霞山重逢，最终相偕出家。《桃花扇》取材于离作者年代并不久远的历史巨变，作者从一些亲历巨变的人口中和各种野史笔记小说里博采遗闻，择汰验核后写入剧本，使剧本情节和史实保持最大限度的一致。作者在《桃花扇考据》中，列举了剧中许多重要史事所依据的文献资料，而且作者大多进行了实地考察。如他曾登扬州梅花岭，凭吊爱国志士史可法衣冠冢，游历过明故宫、明孝陵、秦淮河等南明故地，曾结识明末遗民冒辟疆、邓孝威等，从他们那里了解了许多南明兴亡的故实。这些都为他创作《桃花扇》提供了丰富的素材。但《桃花扇》作为历史剧，毕竟不能等同于信史，它在尊重历史的基础上经过一些艺术虚构，以求达到历史真实和艺术真实的统一。孔尚任在注重史实的同时，谨慎点染，做到了虚实相济，使观众在情感得到满足的同时，又能得到有益的历史喻示。《桃花扇》完成于清朝初年民族矛盾极为尖锐的时代，深刻地反映了南明兴亡、改朝换代给士人遗民心灵上带来的巨大创痛。由于清初"文字狱"大兴，作者在统治者敏感的历史问题上不可能直言不讳，故曲笔和含糊其辞处在所难免。

明清传奇以平庸的才子佳人戏居多，而《桃花扇》"借离合之情，写兴亡之感"，给爱情戏注入了崭新的生活内容，赋予了重大的主题思想，使其富有更深刻的社会意义，令人耳目一新。作者孔尚任通过一把纤巧的定情宫扇，把侯、李的爱情同南明的政治风烟串联起来，组成了严整、精巧的戏剧结构。一把"桃花扇"串起侯、李二人的悲欢离合，"桃花扇"

由"诗扇"变成"桃花扇"的过程是爱情政治化的过程，赠扇、溅扇、画扇、寄扇、撕扇的悲剧化过程隐含着一种国破家亡后的人生虚无和历史悲剧感，张道士将"桃花扇"撕裂扯碎，它的历史使命完成了，扇子碎了，作品中的爱情也必然随之破碎。《桃花扇》的结局是侯、李经历了离乱之后，邂逅在栖霞山下，团圆之际，张道士断然喝问："两个痴虫，你看国在哪里？家在哪里？君在哪里？父在哪里？偏是这点花月情根，割他不断么？"话说得侯、李二人直冒冷汗，仿佛从梦中惊醒，最终二人放弃坚守许久的爱情而遁入空门。

以往的传奇往往是以生旦在经过悲欢离合之后，以最终的大团圆作为结局。孔尚任突破了传统戏剧的大团圆模式，在《桃花扇》中安排侯、李"入道"这样一个悲剧性的结局，把个人爱情悲剧与时代悲剧、国家民族悲剧紧密联系起来，给读者或观众留下了更大的思考空间。正如鲁迅先生所说："悲剧是把有价值的东西毁灭给人看。"这样的结局安排就是把爱的希望与价值生生地剥夺，给人一种彻底无望的感觉，给那些苟活者以当头棒喝，具有振聋发聩的警示作用，展现出敢于创新的精神与气魄，令人耳目一新。这种结局体现了男女主人公对邪恶势力的反抗与不妥协，对与之同流合污的拒绝，同时实现了二者爱情追求上的团圆，可谓"哀而有节"，将人类无法超越的困境毫无掩饰地表现出来。国难淹没了侯、李的爱情，二人以情殉国的勇气着实震撼人心，令人痛彻心扉。这样的悲剧结局在强化作品主旨的同时，也使得爱情上升到了一定的高度。这也深化了全剧的悲剧意蕴，提升了作品的内涵，使得作品产生了超越时代的永恒魅力，因而在文学殿堂大放异彩，颠覆了"商女不知亡国恨"的世俗成见，激活了"国家兴亡，匹夫有责"的爱国豪情。

《桃花扇》的悲剧美学意味更深层地体现在悲剧命运观的哲学思考。面对"兴亡"这样的大主题，人们的心里顿时产生了崇高感。兴亡意味着历史的大波澜，有毁灭性的破坏和伟大的重建。对一个民族、一个国家来说，"兴亡"都是一次巨大的刺激。人类对于这样巨大的事件必然产生强烈的心理反应。与恐惧、绝望相伴而生的是折服于崇高与伟大的美感，这是真正的悲剧美感。悲剧的美，绝不仅仅体现在主人公在为自己的命运、理想、事业和社会正义进行斗争时，由于恶势力的阻挠、破坏，或者由于自身的过失、弱点，最后遭到失败或毁灭而引起的同情。悲剧之美体现在崇高感和由痛感升华的美的精神超越。从某种意义上看，中国传统戏剧中许多"悲剧"并不具有真正的悲剧美学意味。《桃花扇》却达到了这个效果。相比较国家而言，"离合"是个人情感体验最强烈的内容。与厮守相比，相思的情感更强，"离合"是造成相思的形式。作品将"离合"与"兴亡"放在一起，使相思有了崇高的美感，放大了人类的普遍感情。而两者共同指向的"漂泊感"是人类体会生命的无着与感受未知的新奇感的结合。从这个意义上说，《桃花扇》也表现了个人面对命运和未知世界的渺小与悲哀。

《桃花扇》塑造了一系列个性鲜明的人物形象，如以李香君、李贞丽等为代表的底层妓女，以侯方域等为代表的复社文人，以马士英、阮大铖等为代表的误国权奸，以史可法为代表的爱国将领，以左良玉、黄得功为代表的勇猛武将，以柳敬亭、苏昆生等为代表的清客门人，以弘光皇帝为代表的末世之君，以刘泽清、刘良佐等为代表的卖国之臣，以张道士为代表的清醒士人，等等，在这些人物身上寄予着作者的政治态度和复杂情感。在众多人物中，李香君的形象最为突出，以至于人们一谈起《桃花扇》，首先映入脑海的便是剧中美若桃花、一身傲骨的李香君。与崔莺莺、杜丽娘等不同，李香君是个不同于以往的崭新形象。她身为秦淮名妓，与许多文人名士都有来往。她仰慕忠义，痛恨奸佞，有着进步的政治态度和忠贞、执着的爱情观。她与侯方域的结合，不仅出于对侯方域相貌、才学的倾慕，还在于他们有着共同的政治基础——侯方域是"复社"的中坚，与魏党是对立的。她的性格突出地表现为敏锐的政治眼光，鲜明的政治立场，明确的是非观，以及对爱情的忠贞执着，她的形象塑造突出地表现在《却奁》《守楼》和《骂筵》几出中。当她知道"妆奁"是阮大铖所送，毅然脱去罗裙，拔下簪子，坚决退回。香君出身青楼却有着比一般女子更加贞烈的个性，甚至有着比侯方域等清流文人更加坚定的信念，孔尚任用反弦之音再一次对香君做出高度的赞赏，这是与前人所不同的地方。香君是世间少有的桃花美人，但她绝对不只是金玉其外的"花瓶美人"，在她桃花般的面庞下有着坚贞的节操和强烈的反抗性。李香君的勇敢坚定、是非分明、崇尚气节等超过了须眉男子侯方域。命运的不公没有使她自怨自艾，爱情的凄楚也没有令她随波逐流。邪恶势力对李香君的不断迫害，反而使她的性格在斗争中愈发坚强，全剧最能体现香君性格的就是"血溅扇面"这一举动。她宁死也要为侯郎守节，这不仅是对爱情的守护，更是对政治立场的坚守。李香君坚毅的政治态度集中体现在《骂筵》中。她不仅痛恨阮、田二人，更是不顾自身安危，借新朝权贵听歌享乐之机，痛骂当朝权贵，表现出令人敬佩的独立人格和侠肝义胆。李香君对爱情的忠贞主要体现在《拒媒》《守楼》《寄扇》几出中。通过几次面对强权、面对自己、面对时势的考验，李香君对爱情更加忠诚、更加执着与向往。无论是金钱还是强权，抑或是消磨青春的孤守，都不能改变她对爱情的忠贞。李香君的个性形象正是在这点滴的生活中生动、自然、全面地刻画完成的。在剧作中，孔尚任巧妙地借用了桃花意象对李香君这一人物形象进行多重塑造。桃花作为全剧的核心意象，既是香君美貌容颜的表征，也是其不幸命运的外化，更是其爱情悲剧的写照。孔尚任继承了前人以桃花赞喻美人的传统，借侯方域题扇之诗与杨龙友画扇之花来形容香君美艳如花，将桃花的美人意象发挥得淋漓尽致。该剧之所以称为

《桃花扇》，能出现"桃花扇"，是因为美人血在杨龙友的画笔下成了桃花，这使原本抽象的桃花变得更为具体，也使香君的美人形象比起其他女子更显得与众不同，给受众以明晰的印象，使之成为艺术史上的永恒。孔尚任对李香君的形象描写不再突出她的才艺、相貌，而是突出地表现出她的自我意识与对国家社稷的关注。李香君敢于同奸佞做直面的斗争而不妥协，坚定的政治立场高于个人的婚姻爱情，这是女性地位提升、女人意识觉醒的表现，是创新人格的重要体现。剧中李香君的形象不仅突破了千百年来"男尊女卑"、女性（尤其是妓女）没有社会地位的形象，而且创新性地刻画了一个才德智勇兼备的女性代表。

《桃花扇》全剧四十四出，人物众多，关系复杂，矛盾交织，头绪繁多，但全剧结构严谨，排场起伏。作者在"借离合之情，写兴亡之感"这样一个总体构思下，进行人物布局与情节安排等。在《桃花扇纲领》中，作者将戏中人物分为左、右、奇、偶、总五部，以此来区分人物之间的不同态度与主次关系，对人物布局进行合理安排。左、右两部分别以正生侯方域、正旦李香君为主，组织了与他们直接有关的人物，作为陪衬、牵合、点缀，来表现剧中男女主角的离合之情。奇、偶两部则以效忠明朝的正面人物史可法、左良玉、黄得功等为中气，高杰等为余气，昏淫的弘光帝以及权奸马士英、阮大铖等为戾气，卖国求荣的田雄、刘良佐、刘泽清等为煞气，表现了他们在当时政治斗争中的不同态度，并以此来反映南明一代的兴亡。

《桃花扇》场面宏大，人物众多，可谓"末世百象图"。作者在一个宏阔的时空背景下，全方位地展现帝王权奸、边地武将、复社文人、秦淮歌妓等各个社会阶层的生活状貌。从地域来看，涉及南京、扬州、武昌、河南四地；从场景来看，有皇宫、府邸、辕门、战场、太常寺、妓院等；从人物来看，塑造了从皇帝、权臣、武将、文人到社会下层的清客、妓女等不同社会阶层和身份的人物形象。这些为作者全方位、多角度地展现明末错综复杂的政治军事斗争和社会矛盾提供了一个宏阔的时空背景，构成了《桃花扇》外在结构上的恢宏气势。在这样一个宏阔的背景之上，孔尚任以其卓越的艺术才华，匠心独运，将这些繁杂而琐散的题材内容结构成一个有机的艺术整体并完美地表达了作品的主题。作者注意了情节、人物的前后照应，善于预设埋伏、伏线千里。为了实现剧作内部结构严整之美，作者将李香君与侯方域的爱情作为一条明线，起到穿插历史事件的重要作用，使整个故事构成一个有机整体。为躲避阮大铖的迫害，侯方域无奈投奔史可法，被迫与李香君分离，两人分离后的遭遇都与民族兴亡有关，作者将侯、李各自的遭遇分成两条线索进行叙述，两条线索此起彼伏、交错并进，共同推动着情节的发展和主题的深化，建构起一个有机的整体性戏剧结构。同时，作者精心设置了柳敬亭、苏昆生和杨龙友几位线索式人物，巧妙地将社会上层的皇帝、权奸、武将与社会下层的文人、妓女等联系起来，使全剧在结构上形成浑然一体的有机整体。例如柳敬亭，在第十出《修札》和第十一出《投辕》中，侯方域受兵部尚书熊明遇之托代父修书，力图阻止左兵东下威胁南京，柳敬亭毛遂自荐到武昌辕门投书；在第三十一出《草檄》中，又是柳敬亭自告奋勇为左良玉到南京传递檄文。与柳敬亭一样，苏昆生也是联系武昌与南京两地的线索式人物。在第三十一出《草檄》中，他为营救侯方域远来武昌向左良玉求救。在武昌辕门哭祭左良玉之后，他又自湖广回到南京。同时，苏昆生也是侯、李离合之情的见证者，在侯、李离合之情这条线索上起着重要的穿针引线的作用：是他远到河南为香君寻找侯方域，将象征侯、李爱情的桃花扇交到侯的手中，与侯同来南京找寻李香君，最后又陪伴李香君去栖霞山寻找侯方域，见证了二人的重逢与入道。作者多次安排柳、苏二人鱼雁传书，让他们奔走于剧情发生的主要地点南京与次要地点武昌、河南之间，将南京、武昌两地的政治军事情况联系起来，将左良玉等边地武将与侯方域等复社文人联系起来，使全剧在结构上浑然一体。

《桃花扇》自诞生以来，一直深受观众与读者的喜爱与好评，曾被改编为京剧、黄梅戏、话剧、电影、歌曲、清唱剧等多种艺术形式，不断赋予其新的时代内涵与表现元素。已历三百余年的传统戏曲，至今仍焕发着迷人的艺术魅力。《桃花扇》如一坛陈年美酒，历久弥香，不同时代的读者能够品出不同的味道。

本书校注以北京图书馆藏康熙刊本为底本，根据暖红室本、兰雪堂本、西园本等对校，并参考了梁启超注本、王季思注本、吴书荫点校本，择善而从，试图整理出一个尽量可信的定本。为便于读者了解《桃花扇》的原貌，本书保留了原书中的序跋、题词等，删去了每出的眉批、总批。为方便一般读者阅读，对于正文与注释中的错讹之处，直接在文中改正，不再出校勘记。在注释中，不过多地解释典故出处，特别是对于已经成为约定俗成用法的典故不再解释。对于一些不影响阅读的人名、地名，不再进行过多解释。对于难懂的句子串释大义，对于难以理解的字词重点阐释并注音，以方便读者阅读，提高读者的阅读兴趣。不当之处，敬请方家和读者批评指正。

# 桃花扇序

尝怪百子山樵所作传奇四种,其人率皆更名易姓,不欲以真面目示人。而《春灯谜》一剧,尤致意于一错二错,至十错而未已。盖心有所歉,词辄因之。乃知此公未尝不知其生平之谬误,而欲改头换面,以示悔过。然而清流诸君子,持之过急,绝之过严,使之流芳路塞,遗臭心甘,城门所殃,浒至荆棘铜驼而不顾。祸虽不始于夷门,夷门亦有不得谢其责者。呜呼!气节伸而东汉亡,理学炽而南宋灭。胜国晚年,虽妇人女子,亦知向往东林,究于天下事奚补也。当其时,伟人欲扶世祚,而权不在己;宵人能覆鼎悚,而溺于宴安。扼腕时艰者,徒属之席帽青鞋之士;时露热血者,或反在优伶口技之中。斯乾坤何等时耶?既无龙门、昌黎之文,以淋漓而发挥之;又无太白、少陵之诗,以长歌而痛哭之。何意六十载后,云亭山人以承平圣裔,京国闲曹,忽然兴会所至,撰出《桃花扇》一书。上不悖于清议之是非,下可以供儿女之笑噱。呼!异乎哉!当日皖城自命以填词擅天下,讵意今人即以其技还夺其席,而且不能匿其瑕,而且几欲褫其魄哉!虽然,作者上下千古,非不鉴于当日之局,而欲铺东林之余糟也;亦非有甚慨于青盖黄旗之事,而为狡童黍离之悲也。徒以署冷官闲，窗明几净，胸有勃勃欲发之文章，而偶然借奇立传云尔。斯时也，适然而有却奁之义姬，适然而有掉舌之二客，适然而事在兴亡之际，皆所谓奇可以传者也。彼既奔赴于腕下，吾亦发抒其胸中，可以当长歌，可以代痛哭，可以吊零香断粉，可以悲华屋山丘，虽人其人而事其事，若一无所避忌者，然不必目为词史也。犹记岁在甲戌，先生指署斋所悬唐朝乐器小忽雷，令余谱之。一时刻烛分笺，叠鼓竞吹，觉浩浩落落，如午夜之联诗，而性情加邕。翌日，而歌儿持板待韵。又翌日，而旗亭已树赤帜矣。斯剧之作，亦犹是焉。为有所谓乎？无所谓乎？然读至卒章，见"板桥残照，杨柳弯腰"之语，虽使柳七复生，犹将下拜。而谓千古以上，千古以下，有不拍案叫绝，慷慨起舞者哉？妙矣至矣！蔑以加矣！若夫夷门复出应试，似未足当高蹈之目，而桃叶却聘一事，仅见之与中丞一书；事有不必尽实录者。作者虽有轩轾之文，余则仍视为太虚浮云，空中楼阁云尔。

梁溪梦鹤居士撰

# 桃花扇小引

传奇虽小道，凡诗赋、词曲、四六、小说家，无体不备。至于摹写须眉，点染景物，乃兼画苑矣。其旨趣实本于《三百篇》，而义则《春秋》，用笔行文，又《左》、《国》、太史公也。于以警世易俗，赞圣道而辅王化，最近且切。今之乐，犹古之乐，岂不信哉？《桃花扇》一剧，皆南朝新事，父老犹有存者。场上歌舞，局外指点，知三百年之基业，隳于何人，败于何事，消于何年，歇于何地。不独令观者感慨涕零，亦可惩创人心，为末世之一救矣。盖予未仕时，山居多暇，博采遗闻，入之声律，一句一字，抉心呕成。今携游长安，借读者虽多，竟无一句一字着眼看毕之人，每抚胸浩叹，几欲付之一火。转思天下大矣，后世远矣，特识焦桐者，岂无中郎乎？予姑俟之。

康熙己卯三月，云亭山人偶笔

# 桃花扇小识

传奇者，传其事之奇焉者也，事不奇则不传。桃花扇何奇乎？妓女之扇也，荡子之题也，游客之画也，皆事之鄙焉者也；为悦己容，甘矞面以誓志，亦事之细焉者也；宜其相谑，借血点而染花，亦事之轻焉者也；私物表情，密缄寄信，又事之猥亵而不足道者也。《桃花扇》何奇乎？其不奇而奇者，扇面之桃花也。桃花者，美人之血痕也；血痕者，守贞待字，碎首淋漓，不肯辱于权奸者也；权奸者，魏阉之余孽也；余孽者，进声色，罗货利，结党复仇，隳三百年之帝基者也。帝基不存，权奸安在？惟美人之血痕，扇面之桃花，啧啧在口，历历在目，此则事之不奇而奇，不必传而可传者也。人面耶？桃花耶？虽历千百春，艳红相映。问种桃之道士，且不知归何处矣。

康熙戊子三月，云亭山人漫书

# 桃花扇本末

族兄方训公，崇祯末为南部曹，予舅翁秦光仪先生，其姻娅也。避乱依之，羁留三载，得弘光遗事甚悉，旋里后数数为予言之。证以诸家稗记，无弗同者，盖实录也。独香姬面血溅扇，杨龙友以画笔点之，此则龙友小史言于方训公者。虽不见诸别籍，其事则新奇可传，《桃花扇》一剧感此而作也。南朝兴亡，遂系之桃花扇底。

予未仕时，每拟作此传奇，恐闻见未广，有乖信史，寤歌之余，仅画其轮廓，实未饰其藻采也。然独好夸于密友曰："吾有《桃花扇》传奇，尚秘之枕中。"及索米长安，与僚辈饮宴，亦往往及之。又十余年，兴已阑矣。少司农田纶霞先生来京，每见必握手索览。予不得已，乃挑灯填词，以塞其求。凡三易稿而书成，盖己卯之六月也。

前有《小忽雷》传奇一种，皆顾子天石代予填词。予虽稍谙宫调，恐不谐于歌者之口，及作《桃花扇》时，天石已出都矣。适吴人王寿熙者，丁继之友也，赴红兰主人招，留滞京邸。朝夕过从，示予以曲本套数，时优熟解者，遂依谱填之。每一曲成，必按节而歌，稍有拗字，即为改制，故通本无聱牙之病。

《桃花扇》本成，王公荐绅，莫不借钞，时有纸贵之誉。己卯秋夕，内侍索《桃花扇》本甚急。予之缮本莫知流传何所，乃于张平州中丞家，觅得一本，午夜进之直邸，遂入内府。

己卯除夜，李木庵总宪遣使送岁金，即索《桃花扇》为围炉下酒之物。开岁灯节，已买优扮演矣。其班名"金斗"，出之李相国湘北先生宅，名噪时流，唱《题画》一折，尤得神解也。

庚辰四月，予已解组，木庵先生招观《桃花扇》。一时翰部台垣，群公咸集。让予独居上座，命诸伶更番进觞，邀予品题。座客啧啧指顾，颇有凌云之气。

长安之演《桃花扇》者，岁无虚日，独寄园一席，最为繁盛。名公巨卿，墨客骚人，骈集者座不容膝。张施则锦天绣地，胪列则珠海珍山。选优两部，秀者以充正色，蠢者以供杂脚。凡砌抹诸物，莫不应手裕如。优人感其厚赐，亦极力描写，声情俱妙。盖园主人乃高阳相公之文孙，诗酒风流，今时王谢也。故不惜物力，为此豪举。然笙歌靡丽之中，或有掩袂独坐者，则故臣遗老也。灯炧酒阑，唏嘘而散。

楚地之容美，在万山中，阻绝入境，即古桃源也。共洞主田舜年，颇嗜诗书。予友顾天石有刘子骥之愿，竟入洞访之，盘桓数月，甚被崇礼。每宴必命家姬奏《桃花扇》，亦复旖旎可赏，盖不知何人传入。或有鸡林之贾耶？

岁丙戌，予驱车恒山，遇旧寅长刘雨峰为郡太守。时群僚高宴，留予居宾座，观演《桃花扇》，凡两日，缠绵尽致。僚友知出予手也，争以杯酒为寿。予意有未惬者，呼其部头，即席指点焉。

顾子天石，读予《桃花扇》，引而申之，改为《南桃花扇》。令生旦当场团圆，以快观者之目；其词华精警，追步临川。虽补予之不逮，未免形予伧父，予敢不避席乎。

读《桃花扇》者，有题辞，有跋语，今已录于前后。又有批评，有诗歌，其每折之句批在顶，总批在尾，忖度予心，百不失一，皆借读者信笔书之，纵横满纸，已不记出自谁手。今皆存之，以重知己之爱。至于投诗赠歌，充盈箧笥，美且不胜收矣，俟录专集。

《桃花扇》钞本久而漫灭，几不可识。津门佟蔗村者，诗人也。与粤东屈翁山善。翁山之遗孤，育于其家，佟为谋婚产，无异己子，世多义之。薄游东鲁，过于舍，索钞本读之，才数行，击节叫绝！倾囊橐五十金，付之梓人。计其竣工也，尚难于百里之半，灾梨真非易事也。

云亭山人漫题

# 桃花扇凡例

一、剧名《桃花扇》，则桃花扇譬则珠也；作《桃花扇》之笔，譬则龙也。穿云入雾，或正或侧，而龙睛龙爪，总不离乎珠。观者当用巨眼。

一、朝政得失，文人聚散，皆确考时地，全无假借。至于儿女钟情，宾客解嘲，虽稍有点染，亦非乌有子虚之比。

一、排场有起伏转折，俱独辟境界，突如而来，倏然而去，令观者不能预拟其局面。凡局面可拟者，即厌套也。

一、每出脉络联贯，不可更移，不可减少。非如旧剧，东拽西牵，便凑一出。

一、各本填词，每一长折，例用十曲，短折例用八曲。优人删繁就减，只歌五六曲，往往去留弗当，辜作者之苦心。今于长折止填八曲，短折或六或四，不令再删故也。

一、曲名不取新奇，其套数皆时流谙习者；无烦探讨，入口成歌。而词必新警，不袭人牙后一字。

一、词曲皆非浪填，凡胸中情不可说，眼前景不能见者，则借词曲以咏之。又一事再述，前已有说白者，此则以词曲代之。若应作说白者，但入词曲，听者不解，而前后间断矣。其已有说白者，又奚必重入词曲哉！

一、制曲必有旨趣，一首成一首之文章，一句成一句之文章。列之案头,歌之场上,可感可兴,令人击节叹赏,所谓歌而善也。若勉强敷衍,全无意味,则唱者听者,皆苦事矣。

一、词曲入宫调,叶平仄,全以词意明亮为主。每见南曲艰涩扭挪,令人不解,虽强合丝竹,止可作工尺字谱,何以谓之填词耶。

一、词中所用典故,信手拈来,不露饾饤堆砌之痕。化腐为新,易板为活。点鬼垛尸,必不取也。

一、说白则抑扬铿锵,语句整练。设科打诨,俱有别趣,宁不通俗,不肯伤雅,颇得风人之旨。

一、旧本说白,止作三分,优人登场,自增七分。俗态恶谑,往往点金成铁,为文笔之累。今说白详备,不容再添一字。篇幅稍长者,职是故耳。

一、设科之嬉笑怒骂,如白描人物,须眉毕现,引人入胜者,全借乎此。今俱细为界出,其面目精神,跳跃纸上,勃勃欲生,况加以优孟摹拟乎。

一、脚色所以分别君子小人,亦有时正色不足,借用丑、净者。洁面花面,若人之妍媸然,当赏识于牝牡骊黄之外耳。凡正色借用丑、净者,如柳、苏、丁蔡出场时,暂洗去粉墨。

一、上下场诗,乃一出之始终条理,倘用旧句、俗句草草塞责,全出削色矣。时本多尚集唐,亦属滥套。今俱创为新诗,起则有端,收则有绪,著往饰归之义,仿佛可追也。

一、全本四十出,其上本首试一出,末闰一出,下本首加一出,末续一出,又全本四十出之始终条理也,有始有卒,气足神完。且脱去离合悲欢之熟径,谓之戏文,不亦可乎?

云亭山人偶拈

# 桃花扇纲领

**左部**

　　正色

侯朝宗 生

　　间色

陈定生 末　吴次尾 小生

　　合色

柳敬亭 丑　丁继之 副净　蔡益所 丑

　　润色

沈公宪 外　张燕筑 净

**右部**

　　正色

李香君 旦

　　间色

杨龙友 末　李贞丽 小旦

　　合色

苏昆生净　卞玉京老旦　蓝田叔小生
　　润色
寇白门小旦　郑妥娘丑
　　部分左右，各四色，共十六人。

## 奇部

　　中气
史道邻外
　　戾气
弘光帝小生
　　余气
高　杰副净
　　煞气
田　雄副净

## 偶部

　　中气
左昆山小生　黄虎山末
　　戾气
马士英净　阮大铖副净
　　余气
袁临侯外　黄仲霖末
　　煞气
刘良佐净　刘泽清丑

部分奇、偶，各四气，共十二人。

**经部**

经星

张道士 外

纬星

老赞礼 副末

总部经、纬各一星，前后共三十人。

色者，离合之象也。男有其俦，女有其伍，以左右别之，而两部之锱铢不爽。气者，兴亡之数也。君子为朋，小人为党，以奇偶计之，而两部之毫发无差。张道士，方外人也，总结兴亡之案；老赞礼，无名氏也，细参离合之场。明如鉴，平如衡，名曰传奇，实一阴一阳之为道矣。

云亭山人偶定

# 桃花扇砌抹

| | |
|---|---|
| 先声 | 副末 |
| 听稗 | 生　末　小生　副净　说书鼓　板　醒木 |
| 传歌 | 小旦　末　旦　净　笔　砚　曲本　歌板 |
| 哄丁 | 副净　丑　副末　外　末　小生　四杂　副净　祭案　香炉　烛台 |
| 侦戏 | 副净　丑　四杂　末　拜帖　戏箱　把子　燕子笺曲本　酒壶　酒杯 |
| 访翠 | 生　丑　末　净　小旦　旦　杂　香扇坠　汗巾　樱桃　茶壶　茶杯　花瓶　酒壶　酒杯　骰盆 |
| 眠香 | 小旦　杂　末　旦　生　副净　外　净　小旦　老旦　丑　妆奁　镜台　箱笼　银封　吉服　酒壶　酒杯　笔　砚　诗扇　诗笺　吹弹乐器　红灯二　铜钱十 |
| 却奁 | 杂　末　小旦　生　旦　马桶　花翠　新衣　诗扇 |
| 闹榭 | 末　小生　杂　生　旦　丑　净　副净　众杂　水榭　灯笼　酒壶　酒杯　灯船三　乐器　笔　砚　笺 |

桃花扇 | 195

抚兵　副净　末　四杂　小生　令箭

修札　丑　生　末　说书鼓　板　笔　砚　书函

投辕　净　副净　丑　末　六杂　小生　包裹　靴帽　绳索　鼓　牌示　兵械　书函

辞院　末　副净　丑　外　净　小旦　生　旦　行装

哭主　副净　小生　众杂　丑　外　末　净　黄鹤楼匾　棹席　床枕　镜镊　旗仗　鼓吹　说书鼓　板　塘报　鞭铃　素衣　裹布

阻奸　生　外　丑　小生　副净　杂　书函　烛台　笔　砚　柬　灯笼

迎驾　净　副净　外　丑　缙绅便览　眼镜　笔　砚　表章　差吏衣服　箱包　马鞭

设朝　小生　小旦　老旦　外　净　末　丑　仪仗　袍笏　表文　本章　谕旨

拒媒　末　杂　副净　外　净　老旦　小旦　丑　旦　茶杯

争位　生　小生　外　众杂　副净　末　丑　净　仪卫　笔　砚　告示　刀

和战　末　净　丑　众杂　副净　生　旗帜兵仗　大刀　长枪　双鞭　双刀　令箭　传锣

移防　副净　众杂　外　杂　生　丑　鼓　令箭　旗仗

闲话　外　小生　丑　副净　众杂　白巾　麻衣　包裹　酒杯　茶碟　瓦灯　香炉　香盒　香案　洗盆　幡幢　细乐　乘舆

| | |
|---|---|
| 孤吟 | 副末 |
| 媚座 | 净　外　杂　末　副净　茶杯　茶盘　棹席二　酒壶　酒杯　客单　赏封 |
| 守楼 | 外　小生　末　众杂　小旦　旦　内阁灯笼二　衣包　银封　彩轿　诗扇　绣衣　梳抿　包头　血点扇 |
| 寄扇 | 旦　末　净　血点扇　画笺　画笔　桃花扇　手帕　头绳 |
| 骂筵 | 副净　老旦　副净　外　净　小旦　丑　杂　旦　净　末　外　小生　道巾　道袍　票子　雪画轴　棹席二　茶酒炉　茶酒壶杯 |
| 选优 | 外　净　小旦　丑　副净　四杂　小生　旦　熏风殿额　对联　果盒　酒壶　酒杯　十番乐器　宫扇　曲本 |
| 赚将 | 生　副净　净　丑　四杂　外　末　小生　众杂　旗仗　印牌　棹席　酒壶　酒杯　菜碗　箸　灯笼　鼓吹　纸炮　刀　绳　火把　弓箭　首级 |
| 逢舟 | 净　丑　三杂　外　小旦　副净　生　包裹　执鞭　船篙　旧衣　火盆　桃花扇 |
| 题画 | 小生　生　末　杂　画案　画笔　砚　色盏　桃花扇　桃源图 |
| 逮社 | 丑　生　净　末　小生　杂　副净　众杂　净　四杂　招牌写金陵蔡益所书坊发兑古今书籍　二酉堂匾　书架　铺柜　毛帚　时文封面写复社文开包裹　拜帖 |

大轿　金扇　执事　黄伞　撑扇

归山　外　副净　四杂　净　生　末　小生　丑　刑具
文书封筒　拍木　公案　签筒　笔　砚盒　书函　报抄
书扎　马鞭　锁头　箬笠　芒鞋　鹤氅　丝绦　衣包

草檄　净　副净　众杂　四杂　小生　外　末　丑　黄鹤酒家牌
酒旗　鼓板　酒壶　杯　弓矢盔甲　旗帜　文武执事全
宁南帅府灯笼二　总督部院灯笼二　监军察院灯笼二
提锁　烛台　笔　砚　案　本稿　檄稿　包裹　酒杯

拜坛　副末　净　末　外　众杂　副净　杂　祭案　香炉
烛台　帛一　爵三　笏　祭文　燎炉　椟席一　酒壶
酒杯　本章　檄文

会狱　生　末　小生　丑　净　四杂　二杂　手杻　手牌
绳索　标子　提灯

截矶　净　末　众杂　小生　杂　末　外　杂　双鞭　白旗
白衣　白盔　白甲　船二　弩台　架炮　拦江锁
塘报鞭铃　辰砂碗　香案　香炉　烛台　剑

誓师　外　丑　四杂　末　净　副净　丑　白毡大帽　令箭
提灯　旗帜仪卫　炮　鼓　烛台

逃难　小生　四杂　净　老旦　小旦　众杂　副净　众杂
末　二杂　小旦　丑　外　净　小生　旦　净
宫灯二　马鞭　车辆　木棍　行囊　担挑行李　纱帽
须髯　鼓　板　包裹

劫宝　末　副净　杂　小生　丑　杂　净　丑　众杂

| | |
|---|---|
| | 塘报鞭铃　马鞭　双铁鞭　巡夜梆铃　弓箭　包裹　雨伞　剑 |
| 沉江 | 外　副末　丑　生　末　小生　柳鞭　包裹　帽　袍　靴　包裹三 |
| 栖真 | 净　旦　老旦　副末　丑　生　副净　草鞋　草笠　樵斧　担　绳　绣幡　包裹　葆真庵匾　药篮　船篙　桃花扇　采真观匾 |
| 入道 | 外　丑　小生　副末　三杂　四杂　三杂　净　副净　众杂　老旦　旦　副净　生　瓢冠　衲衣　拂子　醮坛三　高竿幡　榜　香炉三　花瓶　烛台六　酒壶　纸钱　锭锞　绣幡　鼓　法衣　仙乐器　执炉二　金道冠　织锦法衣　净水盏　松枝　故明思宗烈皇帝神位　故明甲申殉难文臣之位　故明甲申殉难武臣之位　九梁冠　鹤补朝衣　金带　朝鞋　牙笏　酒盏三　华阳巾　鹤氅　芒鞋　拂子　拍木　纸钱　米浆　焰口　长香　金幞头　朱袍　黄纱帕　幡幢　细乐　金盔甲　红纱帕　红旗帜　鼓吹　银盔甲　黑纱帕　黑旗帜　鼓吹　雷鼓　电镜　铁链　钢叉　桃花扇　道冠　道袍　女道冠　道帔 |
| 余韵 | 净　丑　副末　副净　柴担　樵斧　船篙　渔竿　渔笼　弦子　酒壶　酒瓢　红帽　火具　烟筒　烟囊　绿头签　红圈票 |

卷一

## 试一出① 先声②

康熙甲子八月

【蝶恋花】（副末③毡巾、道袍、白须上）古董先生④谁似我？非玉非铜，满面包浆⑤。剩魄残魂无伴伙，时人指笑何须躲。旧恨填胸一笔抹，遇酒逢歌，随处留皆可。子孝臣忠万事妥，休思更吃人参果。

日丽唐虞世⑥，花开甲子年；山中无寇盗，地上总神仙。老夫原是南京太常寺⑦一个赞礼⑧，爵位不尊，姓名可隐。最喜无祸无灾，活了九十

---

①出：传奇演唱时的一个段落，相当于现代戏剧中的一场。
②先声：古时南戏在演唱整本故事之前，一般由副末先上场对整个戏的内容进行概括性的介绍，同时也附带说明作者的创作意图。这种情况叫作"副末开场"或"家门始终"，这里的"先声"与此作用相同。
③副末：古代戏曲中的角色名称，一般扮演剧中次要的年纪稍大的男子。
④古董先生：比喻年纪大而不合时宜的人物。
⑤包浆：是玩赏古董的一个术语，指金玉等古玩经人手长久摩挲，显得润泽而有光彩。
⑥唐虞世：指唐尧、虞舜的时代，是古代传说中的理想时代。
⑦太常寺：古代管理宗庙礼仪的机构。
⑧赞礼：即赞礼郎，古代的官职名，是祭祀时主持仪式的人。始于汉，宋时称太祝。明清时期太常寺均设有赞礼郎。

七岁，阅历多少兴亡，又到上元甲子。尧舜临轩①，禹皋②在位；处处四民安乐，年年五谷丰登。今乃康熙二十三年，见了祥瑞一十二种。（内问介③）请问那几种祥瑞？（屈指介）河出图，洛出书，景星明，庆云现，甘露降，膏雨零，凤凰集，麒麟游，蓂荚④发，芝草生，海无波，黄河清。件件俱全，岂不可贺！老夫欣逢盛世，到处遨游。昨在太平园中，看一本新出传奇，名为《桃花扇》，就是明朝末年南京近事。借离合之情，写兴亡之感，实事实人，有凭有据。老夫不但耳闻，皆曾眼见。更可喜把老夫衰态，也拉上了排场，做了一个副末脚色；惹的俺哭一回，笑一回，怒一回，骂一回。那满座宾客，怎晓得我老夫就是戏中之人！（内）请问这本好戏，是何人著作？（答）列位不知，从来填词名家，不着姓氏。但看他有褒有贬，作春秋必赖祖传⑤；可咏可歌，正雅颂岂无庭训！（内）这等说来，一定是云亭山人了。（答）你道是那个来？（内）今日冠裳雅会⑥，就要演这本传奇。你老既系旧人，又且听过新曲，何不把传奇始末，预先铺叙一番，大家洗耳？（答）有张道士的《满庭芳》词，歌来请教罢：

**【满庭芳】** 公子侯生，秣陵⑦侨寓，恰偕南国佳人；谗言暗害，鸾

---

①临轩：指皇帝不坐正殿而御前殿。
②皋：指皋陶（gāo yáo），是虞舜时期有名的理官（相当于现代的法官）。
③内问介："内"指后台不出场的人物，"介"是古典戏曲中指示演员的动作、表情时的用语。
④蓂（míng）荚：传说中的一种象征祥瑞的草。
⑤作春秋必赖祖传：《春秋》是鲁国的史书，相传是孔子编订。孔尚任是孔子的第六十四代孙，其《桃花扇》是一部反映南明政治的历史戏，因此说"作春秋必赖祖传"。
⑥冠裳雅会：指士大夫的集会。
⑦秣（mò）陵：今江苏南京。

凤一宵分。又值天翻地覆，据江淮藩镇纷纭。立昏主，征歌选舞，党祸起奸臣。良缘难再续，楼头激烈，狱底沉沦。却赖苏翁柳老，解救殷勤。半夜君逃相走，望烟波谁吊忠魂？桃花扇、斋坛揉碎，我与指迷津。

（内）妙！妙！只是曲调铿锵，一时不能领会，还求总括数句。（答）待我说来：

奸马阮中外伏长剑，巧柳苏往来牵密线。
侯公子断除花月缘，张道士归结兴亡案。

道犹未了，那公子早已登场，列位请看。

# 第一出　听稗①

崇祯癸未二月

【恋芳春】（生儒扮上）孙楚楼边，莫愁湖上，又添几树垂杨。偏是江南胜处，酒卖斜阳，勾引游人醉赏，学金粉南朝模样。暗思想，那些莺颠燕狂②，关甚兴亡！

【鹧鸪天】院静厨③寒睡起迟，秣陵人老看花时。城连晓雨枯陵树，

---

①听稗（bài）：指侯方域等人去听柳敬亭说书。稗，即稗史，此指小说野史。
②莺颠燕狂：比喻那些不管国家兴亡，只顾自己寻欢作乐的人。
③厨：即帐子。

江带春潮坏殿基。伤往事，写新词，客愁乡梦乱如丝。不知烟水西村舍，燕子今年宿傍谁？小生姓侯，名方域①，表字朝宗，中州归德②人也。夷门谱牒③，梁苑冠裳④。先祖太常，家父司徒，久树东林之帜；选诗云间⑤，征文白下⑥，新登复社之坛。早岁清词，吐出班香宋艳⑦；中年浩气，流成苏海韩潮⑧。人邻耀华之宫，偏宜赋酒；家近洛阳之县，不愿栽花⑨。自去年壬午，南闱下第⑩，便侨寓这莫愁湖畔。烽烟未靖，家信难通，不觉又是仲春时候；你看碧草粘天⑪，谁是还乡之伴；黄尘⑫匝

①侯方域：字朝宗，河南归德府商丘县人。以古文著称，与汪琬、魏禧齐名，并称清初"古文三大家"。与方以智、冒襄、陈贞慧交好，被时人称为明末"四公子"。
②归德：指今河南商丘。
③夷门谱牒：谱牒是记述氏族或宗族世系的书籍，战国时齐国公子孟尝君的著名门客侯嬴曾职守大梁夷门，侯方域和他同姓，因此在剧中自称"夷门谱牒"。
④梁苑冠裳：借指侯方域家族在中州的高贵地位。梁苑，指西汉时梁孝王在梁国都城睢阳（今属河南省商丘市）兴建的规模宏大的皇家园林。
⑤云间：即今上海市松江区，当时复社的领袖人物张溥，几社领袖人物夏允彝、陈子龙都是云间人。"诗选云间"形容侯方域的文采斐然，诗名远扬。
⑥白下：即今南京。"征文白下"与上句中的"诗选云间"互文。
⑦班：指班固；宋：指宋玉。二人均为辞赋名家。
⑧苏：指苏轼；韩：指韩愈。二人均为散文大家。
⑨"人邻耀华之宫"四句：此是侯方域借用梁孝王与邹阳以及石崇的典故自比。"耀华宫"是西汉时梁孝王在梁苑所建的宫殿，梁孝王曾在此召集门下文士作赋，邹阳作有《酒赋》。西晋石崇在洛阳附近建有金谷园，院内多名贵花木。
⑩南闱：明清科举时，南京的应天乡试称南闱，北京的顺天乡试称北闱。下第：指殿试或乡试没考中。
⑪粘（nián）天：即连天，比喻绿草一望无际。
⑫黄尘：扬起的尘土，比喻兵乱。

清宣统三年炼石斋书局石印本《桃花扇》图

地，独为避乱之人。（叹介）莫愁，莫愁！教俺怎生不愁也！幸喜社友陈定生、吴次尾，寓在蔡益所书坊，时常往来，颇不寂寞。今日约到冶城道院，同看梅花，须索早去。

【懒画眉】乍暖风烟满江乡，花里行厨①携着玉缸；笛声吹乱客中肠，莫过乌衣巷，是别姓人家新画梁。

（下）（末、小生儒扮上）

【前腔】王气金陵渐凋伤，鼙鼓②旌旗何处忙？怕随梅柳渡春江③。（末）小生宜兴陈贞慧是也。（小生）小生贵池吴应箕是也。（末问介）次兄可知流寇④消息么？（小生）昨见邸抄，流寇连败官兵，渐逼京师。那宁南侯左良玉，还军襄阳。中原无人，大事已不可问，我辈且看春光。（合）无主春飘荡，风雨梨花摧晓妆。

（生上相见介）请了，两位社兄，果然早到。（小生）岂敢爽约！（末）小弟已着人打扫道院，沽酒相待。（副净扮家僮忙上）节寒嫌酒冷，花好引人多。禀相公，来迟了，请回罢！（末）怎么来迟了？（副净）魏府徐公子要请客看花，一座大大道院，早已占满了。（生）既是这等，且到秦淮水榭，一访佳丽，倒也有趣！（小生）依我说，不必远去，兄可知道泰州柳敬亭，说书最妙，曾见赏于吴桥范大司马、桐城何老相国。闻他在此作寓，何不同往一听，消遣春愁？（末）这也好！（生怒介）那柳麻子新做了阉儿阮胡子的门客，这样人说书，不听也罢了！（小生）兄还不

---

①行厨：指出游时携带酒食。
②鼙（pí）鼓：古代军队中用的一种小鼓。
③梅柳渡春江：指当时北方人士渡江南下躲避战乱。
④流寇：这里指李自成领导的农民起义军。

知，阮胡子漏网余生，不肯退藏；还在这里蓄养声伎，结纳朝绅。小弟做了一篇留都防乱的揭帖①，公讨其罪。那班门客才晓得他是崔魏逆党，不待曲终，拂衣散尽。这柳麻子也在其内，岂不可敬！（生惊介）阿呀！竟不知此辈中也有豪杰，该去物色的！（同行介）

【前腔】仙院②参差弄笙簧，人住深深丹洞③旁，闲将双眼阅沧桑。（副净）此间是了，待我叫门。（叫介）柳麻子在家么？（末喝介）唗④！他是江湖名士，称他柳相公才是。（副净又叫介）柳相公开门。（丑小帽、海青⑤、白髯，扮柳敬亭上）门掩青苔长，话旧樵渔来道房。

（见介）原来是陈、吴二位相公，老汉失迎了！（问生介）此位何人？（末）这是敝友河南侯朝宗，当今名士，久慕清谈，特来领教。（丑）不敢不敢！请坐献茶。（坐介）（丑）相公都是读书君子，甚么《史记》《通鉴》，不曾看熟，倒来听老汉的俗谈。（指介）你看：

【前腔】废苑枯松靠着颓墙，春雨如丝宫草香，六朝兴废怕思量。鼓板轻轻放，沾泪说书儿女肠。

（生）不必过谦，就求赐教。（丑）既蒙光降，老汉也不敢推辞；只怕演义盲词⑥，难入尊耳。没奈何⑦，且把相公们读的《论语》说一章罢！

---

①揭帖：指私人张贴的启事、公告。吴应箕曾写《留都防乱揭帖》揭露阮大铖的罪状。

②仙院：指道观。

③丹洞：指道士炼丹的地方。

④唗（dōu）：怒斥声，在近代小说和戏曲中多表示呵斥或唾弃。

⑤海青：指大袖长袍。

⑥盲词：旧时一种民间的说唱文学，演唱者多为盲人。

⑦没奈何：无可奈何，没办法。

（生）这也奇了，《论语》如何说的？（丑笑介）相公说得，老汉就说不得？今日偏要假斯文，说他一回。（上坐敲鼓板说书介）问余何事栖碧山，笑而不答心自闲。桃花流水杳然去，别有天地非人间。（拍醒木说介）敢告列位，今日所说不是别的，是申鲁三家①欺君之罪，表孔圣人正乐之功。当时鲁道衰微，人心僭窃②，我夫子自卫反鲁，然后乐正。那些乐官恍然大悟，愧悔交集，一个个东奔西走，把那权臣势家闹烘烘的戏场，顷刻冰冷。你说圣人的手段利害呀不利害？神妙呀不神妙？（敲鼓板唱介）

【鼓词一】自古圣人手段能，他会呼风唤雨，撒豆成兵。见一伙乱臣无礼教歌舞，使了个些小方法，弄的他精打精。正排着低品走狗奴才队，都做了高节清风大英雄！

（拍醒木说介）那太师名挚，他第一个先适③了齐。他为何适齐，听俺道来！（敲鼓板唱介）

【鼓词二】好一个为头为领的太师挚，他说："咳④，俺为甚的替撞三家景阳钟⑤？往常时瞎了眼睛在泥窝里混，到如今抖起身子去个清。大撒脚步正往东北走，合伙了个敬仲⑥老先⑦才显俺的名。管喜的⑧孔子三月忘肉味，景公擦泪侧着耳听；那贼臣就吃了豹子心

---

①鲁三家：指春秋时期鲁国最有权势的公族仲孙、叔孙、季孙三家。
②僭窃：越分窃取。
③适：去。
④咳：叹词，表示伤感、后悔或惋惜。
⑤景阳钟：原指南朝齐武帝在景阳楼上安置的钟，是用来报时的。这里指代乐器。
⑥敬仲：即田敬仲，是战国时期齐国国君田氏的祖先。
⑦老先：是一种对长辈的俗称。
⑧管喜的：保管高兴得。

肝熊的胆,也不敢到姜太公家里去拿乐工。"

(拍醒木说介)管亚饭①的名干,适了楚;管三饭的名缭,适了蔡;管四饭的名缺,适了秦。这三人为何也去了?听我道来!(敲鼓板唱介)

【鼓词三】这一班劝膳的乐官不见了领队长,一个个各寻门路奔前程。亚饭说:"乱臣堂上掇着碗,俺倒去吹吹打打伏侍着他听;你看咱长官此去齐邦谁敢去找?我也投那熊绎②大王,倚仗他的威风。"三饭说:"河南蔡国虽然小,那堂堂的中原紧靠着京城。"四饭说:"远望西秦有天子气,那强兵营里我去抓响筝。"一齐说:"你每日倚着塞门桩子使唤俺,今以后叫你闻着俺的风声脑子疼。"

(拍醒木说介)击鼓的名方叔,入于河;播鼗③的名武,入于汉;少师名阳,击磬的名襄,入于海。这四人另有个去法,听俺道来!(敲鼓板唱介)

【鼓词四】这击磬、搔鼓的三四位,他说:"你丢下这乱纷纷的排场俺也干不成。您嫌这里乱鬼当家别处寻主,只怕到那里低三下四还干旧营生。俺们一叶扁舟桃源路,这才是江湖满地,几个渔翁。"

(拍醒木说介)这四个人,去的好,去的妙,去的有意思。听他说些甚的?(敲鼓板唱介)

【鼓词五】他说:"十丈珊瑚映日红,珍珠捧着水晶宫,龙王留俺宫中宴,那金童玉女不比凡同。凤箫象管龙吟细,可教人家吹打着俺们才听。那贼臣就溜着河边来赶俺,这万里烟波路也不明。莫道

---

①亚饭:古代天子和诸侯吃饭时要奏乐,亚饭是第二次吃饭时奏乐的乐师,"三饭""四饭"依此类推。
②熊绎:西周诸侯国楚国的开国之君。
③鼗(táo):拨浪鼓。

山高水远无知己,你看海角天涯都有俺旧弟兄。全要打破纸窗看世界,亏了那位神灵提出俺火坑;凭世上沧海变田田变海,俺那老师父只管蒙瞪①着两眼定六经。"

(说完起介)献丑,献丑!(末)妙极,妙极!如今应制讲义,那能如此痛快,真绝技也!(小生)敬亭才出阮家,不肯别投主人,故此现身说法。(生)俺看敬亭人品高绝,胸襟洒脱,是我辈中人,说书乃其余技耳。

【解三酲】(生、末、小生)暗红尘霎时雪亮,热春光一阵冰凉,清白人会算糊涂帐。(同笑介)这笑骂风流跌宕,一声拍板温而厉,三下渔阳慨以慷!(丑)重来访,但是桃花误处,问俺渔郎。

(生问介)昨日同出阮衙,是那几位朋友?(丑)都已散去,只有善讴的苏昆生,还寓比邻。(生)也要奉访,尚望同来赐教。(丑)自然奉拜的。

(丑)歌声歇处已斜阳,(末)剩有残花隔院香。
(小生)无数楼台无数草,(生)清谈霸业两茫茫。

## 第二出　传歌

癸未二月

【秋夜月】(小旦倩妆扮鸨妓李贞丽上)深画眉,不把红楼闭;长板桥头垂杨细,丝丝牵惹游人骑。将筝弦紧系,把笙囊巧制。

梨花似雪草如烟,春在秦淮两岸边。一带妆楼临水盖,家家分影照婵

---

①蒙瞪(méng céng):形容老眼昏花的样子。

娟。妾身姓李，表字贞丽，烟花妙部，风月名班①；生长旧院之中，迎送长桥之上，铅华未谢，丰韵犹存。养成一个假女②，温柔纤小，才陪玳瑁之筵③；宛转娇羞，未入芙蓉之帐。这里有位罢职县令，叫做杨龙友，乃凤阳督抚马士英的妹夫，原做光禄阮大铖的盟弟，常到院中夸俺孩儿，要替他招客梳栊④。今日春光明媚，敢待好来也。（叫介）丫鬟，卷帘扫地，伺候客来。（内应介）晓得！（末扮杨文骢上）三山景色供图画，六代风流入品题。下官杨文骢，表字龙友，乙榜县令，罢职闲居。这秦淮名妓李贞丽，是俺旧好，趁此春光，访他闲话。来此已是，不免竟入。（入介）贞娘那里？（见介）好呀！你看梅钱已落，柳线才黄，软软浓浓，一院春色，叫俺如何消遣也。（小旦）正是。请到小楼焚香煮茗，赏鉴诗篇罢。（末）极妙了。（登楼介）帘纹笼架鸟，花影护盆鱼。（看介）这是令爱妆楼，他往那里去了？（小旦）晓妆未竟，尚在卧房。（末）请他出来。（小旦唤介）孩儿出来，杨老爷在此。（末看四壁上诗篇介）都是些名公题赠，却也难得。（背手吟哦介）

【前腔】（旦艳妆上）香梦回，才褪红鸳被。重点檀唇⑤胭脂腻，匆匆挽个抛家髻⑥。这春愁怎替，那新词且记。

（见介）老爷万福！（末）几日不见，益发标致了。这些诗篇赞的不

---

①"烟花妙部"二句：这是李贞丽自叙出身。宋元以来的文学作品中，习惯称艺妓为烟花或风月，部、班是艺妓演出时的组织单元。
②假女：义女，养女。
③玳瑁之筵：比喻非常豪华的筵席。
④梳栊：指妓女第一次接客。
⑤檀唇：即檀口，红艳的嘴唇，多形容女性嘴唇之美。
⑥抛家髻：古代汉族妇女流行的一种发式。唐末京师妇女梳发，以两鬓抱面，状如椎髻，名曰"抛家髻"。

差。(又看惊介)呀呀!张天如、夏彝仲这班大名公,都有题赠,下官也少不的和韵一首。(小旦送笔砚介)(末把笔久吟介)做他不过,索性藏拙,聊写墨兰数笔,点缀素壁罢。(小旦)更妙。(末看壁介)这是蓝田叔画的拳石。呀!就写兰于石旁,借他的衬贴①也好。(画介)

【梧桐树】绫纹素壁辉,写出骚人致。嫩叶香苞,雨困烟痕醉。一拳宣石墨花碎,几点苍苔乱染砌。(远看介)也还将就得去;怎比元人潇洒墨兰意,名姬恰好湘兰佩。

(小旦)真真名笔,替俺妆楼生色多矣。(末)见笑。(向旦介)请教尊号,就此落款。(旦)年幼无号。(小旦)就求老爷赏他二字罢。(末思介)左传云"兰有国香,人服媚②之",就叫他香君何如。(小旦)甚妙!香君过来谢了。(旦拜介)多谢老爷。(末笑介)连楼名都有了。(落款介)崇祯癸未仲春,偶写墨兰于媚香楼,博香君一笑。贵筑杨文骢。(小旦)写画俱佳,可称双绝。多谢了!(俱坐介)(末)我看香君国色第一,只不知技艺若何?(小旦)一向娇养惯了,不曾学习。前日才请一位清客③,传他词曲。(末)是那个?(小旦)就叫甚么苏昆生。(末)苏昆生,本姓周,是河南人,寄居无锡。一向相熟的,果然是个名手。(问介)传的那套词曲?(小旦)就是玉茗堂四梦④。(末)学会多少了?(小旦)才将《牡丹亭》学了半本。(唤介)孩儿,杨老爷不是外人,取出曲

---

①衬贴:衬托,配衬。

②服媚:喜爱佩带。

③清客:旧时在富贵人家帮闲凑趣的文人。这里指教妓女吹拉弹唱的艺人。

④玉茗堂四梦:又称《临川四梦》,是明代剧作家汤显祖所著四种传奇剧本的合称,即《邯郸记》《牡丹亭》《南柯记》《紫钗记》,其中《邯郸记》和《牡丹亭》的成就最高。

本快快温习。待你师父对过,好上新腔。(旦皱眉介)有客在坐,只是学歌怎的。(小旦)好傻话,我们门户人家,舞袖歌裙,吃饭庄屯。你不肯学歌,闲着做甚。(旦看曲本介)

【前腔】(小旦)生来粉黛围,跳入莺花队,一串歌喉,是俺金钱地。莫将红豆轻抛弃,学就晓风残月坠;缓拍红牙①,夺了宜春②翠,门前系住王孙辔。

(净扁巾、褶子,扮苏昆生上)闲来翠馆③调鹦鹉,懒去朱门看牡丹。在下固始苏昆生是也,自出阮衙,便投妓院,做这美人的教习,不强似做那义子的帮闲么。(竟入见介)杨老爷在此,久违了。(末)昆老恭喜,收了一个绝代的门生。(小旦)苏师父来了,孩儿见礼。(旦拜介)(净)免劳罢。(问介)昨日学的曲子,可曾记熟了?(旦)记熟了。(净)趁着杨老爷在坐,随我对来,好求指示。(末)正要领教。(净、旦对坐唱介)

【皂罗袍】原来姹紫嫣红开遍,似这般都付与断井颓垣。良辰美景奈何天,(净)错了错了,美字一板,奈字一板,不可连下去。另来另来!良辰美景奈何天,赏心乐事谁家院。朝飞暮卷,云霞翠轩;雨丝风片,(净)又不是了,丝字是务头④,要在嗓子内唱。雨丝风片,烟波画船,锦屏人忒看得这韶光贱。(净)妙妙!是的狠了,往下来。

---

①红牙:乐器名。其拍板用檀木制作,用以调节乐曲的节拍。
②宜春:即宜春院,唐代长安宫内官妓居住的院名。
③翠馆:指青楼,妓院。
④务头:戏曲、说唱艺术术语,解说不一。或指曲中最紧要或最精彩、动听之句,或指曲中平、上、去三声联串之处。这里指曲词中唱腔特别动听、演唱时需要特别注意的地方。

【好姐姐】遍青山啼红了杜鹃，荼蘼①外烟丝醉软。牡丹虽好，他春归怎占得先。（净）这句略生些，再来一遍。牡丹虽好，他春归怎占得先。闲凝盼，生生燕语明如翦②，呖呖莺声溜的圆。

（净）好好！又完一折了。（末对小旦介）可喜令爱聪明的紧，不愁不是一个名妓哩。（向净介）昨日会着侯司徒的公子侯朝宗，客囊颇富，又有才名，正在这里物色名姝。昆老知道么？（净）他是敝乡世家，果然大才。（末）这段姻缘，不可错过的。

【琐窗寒】破瓜③碧玉④佳期，唱娇歌，细马骑。缠头⑤掷锦，携手倾杯；催妆⑥艳句，迎婚油壁⑦。配他公子千金体，年年不放阮郎⑧归，买宅桃叶⑨春水。

（小旦）这样公子肯来梳栊，好的紧了。只求杨老爷极力帮衬，成此好事。（末）自然在心的。

---

①荼蘼（tú mí）：一种供观赏的落叶灌木，花白色，有香气。
②翦：同"剪"。
③破瓜：旧称女子十六岁。
④碧玉：借指年轻貌美的婢妾或小家女。
⑤缠头：古代歌舞艺人表演完毕，客以罗锦为赠，称"缠头"。后来又作为赠送妓女财物的通称。
⑥催妆：指催妆诗。旧俗，成婚前夕，宾客们赋诗以催新妇梳妆，此诗叫"催妆诗"。
⑦油壁：即油壁车，是古人乘坐的一种车子，因车壁用油涂饰，故名。
⑧阮郎：本指阮肇。汉明帝时，会稽郡剡县的刘晨、阮肇一起到天台山采药，遇到两个仙女，并与之成婚。半年后，仙女才放他们回家。到家一看，人间已过了百余年。后来亦借指与仙人结缘的男子。
⑨桃叶：指桃叶渡，在秦淮河与青溪交汇之处。

【尾声】（小旦）掌中女好珠难比，学得新莺恰恰啼，春锁重门人未知。

如此春光，不可虚度，我们楼下小酌罢。（末）有趣。（同行介）

（末）苏小①帘前花满畦，（小旦）莺酣燕懒隔春堤。

（旦）红绡裹下樱桃颗，（净）好待潘车②过巷西。

## 第三出　哄丁③

癸未三月

（副净、丑扮二坛户④上）（副净）俎豆⑤传家铺排户⑥，（丑）祖父。（副净）各坛祭器有号簿，（丑）查数。（副净）朔望⑦开门点蜡炬，（丑）扫路。（副净）跪迎祭酒⑧早进署，（丑）休误。（丑）怎么只说这样没体面的话。（副净）你会说，让你说来。（丑）四季关粮进户部，（副净）夸富。（丑）红墙绿瓦合家住，（副净）娶妇。（丑）干柴只靠一把

---

①苏小：即苏小小，南齐时钱塘名妓。

②潘车：《晋书·潘岳传》载，潘岳貌美，少时在洛阳时，每次乘车出游，女子们都围着他的车子，向车内扔果子，表达爱慕之意。后来以"潘车"代指为女子所爱慕的男子。

③哄丁：哄，吵闹；丁，丁祭。在干支纪年中，逢丁的日子叫丁日。每年二、八月的第一个丁日，举行春、秋二祭来祭孔子，叫作丁祭。

④坛户：管理庙产、照料庙宇的人家。

⑤俎豆：盛放祭品的祭器。

⑥铺排户：即坛户。

⑦朔望：农历初一日为朔，十五日为望。这两个日子要烧香拜佛。

⑧祭酒：原指祭祀或宴会时，由年高望重者一人举酒祭神，为一种荣誉。后来演变为学官名，西晋改为国子祭酒，隋以后称国子监祭酒，为国子监的主管者。

锯，（副净）偷树。（丑）一年到头不吃素，（副净）腌胙①。（丑）啐！你接得不好，倒底露出脚色②来。（同笑介）咱们南京国子监铺排户，苦熬六个月，今日又是仲春丁期。太常寺早已送到祭品，待俺摆设起来。（排桌介）（副净）栗、枣、芡、菱、榛。（丑）牛、羊、猪、兔、鹿。（副净）鱼、芹、菁、笋、韭。（丑）盐、酒、香、帛、烛。（副净）一件也不少，仔细看着，不要叫赞礼们偷吃，寻我们的晦气呀。（副末扮老赞礼暗上）啐！你坛户不偷就够了，倒赖我们。（副净拱介）得罪得罪！我说的是那没体面的相公们，老先生是正人君子，岂有偷嘴之理。（副末）闲话少说，天已发亮，是时候了，各处快点香烛。（丑）是。（同混下）

【粉蝶儿】（外③冠带执笏④，扮祭酒上）松柏笼烟，两阶蜡红初剪。排笙歌，堂上宫悬⑤。捧爵帛⑥，供牲醴，香芹早荐。（末冠带执笏，扮司业⑦上）列班联⑧，敬陪南雍⑨。释奠⑩

（外）下官南京国子监祭酒是也。（末）下官司业是也。今值文庙丁期，礼当释奠。（分立介）

---

①胙（zuò）：祭祀时供神的肉。
②脚（jué）色：本色，亦指真相或底蕴。
③外：角色名，相当于京剧中的老生。
④笏（hù）：古代大臣上朝时手拿的狭长的板子，按品第分别用玉、象牙或竹片制成，上面可以记事。
⑤宫悬：古代钟磬等乐器的悬挂，其形制因乐者身份地位不同而各有差异，帝王悬挂四面，象征宫室四面的墙壁，称宫悬。
⑥爵帛：同后面的"牲醴（lǐ，甜酒）""香芹"均为祭品。
⑦司业：即国子监司业，是国子监的副职，正六品。
⑧联：朝官。
⑨雍：国子监的简称，南雍即留都南京的国子监。
⑩释奠：古代在学校设置酒食以祭奠先圣先师的一种典礼。

【四园春】(小生衣巾，扮吴应箕上) 楹鼓逢逢将曙天①，诸生接武杏坛前②。(杂③扮监生四人上) 济济礼乐绕三千④，万仞门墙瞻圣贤。(副净满髯冠带，扮阮大铖上) 净洗含羞面，混入几筵边。

(小生) 小生吴应箕，约同杨维斗、刘伯宗、沈昆铜、沈眉生众社兄，同来与祭。(杂四人) 次尾社兄到的久了，大家依次排起班来。(副净掩面介) 下官阮大铖，闲住南京，来观盛典。(立前列介) (副末上，唱礼介) 排班，班齐。鞠躬，俯伏、兴⑤，俯伏、兴，俯伏、兴，俯伏、兴。(众依礼各四拜介)

【泣颜回】(合) 百尺翠云巅，仰见宸⑥题金匾，素王端拱⑦，颜曾四座冠冕。迎神乐奏，拜彤墀⑧齐把袍笏展。读诗书不愧胶庠⑨，畏先圣洋洋灵显⑩。

---

①楹鼓：古乐器，用木柱从鼓中穿过，可以竖立起来的鼓，又称建鼓。逢逢：象声词，常形容鼓声。
②接武：步履前后相接，指小步前进。杏坛：原本指孔子聚徒授业讲学处，这里指南京孔庙。
③杂：生、旦、净、丑以外的角色，一般是扮演剧中临时上场、无关紧要的人物。
④济(qí)济：庄敬貌，此处形容礼乐庄重。三千：佛教语，指三千大世界。此句表示祭祀的音乐庄严肃穆，缭绕不断，教化广大。
⑤兴：起来。
⑥宸：屋檐。
⑦素王：这里指孔子。端拱：拱手端坐。
⑧墀(chí)：宫殿前的台阶或台阶上的空地。
⑨胶庠(xiáng)：周时胶为大学，庠为小学。后世通称学校为"胶庠"。
⑩畏先圣洋洋灵显：指敬重圣人的道德精神，使之显扬光大。畏，这里指敬重；洋洋，道德充满之貌；灵，精神。

（拜完立介）（唱礼介）焚帛，礼毕。（众相见揖介）

【前腔】（外、末）北面并臣肩，共事春丁荣典；趋跄①环佩，鹓班鹭序②旋转。（小生等）司箧执豆③，鲁诸生尽是瑚琏④选。（副净）喜留都⑤、散职逍遥，叹投闲、名流谪贬⑥。

（外、末下）（副净拱介）（小生惊看，问介）你是阮胡子，如何也来与祭？唐突先师，玷辱斯文。（喝介）快快出去！（副净气介）我乃堂堂进士，表表⑦名家，有何罪过，不容与祭。（小生）你的罪过，朝野俱知，蒙面丧心，还敢入庙。难道前日防乱揭帖，不曾说着你病根么！（副净）我正为暴白心迹，故来与祭。（小生）你的心迹，待我替你说来：

【千秋岁】魏家干，又是客家干⑧，一处处儿字难免。同气崔田⑨，

---

①趋跄（qiāng）：步履有节奏的样子，古代朝拜晋谒须依一定的节奏和规则行步。亦指朝拜，进谒。

②鹓（yuān）班鹭序：原指朝臣的行列，这里指参加祭礼的人的行列。

③司箧（biān）执豆：借指执掌礼法。箧、豆均为古代祭祀时用器具。箧是竹制器具，用来盛果脯等食物；豆是木制器具，用来盛酒肉。

④瑚琏：比喻治国安邦之才。瑚、琏均为宗庙礼器。

⑤留都：过去王朝新迁都后，将旧都称作留都。明成祖将都城从南京迁往北京后，将南京作为留都。

⑥这几句是阮大铖为自己鸣不平。

⑦表表：特出，卓异。

⑧客家干：客氏是明熹宗的乳母，与魏忠贤朋比为奸。阮大铖趋炎附势，曾做她的干儿子。

⑨崔田：指崔呈秀、田尔耕，魏忠贤阉党的骨干。

桃花扇 | 217

同气崔田，热兄弟粪争尝、痈同吮①。东林里丢飞箭，西厂里牵长线②，怎掩旁人眼。（合）笑冰山消化，铁柱翻掀。

（副净）诸兄不谅苦衷，横加辱骂，那知俺阮圆海原是赵忠毅先生的门人。魏党暴横之时，我丁艰③未起，何曾伤害一人，这些话都从何处说起。

【前腔】飞霜冤，不比黑盆冤④，一件件风影敷衍⑤。初识忠贤，初识忠贤，救周魏⑥，把好身名，甘心贬。前辈康对山，为救李空同，曾入刘瑾之门。我前日屈节，也只为着东林诸君子，怎么倒责起我来。春灯谜⑦谁不见，十错认无人辩，个个将咱谴。（指介）恨轻薄新进，也放屁狂言！

（小生）好骂好骂！（众）你这等人，敢在文庙之中公然骂人，真是反了。（副末亦喊介）反了反了！让我老赞礼，打这个奸党。（打介）（小

---

①粪争尝、痈同吮：比喻佞人贱行以媚上、谄媚附势的卑劣行为。

②"东林里丢飞箭"二句：指阉党对东林士人的迫害。西厂是明代宦官设立的特务机构，被阉党用作残害忠良的工具。

③丁艰：即丁忧，遭逢父母丧事。旧制，父母死后，子女要守丧，三年内不做官，不婚娶，不赴宴，不应考。

④"飞霜冤"二句：这两句是阮大铖为自己罪行辩解的话。春秋时期，邹衍尽忠燕惠王，燕惠王听信谗言，将邹衍下狱。邹衍仰天大哭，感动天地，六月飞霜，故称飞霜冤；黑盆冤，指被盖在盆子下面，即使有阳光也照不到，比喻沉冤难以昭雪。

⑤敷衍：散布蔓延；传播。

⑥周魏：指周朝瑞、魏大中，是明天启年间谏官，因揭发阉党被害。

⑦春灯谜：阮大铖《石巢传奇四种》之一，最后一出有一段平话，名曰《十错认》，有人认为这是他失意时的悔过之作。

生）掌他的嘴，挦①他的毛。（众乱采须，指骂介）

【越恁好】阉儿珰②子，阉儿珰子，那许你拜文宣③。辱人贱行，玷庠序，愧班联。急将吾党鸣鼓传④，攻之必远。屏荒服不与同州县⑤，投豺虎只当闲猪犬。

（副净）好打好打！（指副末介）连你这老赞礼，都打起我来了。（副末）我这老赞礼，才打你个知和而和⑥的。（副净看须介）把胡须都采落了，如何见人，可恼之极。（急跑介）

【红绣鞋】难当鸡肋拳揎⑦，拳揎。无端臂折腰颠撊⑧，腰撊。忙躲去，莫流连。（下）（小生）（众）分邪正，辨奸贤，党人逆案铁同坚。

【尾声】当年势焰掀天转，今日奔逃亦可怜。儒冠打扁，归家应自焚笔砚。

（小生）今日此举，替东林雪愤，为南监生光，好不爽快。以后大家

---

①挦（xián）：扯、拔。
②珰：太监的冠饰，借指宦官；阮大铖是宦官魏忠贤的干儿子，因此称珰子。
③文宣：指孔子。唐开元二十七年封孔子为文宣王。
④此句是号召大家齐心攻击阮大铖。春秋时期，孔子的门人冉求做了鲁卿季氏的家臣，替季氏聚敛财物，孔子号召门生弟子鸣鼓而攻之。
⑤屏：斥逐。荒服：古代"五服"之一，指离京师二千里到二千五百里的边远地方。亦泛指边远地区。
⑥知和而和：山东曲阜一带的俗语，意为明知谎言还来欺骗。
⑦鸡肋：比喻瘦弱的身体。揎（xuān）：打。
⑧撊（diān）：跌。

努力,莫容此辈再出头来。(众)是是!

(众)堂堂义举圣门前,(小生)黑白须争一着先。

(众)只恐输赢无定局,(小生)治由人事乱由天。

## 第四出　侦戏

癸未三月

【双劝酒】(副净扮阮大铖忧容上)前局尽翻,旧人皆散,飘零鬓斑,牢骚歌懒。又遭时流欺谩,怎能得高卧加餐。

下官阮大铖,别号圆海。词章才子,科第名家;正做着光禄吟诗①,恰合着步兵②爱酒。黄金肝胆③,指顾中原;白雪声名④,驱驰上国。可恨身家念重,势利情多;偶投客魏之门,便入儿孙之列。那时权飞烈焰,用着他当道豺狼;今日势败寒灰,剩了俺枯林鸮鸟⑤。人人唾骂,处处击攻。细想起来,俺阮大铖也是读破万卷之人,什么忠佞贤奸,不能辨别?彼时既无失心之疯,又非汗邪之病,怎的主意一错,竟做了一个魏党?(跌足介)才题旧事,愧悔交加。罢了罢了!幸这京城宽广,容的杂人,

---

①光禄吟诗:此处阮大铖以颜延之自比。光禄即光禄大夫,是管理皇帝膳食的官员;南朝诗人颜延之曾官至金紫光禄大夫;阮大铖也曾做过光禄卿,因此以颜延之自比。

②步兵:指阮籍。阮籍,魏晋名士,为"竹林七贤"之一,曾任步兵校尉,好饮酒,后人称阮步兵;阮大铖与阮籍同姓,因此以阮籍自喻。

③此句表示赤胆忠心之意。黄金,比喻功名事业。

④白雪声名:白雪,即《阳春白雪》,是古筝十大名曲之一,高雅复杂,能唱和的人很少。阮大铖擅长词曲,因此自称白雪声名。

⑤鸮(xiāo)鸟:亦作枭鸟,比喻凶残之人。

新在这裤子裆①里买了一所大宅,巧盖园亭,精教歌舞,但有当事朝绅,肯来纳交的,不惜物力,加倍趋迎。倘遇正人君子,怜而收之,也还不失为改过之鬼。(悄语介)若是天道好还,死灰有复燃之日。我阮胡子呵!也顾不得名节,索性要倒行逆施了。这都不在话下。昨日文庙丁祭,受了复社少年一场痛辱,虽是他们孟浪,也是我自己多事。但不知有何法儿,可以结识这般轻薄。(搔首寻思介)

【步步娇】小子翩翩皆狂简②,结党欺名宦,风波动几番。捋落吟须,捶折书腕。无计雪深怨,叫俺闭户空羞赧③。

(丑扮家人持帖上)地僻疏冠盖,门深隔燕莺。禀老爷,有帖借戏。(副净看帖介)通家④教弟陈贞慧拜。(惊介)呵呀!这是宜兴陈定生,声名赫赫,是个了不得的公子,他怎肯向我借戏?(问介)那来人如何说来?(丑)来人说,还有两位公子,叫什么方密之、冒辟疆⑤,都在鸡鸣埭⑥上吃酒,要看老爷新编的《燕子笺》,特来相借。(副净吩咐介)速速上楼,发出那一副上好行头⑦;吩咐班里人梳头洗脸,随箱快走。你也拿帖跟去,俱要仔细着。(丑应下)(杂抬箱,众戏子绕场下)(副净唤丑介)转来。(悄语介)你到他席上,听他看戏之时,议论什么,速来报

---

①裤子裆:地名,在南京中华门内的裤司坊,又叫裤裆巷,即今天饮马巷一带。

②狂简:志向高远而处事疏阔。

③羞赧(nǎn):因羞愧而脸红。

④通家:世交。

⑤方密之、冒辟疆:均为明末清初名士,与侯方域、陈贞慧并称"四公子"。

⑥鸡鸣埭(dài):即今南京鸡鸣寺。埭,堵水的土坝。

⑦行头:戏装。

我。(丑)是。(下)(副净笑介)哈哈!竟不知他们目中还有下官,有趣有趣!且坐书斋,静听回话。(虚下)(末巾服扮杨文骢上)周郎扇底听新曲①,米老船中访故人②。下官杨文骢,与圆海笔砚至交,彼之曲词,我之书画,两家绝技,一代传人。今日无事,来听他燕子新词,不免竟入。(进介)这是石巢园③,你看山石花木,位置不俗,一定是华亭张南垣的手笔了。(指介)

**【风入松】花林疏落石斑斓,收入倪黄④画眼**。(仰看,读介)"咏怀堂⑤,孟津王铎书"。(赞介)写的有力量。(下看介)一片红毡铺地,此乃顾曲⑥之所。**草堂图里乌巾岸⑦,好指点银筝红板**。(指介)那边是百花深处了,**为甚的萧条闭关,敢是新词改,旧稿删**。

(立听介)隐隐有吟哦之声,圆老在内读书。(呼介)圆兄,略歇一歇,性命要紧呀!(副净出见,大笑介)我道是谁,原来是龙友。请坐,请坐!(坐介)(末)如此春光,为何闭户?(副净)只因传奇四种,目下发刻⑧;恐有错字,在此对阅。(末)正是,闻得《燕子笺》已授梨园⑨,

---

①周郎:即三国时期周瑜,精通音律。阮大铖精通音律,此处以周瑜作比。
②此句借指杨文骢能书善画。北宋书画家米芾常乘舟载书画游览江湖,后乃称之为米家书画船。
③石巢园:阮大铖居所名。
④倪黄:即倪瓒、黄公望,均为元代有名的画家。
⑤咏怀堂:阮大铖的书斋名。
⑥顾曲:指欣赏音乐、戏曲。
⑦此句是赞美阮大铖。草堂,指古代士人隐居之所;乌巾,即乌角巾,古代多为隐居不仕者的帽子;岸,头饰高戴,前额外露。
⑧发刻:交付刻板印刷,付印。
⑨梨园:因唐玄宗时于梨园教习艺人,后以"梨园"泛指戏班或演戏之所。

特来领略。(副净)恰好今日全班不在。(末)那里去了?(副净)有几位公子借去游山。(末)且把钞本赐教,权当《汉书》下酒①罢。(副净唤介)叫家僮安排酒酌,我要和杨老爷在此小饮。(内)晓得。(杂上排酒果介)(末、副净同饮,看书介)

【前腔】(末)**新词细写乌丝阑**②,**都是金淘沙拣。簪花美女**③**心情慢,又逗出烟慵云懒。**看到此处,令人一往情深。**这燕子衔春**④**未残,怕的杨花白,人鬓斑。**

(副净)芜词俚曲,见笑大方。(让介)请干一杯。(同饮介)(丑急上)传将随口话,报与有心人。禀老爷,小人到鸡鸣埭上,看着酒斟十巡,戏演三折,忙来回话。(副净)那公子们怎么样来?(丑)那公子们看老爷新戏,大加称赞。

【急三枪】**点头听,击节赏,停杯看。**(副净喜介)妙,妙!他竟知道赏鉴哩。(问介)可曾说些什么?(丑)**他说真才子,笔不凡。**(副净惊介)阿呀呀!这样倾倒,却也难得。(问介)再说什么来?(丑)**论文采,天仙吏,谪人间。好教执牛耳,主骚坛。**

(副净佯恐介)太过誉了,叫我难当,越往后看,还不知怎么样哩。(吩咐介)再去打听,速来回话。(丑急下)(副净大笑介)不料这班公

---

①《汉书》下酒:以《汉书》为下酒之物,是北宋诗人苏舜钦的故事。苏舜钦未显达时住在岳父杜衍家,每晚一面读书一面饮酒。一次读《汉书·张良传》,不停地干杯,杜衍见了大笑说:"有这样好的下酒物,饮一斗真不算多。"
②乌丝阑:亦称乌丝栏,指上下以乌丝织成栏,其间用朱墨界行的绢素;后亦指有墨线格子的笺纸。这里表示字写得好,是杨文骢对阮大铖的奉承之语。
③簪花美女:比喻书法娟秀。
④燕子衔春:《燕子笺》中有燕子衔诗笺的情节。

子,倒是知己。(让介)请干一杯。

【风入松】俺呵!南朝看足古江山,翻阅风流旧案,花楼雨榭灯窗晚,呕吐了心血无限。每日价琴对墙弹,知音赏,这一番。

(末)请问借戏的是那班公子?(副净)宜兴陈定生、桐城方密之、如皋冒辟疆,都是了不得学问,他竟服了小弟。(末)他们是不轻许可人的,这本《燕子笺》词曲原好,有什么说处。(丑急上)去如走兔,来似飞鸟。禀老爷,小的又到鸡鸣埭,看着戏演半本,酒席将完,忙来回话。(副净)那公子又讲些什么?(丑)他说老爷呵!

【急三枪】是南国秀,东林彦,玉堂班①。(副净伴惊介)句句是赞俺,益发惶恐。(问介)还说些什么?(丑)他说为何投崔、魏②,自摧残。(副净皱眉,拍案恼介)只有这点点不才,如今也不必说了。(问介)还讲些什么?(丑)话多着哩,小人也不敢说了。(副净)但说无妨。(丑)他说老爷呼亲父,称干子,忝羞颜,也不过仗人势,狗一般。

(副净怒介)阿呀呀!了不得,竟骂起来了。气死我也!

【风入松】平章风月有何关③,助你看花对盏,新声一部空劳赞。不把俺心情剖辩,偏加些恶谑毒讪,这欺侮受应难。

(末)请问这是为何骂起?(副净)连小弟也不解,前日好好拜庙,

---

①"是南国秀"三句:此三句都是夸赞之语。秀、彦,比喻优秀人才;玉堂,即翰林院。阮大铖早年曾接近东林领袖左光斗、赵南星,所以称他"东林彦"。

②崔、魏:崔呈秀、魏忠贤。

③此句是说品谈诗文不应联系政事。

受了五个秀才一顿狠打。今日好好借戏，又受这三个公子一顿狠骂。此后若不设个法子，如何出门。（愁介）（末）长兄不必吃恼，小弟倒有个法儿，未知肯依否？（副净喜介）这等绝妙了，怎肯不依。（末）兄可知道，吴次尾是秀才领袖，陈定生是公子班头，两将罢兵，千军解甲矣。（副净拍案介）是呀！（问介）但不知谁可解劝？（末）别个没用，只有河南侯朝宗，与两君文酒至交，言无不听。昨闻侯生闲居无聊，欲寻一秦淮佳丽。小弟已替他物色一人，名唤香君，色艺皆精，料中其意。长兄肯为出梳栊之资，结其欢心，然后托他两处分解，包管一举双擒。（副净拍手，笑介）妙妙！好个计策。（想介）这侯朝宗原是敝年侄①，应该料理的。（问介）但不知应用若干。（末）妆奁②酒席，约费二百余金，也就丰盛了。（副净）这不难，就送三百金到尊府，凭君区处③便了。（末）那消许多。

（末）白门④弱柳许谁攀，（副净）文酒笙歌俱等闲。

（末）惟有美人称妙计，（副净）凭君买黛画春山⑤。

## 第五出　访翠

癸未三月

【缑山月】（生丽服上）金粉未消亡，闻得六朝香，满天涯烟草

---

①年侄：阮大铖与侯朝宗之父侯恂是同榜进士，称同年，因此称侯恂之子侯朝宗年侄。

②妆奁（lián）：嫁妆。

③区处：筹划安排。

④白门：南京的别称。六朝的国都均在建康（今南京市），其正门为宣阳门，俗称白门。

⑤买黛：即置办嫁妆。春山：女子双眉。

断人肠。怕催花信紧，风风雨雨，误了春光。

小生侯方域，书剑飘零①，归家无日。对三月艳阳之节，住六朝佳丽之场，虽是客况不堪，却也春情难按。昨日会着杨龙友，盛夸李香君妙龄绝色，平康②第一。现在苏昆生教他吹歌，也来劝俺梳栊；争奈萧索奚囊③，难成好事。今日清明佳节，独坐无聊，不免借步踏青，竟到旧院一访，有何不可。（行介）

【锦缠道】**望平康，凤城**④**东、千门绿杨。一路紫丝缰，引游郎，谁家乳燕双双。**（丑扮柳敬亭上）黄莺惊晓梦，白发动春愁。（唤介）侯相公何处闲游？（生回头见介）原来是敬亭，来的好也；俺去城东踏青，正苦无伴哩。（丑）老汉无事，便好奉陪。（同行介）（丑指介）那是秦淮水榭。（生）**隔春波，碧烟染窗；倚晴天，红杏窥墙。**（丑指介）这是长桥，我们慢慢的走。（生）**一带板桥长，闲指点茶寮酒舫**⑤。（丑）不觉来到旧院了。（生）**听声声卖花忙，穿过了条条深巷。**（丑指介）这一条巷里，都是有名姊妹家。（生）果然不同，你看黑漆双门之上，**插一枝带露柳娇黄。**

（丑指介）这个高门儿，便是李贞丽家。（生）我问你，李香君住在那个门里？（丑）香君就是贞丽的女儿。（生）妙妙！俺正要访他，恰好到此。（丑）待我敲门。（敲介）（内问介）那个？（丑）常来走动的老

---

①此句指古代文人随身携带书、剑周游各地。
②平康：唐代长安有平康里，亦称平康坊，为妓女聚居之所，后泛指妓家。
③萧索：疏散；稀少。奚囊：《新唐书·李贺传》中有"贺每旦日出，骑弱马，从小奚奴，背古锦囊，遇所得，书投囊中"。后因此称诗囊为奚囊。
④凤城：京都的美称，这里指南京。
⑤闲（jiān）：交替。茶寮（liáo）：本为寺庙里品茶的小斋，引申为茶馆。

柳,陪着贵客来拜。(内)贞娘、香姐,都不在家。(丑)那里去了?(内)在卞姨娘家做盒子会①哩。(丑)正是,我竟忘了,今日是盛会。(生)为何今日做会?(丑拍腿介)老腿走乏了,且在这石磴上略歇一歇,从容告你。(同坐介)(丑)相公不知,这院中名妓,结为手帕姊妹,就像香火兄弟一般,每遇时节,便做盛会。

**【朱奴剔银灯】结罗帕,烟花雁行**②;**逢令节,齐斗新妆**。(生)是了,今日清明佳节,故此皆去赴会,但不知怎么叫做盒子会。(丑)赴会之日,各携一副盒儿,都是鲜物异品,**有海错、江瑶、玉液浆**。(生)会期做些甚么?(丑)大家比较技艺,**拨琴阮**③,**笙箫嘹亮**。(生)这样有趣,也许子弟④入会么?(丑摇手介)不许不许!最怕的是子弟混闹,深深锁住楼门,只许楼下赏鉴。(生)赏鉴中意的如何会面?(丑)若中了意,便把物事⑤抛上楼头,他楼上也便抛下果子来。**相当,竟飞来捧觞,密约在芙蓉锦帐**。

(生)既然如此,小生也好走走了。(丑)走走何妨。(生)只不知卞家住在那厢?(丑)住在暖翠楼,离此不远,即便同行。(行介)(生)扫墓家家柳。(丑)吹饧处处箫⑥。(生)莺花三里巷。(丑)烟水两条桥。

---

①盒子会:明代南京妓女于农历正月十五日上元节聚饮,以盒子盛装食物来比赛。
②烟花:代指妓女。雁行:形容排列整齐而有次序。此句指结成姊妹的妓女们。
③阮:乐器名,类似琵琶,四弦有柱,形似月琴,相传由西晋名士阮咸创制,因而得名。
④子弟:此处指嫖客。
⑤物事:东西,物品。
⑥饧(xíng):糖饴,如麦芽糖之类。此句指卖糖的人以箫声招徕客人。

桃花扇 | 227

（指介）此间便是，相公请进。（同入介）（末扮杨文骢、净扮苏昆生迎上）（末）闲陪簇簇莺花队，（净）同望迢迢粉黛围。（见介）（末）侯世兄怎肯到此，难得难得！（生）闻杨兄今日去看阮胡子，不想这里遇着。（净）特为侯相公喜事而来。（丑）请坐。（俱坐）（生望介）好个暖翠楼！

【雁过声】端详，窗明院敞，早来到温柔睡乡。（问介）李香君为何不见？（末）现在楼头。（净指介）你看，楼头奏技了。（内吹笙、笛介）（生听介）鸾笙凤管云中响，（内弹琵琶、筝介）（生听介）弦悠扬，（内打云锣①介）（生听介）玉玎珰，一声声乱我柔肠。（内吹箫介）（生听介）翱翔双凤凰。（大叫介）这几声箫，吹的我消魂，小生忍不住要打采②了。（取扇坠抛上楼介）海南异品③风飘荡，要打着美人心上痒！

（内将白汗巾包樱桃抛下介）（丑）有趣有趣！掷下果子来了。（净解汗巾，倾樱桃盘内介）好奇怪，如今竟有樱桃了。（生）不知是那个掷来的，若是香君，岂不可喜。（末取汗巾看介）看这一条冰绡汗巾，有九分是他了。（小旦扮李贞丽捧茶壶，领香君捧花瓶上）（小旦）香草偏随蝴蝶扇，美人又下凤凰台。（净惊指介）都看天人下界了。（丑合掌介）阿弥陀佛。（众起介）（末拉生介）世兄认认，这是贞丽，这是香君。（生见小旦介）小生河南侯朝宗，一向渴慕，今才遂愿。（见旦介）果然妙龄绝

---

①云锣：打击乐器。通常用十面小铜锣编悬在一个有方格的木架上，持小木槌击奏。各锣大小相同而厚薄不一，打击时可发出不同的声音，演奏出各种曲调。

②打采：亦作"打彩"。旧称戏曲演至精彩处观众向女演员投掷钱币，亦用以指狎客给妓女的缠头。

③海南异品：这里指扇坠，因其用海南檀香所做，故称"海南异品"。香君以后的绰号就叫"香扇坠"。

色,龙老赏鉴,真是法眼。(坐介)(小旦)虎邱新茶,泡来奉敬。(斟茶)(众饮介)(旦)绿杨红杏,点缀新节。(众赞介)有趣有趣!煮茗看花,可称雅集矣。(末)如此雅集,不可无酒。(小旦)酒已备下,玉京①主会,不得下楼奉陪,贱妾代东罢。(唤介)保儿②荡酒来!(杂提酒上)(小旦)何不行个令儿,大家欢饮?(丑)敬候主人发挥。(小旦)怎敢僭越。(净)这是院中旧例。(小旦取骰盆介)得罪了。(唤介)香君把盏,待我掷色③奉敬。(众)遵令。(小旦宣令介)酒要依次流饮,每一杯干,各献所长,便是酒底。么为樱桃,二为茶,三为柳,四为杏花,五为香扇坠,六为冰绡汗巾。(唤介)香君敬候相公酒。(旦斟生饮介)(小旦掷色介)是香扇坠。(让介)侯相公速干此杯,请说酒底。(生告干介)小生做首诗罢。(吟介)南国佳人佩,休教袖里藏;随郎团扇影,摇动一身香。(末)好诗,好诗!(丑)好个香扇坠,只怕摇摆坏了。(小旦)该奉杨老爷酒了。(旦斟、末饮介)(小旦掷介)是冰绡汗巾。(末)我也做诗了。(小旦)不许雷同。(末)也罢,下官做个破承题④罢。(念介)睹拭汗之物而春色撩人矣。夫汗之沾巾,必由于春之生面也。伊何人之面,而以冰绡拭之;红素相着之际,不亦深可爱也耶?(生)绝妙佳章。(丑)这样好文彩,还该中两榜才是。(旦斟丑酒介)柳师父请酒。(小旦掷色介)是茶。(丑饮酒介)我道忒薄。(小旦笑介)非也,你的酒底是茶。

---

①玉京:指下玉京。
②保儿:妓院里供使唤的男子。
③色(shǎi):即骰子。一种游戏用具或赌具,用骨头、木头等制成的立体小方块,六面分刻一、二、三、四、五、六点。
④破承题:即破题与承题。八股文开头的一节叫破题,沿破题所作的一节叫承题。下文杨文骢所作"睹拭汗之物而春色撩人矣"即为破题,下面几句为承题。

（丑）待我说个张三郎吃茶①罢。（小旦）说书太长，说个笑话更好。（丑）就说笑话。（说介）苏东坡同黄山谷访佛印禅师，东坡送了一把定瓷②壶，山谷送了一斤阳羡茶③。三人松下品茶，佛印说："黄秀才茶癖天下闻名，但不知苏胡子的茶量何如；今日何不斗一斗，分个谁大谁小。"东坡说："如何斗来？"佛印说："你问一机锋④，叫黄秀才答。他若答不来，吃你一棒，我便记一笔：胡子打了秀才了。你若答不来，也吃黄秀才一棒，我便记一笔：秀才打了胡子了。末后总算，打一下吃一碗。"东坡说："就依你说。"东坡先问："没鼻针如何穿线？"山谷答："把针尖磨去。"佛印说："答的好。"山谷问："没把葫芦怎生拿？"东坡答："抛在水中。"佛印说："答的也不错。"东坡又问："虱在裤中，有见无见？"山谷未及答，东坡持棒就打。山谷正拿壶子斟茶，失手落地，打个粉碎。东坡大叫道："和尚记着，胡子打了秀才了。"佛印笑道："你听口乒口邦一声，胡子没打着秀才，秀才倒打了壶子了。"（众笑介）（丑）众位休笑，秀才利害多着哩。（弹壶介）这样硬壶子都打坏，何况软壶子⑤。（生）敬老妙人，随口诙谐，都是机锋。（小旦）香君，敬你师父。（旦斟、净饮介）（小旦掷介）是杏花。（净唱介）"晚妆楼上杏花残，犹自怯衣单。"（旦向小旦介）孩儿敬妈妈酒了。（小旦饮干，掷介）是樱桃。（净）让我代唱罢。（唱介）"樱桃红绽，玉粳白露，半晌恰方言。"（丑）昆生该罚

---

①张三郎吃茶：指《水浒传》里阎婆惜为勾引张文远，请他吃茶的故事。

②定瓷：即定州出产的瓷器，是一种著名的瓷器，胎质坚密、细腻，釉色透明，柔润如玉，以白色为正。

③阳羡茶：指今江苏宜兴出产的茶，以汤清、芳香、味醇的特点而闻名天下。宜兴在秦汉时称阳羡，故名。

④机锋：佛教禅宗用语，指回答迅捷锐利，不落迹象，含意深刻的语句。如对方不能领悟，往往喝他一声，或用棒击他一下，叫作棒喝。

⑤软壶子：即阮胡子，此处拿阮大铖在祭庙时被秀才痛打之事调侃。

了,唱的唇上樱桃,不是盘中樱桃。(净)领罚。(自斟,饮介)(小旦)香君该自斟自饮了。(生)待小生奉敬。(生斟、旦饮介)(小旦掷介)不消猜,是柳了,香君唱来。(旦羞介)(小旦)孩儿腼腆,请个代笔相公罢。(掷介)三点,是柳师父。(净)好好!今日是他当值之日。(丑)我老汉姓柳,飘零半世,最怕的是"柳"字。今日清明佳节,偏把个柳圈儿①套住我老狗头。(众大笑介)(净)算了你的笑话罢。(生)酒已有了,大家别过。(丑)才子佳人,难得聚会。(拉生、旦介)你们一对儿,吃个交心酒何如。(旦羞,遮袖下)(净)香君面嫩,当面不好讲得;前日所订梳栊之事,相公意下允否?(生笑介)秀才中状元,有甚么不肯处。(小旦)既蒙不弃,择定吉期,贱妾就要奉攀了。(末)这三月十五日,花月良辰,便好成亲。(生)只是一件,客囊羞涩,恐难备礼。(末)这不须愁,妆奁酒席,待小弟备来。(生)怎好相累。(末)当得效力。(生)多谢了。

**【小桃红】**误走到巫峰②上,添了些行云想,匆匆忘却仙模样。春宵花月休成谎,良缘到手难推让,准备着身赴高唐。

(作辞介)(小旦)也不再留了。择定十五日,请下清客,邀下姊妹,奏乐迎亲罢。(小旦下)(丑向净介)阿呀!忘了,忘了,咱两个不得奉陪了。(末)为何?(净)黄将军船泊水西门③,也是十五日祭旗,约下我

---

①柳圈儿:旧时江南一带风俗,清明时节用柳条编成圈,套在小孩子的头上,用以辟邪,称为"套狗圈"。
②巫峰:宋玉《高唐赋》中的故事,传说楚襄王到高唐游玩,梦见一女子与之幽欢,并说"妾在巫山之阳,高丘之阻,朝为行云,暮为行雨,朝朝暮暮,阳台之下"。后人因此以巫山、云雨、高唐、阳台等比喻男女欢爱。
③黄将军:指黄得功。水西门:南京城门名。

们吃酒的。（生）这等怎处？（末）还有丁继之、沈公宪、张燕筑①，都是大清客，借重他们陪陪罢。

（净）暖翠楼前粉黛香，（末）六朝风致说平康。

（丑）踏青归去春犹浅，（生）明日重来花满床。

## 第六出　眠香

癸未三月

【临江仙】（小旦艳妆上）短短春衫双卷袖，调筝花里迷楼②。今朝全把绣帘钩，不教金线柳，遮断木兰舟③。

　　妾身李贞丽，只因孩儿香君，年及破瓜，梳栊无人，日夜放心不下。幸亏杨龙友，替俺招了一位世家公子，就是前日饮酒的侯朝宗，家道才名，皆称第一。今乃上头④吉日，大排筵席，广列笙歌，清客俱到，姊妹全来，好不费事。（唤介）保儿那里。（杂扮保儿扇扇慢上）"席前挣趣话，花里听情声。妈妈唤保儿那处送衾枕⑤么？"（小旦怒介）啐！今日香姐上头，贵人将到，你还做梦哩。快快卷帘扫地，安排桌椅。（杂）是了。（小旦指点排席介）

---

①丁继之、沈公宪、张燕筑：三人皆明末著名的戏剧演员。
②迷楼：隋炀帝所建宫殿。其落成后，炀帝说："使真仙游其中，亦当自迷也。"因此称迷楼。这里借指媚香楼。
③这两句表示盼望新郎侯方域前来迎亲。
④上头：指娼妓初次接客。
⑤送衾枕：妓女被客人叫去宿夜，要送衾枕去。

清宣统三年炼石斋书局石印本《桃花扇》图

【一枝花】（末新服上）园桃红似绣，艳覆文君酒①；屏开金孔雀②，围春昼③。涤了金瓯④，点着喷香兽⑤。这当垆红袖⑥，谁最温柔，拉与相如消受。

下官杨文骢，受圆海嘱托，来送梳栊之物。（唤介）贞娘那里？（小旦见介）多谢作伐⑦，喜筵俱已齐备。（问介）怎么官人还不见到？（末）想必就来。（笑介）下官备有箱笼数件，为香君助妆，教人搬来。（杂抬箱笼、首饰、衣物上）（末吩咐介）抬入洞房，铺陈齐整着！（杂应下）（小旦喜谢介）如何这般破费，多谢老爷！（末袖出银介）还有备席银三十两，交与厨房；一应酒殽，俱要丰盛。（小旦）益发当不起了。（唤介）香君快来！（旦盛妆上）（小旦）杨老爷赏了许多东西，上前拜谢。（旦拜谢介）（末）些须薄意，何敢当谢，请回，请回。（旦即入介）（杂急上报介）新官人到门了。（生盛服从人上）虽非科第天边客，也是嫦娥月里人。（末、小旦迎见介）（末）恭喜世兄，得了平康佳丽；小弟无以为敬，草办妆奁，粗陈筵席，聊助一宵之乐。（生揖介）过承周旋，何以克当。（小旦）请坐，献茶。（俱坐）（杂捧茶上，饮介）（末）一应喜筵，安排齐备了么？（小旦）托赖老爷，件件完全。（末向生拱介）今日吉席，小

---

①文君酒：汉代卓文君与司马相如私奔以后，因生活拮据，曾在临邛市上当垆卖酒。

②屏开金孔雀：隋朝窦毅在挑选女婿时，叫人在屏风上画了两个孔雀，让求婚的人用箭射孔雀，暗中约定，谁能射中孔雀眼睛，就把女儿嫁给他，后来孔雀眼睛被李渊射中，窦毅就将女儿许配与他。这里用来渲染男婚女嫁之事。

③围春昼：春日里拉开了射屏选婿的场地。

④金瓯（ōu）：酒杯的美称。

⑤喷香兽：做成兽状的香炉。

⑥当垆红袖：指卓文君。这里以司马相如与卓文君的爱情故事表现侯、李爱情的幸福美满。

⑦作伐：做媒。

弟不敢挽越,竟此告别,明日早来道喜罢。(生)同坐何妨。(末)不便,不便。(别下)(杂)请新官人更衣。(生更衣介)(小旦)妾身不得奉陪,替官人打扮新妇,撺掇喜酒罢。(别下)(副净、外、净扮三清客上)一生花月张三影①,五字宫商李二红②。(副净)在下丁继之。(外)在下沈公宪。(净)在下张燕筑。(副净)今日吃侯公子喜酒,只得早到。(净)不知请那几位贤歌③来陪俺哩。(外)说是旧院几个老在行。(净)这等都是我梳栊的了。(副净)你有多大家私,梳栊许多。(净)各人有帮手,你看今日侯公子,何曾费了分文。(外)不要多话,侯公子堂上更衣,大家前去作揖。(众与生揖介)(众)恭喜,恭喜!(生)今日借光。(小旦、老旦、丑扮三妓女上)情如芳草连天醉,身似杨花尽日忙。(见介)(净)唤的那一部歌妓,都报名来。(丑)你是教坊司④么,叫俺报名。(生笑介)正要请教大号。(老旦)贱妾卞玉京。(生)果然玉京仙子。(小旦)贱妾寇白门。(生)果然白门柳色。(丑)奴家郑妥娘。⑤(生沈吟介)果然妥当不过。(净)不妥,不妥!(外)怎么不妥?(净)好偷汉子。(丑)呸!我不偷汉,你如何吃得恁胖。(众诨笑介)(老旦)官人在此,快请香君出来罢。(小旦、丑扶香君上)(外)我们做乐迎接。(副净、净、外吹打十番⑥介)(生、旦见介)(丑)俺院中规矩,不兴拜

---

①张三影:指北宋著名词人张先。因其词作中有"云破月来花弄影""娇柔懒起,帘压卷花影"和"柳径无人,堕轻絮无影"而被人称作"张三影"。
②李二红:疑是元代杂剧艺人红字李二。他曾与马致远等人合编《黄粱梦》杂剧。
③贤歌:对歌妓的敬称。
④教坊司:隋、唐以来管理乐舞和乐户教习、排练、演出事宜的机构。
⑤卞玉京、寇白门、郑妥娘:三人均为明末清初南京著名的妓女。
⑥十番:一种器乐合奏名称。因演奏时轮番用鼓、笛、木鱼等十种乐器,故名。起于明万历时,今仍流行于苏、浙、闽等地。初以打击乐为主,后亦杂以多种管弦乐器,其种类因时因地而异,所用乐器亦有不限于十种者。

堂,就吃喜酒罢。(生、旦上坐)(副净、外、净坐左边介)(小旦、老旦、丑坐右边介)(杂执壶上)(左边奉酒,右边吹弹介)

【梁州序】(生)齐梁词赋,陈隋花柳①,日日芳情迤逗②。青衫③偎倚,今番小杜④扬州。寻思描黛⑤,指点吹箫,从此春入手。秀才渴病急须救,偏是斜阳迟下楼,刚饮得一杯酒。

(右边奉酒,左边吹弹介)

【前腔】(旦)楼台花颤,帘栊风抖,倚着雄姿英秀。春情无限,金钗肯与梳头⑥。闲花添艳,野草生香,消得夫人做⑦。今宵灯影纱红透,见惯司空⑧也应羞,破题儿⑨真难就。

(副净)你看红日衔山,乌鸦选树,快送新人回房罢。(外)且不要忙,侯官人当今才子,梳栊了绝代佳人,合欢有酒,岂可定情无诗乎?(净)说的有理,待我磨墨拂笺,伺候挥毫。(生)不消诗笺,小生带有宫扇一柄,就题赠香君,永为订盟之物罢。(丑)妙,妙!我来捧砚。

---

①"齐梁词赋"二句:暗指没落王朝的文坛风气和腐朽生活。
②迤(tuó)逗:挑逗;引诱。
③青衫:仙人,此处喻指李香君。
④小杜:指晚唐诗人杜牧。他曾出没于扬州青楼,有诗曰:"十年一觉扬州梦,赢得青楼薄幸名。"
⑤描黛:画眉。
⑥"春情无限"二句:意思是,侯公子不因为我妓女的身份而嫌弃我,愿意为我梳栊,这情意实在无法描绘。
⑦"闲花添艳"三句:李香君因出身低微而自比闲花野草;做夫人在古时是身份、地位的象征,丈夫有了功名,妻子方可称夫人。
⑧见惯司空:即司空见惯。此处指烟花中人对男欢女爱之事早有所窥。
⑨破题儿:比喻事情的开端或第一次。这里指接客。

（小旦）看你这嘴脸，只好脱靴罢了。（老旦）这个砚儿，倒该借重香君。（众）是呀！（旦捧砚，生书扇介）（众念介）夹道朱楼一径斜，王孙初御富平车。青溪尽是辛夷树，不及东风桃李花。（众）好诗，好诗！香君收了。（旦收扇袖中介）（丑）俺们不及桃李花罢了，怎的便是辛夷树？（净）辛夷树者，枯木逢春也。（丑）如今枯木逢春，也曾鲜花着雨来。（杂持诗笺上）杨老爷送诗来了。（生接读介）生小倾城是李香，怀中婀娜袖中藏。缘何十二巫峰女，梦里偏来见楚王。（生笑介）此老多情，送来一首催妆诗，妙绝，妙绝！（净）"怀中婀娜袖中藏"，说的香君一搦身材，竟是个香扇坠儿。（丑）他那香扇坠，能值几文，怎比得我这琥珀猫儿坠①。（众笑介）（副净）大家吹弹起来，劝新人多饮几杯。（丑）正是带些酒兴，好入洞房。（左右吹弹，生、旦交让酒介）

【节节高】（生、旦）金樽佐酒筹，劝不休，沉沉玉倒②黄昏后。私携手，眉黛愁，香肌瘦。春宵一刻天长久，人前怎解芙蓉扣。盼到灯昏玳筵收，宫壶滴尽莲花漏③。

（副净）你听谯楼二鼓，天气太晚，撤了席罢。（净）这样好席，不曾吃净就撤去了，岂不可惜。（丑）我没吃够哩，众位略等一等儿。（老旦）休得胡缠，大家奏乐，送新人入房罢。（众起吹打十番，送生、旦介）

---

①琥珀猫儿坠：指用琥珀色猫眼宝石做成的扇坠。
②玉倒：醉倒。《世说新语·容止》中说嵇康"其醉也，傀俄若玉山之将崩"。
③莲花漏：古代的一种计时器。此句表示夜深。

【前腔】（合）笙箫下画楼，度清讴①，迷离灯火如春昼。天台岫②，逢阮刘，真佳偶。重重锦帐香熏透，旁人妒得眉头皱。酒态扶人太风流，贪花福分生来有。

（杂执灯，生、旦携手下）（净）我们都配成对儿，也去睡罢。（丑）老张休得妄想，我老妥是要现钱的。（净数与十文钱，拉介）（丑接钱再数，换低钱③，诨下）

【尾声】（合）秦淮烟月无新旧，脂香粉腻满东流，夜夜春情散不收。

（副净）江南花发水悠悠，（小旦）人到秦淮解尽愁。

（外）不管烽烟家万里，（老旦）五更怀里哢歌喉。

## 第七出　却奁

癸未三月

（杂扮保儿掇马桶上）龟尿龟尿，撒出小龟；鳖血鳖血，变成小鳖。龟尿鳖血，看不分别；鳖血龟尿，说不清白。看不分别，混了亲爹；说不清白，混了亲伯。（笑介）胡闹，胡闹！昨日香姐上头，乱了半夜；今日早起，又要刷马桶，倒溺壶，忙个不了。那些孤老、表子，还不知搂到几时哩。（刷马桶介）

---

①清讴：清美的歌唱。
②岫（xiù）：山洞。这两句指阮肇、刘晨到天台山采药遇仙的故事。
③换低钱：把成色差一些的钱换过。

【夜行船】（末）人宿平康深柳巷，惊好梦，门外花郎。绣户未开，帘钩才响，春阻十层纱帐。

下官杨文骢，早来与侯兄道喜。你看院门深闭，侍婢无声，想是高眠未起。（唤介）保儿，你到新人窗外，说我早来道喜。（杂）昨夜睡迟了，今日未必起来哩。老爷请回，明日再来罢。（末笑介）胡说！快快去问。（小旦内问介）保儿！来的是那一个？（杂）是杨老爷道喜来了。（小旦忙上）倚枕春宵短，敲门好事多。（见介）多谢老爷，成了孩儿一世姻缘。（末）好说。（问介）新人起来不曾？（小旦）昨晚睡迟，都还未起哩。（让坐介）老爷请坐，待我去催他。（末）不必，不必。（小旦下）

【步步娇】（末）儿女浓情如花酿，美满无他想，黑甜①共一乡。可也亏了俺帮衬，珠翠辉煌，罗绮飘荡，件件助新妆，悬出风流榜。

（小旦上）好笑，好笑！两个在那里交扣丁香②，并照菱花③，梳洗才完，穿戴未毕。请老爷同到洞房，唤他出来，好饮扶头卯酒④。（末）惊却好梦，得罪不浅。（同下）（生、旦艳妆上）

【沉醉东风】（生、旦）这云情接着雨况，刚搔了心窝奇痒，谁搅起睡鸳鸯。被翻红浪，喜匆匆满怀欢畅。枕上余香，帕上余香，消魂滋味，才从梦里尝。

（末、小旦上）（末）果然起来了，恭喜，恭喜！（一揖，坐介）（末）昨晚催妆拙句，可还说的入情么。（生揖介）多谢！（笑介）妙是妙

---

① 黑甜：酣睡。
② 丁香：指丁香花状的纽扣。
③ 菱花：指菱花镜，亦泛指镜子。
④ 扶头卯酒：旧俗新婚次日清晨所饮迎朝酒之称。

极了,只有一件。(末)那一件?(生)香君虽小,还该藏之金屋。(看袖介)小生衫袖,如何着得下?(俱笑介)(末)夜来定情,必有佳作。(生)草草塞责,不敢请教。(末)诗在那里?(旦)诗在扇头。(旦向袖中取出扇介)(末接看介)是一柄白纱宫扇。(嗅介)香的有趣。(吟诗介)妙,妙!只有香君不愧此诗。(付旦介)还收好了。(旦收扇介)

【园林好】(末)正芬芳桃香李香,都题在宫纱扇上;怕遇着狂风吹荡,须紧紧袖中藏,须紧紧袖中藏。

(末看旦介)你看香君上头之后,更觉艳丽了。(向生介)世兄有福,消此尤物。(生)香君天姿国色,今日插了几朵珠翠,穿了一套绮罗,十分花貌,又添二分,果然可爱。(小旦)这都亏了杨老爷帮衬哩。

【江儿水】送到缠头锦,百宝箱,珠围翠绕流苏帐,银烛笼纱通宵亮,金杯劝酒合席唱。今日又早早来看,恰似亲生自养,赔了妆奁,又早敲门来望。

(旦)俺看杨老爷,虽是马督抚至亲,却也拮据作客,为何轻掷金钱,来填烟花之窟?在奴家受之有愧,在老爷施之无名;今日问个明白,以便图报。(生)香君问得有理,小弟与杨兄萍水相交,昨日承情太厚,也觉不安。(末)既蒙问及,小弟只得实告了。这些妆奁酒席,约费二百余金,皆出怀宁之手。(生)那个怀宁?(末)曾做过光禄的阮圆海。(生)是那皖人阮大铖么?(末)正是。(生)他为何这样周旋?(末)不过欲纳交足下之意。

【五供养】(末)羡你风流雅望,东洛才名,西汉文章。逢迎随处有,争看坐车郎①。秦淮妙处,暂寻个佳人相傍,也要些鸳鸯被、芙蓉妆;你道是谁的,是那南邻大阮,嫁衣全忙。

(生)阮圆老原是敝年伯,小弟鄙其为人,绝之已久。他今日无故用情,令人不解。(末)圆老有一段苦衷,欲见白于足下。(生)请教。(末)圆老当日曾游赵梦白之门,原是吾辈。后来结交魏党,只为救护东林,不料魏党一败,东林反与之水火。近日复社诸生,倡论攻击,大肆殴辱,岂非操同室之戈乎?圆老故交虽多,因其形迹可疑,亦无人代为分辩。每日向天大哭,说道:"同类相残,伤心惨目,非河南侯君,不能救我。"所以今日谆谆纳交。(生)原来如此,俺看圆海情辞迫切,亦觉可怜。就便真是魏党,悔过来归,亦不可绝之太甚,况罪有可原乎。定生、次尾,皆我至交,明日相见,即为分解。(末)果然如此,吾党之幸也。(旦怒介)官人是何等说话,阮大铖趋附权奸,廉耻丧尽;妇人女子,无不唾骂。他人攻之,官人救之,官人自处于何等也?

【川拨棹】不思想,把话儿轻易讲。要与他消释灾殃,要与他消释灾殃,也堤②防旁人短长。官人之意,不过因他助俺妆奁,便要徇私废公;那知道这几件钗钏衣裙,原放不到我香君眼里。(拔簪脱衣介)**脱裙衫,穷不妨;布荆人,名自香。**

(末)阿呀!香君气性,忒也刚烈。(小旦)把好好东西,都丢一地,可惜,可惜!(拾介)(生)好,好,好!这等见识,我倒不如,真乃侯生畏友也。(向末介)老兄休怪,弟非不领教,但恐为女子所笑耳。

---

①争看坐车郎:相传潘安貌美,每坐车出游,妇女争看他。
②堤(dī):同"提"。

【前腔】（生）平康巷，他能将名节讲；偏是咱学校朝堂，偏是咱学校朝堂，混贤奸不问青黄。那些社友平日重俺侯生者，也只为这点义气；我若依附奸邪，那时群起来攻，自救不暇，焉能救人乎。**节和名，非泛常；重和轻，须审详。**

（末）圆老一段好意，也还不可激烈。（生）我虽至愚，亦不肯从井救人。（末）既然如此，小弟告辞了。（生）这些箱笼，原是阮家之物，香君不用，留之无益，还求取去罢。（末）正是"多情反被无情恼，乘兴而来兴尽还"。（下）（旦恼介）（生看旦介）俺看香君天姿国色，摘了几朵珠翠，脱去一套绮罗，十分容貌，又添十分，更觉可爱。（小旦）虽如此说，舍了许多东西，倒底可惜。

【尾声】金珠到手轻轻放，惯成了娇痴模样，辜负俺辛勤做老娘。

（生）些须东西，何足挂念，小生照样赔来。（小旦）这等才好。
（小旦）花钱粉钞费商量，（旦）裙布钗荆也不妨。
（生）只有湘君能解佩，（旦）风标不学世时妆。

## 第八出　闹榭

癸未五月

【金鸡叫】（末、小生扮陈贞慧、吴应箕上）（末）贡院秦淮近，赛青衿，剩金零粉。（小生）节闹端阳只一瞬，满眼繁华，王谢少人问。

（末唤小生介）次尾兄，我和你旅邸抑郁，特到秦淮赏节，怎的不见同社一人？（小生）想都在灯船之上。（指介）这是丁继之水榭，正好登眺。（场上搭河房一座，悬灯垂帘）（同登介）（末唤介）丁继老在家么？

(杂扮小僮上)榴花红似火,艾叶碧如烟。(见介)原来是陈、吴二位相公,我家主人赴灯船会去了。家中备下酒席,但有客来,随便留坐的。(末)这样有趣。(小生)可称主人好事①矣。(末)我们在此雅集,恐有俗子阑入②,不免设法拒绝他。(唤介)童子取个灯笼来。(杂应下)(取灯笼上)(末写介)"复社会文,闲人免进。"(杂挂灯笼介)(小生)若同社朋友到此,便该请他入会了。(末)正是。(杂指介)你听鼓吹之声,灯船早已来了。(末、小生凭栏望介)(生、旦雅妆同丑扮柳敬亭、净扮苏昆生,吹弹鼓板坐船上)

【八声甘州】(末)丝竹隐隐,载将来一队乌帽红裙。天然风韵,映着柳陌斜曛③。名姝也须名士衬,画舫偏宜画阁邻。(小生)消魂,趁晚凉仙侣同群。

　　(末指介)那灯船上,好似侯朝宗。(小生)侯朝宗是我们同社,该请入会的。(末指介)那个女客便是李香君,也好请他么?(小生)李香君不受阮胡子妆奁,竟是复社的朋友,请来何妨。(末)这等说来,(指介)那两个吹歌的柳敬亭、苏昆生,不肯做阮胡子门客,都是复社朋友了。请上楼来,更是有趣。(小生)待我唤他。(唤介)侯社兄,侯社兄!(生望见介)那水榭之上,高声唤我的,是陈定生、吴次尾。(拱介)请了。(末招手介)这是丁继之水榭,备有酒席,侯兄同香君、敬亭、昆生都上楼来,大家赏节罢。(生)最妙了。(向丑、净、旦介)我们同上楼去。(吹弹上介)

---

①好(hào)事:爱多事;爱管闲事。
②阑入:无凭证而擅自进入。后泛指擅自进入不应进去的地方。
③斜曛(xūn):落日的余晖。

桃花扇 | 243

【排歌】（生、旦）龙舟并，画桨分，葵花蒲叶泛金樽。朱楼密，紫障匀，吹箫打鼓入层云。

（见介）（末）四位到来，果然成了个"复社文会"了。（生）如何是"复社文会"？（小生指灯介）请看。（生看灯笼介）不知今日会文，小弟来的恰好。（丑）"闲人免进"，我们未免唐突了。（小生）你们不肯做阮家门客的，那个不是复社朋友？（生）难道香君也是复社朋友么？（小生）香君却奁一事，只怕复社朋友还让一筹哩。（末）已后竟该称他老社嫂了。（旦笑介）岂敢。（末唤介）童子把酒来斟，我们赏节①。（末、小生、生坐一边，丑、净、旦坐一边。饮酒介）

【八声甘州】（末、小生）相亲，风流俊品，满座上都是语笑春温。（丑、净）**梁愁隋恨**②，凭他燕恼莺嗔。（生、旦）**榴花照楼如火喷，暑汗难沾白玉人**③。（杂报介）灯船来了，灯船来了。（指介）你看人山人海，围着一条烛龙，快快看来！（众起凭栏看介）（扮出灯船，悬五色角灯，大鼓大吹绕场数回下）（丑）你看这般富丽，都是公侯勋卫之家。（又扮灯船五色纱灯，打粗十番，绕场数回下）（净）这是些富商大贾，衙门书办，却也闹热。（又扮灯船悬五色纸灯，打细十番，绕场数回下）（末）你看船上吃酒的，都是些翰林院老先生们。（小生）我辈的施为，到底有些"郊寒岛瘦"。（众笑介）（合）**纷纭，望金波天汉迷津**④。

（生）夜阑更深，灯船过尽了，我们做篇诗赋，也不负会文之约。（末）是，是，但不知做何题目？（小生）做一篇哀湘赋，倒有意思的。

---

①赏节：庆贺节日。
②梁愁隋恨：泛指对亡国危机的感伤。
③白玉人：形容美好的女子。
④天汉：银河。津：渡口。此句形容秦淮赏灯船的热闹场景。

（生）依小弟愚见，不如即景联句，更觉畅怀。（末）妙，妙！（问介）我三人谁起谁结？（生）自然让定生兄起结了。（丑问介）三位相公联句消夜，我们三个陪着打盹么？（末）也有个借重之处。（净）有何使唤？（末）俺们每成四韵，饮酒一杯，你们便吹弹一回。（生）有趣，有趣！真是文酒笙歌之会。（末拱介）小弟竟僭了。（吟介）赏节秦淮榭，论心剧孟家。（小生）黄开金裹叶，红绽火烧花①。（生）蒲剑何须试，葵心未肯差②。（末）辟兵逢彩缕③，却鬼得丹砂④。（末、小生、生饮酒，丑击云锣，净弹月琴，旦吹箫一回介）（小生）蜃市楼缥缈，虹桥洞曲斜。（生）灯疑羲氏驭⑤，舟是豢龙弩⑥。（末）星宿才离海⑦，玻璃更炼娲⑧。（小生）光流银汉水，影动赤城霞。（照前介）（生）玉树难谐拍，渔阳不辨挝⑨。（末）龟年⑩喧笛管，中散⑪闹筝琶。（小生）系缆千条锦，连窗

---

①"黄开金裹叶"二句：上句指萱草，下句指石榴花，都是端午节前后开放的花草。

②蒲剑：指菖蒲叶，其形状细长像剑。古代习俗，端午节将蒲叶挂在门上，可辟邪。葵心：葵花向日而倾，比喻臣子对国君的忠心。

③辟兵逢彩缕：古代习俗，端午节时用五彩线系在手臂上，可以预防病灾。

④却鬼得丹砂：古代习俗，端午节时要用朱砂画符或画钟馗像贴在门上，可以驱鬼。

⑤灯疑羲氏驭：此句是指秦淮河上的灯船像羲和在天上驾车巡行一样。

⑥舟是豢龙弩：此句形容秦淮河上的龙舟像豢龙氏在撑船一样。

⑦星宿才离海：此句形容秦淮河上灯火移动的景象。

⑧玻璃更炼娲：此句形容秦淮河水面流光溢彩，像是用女娲炼的五色玻璃铺成的。

⑨"玉树难谐拍"二句：形容秦淮河上歌曲音乐的嘈杂喧闹。玉树，歌曲名，指《玉树后庭花》；渔阳，鼓曲名，指《渔阳掺挝》。

⑩龟年：指唐代著名乐师李龟年。

⑪中散：指嵇康，因其做过中散大夫，后人称其"嵇中散"，他精通乐律，擅长弹琴。

万眼纱①。(生)楸枰停斗子②，瓷注③屡呼茶。(照前介)(末)焰比焚椒列④，声同对垒哗。(小生)电雷争此夜，珠翠剩谁家。(生)萤照无人苑，乌啼有树衙。(末)凭栏人散后，作赋吊长沙⑤。(照前介)(众起介)(末)有趣，有趣！竟联成一十六韵，明日可以发刻了。(小生)我们倡和得许多感慨，他们吹弹出无限凄凉，楼下船中，料无解人也。(净向丑介)闲话且休讲，自古道良宵苦短，胜事难逢。我两个一边唱曲，陈、吴二位相公一边劝酒，让他名士、美人，另做一个风流佳会何如。(丑)使得，这是我们帮闲本等也。(末)我与次兄原有主道，正该少申敬意。(小生)就请依次坐来。(生、旦正坐，末、小生坐左，丑、净坐右介)(生向旦介)承众位雅意，让我两个并坐牙床，又吃一回合卺⑥双杯，倒也有趣。(旦微笑介)(末、小生劝酒，净、丑唱介)

【排歌】歌才发，灯未昏，佳人重抖玉精神。诗题壁，酒沾唇，才郎偏会语温存。

（杂报介）灯船又来了。(末)夜已三更，怎的还有灯船？(俱起凭栏看介)(副净扮阮大铖，坐灯船。杂扮优人，细吹细唱缓缓上)(净)这

---

①"系缆千条锦"二句：形容秦淮河上的灯船富丽堂皇。万眼纱，江浙古时节日悬挂的纱灯。

②楸枰（qiū píng）：棋盘。古时多用楸木制作，故名。子：指棋子。

③瓷注：瓷茶壶。

④焚椒：指皇宫贵族焚椒、兰以生香。列：同"烈"。像两军对垒一样喧哗。

⑤"萤照无人苑"四句：描写灯阑人散后的凄凉景。作赋吊长沙，化用贾谊在长沙作赋凭吊屈原的故事。

⑥合卺（jǐn）：古代婚礼中的一种仪式。剖一瓠为两瓢，新婚夫妇各执一瓢，斟酒以饮。后来多以"合卺"代指成婚。

船上象些老白相①,大家洗耳,细细领略。(副净立船头自语介)我阮大铖买舟载歌,原要早出游赏;只恐遇着轻薄厮闹,故此半夜才来,好恼人也!(指介)那丁家河房,尚有灯火。(唤介)小厮,看有何人在上?(杂上岸看,回报介)灯笼上写着"复社会文,闲人免进"。(副净惊介)了不得,了不得!(摇袖介)快歇笙歌,快灭灯火。(灭灯、止吹,悄悄撑船下)(末)好好一只灯船,为何歇了笙歌,灭了灯火,悄然而去?(小生)这也奇怪,快着人看来。(丑)不必去看,我老眼虽昏,早已看真了。那个胡子,便是阮圆海。(净)我道吹歌那样不同。(末怒介)好大胆老奴才,这贡院之前,也许他来游耍么!(小生)待我走去,采掉他胡子。(欲下介)(生拦介)罢,罢!他既回避,我们也不必为已甚②之行。(末)侯兄,不知我不已甚,他便已甚了。(丑)船已去远,丢开手罢。(小生)便益了这胡子!(旦)夜色已深,大家散罢。(丑)香姐想妈妈了,我们送他回去。(末、小生)我二人不回寓,就下榻此间了。(生)两兄既不回寓,我们过船的,就此作别罢。请了。(末、小生)请了。(先下)(生、旦、丑、净下船,杂摇船行介)

【余文】下楼台,游人尽;小舟留得一家春,只怕花底难敲深夜门。

(生)月落烟浓路不真,(旦)小楼红处是东邻。

(丑)秦淮一里盈盈水,(净)夜半春帆送美人。

---

①老白相:指游手好闲的浪荡人。
②已甚:过甚,太过。

# 第九出　抚兵

癸未七月

【点绛唇】（副净、末扮二将官，杂扮四小卒上）旗卷军牙①，射潮弩发鲸鲵怕②。操弓试马，鼓角斜阳下。

俺们镇守武昌兵马大元帅宁南侯麾下将士是也。今日点卯日期，元帅升帐③，只得在此伺候。（吹打开门介）

【粉蝶儿】（小生戎将，扮左良玉上）七尺昂藏④，虎头燕颔⑤如画，莽男儿走遍天涯。活骑人，飞食肉，风云叱咤。报国恩，一腔热血挥洒。

建牙⑥吹角不闻喧，三十登坛⑦众所尊。家散万金酬士死，身留一剑答君恩。咱家左良玉，表字昆山，家住辽阳，世为都司⑧，只因得罪罢

---

①军牙：军前大旗。
②射潮弩发鲸鲵（ní）怕：此句形容左良玉军队的威武。鲸鲵，即鲸，雄曰鲸，雌曰鲵。
③升帐：指古代元帅或主帅进入中军帐听取军情，发号施令。
④昂藏：气宇轩昂的样子。
⑤虎头燕颔：形容相貌威武。古代相学认为这是万里封侯之相，后来多用此来形容武将相貌的威武。
⑥建牙：出师前树立军旗，引申义为武臣出镇。
⑦登坛：登上坛场。古时会盟、祭祀、帝王即位、拜将，多设坛场，举行隆重的仪式。这里指被任命为将帅或委以重任。
⑧都司：指都指挥使司。明代都指挥使司为一省掌兵的最高机构，简称都司。

职，补粮①昌平。幸遇军门侯恂，拔于走卒，命为战将，不到一年，又拜总兵之官。北讨南征，功加侯伯；强兵劲马，列镇荆襄。（作势介）看俺左良玉，自幼学习武艺，能挽五石之弓，善为左右之射；那李自成、张献忠几个毛贼，何难剿灭。只可恨督师无人，机宜错过，熊文灿、杨嗣昌既以偏私而败绩，丁启睿、吕大器又因怠玩而无功。只有俺恩帅侯公，智勇兼全，尽能经理②中原；不意奸人忌功，才用即休，叫俺一腔热血，报主无期，好不恨也！（顿足介）罢，罢，罢！这湖南、湖北，也还可战可守，且观成败，再定行藏③。（坐介）（内作众兵喊叫，小生惊问介）辕门之外，何人喧哗？（副净、末禀介）禀上元帅，辕门肃静，谁敢喧哗。（小生怒介）现在喧哗，怎报没有！（副净、末）那是饥兵讨饷，并非喧哗。（小生）唉！前自湖南借粮三十船，不到一月，难道支完了。（副净、末）禀元帅，本镇人马已足三十万了，些须粮草，那够支销。（小生拍案介）呵呀！这等却也难处哩。（立起，唱介）

【北石榴花】你看中原豺虎乱如麻，都窥伺龙楼凤阙帝王家；有何人勤王④报主，肯把义旗拿。那督师无老将，选士皆娇娃；却教俺自撑达⑤，却教俺自撑达。正腾腾杀气，这军粮又早缺乏。一阵阵拍手喧哗，一阵阵拍手喧哗，百忙中教我如何答话，好一似薨薨白

---

①补粮：即投军吃粮。
②经理：治理。
③行藏：引申为攻守。
④勤王：多指君主的统治受到威胁而动摇时，臣子起兵救援王朝。
⑤撑达：露一手；试一试本事。

昼闹蜂衙①。

（坐介）（内又喊介）（小生）你听外边将士，益发鼓噪，好象要反的光景，左右听俺吩咐。（立起，唱介）

【上小楼】您不要错怨咱家，您不要错怨咱家。谁不是天朝犬马，他三百年养士不差，三百年养士不差。都要把良心拍打，为甚么击鼓敲门闹转加②？敢则要劫库抢官衙。俺这里望眼巴巴，俺这里望眼巴巴，候江州军粮飞下。

（坐介）（抽令箭掷地介）（副净、末拾箭，向内吩咐介）元帅有令，三军听者：目下军饷缺乏，乃人马归附之多，非粮草屯积之少。朝廷深恩，不可不报；将军严令，不可不遵。况江西助饷，指日到辕，各宜静听，勿得喧哗。（副净、末回话介）奉元帅军令，俱已晓谕三军了。（内又喊叫介）（小生）怎么鼓噪之声，渐入辕门，你再去吩咐。（立起，唱介）

【黄龙犯】您且忍枵腹③这一宵，盼江西那儿艖④。俺待要飞檄⑤金陵，俺待要飞檄金陵，告兵曹转达车驾，许咱们迁镇移家，许咱们迁镇移家。就粮东去，安营歇马，驾楼船⑥到燕子矶边耍。

（副净、末持令箭向内吩咐介）元帅有令，三军听者：粮船一到，即

---

①好一似薨（hōng）薨白昼闹蜂衙：形容兵士的鼓噪声。薨薨，象声词，众虫齐飞声。
②转加：更加；越发。
③枵（xiāo）腹：空腹，指饥饿。
④艖（chā）：小船。
⑤飞檄（xí）：速递檄文。
⑥楼船：高大的战船。

便支发。仍恐转运维艰，枵腹难待；不日撤兵汉口，就食①南京；永无缺乏之虞，同享饱腾②之乐。各宜静听，勿再喧哗！（内欢呼介）好，好，好！大家收拾行装，豫备东去呀。（副净、末回生介）禀上元帅，三军闻令，俱各欢呼散去了。（小生）事已如此，无可奈何，只得择期移镇，暂慰军心。（想介）且住，未奉明旨，辄自前行，虽圣恩宽大，未必加诛；只恐形迹之间，难免天下之议。事非小可③，再作商量。

【尾声】慰三军没别法，许就粮喧声才罢，谁知俺一片葵倾向日花。

（下）（内作吹打掩门，四卒下）（副净向末）老哥，咱弟兄们商量，天下强兵勇将，让俺武昌。明日顺流东下，料知没人抵挡。大家拥着元帅爷，一直抢了南京，就扯起黄旗，往北京进取，有何不可。（末摇手介）我们左爷爷忠义之人，这样风话④，且不要题。依着我说，还是移家就粮，且吃饱饭为妙。（副净）你还不知，一移南京，人心惊慌，就不取北京，这个恶名也免不得了。

（末）纷纷将士愿移家，（副净）细柳营中起暮笳。
（末）千古英雄须打筭⑤，（副净）楼船东下一生差。

---

①就食：指出外谋生。
②饱腾：士饱马腾。形容军需充足，士气高昂。
③小可：寻常。
④风话：疯话。
⑤筭（suàn）：古同"算"，计算。

卷二

## 第十出　修札

癸未八月

（丑扮柳敬亭上）老子江湖漫自夸，收今贩古是生涯①。年来怕作朱门客，闲坐街坊吃冷茶。（笑介）在下柳敬亭，自幼无藉②，流落江湖，虽则为谈词之辈，却不是饮食之人③。（拱介）列位看我像个甚的，好像一位阎罗王，掌着这本大帐簿，点了没数的鬼魂名姓；又像一尊弥勒佛，腆着这副大肚皮，装了无限的世态炎凉。鼓板轻敲，便有风雷雨露；舌唇才动，也成月旦春秋④。这些含冤的孝子忠臣，少不得还他个扬眉吐气；那班得意的奸雄邪党，免不了加他些人祸天诛；此乃补救之微权，亦是褒讥之妙用。（笑介）俺柳麻子信口胡谈，却也燥脾⑤。昨日河南侯公子，送到茶资，约定今日午后来听平话，且把鼓板取出，打个招客的利市⑥。（取出鼓板敲唱介）无事消闲扯淡，就中滋味酸甜；古来十万八千年，一

---

①收今贩古是生涯：此句是指以演说古今故事为生。
②无藉：无依无靠。
③饮食之人：指只知吃喝的毫无用处之人。
④月旦春秋：比喻评论人物的好坏。
⑤燥脾：痛快；快意。
⑥利市：吉利；好运气。

雯飞鸿去远。几阵狂风暴雨，各家虎帐龙船，争名夺利片时喧，让他陈抟①睡扁。（生上）芳草烟中寻粉黛，斜阳影里说英雄。今日来听老柳平话，里面鼓板铿锵，早已有人领教。（相见大笑介）看官俱未到，独自在此，说与谁听。（丑）这说书是老汉的本业，譬如相公闲坐书斋，弹琴吟诗，都要人听么？（生笑介）讲的有理。（丑）请问今日要听那一朝故事？（生）不拘何朝，你只拣着热闹爽快的说一回罢。（丑）相公不知，那热闹局就是冷淡的根芽，爽快事就是牵缠的枝叶；倒不如把些剩水残山②，孤臣孽子，讲他几句，大家滴些眼泪罢。（生叹介）咳！不料敬老你也看到这个田地，真可虑也！（末扮杨文骢急上）休教铁锁沉江底，怕有降旗出石头。下官杨文骢，有紧急大事，要寻侯兄计议；一路问来，知在此处，不免竟入。（见介）（生）来的正好，大家听敬老平话。（末急介）目下何等时候，还听平话。（生）龙老为何这样惊慌。（末）兄还不知么，左良玉领兵东下，要抢南京，且有窥伺北京之意。本兵熊明遇束手无策，故此托弟前来，恳求妙计。（生）小弟有何计策。（末）久闻尊翁老先生乃宁南之恩师，若肯发一手谕，必能退却。不知足下主意若何？（生）这样好事，怎肯不做；但家父罢政林居③，纵肯发书，未必有济。且往返三千里，何以解目前之危？（末）吾兄素称豪侠，当此国家大事，岂忍坐视。何不代写一书，且救目前；另日禀明尊翁，料不见责也。（生）应急权变，倒也可行；待我回寓起稿，大家商量。（末）事不宜迟，即刻发书，还恐无及，那里等的

---

①陈抟（tuán）：宋初道士，字图南，自号扶摇子，亳州真源（今河南鹿邑东）人；一说普州崇龛（今重庆潼南西境）人。生于唐末。五代时，举进士不第，隐居武当山，服气辟谷二十余年。宋太宗赐号希夷先生。相传他经常睡大觉，一睡就百十天。

②剩水残山：指山河残破的景象。

③林居：指下野闲居。

商量。(生)既是如此,就此修书便了。(写书介)

【一封书】老夫愚不揣①,劝将军自忖裁②,旌旗且慢来,兵出无名道路猜。高帝留都陵树在,谁敢轻将马足蹝③践;乏粮柴,善安排,一片忠心穷莫改。

(写完,末看介)妙妙!写的激切婉转,有情有理,叫他不好不依,又不敢不依,足见世兄经济④。(生)虽如此说,还该送与熊大司马,细加改正,方为万妥。(末)不必烦扰,待小弟说与他便了。(愁介)只是一件,书虽有了,须差一个当家人早寄为妙。(生)小弟轻装薄游,只带两个童子,那能下的书来。(末)这等密书,岂是生人可以去得。(生)这却没法了。(丑)不必着忙⑤,让我老柳走一遭何如。(末)敬老肯去,妙的狠了;只是一路盘诘,也不是当耍⑥的。(丑)不瞒老爷说,我柳麻子本是曹,虽则身九尺,却不肯食粟而已。那些随机应变的口头,左冲右挡的膂力⑦,都还有些儿。(生)闻得左良玉军门严肃,山人游客,一概不容擅入。你这般老态,如何去的?(丑)相公又来激俺了,这是俺说书的熟套子。我老汉要去就行,不去就止,那在乎一激之力。(起问介)

【北斗鹌鹑】你那里笔下诌文,我这里胸中画策。舌战群雄,让俺

---

①不揣(chuǎi):犹言不自量。多用作谦词。
②忖(cǔn)裁:思量,裁夺。
③蹝(xǐ):践踏。
④经济:指治国的才干。
⑤着忙:着慌;着急。
⑥当耍:闹着玩。
⑦膂(lǔ)力:体力。

不才；柳毅传书，何妨下海。丢却俺的痴骏①，用着俺的诙谐，悄去明来，万人喝采。

（末）果然好个本领，只是书中意思，还要你明白解说，才能有济。

【紫花儿序】（丑）书中意不须细解，何用明白，费俺唇腮。一双空手，也去当差，也会挝乖②。凭着俺舌尖儿把他的人马骂开，仍倒回八百里外。（生）你怎的骂他？（丑）则问他**防贼自作贼**，该也不该。

（生）好，好，好！比俺的书字还说得明白。（末）你快进去收拾行李，俺替你送盘缠来，今夜务必出城才好。（丑）晓得，晓得！（拱手介）不得奉陪了。（竟下）（末）竟不知柳敬亭是个有用之才。（生）我常夸他是我辈中人，说书乃其余技耳。

【尾声】一封书信权宜代，仗柳生舌尖口快，阻回那莽元帅万马晨霜，保住这好江城三山暮霭。

（末）一纸贤于汗马③才，（生）荆州无复战船开。

（末）从来名士夸江左，（生）挥麈④今登拜将台。

## 第十一出  投辕

癸未九月

（净、副净扮二卒上）（净）"杀贼拾贼囊，救民占民房，当官领官

---

①痴骏（sì）：愚蠢。
②挝乖：抓窍门。
③汗马：战马奔走而出汗。比喻指劳苦征战。
④挥麈（zhǔ）：挥动麈尾。麈，古书上指鹿一类的动物，其尾可做拂尘。

清宣统三年炼石斋书局石印本《桃花扇》图

仓，一兵吃三粮。"（副净）如今不是这样唱了。（净）你唱来！（副净）"贼凶少弃囊，民逃剩空房，官穷不开仓，千兵无一粮。"（净）这等说，我们这穷兵当真要饿死了。（副净）也差不多哩。（净）前日鼓噪之时，元帅着忙，许俺们就粮南京，这几日不见动静，想又变卦了。（副净）他变了卦，俺们依旧鼓噪，有何难哉。（净）闲话少说，且到辕门点卯，再作商量。正是"不怕饿杀，谁肯犯法"。（俱下）

【北新水令】（丑扮柳敬亭，背包裹上）<u>走出了空林落叶响萧萧，一丛丛芦花红蓼</u>。倒戴着接䍦䍦罗帽①，横跨着湛卢刀②，白髯儿飘飘，谁认的诙谐玩世东方老。

俺柳敬亭冲风冒雨，沿江行来，并不见乱兵抢粮，想是讹传了。且喜已到武昌城外，不免在这草地下打开包裹，换了靴帽，好去投书。（坐地换靴帽介）

【南步步娇】（副净、净上）晓雨城边饥乌叫，来往荒烟道，军营半里遥。（指介）风卷旌旗，鼓角缥缈，前面是辕门了，大家趱行③几步。饿腹好难熬，还点三八卯。

（丑起拱介）两位将爷，借问一声，那是将军辕门？（净向副净私语介）这个老儿是江北语音，不是逃兵，就是流贼。（副净）何不收拾起来，诈他几文，且买饭吃。（净）妙！（副净问介）你寻将军衙门么？（丑）正是。（净）待我送你去。（丢绳套住丑介）（丑）呵呀！怎么拿起

---

① 䍦（lí）帽：古代的一种头巾。
② 湛（zhàn）卢刀：为古代宝剑名。传为春秋战国时欧冶子所铸。
③ 趱（zǎn）行：赶路；快行。

我来了？（副净）俺们是武昌营专管巡逻的弓兵，不拿你，拿谁呀。（丑推二净倒地，指笑介）两个没眼色的花子，怪不得饿的东倒西歪的。（净）你怎晓得我们挨饿。（丑）不为你们捱饿，我为何到此？（副净）这等说来，你敢是解粮来的么？（丑）不是解粮的，是做甚的。（净）咩！我们瞎眼了，快搬行李，送老哥辕门去。（副净、净同丑行介）

【北折桂令】（丑）你看城枕着江水滔滔，鹦鹉洲阔，黄鹤楼高。鸡犬寂寥，人烟惨淡，市井萧条。都只把豺狼喂饱，好江城画破图抛。满耳呼号，鼙鼓声雄，铁马嘶骄。

（副净指介）这是帅府辕门了。（唤介）老哥在此等候，待我传鼓。（击鼓介）（末扮中军官上）封拜惟知元帅大，征诛不让帝王尊。（问介）门外击鼓，有何军情，速速报来。（净）适在汛地①捉了一个面生可疑之人，口称解粮到此，未知真假，拿赴辕门，听候发落。（末向丑介）你称解粮到此，有何公文？（丑）没有公文，止有书函。（末）这就可疑了。

【南江儿水】你的北来意费推敲，一封书信无名号，荒唐言语多虚冒，凭空何处军粮到。无端左支右调②，看他神情，大抵非逃即盗。

（丑）此话差矣，若是逃、盗，为何自寻辕门。（末）说的也是。既有书函，待我替你传进。（丑）这是一封密书，要当面交与元帅的。（末）这话益发可疑了。你且外边伺候，待我禀过元帅，传你进见。（净、副净、丑俱下）（内吹打开门，杂扮军卒六人各执械对立介）（小生扮左良玉戎服上）荆襄雄镇大江滨，四海安危七尺身。日日军储劳计画，那能谈笑

---

①汛地：明清时代称军队驻防地段。
②左支右调：支吾搪塞。

净烟尘。(升坐,吩咐介)昨因饥兵鼓噪,本帅诈他就粮南京;后来细想:兵去就粮,何如粮来就兵。闻得九江助饷,不日就到,今日暂免点卯,各回汛地,静候关粮。(末)得令。(虚下,即上)奉元帅军令,挂牌免卯,三军各回汛地了。(小生)有甚军情,早早报来。(末)别无军情,只有差役一名,口称解粮到此,要见元帅。(小生喜介)果然粮船到了,可喜,可喜!(问介)所赍①文书,系何衙门?(末)并无文书,止有私书,要当堂投递。(小生)这话就奇了,或是流贼细作②,亦未可定。(吩咐介)左右军牢,小心防备,着他膝行而进。(众)是!(末唤丑进介)(左右交执器械,丑钻入见介)(揖介)元帅在上,晚生拜揖了。(小生)咦!你是何等样人,敢到此处放肆。(丑)晚生一介平民,怎敢放肆。

【北雁儿落带得胜令】俺是个不出山老渔樵,那晓得王侯大宾客小。看这长枪大剑列门旗,只当深林密树穿荒草。尽着③狐狸纵横虎咆哮,这威风何须要。偏吓俺孤身客无门跑,便作个长揖儿不是骄。(拱介)求饶,军中礼原不晓。(笑介)气也么④消,有书函将军仔细瞧。

(小生问介)有谁的书函?(丑)归德侯老先生寄来奉候的。(小生)侯司徒是俺的恩师,你如何认得?(丑)晚生现在侯府。(小生拱介)这等失敬了。(问介)书在那里?(丑送上书介)(小生)吩咐掩门。(内吹打掩门,众下)(小生)尊客请坐。(丑傍坐介)(小生看书介)

---

① 赍(jī):怀抱着,带着。
② 细作:暗探,间谍。
③ 尽(jǐn)着:任由,任凭。
④ 也么:衬词,无实际意义。

【南侥侥令】看他谆谆情意好,不啻①教儿曹。这书中文理,一时也看不透彻,无非劝俺镇守边方,不可移兵内地。(叹介)恩师,恩师!那知俺左良玉,一片忠心天可告,怎肯背深恩,辱荐保。

(问丑介)足下尊姓大号?(丑)不敢,晚生姓柳,草号敬亭。(杂捧茶上)(小生)敬亭请茶。(丑接茶介)(小生)你可知这座武昌城,自经张献忠一番焚掠,十室九空。俺虽镇守在此,缺草乏粮,日日鼓噪,连俺也做不得主了。(丑气介)元帅说那里话,自古道"兵随将转",再没个将逐兵移的。

【北收江南】你坐在细柳营②,手握着虎龙韬③,管千军山可动,令不摇。饥兵鼓噪犯天朝,将军无计,从他去自逍遥。这恶名怎逃,这恶名怎逃。说不起三军权柄帅难操。

(摔茶钟于地下介)(小生怒介)呵呀!这等无礼,竟把茶杯掷地。(丑笑介)晚生怎敢无礼,一时说的高兴,顺手摔去了。(小生)顺手摔去,难道你的心做不得主么。(丑)心若做得主呵,也不叫手下乱动了。(小生笑介)敬亭讲的有理。只因兵丁饿的急了,许他就粮内里④。亦是无可奈何之一着⑤。(丑)晚生远来,也饿急了,元帅竟不问一声儿。(小生)我倒忘了,叫左右快摆饭菜来。(丑摩腹介)好饿,好饿!(小生催

---

①不啻(chì):无异于,如同。
②细柳营:汉文帝时大将周亚夫曾屯军细柳,称"细柳营"。
③虎龙韬:古代兵书《六韬》中的《虎韬》和《龙韬》,借指兵权。
④内里:宫中。
⑤着(zhāo):计策,办法。

介）可恶奴才，还不快摆！（丑起介）等不得了，竟往内里①吃去罢。（向内行介）（小生怒介）如何进我内里？（丑回顾介）饿的急了。（小生）饿的急了，就许你进内里么？（丑笑介）饿的急了，也不许进内里，元帅竟也晓得哩。（小生大笑介）句句讥诮俺的错处，好个舌辩之士。俺这帐下倒少不得你这个人哩。

【南园林好】俺虽是江湖泛交，认得出滑稽曼老②；这胸次包罗不少，能直谏，会旁嘲。

（丑）那里，那里！只不过游戏江湖，图餔啜③耳。（小生问介）俺看敬亭，既与缙绅往来，必有绝技，正要请教。（丑）晚生自幼失学，有何技艺。偶读几句野史，信口演说，曾蒙吴桥范大司马、桐城何老相国，谬加赏赞，因而得交缙绅，实堪惭愧。

【北沽美酒带太平令】俺读些稗官词，寄牢骚，稗官词，寄牢骚，对江山吃一斗苦松醪④。小鼓儿颤杖⑤轻敲，寸板儿软手频摇；一字字臣忠子孝，一声声龙吟虎啸；快舌尖钢刀出鞘，响喉咙轰雷烈炮。呀！似这般冷嘲、热挑，用不着笔抄，墨描。劝英豪，一盘错帐速勾了。

---

①内里：内室。
②滑稽曼老：指东方朔。东方朔，西汉文学家，字曼倩，武帝时为太中大夫，性格诙谐滑稽，善辞赋。
③餔啜（bū chuò）：吃喝。
④松醪（láo）：用松肪或松花酿制的酒。
⑤颤杖：抖动小鼓槌。

（小生）说的爽快，竟不知敬亭有此绝技，就留下榻衙斋①，早晚领教罢。

【清江引】从此谈今论古日倾倒，风雨开怀抱。你那苏张舌辩高，我的巧射惊羿奡②，只愁那匝地烟尘③何日扫。

（丑）闲话多时，到底不知元帅向内移兵，有何主见？（小生）耿耿臣心，惟天可表，不须口劝，何用书责。

（小生）**臣心如水照清霄，**（丑）咫尺天颜路不遥。

（小生）**要与西南撑半壁，**（丑）不须东看海门潮。

# 第十二出　辞院

癸未十月

【西地锦】（末扮杨文骢冠带上）锦绣东南列郡，英雄割据纷纷；而今还起周郎恨，江水向东奔。

下官杨文骢，昨奉熊司马之命，托侯兄发书宁南，阻其北上，已遣柳敬亭连夜寄去。还怕投书未稳，一面奏闻朝廷，加他官爵，荫他子侄；又一面知会各处督抚，及在城大小文武，齐集清议堂，公同计议，助他粮饷，这也是不得已调停之法。下官与阮圆海虽罢闲流寓，都有传单④，只得早到。

---

①衙斋：衙门里供官员闲居之处。

②羿奡（yì ào）：上古神话传说中的两个勇士羿和奡。羿是有名的射手，也称"后羿"；奡力大无穷，能陆地行舟。

③匝（zā）地烟尘：到处都能看到烽烟和战场上扬起的尘土。形容兵荒马乱的混乱景象。

④传单：通知单。

（副净扮阮大铖冠带上）黑白看成棋里事，须眉扮作戏中人。（见介）龙友请了，今日会议军情，既传我们到此，也不可默默无言。（末）事体重大，我们废员闲宦，立不得主意，身到就是了。（副净）说那里话。

【啄木儿】朝廷事，须认真，太祖神京今未稳，莫漫愁铁锁船开，只怕有萧墙人引。角声鼓音城楼震，帆扬帜飞江风顺，明取金陵，有人私启门。

（末）这话未确，且莫轻言。（副净）小弟实有所闻，岂可不说。（丑扮长班上）处处军情紧，朝朝会议多。禀老爷，淮安漕抚史可法老爷，凤阳督抚马士英老爷俱到了。（末、副净出候介）（外白须扮史可法，净秃须扮马士英，各冠带上）（外）天下军储一线漕，无能空佩吕虔刀①。（净）长陵抔土②关龙脉，愁绝烽烟搔二毛③。（末、副净见各揖介）（外问介）本兵熊老先生为何不到？（丑禀介）今日有旨，往江上点兵去了。（净）这等又会议不成，如何是好？

【前腔】（外）黄尘起，王气昏，羽扇难挥建业军；幕府山蜡檄星

---

①吕虔刀：三国魏刺史吕虔有一把宝刀，铸工以为只有位列三公的人才能佩带它。吕虔把宝刀赠送给了王祥，王祥后来位列三公。史可法以此表示自己才不配位。

②抔（póu）土：一捧之土。极言其少。

③二毛：斑白的头发。

驰①，五马渡②楼船飞滚。江东应须夷吾③镇，清谈怎消南朝恨，少不得努力同捐衰病身。

（末）老先生不必深忧，左良玉系侯司徒旧卒，昨已发书劝止，料无不从者。（外）学生亦闻此举虽出熊司马之意，实皆年兄之功也。（副净）这倒不知；只闻左兵之来，实有暗里勾之者。（外）是那个？（副净）就是敝同年侯恂之子侯方域。（外）他也是敝世兄，在复社中铮铮有声④，岂肯为此？（副净）老公祖⑤不知，他与左良玉相交最密，常有私书往来；若不早除此人，将来必为内应。（净）说的有理，何惜一人，致陷满城之命乎？（外）这也是莫须有之事，况阮老先生罢闲之人，国家大事也不可乱讲。（别介）请了，正是"邪人无正论，公议总私情"。（下）（副净指恨介）（向净介）怎么史道邻⑥就拂衣而去，小弟之言凿凿有据；闻得前日还托柳麻子去下私书的。（末）这太屈他了，敬亭之去，小弟所使，写书之时，小弟在傍；倒亏他写的恳切，怎反疑起他来？（副净）龙友不知，那书中都有字眼暗号，人那里晓得？（净点头介）是呀，这样人该杀的，小弟回去，即着人访拿。（向末介）老妹丈，就此同行罢。（末）请舅翁先行一步，小弟随后就来。（副净向净介）小弟与令妹丈不啻同胞，

---

①幕府山蜡檄星驰：形容南京军情紧急。幕府山，地名，在今江苏南京市北，北临长江，形势险要，东晋、南朝时为建康门户。相传晋元帝渡江后，丞相王导建幕府于此，因以为名。蜡檄，封在蜡丸中的檄文。

②五马渡：地名，在今江苏南京市西北。相传为西晋末年晋元帝与彭城等五王南渡长江登岸处。

③夷吾：指管仲。

④铮铮有声：比喻为人正直，名声很好。铮铮，象声词，指金属相击声。

⑤老公祖：明清官场中对地方长官的尊称。阮大铖是怀宁人，马士英任凤阳督抚，管辖怀宁，因此阮大铖称他"老公祖"。

⑥史道邻：指史可法。

常道及老公祖垂念，难得今日会着。小弟有许多心事，要为竟夕之谈。不知可否？（净）久荷高雅，正要请教。（同下）（末）这是那里说起！侯兄之素行虽未深知，只论写书一事呵。

【三段子】这冤怎伸，硬叠成曾参杀人①；这恨怎吞，强书为陈恒弑君②。不免报他一信，叫他趁早躲避。（行介）眠香占花风流阵，今宵正倚熏笼③困，那知打散鸳鸯金弹狠。

　　来此是李家别院，不免叫门。（敲门介）（内吹唱介）（净扮苏昆生上）是那个？（末）快快开门！（净开门见介）原来是杨老爷，天色已晚，还来闲游。（末认介）你是苏昆老。（问介）侯兄在那里？（净）今日香君学完一套新曲，都在楼上听他演腔。（末）快请下楼！（净入唤介）（小旦、生、旦出介）（生）浓情人带酒，寒夜帐笼花。杨兄高兴，也来消夜。（末）兄还不知，有天大祸事来寻你了。（生）有何祸事，如此相吓？（末）今日清议堂议事，阮圆海对着大众，说你与宁南有旧，常通私书，将为内应。那些当事诸公，俱有拿你之意。（生惊介）我与阮圆海素无深仇，为何下这毒手。（末）想应却奁一事，太激烈了，故此老羞变怒耳。（小旦）事不宜迟，趁早高飞远遁，不要连累别人。（生）说的有理。（愁介）只是燕尔新婚，如何舍得。（旦正色介）官人素以豪杰自命，为何学

---

①曾参杀人：《战国策·秦策二》记载："费人有与曾子同名族者而杀人。人告曾子母曰：'曾参杀人。'曾子之母曰：'吾子不杀人。'织自若。有顷焉，人又曰：'曾参杀人。'其母尚织自若也。顷之，一人又告之曰：'曾参杀人。'其母惧，投杼逾墙而走。夫以曾参之贤与母之信也，而三人疑之，则慈母不能信也。"后来用"曾参杀人"比喻流言可畏或诬枉之祸。

②陈恒弑君：春秋时齐国大臣陈恒，因君主无道，被迫弑君，《春秋·哀公十四年》只记载"齐人弑其君"。后来以"陈恒弑君"表示代人受过。

③熏笼：一种覆盖于火炉上供熏香、烘物和取暖用的器物。

儿女子态。（生）是，是，但不知那里去好？

【滴溜子】双亲在，双亲在，信音未准；烽烟起，烽烟起，梓桑①半损。欲归，归途难问。天涯到处迷，将身怎隐。歧路穷途，天暗地昏。

（末）不必着慌，小弟倒有个算计。（生）请教！（末）会议之时，漕抚史可法、凤抚马舅俱在坐。舍舅语言甚不相为②，全亏史公一力分豁③，且说与尊府原有世谊的。（生想介）是，是，史道邻是家父门生。（末）这等何不随他到淮，再候家信。（生）妙，妙！多谢指引了。（旦）待奴家收拾行装。（旦束装介）

【前腔】欢娱事，欢娱事，两心自忖④；生离苦，生离苦，且将恨忍，结成眉峰一寸。香沾翠被池，重重束紧。药裹巾箱，都带泪痕。

（丑上，挑行李介）（生别旦介）暂此分别，后会不远。（旦弹泪介）满地烟尘，重来亦未可必也。

【哭相思】离合悲欢分一瞬，后会期无凭准。（小旦）怕有巡兵踪迹，快行一步罢。（生）吹散俺西风太紧，停一刻无人肯。

（生）但不知史漕抚寓在那厢。（净）闻他来京公干，常寓市隐园，待我送官人去。（生）这等多谢。（生、净、丑急下）（小旦）这桩祸事，

---

①梓（zǐ）桑：即桑梓，比喻故乡。
②相为：相助；相护。
③分豁（huò）：分解；开脱。
④自忖（cǔn）：自我忖量、思考。

都从杨老爷起的,也还求杨老爷归结①。明日果来拿人,作何计较②?

(末)贞娘放心,侯郎既去,都与你无干了。

(末)人生聚散事难论,(旦)酒尽歌终被尚温。

(小旦)独照花枝眠不稳,(末)来朝风雨掩重门。

## 第十三出　哭主

甲申三月

(副净扮旗牌官③上)汉阳烟树隔江滨,影里青山画里人,可惜城西佳绝处,朝朝遮断马头尘。在下宁南帅府一个旗牌官的便是,俺元帅收复武昌,功封侯爵。昨日又奉新恩,加了太傅之衔;小爷左梦庚④,亦挂总兵之印,特差巡按御史黄澍老爷到府宣旨。今日九江督抚袁继咸老爷,又解粮三十船,亲来给发。元帅大喜,命俺设宴黄鹤楼,请两位老爷饮酒看江。(望介)遥见晴川树底,芳草洲边,万姓欢歌,三军嬉笑,好一段太平景象也。远远喝道⑤之声,元帅将到,不免设起席来。(台上挂黄鹤楼匾)(副净设席安座介)(杂扮军校旗仗鼓吹引导)(小生扮左良玉戎装上)

【声声慢】逐人春色,入眼晴光,连江芳草青青。百尺楼高,吹笛

---

① 归结:了结。
② 计较:计策;打算;主张。
③ 旗牌官:负责传递号令等的军吏。
④ 左梦庚:左良玉之子。左良玉死后,部下推举他为统帅,后投降清朝。
⑤ 喝道:旧时官员出行,前列仪仗及卫士导引传呼,令行人回避,谓之喝道。

落梅风景。领着花间小乘,载行厨,带缓衣轻;便笑咱将军好武,也爱儒生。

咱家左良玉,今日设宴黄鹤楼,请袁、黄两公饮酒看江,只得早候。(吩咐介)大小军卒楼下伺候。(众应下)(作登楼介)三春云物归胸次,万里风烟到眼中。(望介)你看浩浩洞庭,苍苍云梦,控西南之险,当江汉之冲;俺左良玉镇此名邦,好不壮哉!(坐呼介)旗牌官何在?(副净跪介)有。(小生)酒席齐备不曾?(副净)齐备多时了。(小生)怎么两位老爷还不见到?(副净)连请数次,袁老爷正在江岸盘粮,黄老爷又往龙华寺拜客,大约傍晚才来。(小生)在此外候,岂不困倦。叫左右速接柳相公上楼,闲谈拨闷。(杂跪禀介)柳相公现在楼下。(小生)快请。(杂请介)(丑扮柳敬亭上)气吞云梦泽,声撼岳阳楼。(见介)(小生)敬亭为何早来了。(丑)晚生知道元帅闷坐,特来奉陪的。(小生)这也奇了,你如何晓得。(丑)常言"秀才会课①,点灯告座"。天生文官,再不能爽快的。(小生笑介)说的有理。(指介)你看天才午转,几时等到点灯也。(丑)若不嫌聒噪②呵,把昨晚说的"秦叔宝见姑娘",再接上一回罢。(小生)极妙了。(问介)带有鼓板么?(丑)自古"官不离印,货不离身",老汉管着做甚的。(取出鼓板介)(小生)叫左右泡开岕片③,安下胡床。咱要纱帽隐囊④,清谈消遣哩。(杂设床、泡茶,小生更衣坐,杂捶背搔痒介)(丑旁坐敲鼓板说书介)大江滚滚浪东流,淘尽兴亡古渡头;屈指英雄无半个,从来遗恨是荆州。按下新诗,还提旧话。且

---

①会课:文人结社,定期集会,研习功课,传观所作文字。
②聒噪(guō zào):说话琐碎,声音喧闹,令人烦躁。
③岕(jiè)片:即岕茶,产于浙江省长兴县境内的罗岕山,因此得名,为茶中上品。
④隐囊:供人倚凭的软囊。类似今天的靠枕、靠褥之类。

说人生最难得的是乱离之后,骨肉重逢。总是地北天南,时移物换,经几番凶荒战斗,怎免得梗泛萍漂。可喜秦叔宝解到罗公帅府,枷锁连身,正在候审;遇着嫡亲姑娘,卷帘下阶,抱头大哭。当时换了新衣,设席款待,一个候死的囚徒,登时上了青天。这叫做"运去黄金减价,时来顽铁生光"。(拍醒木介)(小生掩泪介)咱家也都经过了。(丑)再说那罗公问及叔宝的武艺,满心欢喜,特地要夸其本领,即日放炮传操。下了教场,雄兵十万,雁翅排开。罗公独坐当中,一呼百诺,掌着生杀之权。秦叔宝站在旁边,点头赞叹,口里不言,心中暗道:大丈夫定当如此!(拍醒木介)(小生作骄态,笑介)俺左良玉也不枉为人一世矣。(丑)那罗公眼看叔宝,高声问道:"秦琼,看你身材高大,可曾学些武艺么?"叔宝慌忙跪下,应答如流:"小人会使双锏①。"罗公即命家人,将自己用的两条银锏,抬将下来。那两条银锏,共重六十八斤,比叔宝所用铁锏,轻了一半。叔宝是用过重锏的人,接在手中,如同无物。跳下阶来,使尽身法,左轮右舞,恰似玉蟒缠身,银龙护体。玉蟒缠身,万道毫光台下落;银龙护体,一轮月影面前悬。罗公在中军帐里,大声喝采道:"好呀!"那十万雄兵,一齐答应。(作喊介)如同山崩雷响,十里皆闻。(拍醒木介)(小生照镜镊鬓介)俺左良玉立功边塞,万夫不当,也是天下一个好健儿。如今白发渐生,杀贼未尽,好不恨也。(副净上)禀元帅爷,两位老爷俱到楼了。(丑暗下)(小生换冠带、杂撤床排席介)(外扮袁继咸,末扮黄澍,冠带喝道上)(外)长湖落日气苍茫,黄鹤楼高望故乡。(末)吹笛仙人称地主,临风把酒喜洋洋。(小生迎揖介)二位老先生俯临敝镇,曷胜②光荣;聊设杯酒,同看春江。(外、末)久钦威望,喜近节麾,

---

① 锏(jiǎn):古代的一种兵器,像鞭,四棱。
② 曷胜:何胜。用反问语气表示不胜。

高楼盛设，大快生平。（安席坐，斟酒欲饮介）（净扮塘报人①急上）忙将覆地翻天事，报与勤王救主人。禀元帅爷，不好了，不好了！（众惊起介）有甚么紧急军情，这等喊叫？（净急白介）禀元帅爷：大伙流贼②北犯，层层围住神京；三天不见救援兵，暗把城门开禁。放火焚烧宫阙，持刀杀害生灵。（拍地介）可怜圣主好崇祯，（哭说介）缢死煤山树顶。（众惊问介）有这等事，是那一日来？（净喘介）就是这、这、这三月十九日。（众望北叩头，大哭介）（小生起，搓手跳哭介）我的圣上呀！我的崇祯主子呀！我的大行皇帝呀！孤臣左良玉，远在边方，不能一旅勤王，罪该万死了。

【胜如花】高皇帝在九层③，不管亡家破鼎，那知他圣子神孙，反不如飘蓬断梗。十七年忧国如病，呼不应天灵祖灵，调不来亲兵救兵；白练无情，送君王一命。伤心煞煤山私幸，独殉了社稷苍生，独殉了社稷苍生！

（众又大哭介）（外摇手喊介）且莫举哀，还有大事相商。（小生）有何大事？（外）既失北京，江山无主，将军若不早建义旗，顷刻乱生，如何安抚。（末）正是。（指介）这江汉荆襄，亦是西南半壁，万一失守，恢复无及矣。（小生）小弟滥握兵权，实难辞责，也须两公努力，共保边疆。（外、末）敢不从事。（小生）既然如此，大家换了白衣，对着大行皇帝在天之灵，恸哭拜盟一番。（唤介）左右可曾备下缞衣④么？（副净）一时不能备及，暂借附近民家素衣三领，白布三条。（小生）也罢，且穿

---

①塘报人：专职传递紧急军情报告的人。
②流贼：指李自成起义军。
③九层：旧称皇帝死叫"升遐"，即升天，"九层"即九重天。
④缞（cuī）衣：古代用粗麻布制成的丧服。

戴起来。（吩咐介）大小三军，亦各随拜。（小生、外、末穿衣裹巾介）（领众齐拜，举哀介）我那先帝呀。

【前腔】（合）宫车出①，庙社倾，破碎中原费整。养文臣帷幄无谋，蓄武夫疆场不猛；到今日出残水剩，对大江月明浪明，满楼头呼声哭声。（又哭介）这恨怎平，有皇天作证；从今后戮力奔命②，报国仇早复神京，报国仇早复神京。

（小生）我等拜盟之后，义同兄弟；临侯督师，仲霖监军，我左昆山操兵练马，死守边方。倘有太子诸王，中兴定鼎，那时勤王北上，恢复中原，也不负今日一番义举。（外、末）领教了。（副净禀介）禀元帅，满城喧哗，似有变动之意，快请下楼，安抚民心。（俱下楼介）（小生）二位要向那里去？（外）小弟还回九江。（末）小弟要到襄阳。（小生）这等且各分手，请了。（别介）（小生呼介）转来，若有国家要事，还望到此公议。（外、末）但寄片纸，无不奔赴。请了。（外、末下）（小生）呵呀呀！不料今日天翻地覆，吓死俺也！

飞花送酒不曾擎，片语传来满座惊。
黄鹤楼中人哭罢，江昏月暗夜三更。

## 第十四出　阻奸

甲申四月

【绕地游】（生上）飘飖家舍，怎把平安写，哭苍天满喉新血。国仇

---

①宫车出：帝王死亡的委婉说法。
②奔命：奔走应命。

桃花扇 | 271

未雪，乡心难说，把闲情丢开后些。

　　小生侯方域，自去冬仓皇避祸，夜投史公，随到淮安漕署，不觉半载。昨因南大司马熊公内召，史公即补其缺，小生又随渡江。亏他重俺才学，待同骨肉。正思移家金陵，不料南北隔绝。目今议立纷纷，尚无定局，好生愁闷。且候史公回衙，一问消息。（暂下）

【三台令】（外扮史可法忧容，丑扮长班随上）山河今日崩竭，白面谈兵掉舌①；弈局②事堪嗟，望长安谁家传舍③。

　　下官史可法，表字道邻，本贯河南，寄籍燕京。自崇祯辛未，叨④中进士，便值中原多故，内为曹郎⑤，外作监司⑥，扬历⑦十年，不曾一日安枕。今由淮安漕抚升补南京兵部尚书。那知到任一月，遭此大变；万死无裨，一筹莫展。幸亏长江天险，护此留都。但一月无君，人心惶惶，每日议立议迎，全无成说。今日操兵江上，探得北信，不免请出侯兄，大家快谈。（丑）侯爷，有请。（生上见介）请问老先生，北信若何？（外）今日得一喜信，说北京虽失，圣上无恙，早已航海而南；太子亦间道东奔，未知果否？（生）果然如此，苍生之福也。（小生扮差役上）朝廷无诏旨，将相有传闻。（到门介）门上有人么？（丑问介）那里来的？（小生）是凤抚衙门来的，有马老爷候札⑧，即讨回书。（丑）待我传上去。（入见介）

---

①白面谈兵掉舌：此句指那些白面书生只会对时局空发议论。
②弈局：此处指时局。
③望长安谁家传舍：此句借指北京不知换了谁做主人。
④叨（tāo）：常用作谦词，表示承受之意。
⑤曹郎：部属各司的官吏。
⑥监司：负有监察之责的官吏。
⑦扬历：显扬贤者居官的治绩，后多指仕宦的经历。
⑧候札：立等回信的书札。

禀老爷,凤抚马老爷差人投书。(外拆看,皱眉介)这个马瑶草,又讲甚么迎立之事了。

【高阳台】清议堂中,三番公会,攒眉仰屋蹴靴;相对长吁,低头不语如呆。堪嗟!军国大事非轻举,俺纵有庙谟①难说。这来书谋迎议立,邀功情切。

(问生介)看他书中意思,属意福王。又说圣上确确缢死煤山,太子奔逃无踪。若果如此,俺纵不依,他也竟自举行了。况且昭穆伦次,立福王亦无大差。罢,罢,罢!答他回书,明日会稿,一同列名便了。(生)老先生所言差矣。福王分藩散乡,晚生知之最详,断断立不得。(外)如何立不得?(生)他有三大罪,人人俱知。(外)那三大罪?(生)待晚生数来:

【前腔】福邸藩王,神宗骄子,母妃郑氏淫邪。当日谋害太子,欲行自立,若无调护良臣,几将神器夺窃。(外)此一罪却也不小。(问介)还有那一罪?(生)骄奢,盈装满载分封去,把内府金钱偷竭。昨日寇逼河南,竟不舍一文助饷;以致国破身亡,满宫财宝,徒饱贼囊。(外)这也算的一大罪。(问介)那第三大罪呢?(生)这一大罪,就是现今世子②德昌王,父死贼手,暴尸未葬,竟忍心远避。还乘离乱之时,纳民妻女。这君德全亏尽丧,怎图皇业。

(外)说的一些不差,果然是三大罪。(生)不特③此也,还有五不可

---

①庙谟(mó):此处指大臣为帝王进行的谋划。
②世子:太子,帝王和诸侯的嫡长子。
③特:只。

立。（外）怎么又有五不可立？

**【前腔】**（生）第一件，**车驾存亡，传闻不一，天无二日同协**①。第二件，圣上果殉社稷，尚有太子监国，为何**明弃储君，翻寻枝叶旁牒**②。第三件，这中兴之主，原不必拘定伦次的**分别，中兴**③**定霸如光武，要访取出群英杰**。第四件，**怕强藩乘机保立**。第五件，又恐小人呵，**将拥戴功挟**。

（外）是，是，世兄高见，虑的深远。前日见副使雷缙祚、礼部周镳，都有此论，但不及这番透彻耳。就烦世兄把这三大罪、五不可立之论，写书回他便了。（生）遵命。（点烛写书介）（副净扮阮大铖，杂扮家僮提灯上）须将奇货归吾手，莫把新功让别人。下官阮大铖，潜往江浦，寻着福王，连夜回来，与马士英倡议迎立。只怕兵部史可法临时掣肘④。今日修书相商，还恐不妥，故此昏夜叩门，与他细讲。（见小生介）你早来下书，如何还不回去。（小生）等候回书，不见发出。（喜介）阮老爷来的正好，替小人催一催。（杂）门上大叔那里？（丑）是那个？（副净见，作足恭⑤介）烦位下⑥通报一声，说裤子裆里阮，求见老爷。（丑诨介）裤子裆里软，这可未必。常言"十个胡子九个骚"，待我摸一摸，果然软不软。（副净）休得取笑，快些方便罢。（丑）天色已晚，老爷安歇了，怎敢乱传。（副净）有要话商议，定求一见的。（丑）待我传上去。（进禀

---

①天无二日同协：此句指国无二主。
②枝叶旁牒：指宗族旁支的谱牒。
③中兴：特指恢复并非由本人失去的帝位。
④掣（chè）肘：从旁牵制。掣，拉，拽。
⑤足恭：亦作"足共"。过度谦敬，以取媚于人。
⑥位下：对官宦人家守门者的敬称。

介）禀老爷，有裤子裆里阮，到门求见。（外）是那个姓阮的？（生）在裤子裆里住，自然是阮胡子。（外）如此昏夜，他来何干？（生）不消说，又是讲迎立之事了。（外）去年在清议堂诬陷世兄的便是他。这人原是魏党，真正小人，不必理他，叫长班①回他罢了。（丑出，怒介）我说夜晚了，不便相会，果然惹个没趣。请回罢！（副净拍肩介）位下是极在行②的，怎不晓得。夜晚来会，才说的是极有趣的话哩；那青天白日，都是些扫帐儿③。（丑）你老说的有理，事成之后，随封④都要双分的。（副净）不消说，还要加厚些。（丑）既是这等，待我再传。（进禀介）禀老爷，姓阮的定求一见，要说极有趣的话。（外）哇，放屁！国破家亡之时，还有甚么趣话说！快快赶出，闭上宅门。（丑）凤抚回书尚未打发哩。（生）书已写就，求老先生过目。（外读介）

【前腔】二祖列宗，经营垂创，吾皇辛苦力竭。一旦倾移，谁能重续灭绝。详列：福藩罪案三桩大，五不可、势局当歇。再寻求贤宗雅望⑤，去留先决。

（外）写的明白，料他也不敢妄动了。（吩咐介）就交与凤抚家人，早闭宅门，不许再来啰唣⑥。（起介）正是江上孤臣生白发，（生）灯前旅客罢冰弦⑦。（外、生下）（丑出呼介）马老爷差人呢？（小生）有。（丑）领了回书，快快出去，我要闭门哩。（小生接书介）还有阮老爷要见，怎

---

①长班：仆人。
②在行（háng）：内行。对某事、某行业了解底细且有经验。
③扫帐儿：即"帐零头"，付钱时抹去的零头，指不相干的闲言碎语。
④随封：封包，赏钱。
⑤贤宗雅望：指宗室里贤德而有名望之人。
⑥啰唣（zào）：叫闹；纠缠。
⑦冰弦：琴弦的美称。传说中有用冰蚕丝做的琴弦，故称。

么就闭门？（副净向丑介）正是，我方才央过求见老爷的，难道忘了。（丑伴问介）你是谁呀？（副净）我便是裤子裆里阮哪。（丑）啐！半夜三更，只管软里硬里，奈何的人不得睡。（推介）好好的去罢。（竟闭门入介）（小生）得了回书，我先去了。（下）（副净恼介）好可恶也，竟白闭门不纳了。（呆介）罢了！俺老阮十年之前，这样气儿也不知受过多少，且自耐他。（搓手介）只是当前机会，不可错过。这史可法现掌着本兵之印，如此执拗起来，目下迎立之事，便行不去了，这怎么处？（想介）呸！我到呆气①了，如今皇帝玉玺且无下落，你那一颗部印有何用处。（指介）老史，老史，一盘好肉包掇上门来，你不会吃，反去让了别人，日后不要见怪。正是：

穷途才解阮生嗟②，无主江山信手拿。

奇货居来随处赠，不知福分在谁家。

## 第十五出　迎驾

甲申四月

【番卜算】（净扮马士英冠带上）一旦神京失守，看中原逐鹿交走。捷足争先，拜相与封侯，凭着这拥立功大权归手。

下官马士英，别字瑶草，贵州贵阳卫人也，起家万历己未进士，现任凤阳督抚。幸遇国家多故，正我辈得意之秋。前日发书约会史可法，同迎福王。他回书中有"三大罪、五不可立"之言。阮大铖走去面商，他又

---

①呆气：傻气。愚蠢、糊涂的样子。
②阮生嗟：借指身处穷途而绝望悲伤。阮生，指阮籍。

闭门不纳。看来是不肯行的了。但他现握着兵权，一倡此论，那九卿①班里，如高弘图、姜曰广、吕大器、张国维等，谁敢竟行。这迎立之事，便有几分不妥了。没奈何，又托阮大铖约会四镇武臣②，及勋戚内侍，未知如何，好生焦躁。（副净扮阮大铖急上）胸有已成之竹，山无难劈之柴。此是马公书房，不免竟入。（净见问介）圆老回来了，大事如何？（副净）四镇武臣见了书函，欣然许诺，约定四月念③八，全备仪仗，齐赴江浦矣。（净）妙，妙！那高黄二刘，如何说来？（坐介）

【催拍】（副净）他说受君恩爵封列侯，镇江淮千里借筹④；神京未收，神京未收，似我辈滥功糜饷，建牙堪羞。江浦迎銮⑤，愿领貔貅⑥，扶新主持节⑦复仇。临大事，敢夷犹⑧。

（净）此外还有何人肯去？（副净）还有魏国公徐鸿基，司礼监韩赞周，吏科给事李沾，监察御史朱国昌。（净）勋、卫、科、道，都有个把，也就好了。他们都怎么说来？

---

①九卿：古代中央政府的九个高级官职。
②武臣：主管军事的官员。"四镇武臣"即下文的"高黄二刘"，指刘泽清、黄得功、刘良佐、高杰四人。
③念："廿"（niàn）的大写，表示二十。
④借筹：指替人谋划。
⑤迎銮（luán）：迎接天子的车驾。銮，古代帝王的车驾上有銮铃，故亦作帝王车驾的代称。
⑥貔貅（pí xiū）：原本为猛兽名，这里比喻勇猛的军士或军队。
⑦持节：古代使臣奉命出行，必执符节以为凭证。这里指奉命。
⑧敢夷犹："敢"，谦词，"不敢"的简称；夷犹，亦作"夷由"，指犹豫，迟疑不前。

【前腔】（副净）他说马中丞当先出头，众公卿谁肯逗留①。职名②早投，职名早投，大家去上书陈表，拥入皇州。新主中兴，拜舞龙楼，将今日劳苦功酬，迁旧秩③，壮新猷④。

（净）果然如此，妙的狠了。只是一件，我是一个外吏，那几个武臣勋卫，也算不得部院卿僚，目下写表如何列名？（副净）这有甚么考证，取本《缙绅便览》⑤来，从头抄写便了。（净）虽说如此，万一驾到，没有百官迎接，我们三五个官，如何引进朝去？（副净）我看满朝诸公，那个是有定见的。乘舆一到，只怕递职名的还挨挤不上哩。（净）是，是！表已写就，只空衔名，取本缙绅来，快快开列。（外扮书办⑥取缙绅上）西河沿洪家高头便览在此。（下）（副净）待我抄起来。（偏头远视介）表上字体，俱要细楷的，目昏难写，这怎么处？（想介）有了。（腰内取出眼镜戴，抄介）"吏部尚书臣高弘图"。（作手颤介）这手又颤起来了，目下等着起身，一时写不出，急杀人也。（净）还叫书办写去罢。（副净）这姓名里面都有去取，他如何写得。（净）你指示明白，自然不错了。（叫介）书办快来。（外上）（副净照缙绅指点向外介）（外下）（净）自古道"中原逐鹿，捷足先得"，我们不可落他人之后。快整衣冠，收拾箱包，今日务要出城。（丑扮长班收拾介）（副净问介）请问老公祖，小弟怎生打扮？（净）迎驾大典，比不得寻常私谒，俱要冠带才是。（副净）小弟

---

①逗留：延误，耽误。
②职名：书写官衔和姓名的名帖。亦泛指名刺。
③秩：古代官职级别。
④猷（yóu）：功业，功绩。
⑤《缙绅便览》：即缙绅录。
⑥书办：管办文书的属吏，亦泛指掌管文书翰墨的人。

原是废员,如何冠带?(净)正是。(想介)没奈何,你且权充个赉①表官罢,只是屈尊些儿。(副净)说那里话,大丈夫要立功业,何所不可,到这时候还讲刚方么。(净笑介)妙,妙,才是个软圆老。(副净换差吏服色介)

【前腔】拚②余生寒灰已休,喜今朝涸海更流;金鳌③上钩,金鳌上钩,好似太公一钓,享国千秋。牛马风尘,暂屈何忧,刀笔吏④丞相根由;人笑骂,我不羞。

(外上)表已列名,老爷过目。(副净看介)果然一些不差,就包裹好了,装入箱中。(外包裹装箱内介)(副净)下官只得背起来了。(外、丑与副净绑箱背上介)(净看,笑介)圆老这件功劳却也不小哩。(副净正色介)不要取笑,日后画在凌烟阁⑤上,倒有些神气的。(丑牵马介)天色将晚,请老爷上马。(净吩咐介)这迎驾大事,带不的多人,只你两个跟去罢。(副净)便益⑥你们,后日都要议叙⑦的。(俱上马,急走绕场介)

---

①赉(lài):赐予,给予。
②拚(pàn):舍弃,不顾惜。
③金鳌(áo):神话中海中的金色巨龟。
④刀笔吏:亦作"刀笔",执掌文案的官吏。此句化用汉代萧何的故事,萧何在秦代本是个刀笔吏,后来辅佐汉高祖刘邦统一天下,成为汉代的开国丞相。
⑤凌烟阁:古代帝王纪念功臣的地方。唐太宗贞观十七年画功臣像于凌烟阁之事最著名。
⑥便益:方便;便利。
⑦议叙:清制对考绩优异的官员,交部核议,奏请给予加级、记录等奖励。这里指论功封赏。

【前腔】(合)趁斜阳南山雨收,控青骢烟驿水邮,金鞭急抽,金鞭急抽,早见浦江①云气,楚尾吴头。应运英雄,虎赴龙投,恨不的双翅飕飕,银烛下,拜冕旒②。

(净)叫左右早去寻下店房。(副净)阿呀!我们做的何事,今日还想安歇,快跑快跑!(加鞭跑介)

(净)江云山气晚悠悠,(副净)马走平川似水流。

(净)莫学防风③随后到,(副净)涂山明日会诸侯。

# 第十六出　设朝

甲申五月

【念奴娇】(小生扮弘光衮冕④,小旦、老旦扮二监引上)高皇⑤旧宇,看宫门殿阁,重重初敞。满目飞腾新紫气,倚着钟山⑥千丈。祖德重光,民心合仰,迎俺青天上。云消帘卷,东南烟景雄壮。

一朵黄云捧御床,醒来魂梦自彷徨;中兴不用亲征战,才洗尘颜着衮裳。寡人乃神宗皇帝之孙,福邸亲王之子,自幼封为德昌郡王。去年贼陷

---

①浦江:此指长江浦口,当时福王避难至淮安,被四镇迎接到浦口。

②冕旒(liú):专指皇冠,借指皇帝、帝位。旒,古代帝王礼帽前后悬垂的玉串。

③防风:古代传说中部落酋长名。传说禹在涂山召集诸侯,防风氏最后到,被禹所杀。

④弘光:福王朱由崧在南京即位后改元弘光,这里指福王。衮(gǔn)冕:衮衣和冕,指古代帝王的礼服和礼冠。

⑤高皇:指明太祖。

⑥钟山:指南京城东的紫金山。

清宣统三年炼石斋书局石印本《桃花扇》图

河南，父王殉国，寡人逃避江浦，九死余生；不料北京失守，先帝升遐①，南京臣民推俺为监国之主。今乃甲申年五月初一日，早谒孝陵回宫，暂御偏殿，看百官有何章奏。（外扮史可法，净扮马士英，末扮黄得功，丑扮刘泽清，文武袍笏上）再见冠裳盛，重瞻殿阁高；金瓯仍未缺，玉烛又新调。我等文武百官，昨日迎銮江浦，今早陪位孝陵；虽投职名，未称朝贺②，礼当恭上表文③，请登大宝④。（众前跪上表介）南京吏部尚书臣高弘图等，恭请陛下早正大位，改元⑤听政，以慰臣民之望，恭惟陛下呵。

【本序】潜龙福邸，望扬扬，貌似神宗，嫡派天潢⑥。久着仁贤声誉重，中外推戴陶唐⑦。瞻仰，牒出金枝，系连花萼⑧，宜承大统诸宗长。臣伏愿登庸御宇⑨，早继高堂。

（四拜介）（小生）寡人外藩衰宗，才德凉薄，俯顺臣民之请，来守高帝之宫。君父含冤，大仇未报，有何面颜，忝然⑩正位。今暂以藩王监国，仍称崇祯十七年，一切政务，照常办理。诸卿勿得谆请⑪，以重

---

①先帝：指崇祯皇帝。升遐：帝王去世的委婉说法。
②朝贺：朝觐庆贺。
③表文：上呈帝王的文书。
④大宝：指帝王之位。
⑤改元：君主改用新年号纪年。新君即位后，不再使用旧君纪年的年号，而以新君即位的第二年为元年，因此称"改元"。
⑥天潢：皇族，帝王后裔。
⑦推戴：推举拥戴。陶唐：古代传说中的圣主，后指称贤明的帝王。
⑧"牒出金枝"二句：指福王是皇家的亲族，有资格继承皇位。
⑨登庸御宇：指登帝位，治天下。
⑩忝（tiǎn）然：无耻地；不知羞愧地。
⑪谆请：再三恳请。

寡人之罪。

【前腔】休强,中原板荡①,叹王孙乞食江头,栖止榛莽②。回首尘沙何处去,洛下名园花放。盼望,兵燹③难消,松楸④多恙,鼎湖弓剑无人葬⑤;吾怎忍垂旒正冕,受贺当阳⑥。

(众跪呼介)万岁,万万岁!真仁君圣主之言,臣等敢不遵旨。但大仇不当迟报,中原不可久失,将相不宜缓设,谨具题本⑦,伏候裁决。
(上本介)

【前腔】开朗,中兴气象,见罘罳⑧瑞霭祥云,王业重创。不共天仇,从此后尝胆眠薪休忘。参想,收复中原,调燮黄阁,急须封拜

---

①板荡:《板》和《荡》都是《诗经·大雅》中讥刺周厉王昏庸无道而导致国家败坏、社会动乱的诗篇。后来用"板荡"形容政局混乱或社会动荡。
②"叹王孙乞食江头"二句:杜甫《哀王孙》诗篇中描写"安史之乱"时都城长安沦陷,众王孙在荆棘底下四处逃窜,无家可归的情景。这里用来形容明末皇族的狼狈处境。
③兵燹(xiǎn):因战乱而造成的焚烧破坏等灾害,泛指兵灾。
④松楸(qiū):松树与楸树,墓地多植,因以代称坟墓。这里指皇家陵园。
⑤鼎湖弓剑无人葬:此句指崇祯皇帝在煤山自杀后,没有人去埋葬。古代传说黄帝在鼎湖乘龙升天,后来人们用"鼎湖"指帝王驾崩。
⑥当阳:指帝王登位。
⑦题本:明清时的一种奏章。
⑧罘罳(fú sī):宫殿里的屏风。

卜忠亮①；还缺少百官庶士，乞选才良。

（小生）览卿题本，汲汲②以报仇复国为请，俱见忠悃③。至于设立将相，寡人已有成议，众卿听着：

【前腔】职掌，先设将相，论麒麟画阁④功劳，迎立为上。捧表江头，星夜去拥着乘舆仪仗。寻访，加体黄袍⑤，嵩呼⑥拜舞，百忙难把玺符⑦让。今日里论功叙赏，文武谁当。

众卿且退，午门候旨。（小生、内官随下）（外、净、末、丑退班立介）（外）若论迎立之功，今日大拜，自然让马老先生了。（净）下官风尘外吏，焉能越次而升。若论国家用武之际，史老先生现居本兵，理当大拜。（向末、丑介）四镇实有护驾之劳，加封公侯，只在目下。（末、丑）皆赖恩帅提拔。（老旦扮内监捧旨上）圣旨下：凤阳督抚马士英，倡议迎立，功居第一，即升补内阁大学士，兼兵部尚书，入阁办事。吏部尚书高弘图、礼部尚书姜曰广、兵部尚书史可法，亦皆升补大学士，各兼本衔。

---

①"收复中原"三句：指选择忠正的人物做将帅、宰相，来收复中原，整顿内政。调燮（tiáo xiè），调和阴阳。古谓宰相能调和阴阳，治理国事，故以称宰相。黄阁，宰相办公之所。汉代丞相、太尉和汉以后的三公官署避用朱门，厅门涂黄色，以区别于天子。

②汲汲：表示心情急切。

③忠悃（kǔn）：忠诚，忠心。

④麒麟画阁：借指为国立功的大臣。汉宣帝时曾将霍光、苏武等十一个功臣的画像挂在麒麟阁上，以表扬其卓越的功勋。

⑤加体黄袍：指拥立皇帝。宋太祖赵匡胤原本为后周大将，他发动陈桥兵变，手下的将领们把黄袍披在他身上，请他出来做皇帝。

⑥嵩呼：汉元封元年春，武帝登嵩山，从祀吏卒皆闻三次高呼万岁之声。后来臣下祝颂帝王，高呼万岁，亦谓之"嵩呼"。

⑦玺（xǐ）符：天子所用的印信。

高弘图、姜曰广入阁办事,史可法着督师江北。其余部院大小官员,现任者,各加三级;缺员者,将迎驾人员,论功选补。又四镇武臣,靖南伯黄得功、兴平伯高杰、东平伯刘泽清、广昌伯刘良佐,俱进封侯爵,各归汛地。谢恩!(众谢恩介)万岁,万万岁!(起介)(外向末、丑介)老夫职居本兵,每以不能克复中原为耻,圣上命俺督师江北,正好戮力报效。今与列侯约定,于五月初十日,齐集扬州,共商复仇之事。各须努力,勿得迟延。(末、丑)是。(外)老夫走马到任去也。正是:重兴东汉逢明主,收复中原任老臣。(别众下)(末、丑欲下介)(净唤介)将军转来。(拉手话介)圣上录咱迎立之功,拜相封侯。我等皆系勋旧大臣,比不得别个。此后内外消息,须要两相照应,千秋富贵,可以常保矣。(末、丑)蒙恩携带,得有今日,敢不遵谕。(末、丑急下)(净笑介)不料今日做了堂堂首相,好快活也。(副净扮阮大铖探头瞧介)(净欲下介)且住,立国之初,诸事未定,不要叫高、姜二相夺了俺的大权。且慢回家,竟自入阁办事便了。(欲入介)(副净悄上作揖介)恭喜老公祖,果然大拜了。(净惊问介)你从那里来?(副净)晚生在朝房藏着,打听新闻来。(净)此系禁地,今日立法之始,你青衣小帽,在此不便,请出去罢。(副净)晚生有要紧话说。(附耳介)老师相叙迎立之功,获此大位;晚生赍表前往,亦有微劳,如何不见提起?(净)方才宣旨,各部院缺员,许将迎驾之人叙功选补矣。(副净喜介)好,好!还求老师相荐拔。(净)你的事何待谆嘱。(欲入介)(副净)事不宜迟,晚生权当班役,跟进内阁,看看机会何如。(净)学生初入内阁,未谙机务;你来帮一帮,也不妨事,只要小心着。(副净)晓得。(替净拿笏板随行介)

【赛观音】（净）旧黄扉，新丞相，喜一旦趾高气扬，廿四考中书①模样。（副净）莫忘辛勤老陪堂。

（净）殿阁东偏晓雾黄，（副净）新参知政气昂昂。

（净）过江同是从龙彦②，（副净）也步金阶抱笏囊。

## 第十七出　拒媒

甲申五月

【燕归梁】（末扮杨文骢冠带上）南朝领略风流尽，新立个妙龄君；清江③隔断浊烟尘，兰署④里买香熏。

下官杨文骢，因叙迎驾之功，补了礼部主事⑤。盟兄阮大铖，仍以光禄起用。又有同乡越其杰、田仰等，亦皆补官，同日命下，可称一时之盛。目下漕抚缺人，该推升田仰。适才送到聘金三百，托俺寻一美妓，要带往任所。我想青楼色艺之精，无过香君，不免替他问问。（唤介）长班走来。（杂扮长班上）胸中一部缙绅，脚下千条胡同。（见介）老爷有何使唤？（末）你快请清客丁继之，女客卞玉京，到我书房说话。（杂）禀

---

①廿四考中书：指唐代郭子仪。郭子仪任中书令甚久，在任时主持官吏的考绩，前后达二十四次，故有此称。这里马士英用郭子仪自比。

②过江同是从龙彦（yàn）：东晋王朝在江南建立后，中原名士纷纷过江相从。马士英借此表示自己和阮大铖都是拥立新皇帝的人。彦，古代指有才学、德行的人。

③清江：地名，即今江苏淮安市清江浦区。

④兰署：即兰台，汉代宫内收藏典籍之处，唐代指秘书省。这里借指礼部衙门。

⑤礼部主事：明代中央政府六部于所属各司置主事官，官阶从七品升为从六品。

老爷，小人是长班，只认的各位官府，那些串客①、表子，没处寻见。（末）听我吩咐：

【渔灯儿】闹端阳，正纷纭，水阁含春。便有那乌衣子弟②伴红裙，难道是织女牵牛天汉津③。（杂）就在那秦淮河房么，小人晓得了。（末指介）你望着枣花帘影杏纱纹，那壁厢款问殷勤。

（副净扮丁继之，外扮沈公宪，净扮张燕筑上）院里常留老白相，朝中新聘大陪堂。（副净）来此是杨老爷私宅，待我叫门。（叫介）位下那里？（杂出见介）众位何来？（副净）老汉是丁继之，同这沈、张两散友，求见杨老爷，烦位下通报一声。（杂喜介）正要去请，来的凑巧，待我通报。（欲入介）（老旦扮卞玉京，小旦扮寇白门，丑扮郑妥娘上）紫燕来何早，黄莺到已迟。（小旦叫介）三位略等一等，同进去罢。（副净）原来是你姊妹们。（净）你们来此何干？（丑）大家一样病根，你们怕做师父，我们怕做徒弟的。（俱入介）（末喜介）如何来的恰好。（众）无事不敢轻造，今日特来恳祈，尚容拜见。（俱叩头）（末拉起介）请坐，有何见教？（副净问介）新补光禄阮老爷不是杨老爷至交么？（末）正是。（副净）闻得新主登极，阮老爷献了四种传奇，圣心大悦，把《燕子笺》钞发总纲④，要选我们入内教演，有这话么？（末）果然有此盛举。（净）不

---

①串客：帮闲的清客。
②乌衣子弟：指出身贵族的年轻人。东晋时王导、谢安等贵族都住在南京乌衣巷，他们的子弟被称作乌衣子弟。
③难道是织女牵牛天汉津：此句是说那些清客、妓女不像织女和牛郎那样难找。
④总纲：戏曲术语，也称"总讲"或"脚本"。过去演员把自己的演唱方法记录下来，有唱词、科白、脚色齐全的，称为总纲；仅个人饰演角色的部分唱词科白的，则称为片或单篇。

瞒老爷说，我们两片唇，养着八张嘴。这一入内庭①，岂不"灭门绝户了一家儿"②？（丑）我们也是八张嘴，靠着两片皮哩。（末笑介）不必着忙，当差承应③，自有一班教坊男女；你们都算名士数里的，谁好拿你。（众）只求老爷庇护则个④。（末）明日开列姓名，送与阮圆海，叫他一概免拿便了。（众）多谢老爷。

【前腔】看一片秣陵春，烟水消魂，借着些笙歌裙屐⑤醉斜曛。若把俺尽数选入呵，**从此后江湖暮雨掩柴门，再休想白舫青帘载酒樽**。老爷果肯见怜，这功德不小，**保秦淮水软山温**。

（末）下官也有一事借重⑥。（副净）老爷有何见教？（末）舍亲田仰，不日就升漕抚，适才送到聘金三百，托俺寻一小宠⑦。（丑）让我去罢。（净）你去不得，你去了，这院中便散了板儿了。（丑）怎的便散了板儿了？（净）没人和我打钉了。（丑）啐！（副净）老爷意中可有一个人儿么？（末）人是有一个在这里，只要你去作伐⑧。（老旦）是那个？（末）便是李家的香君。（副净摇头介）这使不得。（末）如何使不得？（副净）他是侯公子梳栊过的。

---

①内庭：宫禁以内，即皇宫。
②灭门绝户了一家儿：出自《西厢记》第三本第一折，意指岂不断绝了一家人的生活。
③承应：指妓女、艺人应宫廷或官府之召表演侍奉。
④则个：语气助词，表示委婉或商量、解释的语气。
⑤笙歌裙屐：擅长笙歌的清客与歌妓。
⑥借重：用作请人帮忙的敬词。
⑦小宠：妾。
⑧作伐：做媒。《诗经·豳风·伐柯》："伐柯如何，匪斧不克；取妻如何，匪媒不得。"

【锦渔灯】现有个秦楼上吹箫的旧人,何处去觅封侯柳老三春①。留着他燕子楼②中昼闭门,怎教学改嫁的卓文君。

(末)侯公子一时高兴,如今避祸远去,那里还想着香君哩。但去无妨。(老旦)香君自侯郎去后,立志守节,不肯下楼,岂有嫁人之理,去也无益。

【锦上花】似一只雁失群,单宿水,独叫云,每夜里月明楼上度黄昏。洗粉黛,抛扇裙,罢笛管,歇喉唇,竟是长斋绣佛③女尼身,怕落了风尘。

(末)虽如此说,但有强如侯郎的,她自然肯嫁。(副净)香君之母,原是老爷厚人,倒是老爷面讲更好。(末)你是知道的,侯郎梳栊香君,原是下官作伐。今日觌面④,如何讲说,还烦二位走走,自有重谢。(净、外)这等我们也去走走。(小旦、丑)呸!皮肉行里经纪⑤,只许你们做么,俺也同去。(末)不必争闹,待他二位说不来时,你们再去。(众)是,是!辞过老爷罢。(末)也不远送了。狎客满堂消我闷,嫁衣终日为人忙。(下)(副净、老旦)杨老爷免了咱们差事,莫大的恩典哩。(外、净)正是。(副净)你四位先回,俺要到香君那边,替杨老爷说事去了。

---

①"现有个秦楼上吹箫的旧人"二句:指侯方域不知到何处求取功名,现已三春柳老,都没有回来。吹箫的旧人,指侯方域。
②燕子楼:楼名,在今江苏省徐州市。相传唐代贞元年间尚书张建封建燕子楼给爱妾关盼盼居住,张死后,盼盼念旧不嫁,独居此楼十余年。
③长斋绣佛:形容修行信佛。长斋,终年吃素;绣佛,刺绣的佛像。
④觌(dí)面:当面;见面。
⑤皮肉行里经纪:指妓院中的交易。

（丑）赚了钱不可偏背①，大家八刀②才好。（众诨下）（副净、老旦同行介）（副净）记得侯公子梳栊香君，也是我们帮衬来。

【锦中拍】想当初华筵盛陈，配才子佳人，排列着花林粉阵③，逐趁着筝声笛韵。如今又去帮衬别家，好不赧颜，似邮亭马厮④，迎官送宾。（老旦）我们不去何如。（副净）俺若不去呵，又怕他新铮铮春官匣印，硬选入秋宫院门⑤。（老旦）这等如之奈何？（副净）俺自有个两全之法，到那边款语⑥商量，柔情索问，做一个闲蜂蝶⑦花里混。

（老旦）妙，妙！（副净）来此已是，不免竟进。（唤介）贞娘出来。（旦上）空楼寂寂含愁坐，长日恹恹⑧带病眠。（问介）楼下那个？（老旦）丁相公来了。（旦望介）原来是卞姨娘同丁大爷光降⑨，请上楼来。（副净、老旦见介）令堂怎的不见？（旦）往盒子会里去了。（让介）请坐，献茶。（同坐介）（老旦）香君闲坐楼窗，和那个顽耍！（旦）姨娘不知：

---

①偏背：占先享用。
②八刀："分"的隐语。
③花林粉阵：比喻群集的美女。
④邮亭马厮：邮亭，驿馆；马厮，马夫的贱称。
⑤"又怕他新铮铮春官匣印"二句：春官，即礼部，杨文骢新任礼部主事，明代教坊司归礼部管辖，因此说怕他新任春官把她们硬选入宫去。
⑥款语：轻声细语，软语。
⑦闲蜂蝶：金元曲中习惯将帮衬风月的人物称作蜂媒蝶使，比喻为男女双方居间撮合或传递书信的人。
⑧恹（yān）恹：精神萎靡的样子，亦用来形容病态。
⑨光降：光临。

【锦后拍】俺独自守空楼,望残春,白头吟①罢泪沾巾。(老旦)何不招一新婿?(旦)奴家已嫁侯郎,岂肯改志。(副净)我们晓你苦心。今日礼部杨老爷说,有一位大老田仰,肯输三百金,娶你作妾,托俺来问一声。(旦)这题目错认,这题目错认,可知定情诗红丝拴紧,抵过他万两雪花银。(老旦)这事凭你裁酌②,你既不肯,另问别家。(旦)卖笑哂③,有勾栏④艳品,奴是薄福人,不愿入朱门。

(老旦)既如此说,回他便了。(副净)令堂回家,不要见钱眼开。(旦)妈妈疼奴,亦不肯相强的。(副净)如此甚好,可敬,可敬!(起介)别过了。(外、净、小旦、丑急上)两处红丝千里系⑤,一条黑路六人忙。(净)快去,快去!他二人说成,便偏背我们了。(丑)我就不依他,饶他吃到口里,还倒出脏来。(进介)(净)香君恭喜了。(旦)喜从何来?(小旦)双双媒人来你家,还不喜哩。(旦)敢也说田仰的事么?(净)便是。(旦)方才奴已拒绝了。(外)杨老爷的好意,如何拒得。

【北骂玉郎带上小楼】他为你生小绿珠花月身,寻一个金谷绮罗里石季伦⑥。(旦)奴家不图富贵,这话休和我讲。(副净、老旦)我二人在此劝了半日,他决不肯嫁人的。(小旦)他不嫁人,明日拿去学戏,要

---

①白头吟:相传卓文君和司马相如结婚不久,司马相如又爱上了别人想纳为妾,卓文君写了一首《白头吟》表达怨恨之情。
②裁酌:裁量斟酌。
③卖笑哂(shěn):指娼妓或歌女以声色媚人,来换取钱财。
④勾栏:指妓院。
⑤两处红丝千里系:指相互间有姻缘。
⑥"他为你生小绿珠花月身"二句:这里用晋代石崇的爱妾绿珠比喻李香君,用石崇比喻田仰,意即杨文骢要替她找一个富贵的丈夫。

见个男子的面,也不能够哩。**歌残舞罢锁长门**①,**卧氍毹**②**夜夜伤神**。(旦)奴便终身守寡,有何难哉,只不嫁人。(丑)难道三百两花银,买不去你这黄毛丫头么?(旦)你要银子,你便嫁他,不要管人家闲事。(丑怒介)好丫头,抢白起姨娘来了,我就死在你家。(撒泼介)**小私窠**③**贱根,小私窠贱根,掉巧舌讪谤尊亲**。(净发威介)好大胆奴才!杨老爷新做了礼部,连你们官儿都管的着,明日拿去拶④掉你指头。**管烟花要津**⑤**,管烟花要津;触恼他风狂雨迅,准备着桃伤柳损**。(旦)尽你吓唬,奴的主意已定了。(老旦)看他小小年纪,倒有志气。(副净)吓他不动,走罢,走罢。(丑)我这里撒泼,没个人来拉我,气死我也。他不嫁人,我扭也扭他下楼。**硬推来门外双轮,硬推来门外双轮;兜折宝钏,扯断湘裙**。(副净)自古有钱难买不卖货,撒了赖当不的,大家散罢。(外、小旦)我两个原要不来,吃亏老燕、老妥强拉到此,惹了这场没趣。走,走,走!**快出门,掩羞面,气忍声吞**。(净、丑)我们也走罢,**干发虚**⑥**,没钞分,遗臊撒粪**。

(外、净、小旦、丑俱诨下)(副净、老旦)香君放心,我们回绝杨老爷,再不来缠你便了。(旦拜介)这等多谢二位。(作别介)(副净)**蜂媒蝶使闹纷纷**,(旦)**阑入红窗搅梦魂**。

---

①长门:汉宫名,陈皇后失宠后曾在长门宫居住。后来以此借指失宠女子居住的寂寥凄清的宫院。

②氍毹(qú shū):毛织的地毯,旧时演戏时多用来铺在地上或台上,因此常用"氍毹"或"红氍毹"代称舞台。

③私窠(kē):元明时人对私娼的称呼。

④拶(zǎn):旧时的一种酷刑,用拶子套入手指,再用力紧收。

⑤要津:指显要的职位、地位。

⑥干发虚:白忙活,白费力气。

（老旦）一点芳心采不去，（旦）朝朝上楼望夫君。

## 第十八出　争位

甲申五月

（生上）无定输赢似弈棋，书空殷浩①欲何为？长江不限天南北，击楫中流看誓师。小生侯方域，前日替史公修书，一时激烈，有"三大罪、五不可立"之议。不料福王今已登极，马士英竟入阁办事，把那些迎驾之臣，皆录功补用。史公虽亦入阁，又令督师江北，这分明有外之之意了。史公却全不介意，反以操兵剿贼为喜，如此忠肝义胆，人所难能也。现在开府②扬州，命俺参其军事；约定今日齐集四镇，共商防河之计，不免上前一问。（作至书房介）管家那里？（小生扮书童上）侯爷来了，待我通报。（小生请外介）

【北点绛唇】（外上）持节江皋③，龙骧虎啸④，忧国事，不顾残躯，双鬓苍白了。

（见生介）世兄可知今日四镇齐集，共商大事；不日整师誓旅，雪君父之仇了。（生）如此甚妙。只有一件，高杰镇守扬、通，兵骄将傲，那

---

①书空殷浩：书空就是用手指在空中写字。殷浩是东晋陈郡长平（今河南西华东北）人，曾为中军将军，都督扬、豫、徐、兖、青五州军事，以平定中原为己任，出征姚襄兵败后，被废为庶人，整日在家用手指在空中写"咄咄怪事"四个字。

②开府：开建府署。汉朝时只有三公（大司马、大司徒、大司空）才能成立府署，选置僚属。后来，多以将军开府，都督军事。

③持节江皋：督军镇守江边。

④龙骧（xiāng）虎啸：比喻气概威武。骧，头高昂。

黄、刘三镇，每发不平之恨。今日相见，大费调停，万一兄弟不和，岂不为敌人之利乎。（外）所说极是。今日相见，俺自有一番劝慰之言。（小生报介）辕门传鼓，说四镇到齐，伺候参谒。（生下）（外升帐吹打开门，杂排左右仪卫介）（副净扮高杰，末扮黄得功，丑扮刘泽清，净扮刘良佐，俱介胄①上）只恨燕京无乐毅，谁知江左有夷吾。（入见，禀介）四镇小将，叩谒阁部大元帅。（拜介）（外拱手立介）列侯请起。（副净等俱排立介）听候元帅将令。（外）本帅以阁部督师，君命隆重，大小将士俱在指挥之下。（众）是。（外）四镇乃堂堂列侯，不比寻常武弁②。（举手介）屈尊侍坐，共议军情。（众）岂敢。（外）本帅命坐，便如军令一般，不可推辞。（众）是。（揖介）告坐了。（副净首坐，末、丑、净依次坐介）（末怒视副净介）

【混江龙】（外）淮南险要，江河保障势滔滔，一带奇云结阵，满目细柳垂条。铁马嘶风先突塞，犀军放弩早惊潮③。说甚么徐、常、沐、邓④，比得上绛、灌、萧、曹⑤。同心共把乾坤造，看古来功臣阁丹青图画，似今日列侯会剑佩弓刀。

（末怒介）元帅在上，小将本不该争论。（指介）这高杰乃投诚草寇，

---

①介胄：披甲戴盔。
②武弁（biàn）：低级武官。
③"铁马嘶风先突塞"二句：意指淮南一带是南北用兵的必争之地。上句是说骑兵南下要先从这里突破防线，下句是说水师要在这里射退海潮，防守长江。犀军，强兵。
④徐、常、沐、邓：指徐达、常遇春、沐英、邓愈，都是明太祖朱元璋的功臣。
⑤绛、灌、萧、曹：指绛侯周勃、灌婴、萧何、曹参，都是汉高祖刘邦的功臣。

有何战功,今日公然坐俺三镇之上。(副净)我投诚最早,年齿又尊,岂肯居尔等之下。(丑)此处是你汛地,我们都是客兵,连一个宾主之礼都不晓得,还要统兵。(净)他在扬州享受繁华,尊大惯了;今日也该让咱们来享受。(副净)你们敢来,我就奉让。(末)那个是不敢来的。(起介)两位刘兄同我出来,即刻见个强弱。(怒下)(外向副净介)他讲的有理,你还该谦逊才是。(副净)小将宁死不在他们之下。(外)你这就大错了。

【油葫芦】四镇堂堂气象豪,倚仗着恢复北朝。看您挨肩雁序①,恰似好同胞,为甚的争坐位失了同心好,斗齿牙变了协恭貌②。一个眼睁睁同室操戈盾,一个怒冲冲平地起波涛。没见阵上逞威风,早已窝里相争闹,笑中兴封了一伙(指介)小儿曹。

不料四镇英雄,可笑如此。老夫一天高兴,却早灰冷一半也。没奈何,且出张告示,晓谕三镇,叫他各回汛地,听候调遣。(向副净介)你既驻札本境,就在本帅标下做个先锋,各有执掌,他们也不敢来争闹了。(副净)多谢元帅。(外)待老夫写起告示来。(写介)(内呐喊介)(副净不辞,出介)(末、丑、净持刀上)高杰快快出来!(副净出见介)你青天白日,持刀呐喊,竟是反了。(末)我们为甚么反,只要杀你这个无礼贼子。(副净)你们敢在帅府门前如此放肆,难道不是无礼贼子么?(末、丑、净赶杀副净介)(副净入辕门叫介)阁部大老爷救命呀,黄、刘三贼杀入帅府来了。(末、丑、净门外喊骂介)(外惊立介)

---

①挨肩雁序:挨次排列。
②斗齿牙变了协恭貌:意指他们争吵起来,改变了和洽、恭敬的样子。

【天下乐】俺只道塞马南来把战挑①,杀声渐高,却是咱兵自鏖②。这时候协力同仇还愁少,怎当的阋墙③鼓噪,起了个离间根苗。这才是将难调,北贼易讨。

（吩咐介）快请侯相公出来。（杂向内介）侯爷有请。（生急上）晚生已听的明白了。（外）借重高才,传俺帅令,安抚乱军。（生）如何安抚？（外）老夫有告示一纸,快去晓谕他们便了。（生）遵命。（接告示出见介）列侯请了！小弟乃本府参谋,奉阁部大元帅之命,晓谕三镇知悉：恭逢新主中兴,闯贼未讨,正我辈枕戈待旦、立功报效之时,不宜怀挟小忿,致乱大谋。俟收复中原,太平赐宴,论功叙坐,自有朝仪。目下军容匆遽④,凡事权宜,皆当相谅,无失旧好。兴平侯高,原镇扬、通,今即留在本帅标下,委作先锋。靖南侯黄,仍回庐、和。东平侯刘,仍回淮、徐。广昌侯刘,仍回凤、泗。静听调遣,勿得抗违。军法懔然,本帅不能容情也。特谕。（末）我们只要杀无礼贼子,怎敢犯元帅军法。（生）目今辕门截杀⑤,这就是军法难容的了。（丑）既是这等,不要惊着元帅,大家且散。（净）明日杀到高杰家里去罢。正是"国仇犹可恕,私恨最难消"。（下）（生入见介）三镇闻令,暂且散去,明日还要厮杀哩。（外）这却怎处？（指副净介）

---

①挑（tiǎo）：拨弄,引动。
②自鏖（áo）：自相厮杀。鏖,激烈地战斗。
③阋（xì）墙：指兄弟相争于内,后用以指内部相争。
④匆遽（jù）：亦作"匆剧",匆忙急促。遽,急,仓猝。
⑤截杀：拦住攻杀。

【后庭花】高将军,你横将仇衅招,为甚的不谦恭,妄自骄;坐了个首席乡三老①,惹动他诸侯五路刀。凭仪秦②番舌战巧,也不过息兵半晌饶。费调停,干焦躁;难消释,空懊恼。这情形何待瞧,那事业全去了。

(副净)元帅不必着急,明日和他见个输赢,把三镇人马并俺一处,随着元帅恢复中原,却亦不难也。(外)你说的是那里话。现今流寇北来,将渡黄河,总兵许定国③不能阻当,连夜告急;正要与四镇商议,发兵防河。今日一动争端,偾④俺大事,岂不可忧!(副净)他三镇也不为别的,只因扬州繁华,要来夺取,俺怎肯让他。(外)这话益发可笑了。

【煞尾】领着一枝兵,和他三家傲,似垒卵泰山压倒⑤。你占住繁华廿四桥,竹西明月夜吹箫⑥;他也想隋堤柳下安营巢⑦,不教你

---

① 乡三老:秦汉时期在乡里推选出五十岁以上的老人执掌一乡的教化,称作乡三老。
② 仪秦:指战国时有名的说客张仪、苏秦。
③ 许定国:河南太康人,明末时任河南总兵。清兵南下时,他杀高杰迎降。
④ 偾(fèn):败坏,破坏。
⑤ "领着一枝兵"三句:这里是说高杰率领着一支兵来傲视其他三镇,简直像用累卵来压倒泰山一样不自量力。
⑥ "你占住繁华廿四桥"二句:这里化用杜牧诗句"二十四桥明月夜,玉人何处教吹箫",指高杰占领扬州,尽享繁华。竹西,即扬州北门外的竹西亭。
⑦ 他也想隋堤柳下安营巢:意指他们也想占据扬州。隋堤,隋炀帝时沿通济渠、邗沟河岸修筑的御道,道旁植杨柳,后人谓之隋堤。

蕃釐观独夸琼花少①。谁不羡扬州鹤背飘,妒杀你腰缠十万好②,怕明日杀声咽断广陵涛。

　　罢,罢,罢!老夫已拼一死,更无他法;侯兄长才,只索③凭你筹画了。(生)且看局势,再做商量。(外、生下)(吹打掩门,杂俱下)(副净吊场④介)俺高杰也是一条好汉,难道坐以待毙不成。明早黄金坝上,点齐人马,排下阵势,等他来时,迎敌便了。正是:

龙争虎斗逞雄豪,杯酒筵边动剑刀。
刘项何须成败论,将军头断不降曹⑤。

## 第十九出　和战

甲申五月

　　(末、净、丑扮黄得功、刘良佐、刘泽清戎装,杂扮军校执旗器械呐

---

①不教你蕃釐观独夸琼花少:意思是不让高杰独占扬州。蕃釐观,道观名,在旧扬州府城外。原为后土祠,相传唐代观内有琼花一株而得名琼花观,宋代改为蕃釐观。

②"谁不羡扬州鹤背飘"二句:殷芸《小说》中有这样一个故事:从前有几个人在一起谈论自己的志向,第一个要做扬州刺史,第二个希望有很多钱,第三个想骑着仙鹤上天,还有一个人说:"我愿腰缠十万贯,骑鹤上扬州。"这里暗用此故事既表现高杰在扬州的贪横,也表示其他三镇对高杰的嫉妒。

③只索:只得;只好。

④吊场:戏剧术语。一出戏的结尾,其他演员都已下场,留下一人再作一番表白后下场;或一出戏中一个场面结束,由某一演员说几句说白,转到另一个场面。

⑤将军头断不降曹:意指宁死也不向三镇妥协。这里化用《三国志》中严颜的典故。《三国志·蜀志·张飞传》记载:"至江州,破璋将巴郡太守严颜,生获颜。飞呵颜曰:'大军至,何以不降而敢拒战?'颜答曰:'卿等无状,侵夺我州,我州但有断头将军,无有降将军也。'"

喊上）(末）兄弟们俱要小心着，闻得高杰点齐人马，在黄金坝上伺候迎敌。我们分作三队，依次而进。（净）我带的人马原少，让我挑战，两兄迎敌便了。（末）我的田雄①不曾来，我作第二队，总叫河洲②哥哥压哨罢。（丑）就是如此，大家杀向前去。（摇旗呐喊急下）（副净扮高杰戎装，军校执械随上）大小三军排开阵势，伺候迎敌。（杂扮探卒上）报，报，报！三家贼兵摇旗呐喊，将次到营了。（净持大刀上）老高快快出马，今日和你争个谁大谁小。（副净持枪骂上）你花马刘③，是咱家小兄弟，那个怕你！（内击鼓，净、副厮杀介）（副净叫介）三军齐上，活捉了这个刘贼。（杂上乱战介）（净败下）（末持双鞭上）我黄闯子④的本领你是晓得的，快快磕头，饶你一死。（副净）我高老爷不稀罕你这活头，要取你那颗死头的。（内击鼓，末、副净厮杀介）（副净叫介）三军再来。（杂上乱战介）（末急介）从来将对将，兵对兵，如何这样混战。到底是个无礼贼子，今日且输与你。（败下）（丑持双刀领众喊上介）高杰，你不要逞强，我刘河洲也带着些人马哩，咱就混战一场，有何不可。（副净）我翻天鹞子⑤不怕人的，凭你竖战也可，横战也可。杀，杀，杀！（两队领众混战介）（生持令箭立高台，小兵持锣敲介）（众止杀，仰看介）（生摇令箭介）阁部大元帅有令，四镇作反，皆督师之过。请先到帅府，杀了元帅，次到南京，抢了宫阙，不必在此混战，骚害平民。（丑）我们并不曾作反，只因高杰无礼，混乱坐次，我们争个明白，日后好参谒元帅。（副净）我高杰乃本标先锋，怎敢作反；他们领兵来杀，只得迎

---

①田雄：明末总兵，黄得功的部将，清兵南下时，缚福王投降。
②河洲：刘泽清的别号。
③花马刘：刘良佐的绰号。
④黄闯子：黄得功的绰号。
⑤翻天鹞（yào）子：高杰的绰号。鹞子是一种凶猛的鸟，样子像鹰，比鹰小，捕食小鸟。

桃花扇

敌。(生)不奉军令,妄行厮杀,都是反贼。明日奏闻朝廷,你们自去分解①罢。(丑)朝廷是我们迎立的,元帅是朝廷差来的,我们违了军令,便是叛了朝廷,如何使得。情愿束身待罪,只求元帅饶恕。(生)高将军,你如何说?(副净)我高杰是元帅犬马,犯了军法,只听元帅处分。(生)既如此说,速传黄、刘二镇,同赴辕门,央求元帅。(丑)二镇败走,各回汛地去了。(生)你淮、扬两镇,唇齿之邦,又无宿嫌②,为何听人指使。快快前去,候元帅发落。(众兵下)(生下台)(丑、副净同行,到介)(生)已到辕门了,两位将军在外等候,待俺传进去。(稍迟即出介)元帅有令:四镇擅相争夺,皆当军法从事;但高将军不知礼体,挑嫌起衅③,罪有所归,着与三镇服礼④。俟⑤解和之日,再行处分。

【香柳娘】劝将军自思,劝将军自思,祸来难救,负荆早向辕门叩。(副净恼介)我高杰乃元帅标下先锋,元帅不加护庇,倒叫与三镇服礼,可不羞死人也。罢,罢,罢!看来元帅也不能用俺了,不免领兵渡江,另做事业去。**这屈辱怎当,这屈辱怎当,渡过大江头,事业从新做。**(唤介)三军快来,随俺前去。(众兵上,呐喊摇旗随下)(丑望介)呀,呀,呀!高杰竟要过江了,想江南有他的党羽,不日要领来与俺厮闹;俺也早去约会黄、刘二镇,多带人马,到此迎敌。**笑尔穷远走,笑尔穷远走,长江洗羞,防他重来作寇。**

(丑下)(生呆介)不料局势如何,教俺怎生收救。

---

①分解:分辩,解释。
②宿嫌:旧日的嫌隙。
③起衅:挑起事端。
④服礼:遵行礼法。
⑤俟(sì):等待。

【前腔】恨山河半倾，恨山河半倾，怎能重构构；人心瓦解忘恩旧。（南望介）那高杰竟是反了。看扬扬渡江，看扬扬渡江，旗帜乱中流，直入南徐①口。（北望介）那刘泽清也急忙北去，要约会三镇人马，同来迎敌。这烟尘遍有，这烟尘遍有，好叫俺元帅搔头，参谋搓手。

（行介）且去回复了阁部，再作计较②。正是：

堂堂开府辖通侯③，江北淮南数上游。

只恐楼船与铁马，一时都羡好扬州。

## 第二十出　移防

甲申六月

【锦上花】（副净扮高杰领众执械上）策马欲何之？策马欲何之？江锁坚城，弩射雄狮。且收兵，且收兵，占住这扬州市。

俺高杰领兵渡江，要抢苏、杭，不料巡抚郑瑄，操舟架炮，堵住江口，没奈何又回扬州；但不知黄、刘三镇，此时何往。（杂扮报卒上）报上将军，黄、刘三镇会齐人马，南来迎敌，前哨已到高邮了。（副净）阿呀！不好了！南下不得，北上又不能，好叫俺进退两难。（想介）罢，罢！还到史阁部辕门，央他的老体面④，替俺解救罢。（行介）

---

①南徐：古代州名，即今江苏省镇江市。
②计较：计议；商量。
③开府辖通侯：指史可法统帅四镇。通侯，武将的爵位名。
④老体面：老面子。

【前腔】速去乞恩慈，速去乞恩慈，空忝羞颜，答对何辞。这才是，这才是，自作孽，天教死。

（内喊介）（副净领众走下）

【捣练子】（外扮史可法从人上）局已变，势难支，踌躇中夜少眠时。（生上）自叹经纶①空满纸。

（外向生介）世兄，你看高杰不辞而去，三镇又不遵军法，俺本标人马，为数无几，怎能守得住江北。眼看大事已去，奈何，奈何！（生）闻得巡抚郑瑄，堵住江口，高杰不能南下，又回扬州来了。（外）那三镇如何？（生）三镇知他退回，会齐人马，又来迎敌，前哨已到高邮了。（外愁介）目前局势更难处矣。

【玉抱肚】三百年事，是何人掀翻到此；只手儿怎擎青天，却莱兵总仗虚词②。（合）烟尘满眼野横尸，只倚扬州兵一枝。

（丑扮中军官传鼓介）（杂问介）门外击鼓，有何军情？（丑）将军高杰，领兵到辕，求见元帅。（外）他果然来了。传他进来，看他有何话说。（外升帐，开门，左右排列介）（副净急跑上介）小将高杰，擅离汛地，罪该万死。求元帅开恩饶恕！（外）你原是一介乱民，朝廷许你投诚，加封侯爵，不曾薄待了你。为何一言不合，竟自反去；及至渡江不得，又投辕门。忽而作反，忽而投诚，把个作反投诚，当做儿戏，岂不可恨！本该军法从事，姑念你悔罪之速，暂且饶恕。（副净叩头起介）（外

---

①经纶：指治理国家的抱负和才能。

②却莱兵总仗虚词：此句借用孔子的故事，春秋时期，鲁定公与齐侯在夹谷会盟，孔子担任傧相，齐国想用莱地的军队劫持鲁定公以达到自己的目的，这一阴谋被孔子识破，在义正词严的孔子面前，齐侯只得让莱兵赶紧退避。

问介）你还有何说？（副净又跪介）前日擅离汛地，只为不肯服礼。今三镇知俺回来，又要交战，小将虽强，独力怎支，还望元帅解救。（向生央介）侯先生替俺美言一句。（生）你不肯服礼，叫元帅如何处断？（外）正是，事到今日，本帅也不能偏护了。

【前腔】<u>争论坐次，动干戈不知进止。他三家鼎足称雄，你孤军危命如丝</u>。（合前）

　　（副净）元帅不肯解救，小将宁可碎首辕门，断不拜他下风。（生）你那黄金坝上威风那里去了？（副净）那时他没带人马，俺用全军混战，因而取胜。今日三家卷土齐来，小将不得不临事而惧矣。（生）小生倒有个妙计，只怕你不肯依从。（副净）除了服礼，都依都依。（生）目今流贼南下，将渡黄河，许定国不能阻当，连夜告急。元帅正要发兵防河，你何不奉命前往，坐镇开、洛；既解目前之围，又立将来之功。他三镇知你远去，也不能兴无名之师了。将军以为何如？（副净低头思介）待我商量。（内呐喊介）（外）城外杀声震天，是何处兵马？（丑报介）黄、刘三镇，领兵到城，要与高将军厮杀哩。（副净惧介）这怎么处，只得听元帅调遣了。（外）既然肯去，速传军令，晓谕三镇。（拔令箭丢地介）（丑拾令箭跪介）（外）高杰无礼，本当军法从事，但时值用人之际，又念迎驾之功，暂且饶恕，罚往开、洛防河，将功赎罪，今日已离扬州。三镇各释小嫌，共图大事，速速回汛，听候调遣。（丑）得令。（下）（外指高杰介）高将军，高将军，只怕你的性气，到处不能相安哩。

【前腔】<u>黄河难恃，劝将军谋终虑始</u>。那许定国也不是个安静的。须提防酒前茶后，软刀枪怎斗雄雌。

桃花扇 | 303

（向生介）防河一事，乃国家要着，我看高将军勇多谋少，倘有疏虞①，罪坐老夫。仔细想来，河南原是贵乡，吾兄日图归计，路阻难行，何不随营前往；既遂还乡之愿，又好监军防河，且为桑梓造福，岂非一举而三得乎。（生）多谢美意，就此辞过元帅，收拾行装，即刻起程便了。（副净）一同告辞罢。（拜别介）（外向生介）参谋此去，便如老夫亲身防河一般，只恐势局叵测，须要十分小心，老夫专听好音也。正是：人事无常争胜负，天心有定管兴亡。（下）（吹打掩门）（副净）侯先生，你听杀声未息，只怕他们前面截杀。（生）无妨也，他们知你移防，怒气已消，自然散去的。况且三镇之兵，俱走东路，我们点齐人马，直出北门，从天长、六合，竟奔河南，有何阻当。（众兵旗仗伺候介）（副净）就此起程。（行介）

【朝元令】（生）乡园系思，久断平安字；乌栖一枝，郁郁难居此。结伴还乡，白云如驶，遂了三年归志。（副净）统着全师，烟城柳驿行参差；莫逞旧雄姿，函关偷度时。（合）扬州倒指，看不见平山萧寺，平山萧寺。

（副净）落日林梢照大旗，（生）从军北去慰乡思。

（副净）黄河曲里防秋②将，（生）好似英雄末路时。

## 闰二十出　闲话

甲申七月

（内鸣金擂鼓呐喊介）（外扮老官人，白巾麻衣背包裹急上）戎马消

---

①疏虞：疏忽，失误。

②防秋：古代西北各游牧部落，往往趁秋高马肥时南侵。这时中央政权也要加强边防力量，调兵防守，称为"防秋"。

何日，乾坤剩此身。白头江上客，红泪自沾巾。（立住大哭介）（小生扮山人背行李上）日淡村烟起，江寒雨气来。（丑扮贾客背行李上）年年经过路，离乱使人猜。（小生见丑介）请了，我们都是上南京的，天色将晚，快些趱行①。（丑）正是兵荒马乱，江路难行，大家作伴才好。（指外介）那个老者为何立住了脚，只顾啼哭？（小生向外介）老兄想是走错了路，失迷什么亲人了。（外摇手介）不是，不是。俺是从北京下来的，行到河南，遇着高杰兵马，受了无限惊恐。刚得逃生，渡过江来，看见满路都是逃生奔命之人，不觉伤心恸哭几声。（掩泪介）（小生）原来如此，可怜，可叹！（丑）既是北京下来的，俺正要问问近日的消息，何不同宿村店，大家谈谈。（外）甚妙，我老腿无力，也要早歇哩。（小生指介）这座村店稍有墙壁，就此同宿了罢。（让介）请进。（同入介）（外仰看介）好一架豆棚。（小生）大家放下行李，便坐这豆棚之下，促膝闲话也好。（同放行李，坐介）（副净扮店主人上）"村店新泥壁，田家老瓦盆。"（问介）众位客官，还用晚饭么？（众）不消了。（小生）烦你买壶酒来，削瓜剥豆，我与二位解解困乏者。（外向小生介）怎好取扰？（丑向外介）四海兄弟，却也无妨；待用完此酒，咱两个再回敬他。（副净取酒、菜上）（三人对饮介）（外问介）方才都是路遇，不曾请教尊姓大号，要到南京有何贵干？（小生）在下姓蓝名瑛，字田叔，是西湖画士，特到南京访友的。（丑）在下是蔡益所，世代南京书客，才从江浦索债回来的。（问外介）老兄是从北京下来的了；敢问高姓大名，有甚急事，这等狼狈？（外）不瞒二位说，下官姓张名薇，原是锦衣卫堂官。（丑惊介）原来是位老爷，失敬了。（小生问介）为何南来？（外）三月十九日，流贼攻破北京，崇祯先帝缢死煤山，周皇后也殉难自尽。下官走下城头，领了

---

①趱（zǎn）行：赶路；快行。

些本管校尉，寻着尸骸，抬到东华门外，买棺收殓，独自一个戴孝守灵。（小生）那旧日的文武百官，那里去了？（外）何曾看见一人。那时闯贼搜查朝官，逼索兵饷，将我监禁夹打。我把家财尽数与他，才放我守灵戴孝。别个官儿走的走，藏的藏，或被杀，或下狱，或一身殉难，或阖门死节。（小生）有这样忠臣，可敬，可敬。（外）还有进朝称贺，做闯贼伪官的哩。（丑）有这样的狗彘①，该杀，该杀。（外掩泪介）可怜皇帝、皇后两位梓宫②，丢在路旁，竟没人偢睬③。（小生、丑俱掩泪介）（外）直到四月初三日，礼部奉了伪旨，将梓宫抬送皇陵。我执旛④送殡，走到昌平州；亏了一个赵吏目⑤，纠合义民，捐钱三百串，掘开田皇妃旧坟，安葬当中。下官就看守陵旁，早晚上香。谁想五月初旬，大兵进关⑥，杀退流贼，安了百姓，替明朝报了大仇；特差工部查宝泉局⑦内铸的崇祯遗钱，发买工料，从新修造享殿碑亭，门墙桥道，与十二陵一般规模。真是亘古希有的事。下官也没等工完，亲手题了神牌，写了墓碑，连夜走来，报与南京臣民知道，所以这般狼狈。（小生）难得，难得！若非老先生在京，崇祯先帝竟无守灵之人。（丑问介）但不知太子二王，今在何处？（外）定、永两王，并无消息；闻太子渡海南来，恐亦为乱兵所害矣。（掩泪介）（小生问介）闻得北京发书一封与阁部史可法，责备亡国将相，

---

①狗彘（zhì）：犬与猪。常比喻行为恶劣或品行卑劣的人。
②梓宫：皇帝、皇后的棺材。
③偢（chǒu）睬：理睬。
④旛（fān）：同"幡"。
⑤赵吏目：指昌平州吏目赵一桂，他把崇祯皇帝及皇后的遗体安葬在田皇妃的坟墓里。
⑥大兵进关：指清军入关。
⑦宝泉局：明清时管理铸造钱币的官署。

不去奔丧哭主,又不请兵报仇。史公答了回书,特着左懋第①披麻扶杖,前去哭灵,老先生可晓得么?(外)下官半路相遇,还执手恸哭了一场的。(内作大风雷声介)(副净掌灯急上)大雨来了,快些进房罢。(众起,以袖遮头入房介)好雨,好雨。(外)天色已晚,下官该行香了。(丑问介)替那个行香?(外)大行皇帝未满周年,下官现穿孝服,每早每晚要行香哭拜的。(取包裹出香炉、香盒,设几上介)(洗手介)(望北两拜介)(跪上香介)大行皇帝呀,大行皇帝呀!今日七月十五,孤臣张薇,叩头上香了。(内作大风雷不止介)(外伏地放声大哭介)(小生呼丑介)过来,过来,我两个草莽之臣,也该随拜举哀的。(小生、丑同跪,陪哭介)(哭毕,俱叩头起,又两拜介)(小生)老先生远路疲倦,早早安歇了罢。(外)正是,各人自便了。(各解行李卧倒介)(小生)窗外风雨益发不住,明早如何登程?(外)老天的阴晴,人也料他不定。(丑问介)请问老爷,方才说的那些殉节文武,都有姓名么?(外)问他怎的?(丑)我小铺中要编成唱本,传示四方,叫万人景仰他哩。(外)好,好!下官写有手折,明日取出奉送罢。(丑)多谢!(小生)那些投顺闯贼,不忠不义的姓名,也该流传,叫人唾骂。(外)都有抄本,一总奉上。(丑)更妙。(俱作睡熟介)(内作众鬼号呼介)(外惊听介)奇怪,奇怪!窗外风雨声中,又有哀苦号呼之声,是何物类?(杂扮阵亡厉鬼,跳叫上)(外隔窗看介)怕人,怕人!都是些没头折足阵亡厉鬼,为何到

---

①左懋第:明山东莱阳人,字萝石。崇祯进士。任户科给事中,屡次上疏主张取消加征的赋税。南明弘光时任右佥都御史,被派北上,与清兵议和。临行时力主加强战备,谈判失败,南归途中被扣,后拒降被杀。有《左忠贞公集》。

此?(众鬼下)(外睡倒介)(内作细乐警跸声介①)(外惊听介)窗外又有人马鼓乐声,待我开门看来。(起看介)(杂扮文武冠带骑马,旛幢细乐引导,扮帝、后乘舆上)(外惊出跪迎介)万岁,万万岁!孤臣张薇恭迎圣驾。(众下)(外起呼介)皇帝,皇后,何处巡游,我孤臣张薇不能随驾了。(又拜哭介)(小生、丑醒问介)天已发亮,老爷怎的又哭起来,想是该上早香了。(外掩泪介)奇事,奇事!方才睡去,听得许多号呼之声,隔窗张看,都是些阵亡厉鬼。(小生)是了,昨夜乃中元赦罪之期,想是赴盂兰会②的。(外)这也没相干,还有奇事哩。(丑)还有什么奇事?(外)后来又听的人马鼓吹之声,我便开门出看,明明见崇祯先帝同着周皇后乘舆东行,引导的文武官员,都是殉难忠臣;前面奏着细乐,排着仪仗,像个要升天的光景。我伏俯路旁,送驾过去,不觉失声大哭起来。(小生)有这等异事。先皇帝、先皇后自然是超升天界的,也还是张老爷一片至诚,故此特特显圣。(外)下官今日发一愿心,要到明年七月十五日,在南京胜境,募建水陆道场,修斋追荐③,并脱度一切冤魂,二位也肯随喜④么?(丑)老爷果能做此好事,俺们情愿搭醮⑤。(外)好人,好人。到南京时,或买书,或求画,不时要相会的。(丑)正是。(小生)大家收拾行李作别罢。(各背行李下)

---

①细乐:指管弦之乐。与锣鼓等音响大的音乐相对而言。警跸(bì):古代帝王出入时,由侍卫在所经路途清道,禁止行人在车驾前后来往,谓之"警跸"。

②盂(yú)兰会:也称盂兰盆会,每逢农历七月十五日(中元节)佛教徒为超度祖先亡灵所举行的仪式。

③追荐:追悼、祭奠。

④随喜:佛教语,表示赞助他人行善事。

⑤搭醮(jiào):在别人延请道士设坛做法事时捎带一份斋醮。

雨洗鸡笼①翠,江行趁晓凉。

乌啼荒冢树,槐落废宫墙。

帝子魂何弱,将军气不扬。

中原垂老别,恸哭过沙场。

① 鸡笼:即鸡鸣山。

卷三

## 加二十一出　孤吟

康熙甲子八月

【天下乐】（副末毡巾道袍，扮老赞礼上）雨洗秋街不动尘，青山红树满城新；谁家剩有闲金粉，撒与歌楼照镜人？

老客无家恋，名园杯自劝，朝朝贺太平，看演《桃花扇》。（内问）老相公又往太平园，看演《桃花扇》么？（答）正是。（内问）昨日看完上本，演的如何？（答）演的快意，演的伤心，无端笑哈哈，不觉泪纷纷。司马迁作史笔，东方朔上场人①。只怕世事含糊八九件，人情遮盖两三分。（行唱介）

【甘州歌】流光箭紧②，正柳林蝉噪，荷沼香喷。轻衫凉笠，行到水边人困；西窗乍惊连夜雨，北里③重消一枕魂。梧桐院，砧杵村④，青苔虫语不堪闻。闲携杖，漫出门，宫槐满路叶纷纷。

---

① "司马迁作史笔"二句：意指《桃花扇》和当时的其他戏剧不同，它是一部带有讽刺性质的历史剧。
② 流光箭紧：光阴似箭。
③ 北里：唐长安平康里位于城北，亦称北里，其地为妓院所在地。后以此泛称娼妓聚居之地。
④ 砧（zhēn）杵（chǔ）村：砧，捣衣石；杵，捶衣的木棒。"砧杵村"表现秋天乡村的景象，天气凉了，洗衣的妇女多了。

【前腔】鸡皮①瘦损,看饱经霜雪,丝鬓如银。伤秋扶病,偏带旅愁客闷;欢场那知还剩我,老境翻嫌多此身。儿孙累,名利奔,一般流水付行云。诸侯怒,丞相嗔,无边衰草对斜曛。

【前腔】(换头)望春不见春,想汉宫图画,风飘灰烬。棋枰②客散,黑白胜负难分;南朝古寺王谢坟,江上残山花柳阵。人不见,烟已昏,击筑弹铗与谁论③。黄尘变,红日滚,一篇诗话易沉沦。

【前腔】(换头)难寻吴宫旧舞茵④,问开元遗事,白头人尽。云亭词客,阁笔几度酸辛;声传皓齿曲未终,泪⑤滴红盘蜡已寸。袍笏样,墨粉痕,一番妆点一番新。文章假,功业诨,逢场只合酒沾唇。

【余文】老不羞,偏风韵,偷将柱杖拨红裙。那管他扇底桃花解笑人。
当年真是戏,今日戏如真。

---

①鸡皮:形容老年人的皮肤皱纹多,像鸡皮一样。
②棋枰(píng):棋盘,棋局。
③击筑弹铗与谁论:此句表示怀才不遇。筑,是一种类似筝的乐器,用竹来敲击发出声音。击筑是指高渐离易水送别荆轲的故事。铗,剑柄。弹铗是指冯谖在孟尝君家做门客时的故事。
④难寻吴宫旧舞茵:此句暗用吴王宠幸西施的故事。
⑤泪:指蜡烛熔化流下来的蜡泪。

两度旁观者①,天留冷眼人。

那马士英又早登场,列位请看。(拱下)

## 第二十一出　媚座

甲申十月

【菊花新】(净冠带扮马士英,外扮长班从人喝道上)**调和鼎鼐②费心机,别户分门③恩济威;钻火燃寒灰④,这燮理阴阳⑤非细。**

下官马士英,官居首辅,权握中枢。天子无为,从他闭目拱手;相公养体,尽咱吐气扬眉。那朱紫半朝,只不过呼朋引党;这经纶满腹,也无非报怨施恩。人都说养马成群,滚尘不定;他怎知立君由我,杀人何妨。(笑介)这几日太平无事,又且早放红梅,设席万玉园中,会些亲戚故旧,但看他趋奉之多,越显俺尊荣之至。人生行乐耳,须富贵此时。(叫介)长班,今日下的是那几位请帖?(外)都是老爷同乡。有兵部主事杨文骢、佥都御史越其杰、新推漕抚田仰、光禄寺卿阮大铖,这几位老爷。

---

①两度旁观者:此句指老赞礼曾亲眼看到南明王朝的灭亡,如今又看到《桃花扇》里演出南明亡国的故事。

②调和鼎鼐(nài):鼎和鼐是古代两种烹饪器具,后来以"鼎鼐"喻指宰相等执政大臣,以"鼎鼐调和"比喻处理国政。

③别户分门:指在政治上分成不同门户、派别。

④钻火燃寒灰:此句指马士英要使魏忠贤余党死灰复燃。

⑤燮(xiè)理阴阳:指大臣辅佐天子治理国事。燮,调和。理,治理。

清宣统三年炼石斋书局石印本《桃花扇》图

（净疑介）那阮大铖不是同乡呀。（外）他常对人说是老爷至亲。（净笑介）相与不同，也算的个至亲了。（吩咐介）今日不是外客，就在这梅花书屋设席罢。（外）是！（净）天已过午，快去请客。（外）不用去请，俱在门房候着哩。只传他一声，便齐齐进来了。（传介）老爷有请！（末、副净忙上）阍人①片语千钧重，相府重门万里深。（进见足恭介）（净）我道是谁。（向末介）杨妹丈是咱内亲，为何也不竟进？（末）如今亲不敌贵了。（净）说那里话。（向副净介）圆老一向来熟了的，为何也等人传？（副净）府体尊严，岂敢冒昧。（净）这就见外了。（让净告坐，打恭介）

【好事近】（净）吾辈得施为，正好谈心花底；兰友瓜戚②，门外不须倒屣③。休疑，总是一班桃李④，相逢处把臂倾杯，何必拘冠裳套礼。俺肯堂堂相府，宾从疏稀。

（茶到让净先取，打恭介）（净）今日天气微寒，正宜小饮。（副净、末打恭介）正是。（净）才下朝来，日已过午，昼短夜长，差了三个时辰了。（副净、末打恭介）是是！皆老师相调燮之功也。（吃茶完，让净先放茶杯，打恭介）（净问外介）怎么越、田二位还不见到？（外）越老爷痔漏发了，早有辞帖；田老爷明日起身，打发家眷上船，夜间才来辞行。（净）罢了，吩咐排席。（吹打，排三席，安座介）（副净、末谦恭告坐介）（入座饮介）

---

①阍（hūn）人：守门人。
②兰友瓜戚：指好友至亲。
③倒屣：急于出迎，把鞋倒穿。
④桃李：指马士英栽培起来的人。

【泣颜回】（净）朝罢袖香微，换了轻裘朱履；阳春十月，梅花早破红蕊。南朝雅客，半闲堂①且说风流嘴；拚长宵读画评诗，叹吾党知心有几。

（副净问介）相府连日宴客，都是那几位年翁？（净）总是吾党，但不如两公风雅耳。（末问介）是谁？（净唤介）长班拿客单来看。（外）客单在此。（副净接看介）张孙振、袁宏勋、黄鼎、张捷、杨维垣。（末）果然都是大有经济的。（净）个个是学生提拔，如今皆成大僚了。（副净打恭介）晚生等已废之员，还蒙起用；老师相为国吐握，真不啻周公矣。（净）岂敢。（拱介）二位不比他人，明日嘱托吏部，还要破格超升。（末打恭介）（副净跪介）多谢提拔。（净拉起介）

【前腔】（副净、末）提携，铩羽忽高飞，剑出丰城狱底②。随朝待漏③，犹如狗续貂尾。华筵一饮，出公门，满面春风起；这恩荣锡衮封圭，不比那登龙御李。

（起介）（净）撤了大席，安排小酌，我们促膝谈心。（设一席，更衣围坐介）（净）也不再把盏了。（副净、末）岂敢重劳。（杂扮二价献赏封介）（净摇手介）不必不必！花间雅集，又无梨园，怎么行这官席之礼。（副净）舍下小班，日日得闲，为何不唤来承应。（净）圆老见惯的，另请别客，借来领教罢。

---

①半闲堂：南宋宰相贾似道在今杭州市西湖葛岭修建的别墅，大小朝政都在那里处理。后来用"半闲堂"借指贾似道，亦泛指奸臣。
②"铩（shā）羽忽高飞"二句：意指不得志的人得到高升，受埋没的贤才被重新发掘出来。铩羽，摧落羽毛，常比喻不得志。
③待漏：百官清晨入朝，等待朝拜天子，谓之"待漏"。漏，古代的计时器。

【太平令】妙部①新奇，见惯司空自品题②。（副净）是是！名园山水清音美，又何用丝竹随。

（末笑介）从来名花倾国③，缺一不可。今日红梅之下，梨园可省，倒少不了一声"晓风残月"④哩。

【前腔】半放红梅，只少韦娘⑤一曲催。（净大笑介）妹丈多情，竟要做个苏州刺史了。苏州刺史魂消矣，想一个丽人陪。

（净）这也容易。（吩咐介）叫长班传几名歌妓，快来伺候。（外）禀老爷，要旧院的，要珠市⑥的？（净向末介）请教杨姑老爷。（末）小弟物色已多，总无佳者；只有旧院李香君，新学《牡丹亭》，倒还唱得出。（净吩咐介）长班快去唤来！（外应下）（副净向末介）前日田百源⑦用三百金，要娶做妾的，想是他了？（末）正是。（净问末介）为何不娶去？（末）可笑这个呆丫头，要与侯朝宗守节，断断不从。俺往说数次，竟不下楼，令我扫兴而回。（净怒介）有这样大胆奴才。

【风入松】不知开府爪牙威，杀人如同虮虱。笑他命薄烟花鬼，好一似蛾扑灯蕊⑧。（副净）这都是侯朝宗教坏的，前番辱的晚生也不浅。（净大怒介）了不得，了不得！一位新任漕抚，拿银三百，买不去一个妓

---

①妙部：很好的戏班。
②品题：观赏，玩赏。
③名花倾国：泛指好花美女。
④晓风残月：指歌妓的清唱。
⑤韦娘：即杜韦娘，唐代著名歌妓。后用作一般歌妓的美称。
⑥珠市：指南京城中另一个烟花之地。
⑦田百源：即田仰。
⑧蛾扑灯蕊：即飞蛾扑火，表示自取灭亡。

女。岂有此理！难道是珍珠一斛，偏不能换蛾眉①。

（副净）田漕台是老师相的乡亲，被他羞辱，所关不小。（净）正是，等他来时，自有处法。（外上）禀老爷，小人走到旧院，寻着香君，他推托有病，不肯下楼。（净寻思介）也罢！叫长班家人，拿着衣服财礼，竟去娶他。

【前腔】**不须月老几番催，一霎红丝联喜，花花彩轿门前挤，不少欠分毫茶礼。**莫管他鸨子肯不肯，竟将香君拉上轿子，今夜还送到田漕抚船上。**惊的他迷离似痴，只当烟波上遇湘妃。**

（外等急应下）（副净喜介）妙妙！这才燥脾。（末）天色太晚，我们告辞罢。（净）正好快谈，为何就去？（副净）动劳久陪，晚生不安。（俱起打恭介）（净）还该远送一步。（副净、末）不敢。（连打三恭）（净先入内介）（副净）难得令舅老师相在乡亲面上，动此义举，龙老也该去帮一帮。（末）如何去帮？（副净）旧院是你熟游之处，竟去拉下楼来，打发起身便了。（末）也不可太难为他。（副净怒介）这还便益了他。想起前番，就处死这奴才，难泄我恨。

【尾声】**当年旧恨重提起，便折花损柳心无悔。**那侯朝宗空梳栊了一番。**看今日琵琶抱向阿谁②？**

（副净）封侯夫婿几时归，（末）独守妆楼掩翠帏。

（副净）不解巫山风力猛，（末）三更即换雨云衣。

---

①蛾眉：代指美人。这两句借用石崇用三斛珍珠买美女绿珠为妾的故事。

②看今日琵琶抱向阿谁：琵琶别抱指妇女再嫁，此句指看今日李香君再嫁给谁。

# 第二十二出　守楼

甲申十月

（外、小生拿内阁灯笼、衣、银跟轿上）天上从无差月老，人间竟有错花星①。（外）我们奉老爷之命，硬娶香君，只得快走。（小生）旧院李家母子两个，知他谁是香君。（末急上呼介）转来同我去罢。（外见介）杨姑老爷肯去，定娶不错了。（同行介）月照青溪水，霜沾长板桥。来此已是，快快叫门。（叫门介）（杂扮保儿上）才关后户，又开前庭；迎官接客，卑职驿丞②。（问介）那个叫门？（外）快开门来。（杂开门惊介）呵呀！灯笼火把，轿马人夫，杨老爷来夸官③了。（末）唉！快唤贞娘出来。（杂大叫介）妈妈出来，杨老爷到门了。（小旦急上问介）老爷从那里赴席回来么？（末）适在马舅爷相府，特来报喜。（小旦）有什么喜？（末）有个大老官来娶你令爱哩。（指介）

【渔家傲】你看这**彩轿青衣**④**门外催**，你看这**三百花银，一套绣衣**。（小旦惊介）是那家来娶，怎不早说？（末）你看**灯笼大字成双对，是中堂阁内**。（小旦）就是内阁老爷自己娶么？（末）非也。**漕抚田公，同乡至戚，赠个佳人捧玉杯**。

（小旦）田家亲事，久已回断，如何又来歪缠⑤？（小生拿银交介）你

---

①花星：掌管男女风情之事的星宿。为旧时江湖术士推算星命的术语。
②驿丞：掌管驿站的官吏，经常要迎来送往。这里保儿以此自比。
③夸官：士子考中进士或官员升迁时，排列鼓乐仪仗游街，谓之"夸官"。
④青衣：指奴仆。
⑤歪缠：无理取闹，胡搅蛮缠。

就是香君么,请受财礼。(小旦)待我进去商量。(外)相府要人,还等你商量;快快收了银子,出来上轿罢。(末)他怎敢不去,你们在外伺候,待我拿银进去,催他梳洗。(末接银,杂接衣,同小旦作进介)(小生、外)我们且寻个老表子燥牌去。(俱暂下)(小旦、末、杂作上楼介)(末唤介)香君睡下不曾?(旦上)有甚紧事,一片吵闹。(小旦)你还不知么?(旦见末介)想是杨老爷要来听歌。(小旦)还说甚么歌不歌哩。

【剔银灯】忙忙的来交聘礼,凶凶的强夺歌妓;对着面一时难回避,执着名别人谁替。(旦惊介)唬杀奴也!又是那个天杀的?(小旦)还是田仰,又借着相府的势力,硬来娶你。**堪悲,青楼薄命,一霎时杨花乱吹。**

(小旦向末介)杨老爷从来疼俺母子,为何下这毒手?(末)不干我事,那马瑶草知你拒绝田仰,动了大怒,差一班恶仆登门强娶。下官怕你受气,特为护你而来。(小旦)这等多谢了,还求老爷始终救解。(末)依我说三百财礼,也不算吃亏;香君嫁个漕抚,也不算失所;你有多大本事,能敌他两家势力?(小旦思介)杨老爷说的有理,看这局面,拗不去了。孩儿趁早收拾下楼罢!(旦怒介)妈妈说那里话来!当日杨老爷作媒,妈妈主婚,把奴嫁与侯郎,满堂宾客,谁没看见。现收着定盟之物。(急向内取出扇介)这首定情诗,杨老爷都看过,难道忘了不成?

【摊破锦地花】案齐眉,他是我终身倚,盟誓怎移。宫纱扇现有诗题,万种恩情,一夜夫妻。(末)那侯郎避祸逃走,不知去向;设若三年不归,你也只顾等他?(旦)便等他三年;便等他十年;便等他一百年;只不嫁田仰。(末)呵呀!好性气,又像摘翠脱衣骂阮圆海的那番光景了。(旦)可又来,阮、田同是魏党,阮家妆奁尚且不受,倒去跟着田仰么？（内喊介）夜已深了，快些上轿，还要赶到船上去哩。（小旦劝介）傻丫头！嫁到田府，少不了你的吃穿哩。（旦）呸！我立志守节，岂在温饱。**忍寒饥，决不下这翠楼梯。**

（小旦）事到今日，也顾不得他了。（叫介）杨老爷放下财礼，大家帮他梳头穿衣。（小旦替梳头，末替穿衣介）（旦持扇前后乱打介）（末）好利害，一柄诗扇，倒像一把防身的利剑。（小旦）草草妆完，抱他下楼罢。（末抱介）（旦哭介）奴家就死不下此楼。（倒地撞头晕卧介）（小旦惊介）呵呀！我儿苏醒，竟把花容，碰了个稀烂。（末指扇介）你看血喷满地，连这诗扇都溅坏了。（拾扇付杂介）（小旦唤介）保儿，扶起香君，且到卧房安歇罢。（杂扶旦下）（内喊介）夜已三更，诓去银子，不打发上轿；我们要上楼拿人哩。（末向楼下介）管家略等一等，他母子难舍，其实可怜的。（小旦急介）孩儿碰坏，外边声声要人，这怎么处？（末）那宰相势力，你是知道的，这番羞了他去，你母子不要性命了。（小旦怕介）求杨老爷救俺则个。（末）没奈何，且寻个权宜之法罢！（小旦）有何权宜之法？（末）娼家从良，原是好事，况且嫁与田府，不少吃穿，香君既没造化①，你倒替他享受去罢。（小旦急介）这断不能，一时一霎，叫我如何舍得。（末怒介）明日早来拿人，看你舍得不舍得。（小旦呆介）也罢！叫香君守着楼，我去走一遭儿。（想介）不好，不好，只怕有人认得。（末）我说你是香君，谁能辨别。（小旦）既是这等，少不得又妆新人了。（忙打扮完介）（向内叫介）香君我儿，好好将息，我替你去了。（又嘱介）三百两银子，替我收好，不要花费了。（末扶小旦下楼介）

**【麻婆子】**（小旦）下楼下楼三更夜，红灯满路辉；出户出户寒风

---

①造化：福分。

起,看花未必归。(小生、外打灯抬轿上)好,好,新人出来了,快请上轿。(小旦别末介)别过杨老爷罢。(末)前途保重,后会有期。(小旦)老爷今晚且宿院中,照管孩儿。(末)自然。(小旦上轿介)萧郎①从此路人窥,侯门再出岂容易。(行介)舍了笙歌队,今夜伴阿谁。

(俱下)(末笑介)贞丽从良,香君守节,雪了阮兄之恨,全了马舅之威!将李代桃②,一举四得,倒也是个妙计。(叹介)只是母子分别,未免伤心。

匆匆夜去替蛾眉,一曲歌同易水悲。

燕子楼中人卧病,灯昏被冷有谁知。

## 第二十三出 寄扇

甲申十一月

【醉桃源】(旦包帕病容上)寒风料峭透冰绡,香炉懒去烧。血痕一缕在眉梢,胭脂红让娇。孤影怯,弱魂飘,春丝命一条。满楼霜月夜迢迢,天明恨不消。

(坐介)奴家香君,一时无奈,用了苦肉之计,得遂全身之节。只是孤身只影,卧病空楼,冷帐寒衾,无人作伴,好生凄凉。

【北新水令】冻云残雪阻长桥,闭红楼冶游人少。栏杆低雁字③,帘幕挂冰条;炭冷香消,人瘦晚风峭。

---

①萧郎:美好男子的通称。
②将李代桃:表示代人受罪或彼此顶替。
③雁字:成列而飞的雁群。此句是指望见栏杆外低飞的雁群。

奴家虽在青楼，那些花月欢场，从今罢却了。

【驻马听】绣户萧萧，鹦鹉呼茶声自巧；香闺悄悄，雪狸①偎枕睡偏牢。榴裙裂破舞风腰，鸾靴剪碎凌波鞘②；愁多病转饶③，这妆楼再不许风情闹。

想起侯郎匆匆避祸，不知流落何所；怎知奴家独住空楼，替他守节也。（起唱介）

【沉醉东风】记得一霎时娇歌兴扫，半夜里浓雨情抛；从桃叶渡头寻，向燕子矶边找，乱云山风高雁杳。那知道梅开有信，人去越遥；凭栏凝眺，把盈盈秋水④酸风冻了。

可恨恶仆盈门，硬来娶俺；俺怎肯负了侯郎。

【雁儿落】欺负俺贱烟花薄命飘飖，倚着那丞相府忒骄傲。得保住这无瑕白玉身，免不得揉碎如花貌。

最可怜妈妈替奴当灾，飘然竟去。（指介）你看床榻依然，归来何日。

【得胜令】恰便似桃片逐雪涛，柳絮儿随风飘；袖掩春风面，黄昏

---

①雪狸：指白色的猫。
②"榴裙裂破舞风腰"二句：意指撕破了舞裙，剪碎了舞靴，不再干歌妓的营生。鞘（yào），靴或袜子的筒儿。
③转饶：表示更多的意思。
④秋水：指眼波。此句表示香君临风凝望很长时间。

出汉朝①。萧条，满被尘无人扫；寂寥，花开了独自瞧。

说到这里，不觉一阵酸心。（掩泪坐介）

【乔牌儿】这肝肠似搅，泪点儿滴多少。也没个姊妹闲相邀，听那挂帘栊的钩自敲。

独坐无聊，不免取出侯郎诗扇，展看一回。（取扇介）嗳呀！都被血点儿污坏了，这怎么处。

【甜水令】你看疏疏密密，浓浓淡淡，鲜血乱潮。不是杜鹃抛；是脸上桃花做红雨儿飞落，一点点溅上冰绡②。

侯郎侯郎！这都是为你来。

【折桂令】叫奴家揉开云髻，折损宫腰；睡昏昏似妃葬坡平③，血淋淋似妾堕楼高④。怕旁人呼号，舍着俺软丢答⑤的魂灵没人招。银镜里朱霞残照，鸳枕上红泪春潮。恨在心苗，愁在眉梢，洗了胭脂，浣⑥了鲛绡。

一时困倦起来，且在妆台盹睡片时。（压扇睡介）（末扮杨文骢便服

---

① "袖掩春风面"二句：此二句用王昭君和亲的故事比喻李贞丽被迫嫁给田仰。春风，形容面容的美好。
② "不是杜鹃抛"三句：这里用杜鹃啼血的典故形容比喻李香君头破血流。
③ 睡昏昏似妃葬坡平：此句借用杨贵妃在马嵬坡被杀的故事比喻李香君的卧病。
④ 血淋淋似妾堕楼高：此句借用石崇的爱妾绿珠不从孙秀跳楼而死的故事比喻李香君的被逼毁容。
⑤ 丢答：同"丢搭"，形容词词尾。用以加强语势。
⑥ 浣（wò）：弄脏。

上）认得红楼水面斜，一行衰柳带残鸦。（净扮苏昆生上）银筝象板佳人院，风雪今同处士家。（末回头见介）呀！苏昆老也来了。（净）贞丽从良，香君独住，放心不下，故此常来走走。（末）下官那日打发贞丽起身，守了香君一夜，这几日衙门有事，不能脱身。方才城东拜客，便道一瞧。（入介）（净）香君不肯下楼，我们上去一谈罢。（末）甚好。（登楼介）（末指介）你看香君抑郁病损，困睡妆台，且不必唤他。（净看介）这柄扇儿展在面前，怎么有许多红点儿？（末）此乃侯兄定情之物，一向珍藏不肯示人，想因面血溅污，晾在此间。（抽扇看介）几点血痕，红艳非常，不免添些枝叶，替他点缀起来。（想介）没有绿色怎好？（净）待我采摘盆草，扭取鲜汁，权当颜色罢。（末）妙极！（净取草汁上）（末画介）叶分芳草绿，花借美人红。（画完介）（净看喜介）妙妙！竟是几笔折枝桃花。（末大笑指介）真乃桃花扇也。（旦惊醒见介）杨老爷、苏师父都来了，奴家得罪。（让坐介）（末）几日不曾来看，额角伤痕渐已平复了。（笑介）下官有画扇一柄，奉赠妆台。（付旦扇介）（旦接看介）这是奴的旧扇，血迹腌臜，看他怎的。（入袖介）（净）扇头妙染，怎不赏鉴？（旦）几时画的？（末）得罪得罪！方才点坏了。（旦看扇叹介）咳！桃花薄命，扇底飘零。多谢杨老爷替奴写照了。

【锦上花】一朵朵伤情，春风懒笑；一片片消魂，流水愁漂。摘的下娇色，天然蘸好；便妙手徐熙，怎能画到。樱唇上调朱，莲腮上临稿，写意儿几笔红桃。补衬些翠枝青叶，分外夭夭①，薄命人写了一幅桃花照。

（末）你有这柄桃花扇，少不得个顾曲周郎；难道青春守寡，竟做个

---

①夭夭：美好旺盛的样子。

入月嫦娥不成。(旦)说那里话,那关盼盼也是烟花,何尝不在燕子楼中,关门到老。(净)明日侯郎重到,你也不下楼么?(旦)那时锦片前程,尽俺受用,何处不许游耍,岂但下楼。(末)香君这段苦节,今世少有。(向净介)昆老看师弟之情,寻着侯郎,将他送去,也省俺一番悬挂。(净)是!是!一向留心访问,知他随任史公,住淮半载。自淮来京,自京到扬,今又同着高兵防河去了。晚生不日还乡,顺便找寻。(向旦介)须得香君一书才好。(旦向末介)奴家言出无文,求杨老爷代写罢。(末)你的心事,叫俺如何写得出。(旦寻思介)罢!罢!奴的千愁万苦,俱在扇头,就把这扇儿寄去罢。(净喜介)这封家书,倒也新样。(旦)待奴封他起来。(封扇介)

**【碧玉箫】**挥洒银毫①,旧句他知道;点染红么,新画你收着。便面②小,血心肠一万条;手帕儿包,头绳儿绕,抵过锦字书多少。

(净接扇介)待我收好了,替你寄去。(旦)师父几时起身?(净)不日束装③了。(旦)只望早行一步。(净)晓得。(末)我们下楼罢。(向旦介)香君保重。你这段苦节,说与侯郎,自然来娶你的。(净)我也不再来别了。正是:新书远寄桃花扇。(末)旧院常关燕子楼。(下)(旦掩泪介)妈妈不归,师父又去,妆楼独闭,益发凄凉了。

---

① 银毫:毛笔。
② 便面:古代用以遮面的扇状物。
③ 束装:收拾行装。

【鸳鸯煞】莺喉歇了南北套①，冰弦住了陈隋调②；唇底罢吹箫，笛儿丢，笙儿坏，板儿掠。只愿扇儿寄去的速，师父束装得早；三月三刘郎到了，携手儿下妆楼，桃花粥③吃个饱。

书到梁园雪未消，青溪一道阻春潮。

桃根桃叶④无人问，丁字帘⑤前是断桥。

## 第二十四出　骂筵

乙酉正月

【缕缕金】（副净扮阮大铖吉服上）风流代，又遭逢，六朝金粉样，我偏通。管领烟花，衔名供奉⑥。簇新新帽乌衬袍红，皂皮靴绿缝，皂皮靴绿缝。

（笑介）我阮大铖，亏了贵阳相公破格提挈，又取在内庭供奉。今日到任回来，好不荣耀。且喜今上性喜文墨，把王铎补了内阁大学士，钱谦益补了礼部尚书。区区不才，同在文学侍从之班；天颜日近，知无不言。前日进了四种传奇，圣心大悦；立刻传旨，命礼部采选宫人，要将《燕子笺》被之声歌，为中兴一代之乐。我想这本传奇，精深奥妙，倘被俗

---

①南北套：即南北曲，是中国歌曲的两种主要流派。一般来说，北曲字多而调促，风格比较豪放；南曲字少而调缓，风格比较婉弱。

②陈隋调：指陈隋时所流行的《玉树后庭花》《春江花月夜》等曲调。

③桃花粥：旧俗寒食节的食品。煮粳米及麦为酪，捣杏仁，作粥，呈桃花色，故称"桃花粥"。

④桃根桃叶：借指歌妓或所爱恋的女子。

⑤丁字帘：地名，在南京市利涉桥畔，明末为妓女聚居的地方。

⑥供奉：职官名。指以文学、技艺侍奉内庭的官。

手教坏，岂不损我文名。因而乘机启奏："生口不如熟口，清客强似教手。"圣上从谏如流，就命广搜旧院，大罗秦淮，拿了清客妓女数十余人，交与礼部拣选。前日验他色艺，都只平常。还有几个有名的，都是杨龙友旧交，求情免选，下官只得勾去。昨见贵阳相公说道："教演新戏是圣上心事，难道不选好的，倒选坏的不成。"只得又去传他，尚未到来。今乃乙酉新年人日①佳节，下官约同龙友，移樽赏心亭；邀俺贵阳师相，饮酒看雪。早已吩咐把新选的妓女，带到席前验看。正是：花柳笙歌隋事业，谈谐裙屐晋风流。（下）

【黄莺儿】（老旦扮卞玉京道妆背包急上）**家住蕊珠宫②，恨无端业海风③，把人轻向烟花送。喉尖唱肿，裙腰舞松，一生魂在巫山洞。**俺卞玉京，今日为何这般打扮，只因朝廷搜拿歌妓，逼俺断了尘心。昨夜别过姊妹，换上道妆，飘然出院，但不知那里好去投师。**望城东云山满眼，仙界路无穷。**

（飘摇下）（副净、外、净扮丁继之、沈公宪、张燕筑三清客上）

【皂罗袍】（副净）**正把秦淮箫弄，看名花好月，乱上帘栊。凤纸④签名唤乐工，南朝天子春心动。**我丁继之年过六旬，歌板久抛；前日托过杨老爷，免我前往，怎的今日又传起来了。（外、净）俺两个也都是免过后，不知又传，有何话说。（副净拱介）两位老弟，大家商量，我们一班清客，感动皇爷，召去教歌，也不是容易的。（外、净）正是。（副

---

①人日：指农历正月初七。
②蕊珠宫：道教经典中所说的仙宫。
③业海风：从业海吹来的风，比喻世间种种罪恶行为。
④凤纸：指皇帝的诏书。

净）二位青年上进，该去走走，我老汉多病年衰，也不望甚么际遇①了。今日我要躲过，求二位遮盖一二。（外）这有何妨，太公钓鱼，愿者上钩。（净）是！是！难道你犯了王法，定要拿去审问不成。（副净）既然如此，我老汉就回去了。（回行介）**急忙回首，青青远峰；逍遥寻路，森森乱松**。（顿足介）若不离了尘埃，怎能免得牵绊。（袖出道巾、黄绦②换介）（转头呼介）二位看俺打扮罢，**道人醒了扬州梦**③。

（摇摆下）（外）咦！他竟出家去了，好狠心也。（净）我们且坐廊下晒暖，待他姊妹到来，同去礼部过堂。（坐地介）（小旦扮寇白门，丑扮郑妥娘，杂扮差役跟上）（小旦）桃片随风不结子。（丑）柳绵浮水又成萍。（望介）你看老沈、老张不约俺一声儿，先到廊下向暖，我们走去，打他个耳刮子。（相见，诨介）（外向杂介）又传我们到那里去？（杂）传你们到礼部过堂，送入内庭教戏。（外）前日免过俺们了。（杂）内阁大老爷不依，定要借重你们几个老清客哩。（净）是那几个？（杂）待我瞧瞧票子。（取票看介）丁继之、沈公宪、张燕筑。（问介）那姓丁的如何不见？（外）他出家去了。（杂）既出了家，没处寻他，待我回官罢！（向净、外介）你们到了的，竟往礼部过堂去。（净）等他姊妹到齐着。（杂）今日老爷们秦淮赏雪，吩咐带着女客，席上验看哩。（外、净）既是这等，我们先去了。正是：传歌留乐府，撒④笛傍宫墙。（下）（杂看票问小旦介）你是寇白门么？（小旦）是。（杂问丑介）你是卞玉京么？（丑）不是，我是老妥。（杂）是郑妥娘了。（问介）那卞玉京呢？（丑）他出家去了。（杂）咦！怎么出家的都配成对儿。（问介）后边还有一个脚小走

---

①际遇：机遇，时运。
②绦（tāo）：用丝线编织成的花边或扁平的带子，可以装饰衣物。
③扬州梦：唐杜牧《遣怀》诗云："十年一觉扬州梦，赢得青楼薄幸名。"
④撒（yè）：（用手指）按压。

不上来的,想是李贞丽了?(小旦)不是,李贞丽从良去了!(杂)我方才拉他下楼,他说是李贞丽,怎的又不是?(丑)想是他女儿顶名替来的。(杂)母子总是一般,只少不了数儿就好了。(望介)他早赶上来也。

【忒忒令】(旦)下红楼残腊雪浓,过紫陌早春泥冻。不惯行走,脚儿十分痛。传凤诏,选蛾眉,把丝鞭,骑骄马;催花使乱拥。

奴家香君,被捉下楼,叫去学歌,是俺烟花本等,只有这点志气,就死不磨。(杂喊介)快些走动!(旦到介)(小旦)你也下楼了,屈尊,屈尊。(丑)我们造化,就得服伺皇帝了。(旦)情愿奉让罢。(同行介)(杂)前面是赏心亭了,内阁马老爷,光禄阮老爷,兵部杨老爷,少刻即到。你们各个整理伺候。(杂同小旦、丑下)(旦私语介)难得他们凑来一处,正好吐俺胸中之气。

【前腔】赵文华陪着严嵩,抹粉脸席前趋奉;丑腔恶态,演出真鸣凤①。俺做个女祢衡,挝渔阳,声声骂,看他懂不懂。

(净扮马士英,副净扮阮大铖,末扮杨文骢,外、小生扮从人喝道上)(旦避下)(副净)琼瑶楼阁朱微抹。(末)金碧峰峦粉细勾。(净)好一派雪景也。(副净)这座赏心亭,原是看雪之所。(净)怎么原是看雪之所?(副净)宋真宗曾出周昉雪图,赐与丁谓。说道:"卿到金陵,可选一绝景处张之。"因建此亭。(净看壁介)这壁上单条②,想是周昉雪图了。(末)非也。这是画友蓝瑛新来见赠的。(净)妙!妙!你看雪压

---

①"赵文华陪着严嵩"四句:以王世贞的戏剧《鸣凤记》中赵文华、严嵩的故事比喻阮大铖阿谀奉承马士英的丑态。
②单条:单幅的条幅。

钟山,正对图画,赏心胜地,无过此亭矣。(末吩咐介)就把炉、榼①、游具②,摆设起来。(外、小生设席坐介)(副净向净介)荒亭草具,恃爱高攀,着实得罪了。(净)说那里话。可笑一班小人,奉承权贵,费千金盛设,十分丑态,一无所取,徒传笑柄。(副净)晚生今日扫雪烹茶,清谈攀教,显得老师相高怀雅量,晚生辈也免了几笔粉抹。(净)呵呀!那戏场粉笔,最是利害,一抹上脸,再洗不掉;虽有孝子慈孙,都不肯认做祖父的。(末)虽然利害,却也公道,原以儆戒无忌惮之小人,非为我辈而设。(净)据学生看来,都吃了奉承的亏。(末)为何?(净)你看前辈分宜相公严嵩,何尝不是一个文人,现今《鸣凤记》里抹了花脸,着实丑看。岂非赵文华辈奉承坏了。(副净打恭介)是!是!老师相是不喜奉承的,晚生惟有心悦诚服而已。(末)请酒!(同举杯介)(副净向外介)选的妓女,可曾叫到了么?(外禀介)叫到了。(杂领众妓叩头介)(净细看介)(吩咐介)今日雅集,用不着他们,叫礼部过堂去罢。(副净)特令到此间伺候酒席的。(净)留下那个年小的罢。(众下)(净问介)他唤什么名字?(杂禀介)李贞丽。(净笑介)贞丽未必贞也。(笑向副净介)我们扮过陶学士③了,再扮一折党太尉何如?(副净)妙!妙!(唤介)贞丽过来斟酒唱曲。(旦摇头介)(净)为何摇头?(旦)不会。(净)呵呀!样样不会,怎称名妓。(旦)原非名妓。(掩泪介)(净)你有甚心事,容你说来。

---

①榼(kē):古代盛酒的器具。
②游具:供游戏娱乐用的器具,如棋子、棋枰、骰子之类。
③陶学士:指宋人陶谷。历仕后晋、后汉,至后周为翰林学士,故称。他曾得到宋太尉党进家蓄养的歌女,一天他掏雪水烹茶时,问那个歌女:"党家有这样的风味吗?"她答道:"党太尉是粗人,只知道在销金帐下浅斟低唱,饮羊羔美酒,哪有这种风味。"后来"陶学士"与"党太尉"就成为雅与俗的代表。

【江儿水】（旦）妾的心中事，乱似蓬，几番要向君王控。拆散夫妻惊魂迸，割开母子鲜血涌，比那流贼还猛。做哑装聋，骂着不知惶恐。

（净）原来有这些心事。（副净）这个女子却也苦了。（末）今日老爷们在此行乐，不必只是诉冤了。（旦）杨老爷知道的，奴家冤苦，也值当不的一诉。

【五供养】堂堂列公，半边南朝，望你峥嵘①。出身希贵宠，创业选声容，《后庭花》②又添几种。把俺胡撮弄③，对寒风雪海冰山，苦陪觞咏。

（净怒介）哎！这妮子胡言乱道，该打嘴了。（副净）闻得李贞丽，原是张天如、夏彝仲辈品题之妓，自然是放肆的。该打！该打！（末）看他年纪甚小，未必是那个李贞丽。（旦恨介）便是他待怎的！

【玉交枝】东林伯仲，俺青楼皆知敬重。干儿义子从新用，绝不了魏家种。（副净）好大胆，骂的是那个，快快采去丢在雪中。（外采旦推倒介）（旦）冰肌雪肠原自同，铁心石腹何愁冻。（副净）这奴才，当着内阁大老爷，这般放肆，叫我们都开罪了，可恨！可恨！（下席踢旦介）（末起拉介）（净）罢！罢！这样奴才，何难处死，只怕妨了俺宰相之度。（末）是！是！丞相之尊，娼女之贱，天地悬绝，何足介意。（副净）也罢！启过老师相，送入内庭，拣极苦的脚色，叫他去当。（净）这

---

①峥嵘：兴盛；兴旺。
②《后庭花》：教坊曲名。本名《玉树后庭花》，南朝陈后主创制。其辞轻荡，而其音甚哀，故后多用以称亡国之音。
③胡撮弄：任意摆布玩弄。

桃花扇 | 331

也该的。(末)着人拉去罢!(杂拉旦介)(旦)奴家已拼一死。**吐不尽鹃血**①**满胸,吐不尽鹃血满胸。**

(拉旦下)(净)好好一个雅集,被这奴才搅乱坏了。可笑!可笑!(副净、末连三揖介)得罪!得罪!望乞海涵,另口竭诚罢。(净)兴尽宜回春雪棹。(副净)客羞应斩美人头②。(净、副净从人喝道下)(末吊场介)可笑香君才下楼来,偏撞两个冤对③,这场是非免不了的;若无下官遮盖,香君性命也有些不妥哩。罢!罢!选入内庭,倒也省了几日悬挂④,只是媚香楼无人看守,如何是好?(想介)有了,画友蓝瑛托俺寻寓,就接他暂在楼上待香君出来,再作商量。

**赏心亭上雪初融,煮鹤烧琴宴巨公。**

**恼杀秦淮歌舞伴,不同西子入吴宫。**

## 第二十五出　选优

乙酉正月

(场上正中悬一匾,书"熏风殿",两旁悬联,书"万事无如杯在手,百年几见月当头"。款书"东阁大学士臣王铎奉敕书")(外扮沈公宪,

---

①鹃血:传说杜鹃啼声凄苦,昼夜不止,甚至口中流出血来,故称。常以形容悲怨之深。

②客羞应斩美人头:此句糅合化用《世说新语·汰侈》中石崇杀行酒美人事和《晋书·王敦传》卷九八言"杀美人者为王恺"这两个故事。

③冤对:冤家对头。

④悬挂:挂念。

净扮张燕筑,小旦扮寇白门,丑扮郑妥娘同上)(外)天子多情爱沈郎①。(净)当年也是画眉张②。(小旦)可怜一树白门柳。(丑)让我风流郑妥娘。(外)我们被选入宫,伺候两日,怎么还不见动静。(净仰看介)此处是熏风殿,乃奏乐之所;闻得圣驾将到,选定脚色,就叫串戏哩。(外)如何名熏风殿?(净)你不晓得,琴曲里有一句"南风之熏兮",取这个意思。(丑)呸!你们男风兴头,要我们女客何用。(小旦)我们女客得了宠眷,做个大嫔妃,还强如他男风哩。(丑)正是,他男风得了宠眷,倒底是个小兄弟。(净)好徒弟,骂及师父来了。(外)咱们掌了班时,不要饶他。(净)谁肯饶他。明日教动戏,叫老妥试试我的鼓槌子罢。(丑嗤笑,指介)你老张的鼓槌子,我曾试过,没相干的。(众笑介)(副净冠带扮阮大铖上)

【绕地游】汉宫如画,春晓珠帘挂,待粉蝶黄莺打。歌舞西施,文章司马③,厮混了红袖乌纱。

(见介)你们俱已在此,怎的不见李贞丽?(小旦)他从雪中一跌,至今忍痛,还卧在廊下哩。(副净)圣驾将到,选定脚色,就要串戏,怎么由得他的性儿。(众)是,是,俺们拉他过来。(同下)(副净自语介)李贞丽这个奴才,如此可恶,今日净、丑脚色,一定借重他了。(杂扮二内监执龙扇前引,小生扮弘光帝,又扮二监提壶捧盒,随上)(小生)满城烟树间梁陈,高下楼台望不真。原是洛阳花里客,偏来管领秣陵春。(坐介)寡人登极御宇,将近一年,幸亏四镇阻当,流贼不能南下。虽有叛臣倡议欲立潞

---

①沈郎:古典戏曲中的沈郎一般指南朝梁的尚书令沈约,他精通音律。这里沈公宪引以自比。

②画眉张:指汉代的张敞,他曾经为妻子画眉。

③文章司马:指汉代文学家司马相如,这里阮大铖用以自比。

藩，昨已捕拿下狱。目今外侮不来，内患不生，正在采选淑女，册立正宫，这也都算小事，只是朕独享帝王之尊，无有声色之奉，端居高拱，好不闷也。（副净跪介）光禄寺卿臣阮大铖恭请万安。（小生）平身。（副净起介）

【掉角儿】（小生）**看阳春残雪早花，蹙愁眉慵游倦耍**。（副净）圣上安享太平，正宜及时行乐；慵游倦耍，却是为何？（小生）朕有一桩心事，料你也应晓得。（副净）想怕流贼南犯？（小生）非也。**阻隔着黄河雪浪，那怕他天汉浮槎**。（副净）想愁兵弱粮少？（小生）也不是。**俺有那镇淮阴诸猛将，转江陵大粮艘，有甚争差**①。（副净）既不为内外兵马，想是正宫未立，配德无人？（小生）也不为此。那礼部钱谦益，采选淑女，不日册立。**有三妃九嫔，教国宜家**。（副净）又不为此，臣晓得了。（私奏介）想因叛臣周镳、雷縯祚，倡造邪谋，欲迎立潞王耳。（小生）益发说错了。**那奸人倡言惑众，久已搜拿**。

（副净低头沉吟介）却是为何？（小生）卿供奉内庭，乃朕心腹之臣，怎不晓得朕的心事。（副净跪介）圣虑高深，臣衷愚昧，其实不能窥测。伏望明白宣示，以便分忧。（小生）朕谕你知道罢，朕贵为天子，何求不遂。只因你所献《燕子笺》，乃中兴一代之乐，点缀太平，第一要事；今日正月初九，角色尚未选定，万一误了灯节，岂不可恼。（指介）你看阁学王铎书的对联道："万事无如杯在手，百年几见月当头。"一年有几个元宵，故此日夜踌蹰，饮膳俱减耳。（副净）原来为此，巴里之曲，有廑②圣怀，皆微臣之罪也。（叩头介）臣敢不鞠躬尽瘁，以报主知。（起唱介）

---

①争差：差错；意外。
②廑（jǐn）：古同"廑"，这里表示损的意思。

【前腔】忝卿僚填词辨挝,备供奉诙谐风雅。恨不能腮描粉墨,也情愿怀抱琵琶。但博得歌筵前垂一顾,舞裀①边受寸赏②,御酒龙茶,三生侥幸,万世荣华。这便是为臣经济,报主功阀③。

(前问介)但不知内庭女乐,少何脚色?(小生)别样脚色,都还将就得过,只有生、旦、小丑不惬朕意。(副净)这也容易,礼部送到清客、歌妓,现在外厢,听候拣选。(小生)传他进来。(副净)领旨。(急入领外、净、旦、小旦、丑上)(俱跪介)(小生问外、净介)你二人是串戏清客么?(外、净)不敢,小民串戏为生。(小生)既会串戏,新出传奇也曾串过么?(外、净)新出的《牡丹亭》《燕子笺》《西楼记》,都曾串过。(小生)既会《燕子笺》,就做了内庭教习罢。(外、净叩头介)(小生问介)那三个歌妓,也会《燕子笺》么?(小旦、丑)也曾学过。(小生喜介)益发妙了。(问旦介)这个年小的,怎不答应?(旦)没学。(副净跪介)臣启圣上,那两个学过的,例应派做生、旦。这一个没学的,例应派做丑脚。(小生)既有定例,依卿所奏。(小旦、丑、旦叩头介)(小生)俱着起来,伺候串戏。(俱起介)(丑背喜介)还是我老妥做了天下第一个正旦。(小生向副净介)卿把《燕子笺》摘出一曲,叫他串来,当面指点。(外、净、小旦、丑随意演《燕子笺》一曲,副净作态指点介)(小生喜介)有趣!有趣!都是熟口,不愁扮演了。(唤介)长侍斟酒,庆贺三杯。(杂进酒,小生饮介)(小生起介)我们君臣同乐,打一回十番何如?(副净)领旨。(小生)寡人善于打鼓,你们各认乐器。(众打雨夹雪一套,完介)(小生大笑介)十分忧愁消去九分了。(唤介)长侍斟酒,再庆三杯。(杂进酒,小生饮介)

---

①舞裀(yīn):跳舞的地毯。裀,古同"茵"。垫子;褥子。
②寸赏:微薄的赏赐。
③功阀:功劳。

【前腔】旧吴宫重开馆娃①,新扬州初教瘦马②。淮阳鼓昆山弦索,无锡口姑苏娇娃。一件件闹春风,吹暖响,斗晴烟,飘冷袖,宫女如麻。红楼翠殿,景美天佳。都奉俺无愁天子③,语笑喧哗。

（看旦介）那个年小歌妓,美丽非常,派做丑脚,太屈他了。（问介）你这个年小歌妓,既没学《燕子笺》,可曾学些别的么？（旦）学过《牡丹亭》。（小生）这也好了,你便唱来。（旦羞不唱介）（小生）看他粉面发红,像是腼腆；赏他一柄桃花宫扇,遮掩春色。（杂掷红扇与旦介）（旦持扇唱介）

【懒画眉】为甚的玉真重溯武陵源,也只为水点花飞在眼前。是他天公不费买花钱,则咱人心上有啼红怨。咳！辜负了春三二月天。

（小生喜介）妙绝,妙绝！长侍斟酒,再庆三杯。（杂进酒,小生饮介）（指旦介）看此歌妓,声容俱佳,岂可长材短用,还派做正旦罢。（指丑介）那个黑色的,倒该做丑脚。（副净）领旨。（丑撅嘴介）我老妥又不妥了。（小生向副净介）你把生、丑二脚,领去入班；就叫清客二名,用心教习,你也不时指点。（副净跪应介）是,此乃微臣之专责,岂敢辞劳。（急领外、净、小旦、丑下）（小生向旦介）你就在这熏风殿中,把《燕子笺》脚本,三日念会,好去入班。（旦）念会不难,只是没有脚本。（小生唤介）长侍,你把王铎抄的楷字脚本,赏与此旦。（杂取脚本付旦,跪接介）（小生）千年只有歌场乐,万事何须酒国愁。（杂引下）

---

①馆娃：春秋时吴王夫差为西施建造的馆娃宫。此句讽刺弘光帝又走上了吴王宠幸西施的亡国之路。

②瘦马：买来养育以待再贩卖的童女；雏妓。

③无愁天子：古代对北齐失国昏君后主高纬的讽刺称呼。

（旦掩泪介）罢了，罢了！已入深宫，那有出头之日。

【前腔】锁重门垂杨暮鸦，映疏帘苍松碧瓦。凉飕飕风吹罗袖，乱纷纷梅落宫髽①。想起那拆鸳鸯，离魂惨，隔云山，相思苦，会期难拿。倩人寄扇，擦损桃花。到今日情丝割断，芳草天涯。

（叹介）没奈何，且去念会脚本；或者天恩见怜，放奴出宫，再会侯郎一面，亦未可知。

【尾声】从此后入骨髓愁根难拔，真个是广寒宫姮娥守寡。只这两日呵！瘦损宫腰剩一把。

曲终人散日西斜，殿角凄凉自一家。
纵有春风无路入，长门关住碧桃花。

## 第二十六出　赚将

乙酉正月

【破阵子】（生上）水驿山城烟霭，花村酒肆尘埋。百里白云

---

①宫髽（zhuā）：指宫女梳在头顶两旁的髻子。髽，梳在头顶两旁的发髻。

桃花扇 | 337

清宣统三年炼石斋书局石印本《桃花扇》图

亲舍近，不得斑衣效老莱①，从军心事乖。

　　小生侯方域奉史公之命，监军防河。争奈②主将高杰，性气乖张，将总兵许定国当面责骂；只恐挑起争端，难于收救，不免到中军帐内，劝谏一番。（入介）（副净扮高杰上）一声叱退黄河浪，两手推开紫塞③烟。（相见坐介）先生入帐，有何见教。（生）小生千里相随，只为防河大事。今到睢州呵！

【四边静】威名震，人人惊魂，家尽移宅。鸡犬不留群，军民少宁刻。营中一吓，帐中一责；敌国在萧墙，祸事恐难测。

　　（副净）那许定国拥兵十万，夸胜争强，昨日教场点卯，一个个老弱不堪。欺君糜饷，本当军法从事，责骂几声，也算从轻发放了。（生）元帅差矣。

【福马郎】此时山河一半改，倚着忠良帅，速奏凯。收拾人心，招纳英才，莫将衅端开。成功业，只在将和谐。

　　（副净）虽如此说，那许定国托病不来，倒请俺入城饮酒，总是十分惧怕了。俺看睢州城外，四面皆水，只有单桥小路，也是可守之邦。明日叫他让出营房，留俺歇马。他若依时便罢，若不依时，俺便夺他印牌，另委别将，却也容易。（生摇手介）这事万万行不得，昨日教场一骂，争端

---

①"百里白云亲舍近"二句：意指临近家乡了，却不能亲自去侍奉父母。唐代狄仁杰在并州任职时，他的父母在河阳家中。有一天，他登上太行山时，向南方远眺河阳，只见一片白云飘飞，他对身边人说："我的双亲就在那白云下居住。"后来人们就用"白云亲舍"表示思念亲人。老莱，指春秋时楚国的隐士老莱子，他七十多岁时，还经常穿着彩色的衣服表演滑稽的动作，逗父母开心。

②争奈：怎奈。
③紫塞：北方边塞。

已起。自古道"强龙不压地头蛇"，他在唇齿肘臂之间，早晚生心，如何防备。（副净指生介）书生之见，益发可笑。俺高杰威名盖世，便是黄、刘三镇，也拜下风，这许定国不过走狗小将，有何本领，俺倒防备起他来。（生打恭介）是！是！是！元帅既有高见，小生何用多言。就此辞归，竟在乡园中，打听元帅喜信罢。（副净拱介）但凭尊意。（生冷笑拂袖下）（副净起唤介）叫左右。（净、丑扮二将上）元帅呼唤，有何军令？（副净）你二将各领数骑，随我入城饮酒顽耍。这大营人马，不许擅动。（净、丑）得令。（即下）（领四卒上）（副净）就此前行。（骑马绕场介）

**【划锹儿】** 南朝划就黄河界，东流把住白云隘；飞鸟不能来，强弓何用买。（合）望荒城柳栽，上危桥板坏；按辔徐行，军容潇洒。

（暂下）（外扮家将捧印牌上）杀人不用将军印，奏凯全凭娘子军。咱乃睢州总兵的家将，俺总爷被高杰一骂，吓得水泻不止。亏了夫人侯氏，有胆有谋，昨夜画定计策，差俺捧着牌印，前来送交，就请他进城筵宴。约定饮酒中间，放炮为号，如此如此，这般这般。倒也是条妙计，只不知天意若何，好怕人也。（望介）远望高杰前来，不免在桥头跪接。（副净等唱前合上）（外跪接介）（副净问介）你是何处差官？（外）小的是总兵许定国家将，叩接元帅大老爷。（副净）那许总兵为何不接？（外）许总兵卧病难起，特差小的送到牌印，就请元帅爷进城筵宴，点查兵马。（副净）席设何处？（外）设在察院公署。（副净）左右收了牌印。（净、丑收介）（副净笑介）妙！妙！牌印果然送到，明日安营歇马，任俺区处①了。（吩咐外介）你便引马前行。（外前引，唱前合，行介）（外跪禀介）已到察院，请元帅爷入席。（副净下马入坐介）（吩咐介）军卒外面

---

① 区处：处理，筹划安排。

伺候。（向净、丑介）你二将不同别个，便坐下席，陪俺欢乐。（净、丑安放牌印，叩头介）告坐了。（就地列坐介）（外斟副净酒介）（末、小生扮二将斟净、丑酒介）（又副净、净、丑身旁各立一杂摆菜介）（外）请酒。（副净怒介）这样薄酒，拿来灌俺。（摔杯介）（外急换酒介）（外）请菜。（副净怒介）这样冷菜，如何下箸。（摔箸介）（外急换菜介）（副净）今日正月初十，预赏元宵，怎的花灯优人，全不预备。（外跪禀介）禀元帅爷，这睢州偏僻之所，没处买灯叫戏。且把衙门灯笼悬挂起来，军中鼓角吹打一通罢。（挂灯吹打介）（副净向净、丑介）我们多饮几杯。

【普天乐】镇河南，威风大，柳营列，星旗摆。灯筵上，灯筵上，将印兵牌。（净、丑起奉副净酒介）行军令，酒似官差。（副净与净、丑猜拳介）任哗拳叫彩，三家拇阵排。（外、末、小生）这八卦图中新势，只怕鬼谷难猜。

　　（净、丑）小的酒都有了，今日还要伺候元帅爷点查兵马哩。（副净）天色已晚，明日点查罢，大家再饮几杯。（又斟酒饮介）（内放纸炮介）（杂急拿副净手，外拔刀欲杀，副净挣脱跳梁上介）（一杂急拿净手，末杀死净介）（一杂急拿丑手，小生杀死丑介）（闻炮声拿杀要一齐介）（外喊介）高杰走脱了，快寻，快寻。（杂点火把各处寻介）（外仰视介）顶破椽瓦，想是爬房走了。（杂又寻介）（外指介）那楼脊兽头边，闪闪绰绰，似有人影。快快放箭！（末、小生放箭介）（副净跳下介）（杂拿住副净手介）（外认介）果然是老高哩。（副净呵介）好反贼，俺是皇帝差来防河大帅，你敢害我？（外）俺只认的许总爷，不认的甚么黄的黑的，快伸头来。（副净跳介）罢了！罢了！俺高杰有勇无谋，竟被许定国赚了。（顿足介）咳！悔不听侯生之言，致有今日。（伸脖介）取我头去。（外指介）老高果然是条好汉。（割副净头，手提介）（唤介）两个兄弟快捧牌印,大家回报总爷去。(末、小生捧牌印介)(末)且莫慌张,三将虽死,还有小卒在外哩。(外)久已杀得干净了。(小生)还有一件,城外大营,明日知道,必来报仇。快去回了总爷,求侯夫人妙计。(外)侯夫人妙计,早已领来了。今夜悄悄出城,带着高杰首级献与北朝,就引着北朝人马,连夜踏冰渡河,杀退高兵。算我们下江南第一功了。

宛马嘶风①缓辔来,黄河冰上北门开。

南朝正赏春灯夜,让我当筵杀将才。

## 第二十七出　逢舟

乙酉二月

【水底鱼】(净扮苏昆生背包裹骑驴急上)戎马纷纷,烟尘一望昏;魂惊心震,长亭连远村。(丑扮执鞭人赶呼介)客官慢走,你看黄河堤上,逃兵乱跑,不要被他夺了驴去。(净不听,急走介)(杂扮乱兵三人迎上)弃甲掠盾,抱头如鼠奔;无暇笑哂,大家皆败军,大家皆败军。(遇净,推下河,夺驴跑下)(丑赶下)(净立水中,头顶包裹高叫介)救人呀!救人呀!(外扮舟子撑船,小旦扮李贞丽贫妆上)

【前腔】流水浑浑②,风涛拍禹门③;堤边浪稳,泊舟杨柳根。(欲泊船介)(小旦唤介)驾长④,你看前面浅滩中,有人喊叫;我们撑过船

---

①嘶风:(马)迎风嘶叫,形容马势雄猛。此句表示清兵可以悠然南下。
②浑浑:形容一片模糊的景象或状态。
③禹门:即龙门。在今山西河津市西北、陕西韩城市东北。相传为夏禹所凿,故名。
④驾长:对船工的尊称。

去，救他一命，积个阴骘①如何？（外）黄河水溜②，不是当耍的。（小旦）人行好事，大王爷爷③自然加护的。（外）是，是，待我撑过去。（撑介）风急水紧，舍生来救人。哀声迫窘，残生一半魂，残生一半魂。

（近净呼介）快快上来，合该你不死，遇着好人。（伸篙下，净攀篙上船介）（作颤介）好冷！好冷！（外取干衣与净介）（小旦背立介）（净换衣介）多谢驾长，是俺重生父母。（叩介）（外）不干老汉事，亏了这位娘子叫我救你的。（净作揖起，惊认介）你是李贞丽，为何在这船里？（小旦惊认介）原来是苏师父。你从何处来？（净）一言难尽。（小旦）请坐了讲。（坐介）（外泊船介）且到岸上买壶酒吃去。（下）

【琐窗寒】（净）**一从你嫁朱门，锁歌楼，叠舞裙；寒风冷雪，哭杀香君。**（小旦掩泪介）香君独住，怎生过活。（净）他托俺前来寻访侯郎。**征人战马，侯郎无信，茫茫驿路殷勤问。**（小旦问介）因何落水？（净）正在堤上行走，被乱兵夺驴，把俺推下水的。**蒙救出浊流，故人今夕重近。**

（小旦）原来如此，合该师父不死，也是奴家有缘，又得一面。（净问介）贞娘，你既入田府，怎得到此？（小旦）且取火来，替你烘干衣裳，细细告你。（小旦取火盆上介）（副净扮舟子撑船，生坐船急上）才离虎豹千林雾，又逐鲸鲵万里波。（呼介）驾长，这是吕梁地面了，扯起篷来，早赶一程；明日要起早哩。（副净）相公不要性急，这样风浪，如

---

①阴骘（zhì）：阴德。
②溜（liù）：迅急的水流，这里指水流急。
③大王爷爷：指河神。

桃花扇 | 343

何行的。前面是泊船之所，且靠帮①住一宿罢。（生）凭你。（泊船介）（生）惊魂稍定，不免略打个盹儿。（卧介）（净烘衣，小旦旁坐谈介）奴家命苦，如今又不在那田家了。想起那晚。

【前腔】**匆忙扮作新人，夺藏娇，金屋春；一身宠爱，尽压钗裙。**（净）这好的狠了。（小旦）谁知田仰嫡妻，十分悍妒。**狮威胜虎，蛇毒如刃。**把奴揪出洞房，打个半死。（净）呵呀呀！了不得，那田仰怎不解救。（小旦）**田郎有气吞声忍，**竟将奴赏与一个老兵。（净）既然转嫁，怎么在这船上。（小旦）此是漕标报船，老兵上岸下文书去了。**奴自坐船头，旧人来说新恨。**

（生一边细听介）（听完起坐介）隔壁船中，两个人絮絮叨叨，谈了半夜，那汉子的声音，好似苏昆生，妇人的声音，也有些相熟；待我猛叫一声，看他如何？（叫介）苏昆生！（净忙应介）那个唤我？（生喜介）竟是苏昆生。（出见介）（净）原来是侯相公，正要去寻，不想这里撞着。谢天谢地，遇的恰好。（唤介）请过船来，认认这个旧人。（生过船介）还有那个？（见小旦惊认介）呀！贞娘如何到此，奇事奇事，香君在那里？（小旦）官人不知，自你避祸夜走，香君替你守节，不肯下楼。（生掩泪介）（小旦）后来马士英差些恶仆，拿银三百，硬娶香君，送与田仰。（生惊介）我的香君，怎的他适了？（小旦）嫁是不曾嫁；香君惧怕，碰死在地。（生大哭介）我的香君，怎的碰死了？（小旦）死是不曾死，碰的鲜血满面；那门外还声声要人，一时无奈，妾身竟替他嫁了田仰。（生喜）好！好！你竟嫁与田仰了，今日坐船要往那里去？（小旦）就住在船上。（生）为何？（小旦羞介）（净）他为田仰妒妇所逐，如今转嫁这

---

① 靠帮：靠岸停泊。

船上一位将爷了。（生微笑介）有这些风波，可怜！可怜！（问净介）你怎得到此？（净）香君在院，日日盼你，托俺寄书来的。（生急问）书在那里？

【奈子花】（净取包介）这封书不是笺纹，折宫纱夹在斑筠①。题诗定情，催妆分韵。（生接扇介）这是小生赠他的诗扇。（净指扇介）看桃花半边红晕，情恳！千万种语言难尽。

（生看扇问介）那一面是谁画的桃花？（净）香君碰坏花容，溅血满扇，杨龙友添上梗叶，成了几笔折枝桃花。（生细看喜介）果然是些血点儿，龙友点缀，却也有趣。这柄桃花扇，倒是小生至宝了。（问介）你为何今日带来？（净）在下出门之时，香君说道，千愁万苦俱在扇头，就把扇儿当封书罢！故此寄来的。（生又看，哭介）香君香君！叫小生怎生报你也！（问净介）你怎的寻着贞娘来？（净指唱介）

【前腔】俺呵，走长堤驴背辛勤，遇逃兵推下寒津。（生）呵呀！受此惊险。（问介）怎的不曾湿了扇儿？（净作势介）横流没肩，高擎书信，将兰亭保全真本②。（生拱介）为这把桃花扇，把性命都轻了，真可感也。（问介）后来怎样呢？（净）亏了贞娘，不怕风浪，移船救我。思忖，从井救别人谁肯。

---

①折宫纱夹在斑筠：这里指桃花扇。

②将兰亭保全真本：这里暗用"兰亭落水"的故事，比喻苏昆生落水后不顾性命保全桃花扇。据陶宗仪《辍耕录》记载，元代著名书画家赵孟坚从别处得到心仪已久的王羲之的兰亭贴，非常高兴，连夜乘船回家。途中遇到大风，船被吹翻，但赵孟坚什么都不顾，拼命保全兰亭贴，后来他在卷末题上"性命可轻，至宝是保"几个字，以作纪念。

（生）好！好！若非遇着贞娘，这黄河水溜，谁肯救人。（小旦）妾本无心，救他上船，才认的是苏师父。（生）这都是天缘凑巧处。（净）还不曾问候相公，因何南来？（生）俺自去秋随高杰防河，不料匹夫无谋，不受谏言，被许定国赚入睢州，饮酒中间，遭人刺死。小生不能存住，买舟黄河，顺流东下。你看大路之上，纷纷乱跑，皆是败兵，叫俺有何面目，再见史公也。（净）既然如此，且到南京，看看香君，再作商量。（生）也罢，别过贞娘，趁早开船。（小旦）想起在旧院之时，我们一家同住，今日船中，只少一个香君，不知今生还能相见否。

【金莲子】一家人离散了，重聚在水云。言有尽，离绪百分；掌中娇养女，何日说艰辛。

（生）只怕有人踪迹，昆老快快换衣，就此别过罢。（净换衣介）（生、净掩泪过船介）（净）归计登程犹未准。（生）故人见面转添愁。（副净撑船下）（小旦）妾心厌倦烟花，伴着老兵度日，却也快活。不意故人重逢，又惹一天旧恨；你听涛声震耳，今夜那能成寐也。

悠悠萍水一番亲，旧恨新愁几句论。

漫道浮生无定着，黄河亦有住家人。

## 第二十八出　题画

乙酉三月

（小生扮山人蓝瑛上）美人香冷绣床闲，一院桃开独闭关；无限浓春烟雨里，南朝留得画中山。自家武林①蓝瑛，表字田叔，自幼驰声画苑。

---

①武林：杭州的别称。

与贵筑杨龙友笔砚至交，闻他新转兵科，买舟来望，下榻这媚香楼上。此楼乃名妓香君梳妆之所，美人一去，庭院寂寥，正好点染云烟①，应酬画债。不免将文房画具，整理起来。（作洗砚、涤笔、调色、揸盏介）没有净水怎处？（想介）有了，那花梢晓露，最是清洁，用他调丹濡粉，鲜秀非常。待我下楼，向后园收取。（手持色盏暂下）

【破齐阵】（生新衣上）地北天南蓬转，巫云楚雨丝牵。巷滚杨花，翻墙燕子，认得红楼旧院。触起闲情柔如草，搅动新愁乱似烟，伤春人正眠。

小生在黄河舟中，遇着苏昆生，一路同行，心忙步急，不觉来到南京。昨晚旅店一宿，天明早起，留下昆生看守行李，俺独自来寻香君，且喜已到院门之外。

【刷子序犯】只见黄莺乱啭，人踪悄悄，芳草芊芊②。粉坏楼墙，苔痕绿上花砖。应有娇羞人面，映着他桃树红妍；重来浑似阮刘仙，借东风引入洞中天。

（作推门介）原来双门虚掩，不免侧身潜入，看有何人在内。（入介）

【朱奴儿犯】呀，惊飞了满树雀喧，踏破了一墀③苍藓。这泥落空堂帘半卷，受用煞双栖紫燕。没个人传，蹑踪儿④回廊一遍，直步到小楼前。

---

①点染云烟：指画风景画。
②芊芊：草木茂盛的样子。
③墀（chí）：台阶上的空地，亦指台阶。
④蹑踪儿：轻步。

桃花扇 | 347

（上指介）这是媚香楼了。你看寂寂寥寥，湘帘①昼卷，想是香君春眠未起。俺且不要唤他，慢慢的上了妆楼，悄立帐边，等他自己醒来，转睛一看，认得出是小生，不知如何惊喜哩！（作上楼介）

【普天乐】手拽起翠生生罗襟软，袖拨开绿杨线。一层层栏坏梯偏，一桩桩尘封网罥②。艳浓浓楼外春不浅，帐里人儿腼腆。（看几介）从几时收拾起银拨冰弦③；摆列着描春容脂箱粉盏，待做个女山人画叉乞钱④。

（惊介）怎的歌楼舞榭，改成个画院书轩，这也奇了。（想介）想是香君替我守节，不肯做那青楼旧态，故此留心丹青，聊以消遣春愁耳。（指介）这是香君卧室，待我轻轻推开。（推介）呀！怎么封锁严密，倒像久不开的；这又奇了，难道也没个人看守。（作背手彷徨介）

【雁过声】萧然⑤，美人去远，重门锁，云山万千。知情只有闲莺燕，尽着狂，问着他一双双不会传言。熬煎，才待转，嫩花枝靠着疏篱颤。（下听介）帘栊⑥响，似有个人略喘。

（瞧介）待我看是谁来。（小生持盏上楼，惊见介）你是何人，上我寓楼？（生）这是俺香君妆楼，你为何寓此？（小生）我乃画士蓝瑛。兵

---

① 湘帘：用湘妃竹做的帘子。
② 罥（juàn）：悬挂。
③ 银拨冰弦：指琵琶。
④ 待做个女山人画叉乞钱：此句指要做个女山人以画画为生。山人，古代学者士人的雅号。画叉，用以悬挂或取下高处立幅书画的长柄叉子。
⑤ 萧然：空寂；萧条。
⑥ 帘栊：亦作"帘笼"，窗帘和窗牖。也泛指门窗的帘子。

科杨龙友先生送俺来寓的。(生)原来是蓝田老,一向久仰。(小生问介)台兄尊号?(生)小生河南侯朝宗,亦是龙友旧交。(小生惊介)呵呀!文名震耳,才得会面。请坐请坐!(坐介)(生)我且问你,俺那香君那里去了?(小生)听说被选入宫了。(生惊介)怎……怎的被选入宫了!几时去的?(小生)这倒不知。(生起,掩泪介)

【倾杯序】寻遍,立东风渐午天,那一去人难见。(瞧介)看纸破窗棂,纱裂帘幔。裹残罗帕,戴过花钿,旧笙箫无一件。红鸳衾尽卷,翠菱花放扁,锁寒烟,好花枝不照丽人眠。

想起小生定情之日,桃花盛开,映着簇新新一座妆楼;不料美人一去,零落至此。今日小生重来,又值桃花盛开,对景触情,怎能忍住一双眼泪。(掩泪坐介)

【玉芙蓉】春风上巳①天,桃瓣轻如剪,正飞绵作雪,落红成霰②。不免取开画扇,对着桃花赏玩一番。(取扇看介)**溅血点作桃花扇,比着枝头分外鲜**。这都是为着小生来。**携上妆楼展,对遗迹宛然③**,为桃花结下了死生冤。

(小生)请教这扇上桃花,何人所画?(生)就是贵东杨龙友的点染。(小生)为何对之挥泪?(生)此扇乃小生与香君订盟之物。

---

①上巳(sì):旧时节日名。汉以前以农历三月上旬巳日为"上巳"。
②霰(xiàn):在高空中的水蒸气遇到冷空气凝结成的小冰粒,多在下雪前或下雪时出现。
③宛然:形容真切、清晰的样子。

【山桃红】那香君呵！**手捧着红丝砚**①，**花烛下索诗篇**。（指介）**一行行写下鸳鸯券**。不到一月，小生避祸远去，香君闭门守志，不肯见客，惹恼了几个权贵。**放一群吠神仙朱门犬**。那时硬抢香君下楼，香君着急，**把花容呵，似鹃血乱洒啼红怨**。这柄诗扇恰在手中，竟为溅血点坏。（小生）可惜！可惜！（生）后来杨龙友添上梗叶，竟成了几笔折枝桃花。（拍扇介）**这桃花扇在，那人阻春烟**。

（小生看介）画的有趣，竟看不出是血迹来。（问介）这扇怎生又到先生手中？（生）香君思念小生，托他师父到处寻俺，把这桃花扇，当了一封锦字书。小生接得此扇，跋涉来访，不想香君又入宫去了。（掩泪介）（末扮杨龙友冠带，从人喝道上）台上久无秦弄玉，船中新到米襄阳②。（杂入报介）兵科杨老爷来看蓝相公，门外下轿了。（小生慌迎见介）（末上楼见生，揖介）侯兄几时来的？（生）适才到此，尚未奉拜。（末）闻得一向在史公幕中，又随高兵防河。昨见塘报③，高杰于正月初十日，已为许定国所杀，那时世兄在那里来？（生）小弟正在乡园，忽遇此变，扶着家父逃避山中，一月有余。恐为许兵踪迹，故又买舟南来。路遇苏昆生，持扇相访，只得连夜赴约。竟不知香君已去。（问介）请问是几时去的？（末）正月人日被选入官的。（生）到几时才出来？（末）遥遥无期。（生）小生只得在此等他了。（末）此处无可留恋，倒是别寻佳丽罢。（生）小生怎忍负约，但得他一信，去也放心。

---

①红丝砚：亦作"红丝研"。我国出产的一种名砚。用山东省青州市所产的红丝石琢制而成。

②米襄阳：宋代书画家米芾，襄阳人，因称"米襄阳"。这里借指蓝瑛。

③塘报：军事情报。亦指专职传递紧急军情报告的人。

【尾犯序】望咫尺青天,那有个瑶池女使,偷递情笺。明放着花楼酒榭,丢做个雨井烟垣。堪怜!旧桃花刘郎又捻①,料得新吴宫西施不愿。横揣俺天涯夫婿,永巷日如年。

(末)世兄不必愁烦,且看田叔作画罢。(小生画介)(生、末坐看介)这是一幅桃源图?(小生)正是。(末问介)替那家画的?(小生)大锦衣卫张瑶星先生,新修起松风阁,要裱做照屏的。(生赞介)妙!妙!位置点染,别开生面,全非金陵旧派。(小生作画完介)见笑!见笑!就求题咏几句,为拙画生色如何?(生)不怕写坏,小生就献丑了。(画介)原是桃花洞里人,重来那得便迷津。渔郎诳指空山路,留取桃源自避秦。归德侯方域题。(末读介)佳句。寄意深远,似有微怪小弟之意。(生)岂敢!(指画介)

【鲍老催】这流水溪堪羡,落红英千千片。抹云烟,绿树浓,青峰远。仍是春风旧境不曾变,没个人儿将咱系恋。是一座空桃源,趁着未斜阳将棹转。

(起介)(末)世兄不要埋怨,而今马、阮当道,专以报仇雪恨为事;俺虽至亲好友,不敢谏言。恰好人日设席,唤香君供唱;那香君性气,你是知道的,手指二公一场好骂。(生)呵呀!这番遭他毒手了。(末)亏了小弟在旁,十分劝解,仅仅推入雪中,吃了一惊。幸而选取入内庭,暂保性命。(向生介)世兄既与香君有旧,亦不可在此久留。(生)是!是!承教了。(同下楼行介)

---

①捻(niǎn):同"捻",拨弄。

【尾声】热心肠早把冰雪咽,活冤业现摆着麒麟楦①。(收扇介)俺且抱着扇上桃花闲过遣。

(竟下介)(末)我们别过蓝兄,一同出去罢。(生)正是忘了作别。(作别介)请了!(小生先闭门下)(生、末同行介)

(生)重到红楼意惘然,(末)闲评诗画晚春天。

(生)美人公子飘零尽,(末)一树桃花似往年。

# 第二十九出　逮社

乙酉三月

【凤凰阁】(丑扮书客蔡益所上)堂名二酉②,万卷牙签③求售。何物充栋汗车牛,混了书香铜臭。贾儒商秀,怕遇着秦皇大搜。

在下金陵三山街书客蔡益所的便是。天下书籍之富,无过俺金陵;这金陵书铺之多,无过俺三山街;这三山街书客之大,无过俺蔡益所。(指介)你看十三经、廿一史、九流三教、诸子百家、腐烂时文④、新奇小说,上下充箱盈架,高低列肆连楼。不但兴南贩北,积古堆今,而且严批妙选,精刻善印。俺蔡益所既射了贸易诗书之利,又收了流传文字之功;

---

①麒麟楦(xuàn):唐朝人称演戏时装假麒麟的驴子叫麒麟楦。比喻虚有其表没有真才的人物。这里指阮、马之流。

②二酉:指大酉、小酉二山,在今湖南省辰溪县,二山皆有洞穴。相传小酉山洞中有书千卷,秦人曾隐学于此。后即以"二酉"称丰富的藏书。这里是书坊的名称。

③牙签:本为系在书卷上作为标识,以便翻检的牙骨等制成的签牌。后指代书籍。

④腐烂时文:指当时的八股文。

凭他进士举人，见俺作揖拱手，好不体面。（笑介）今乃乙酉乡试之年，大布恩纶①，开科取士。准了礼部尚书钱谦益的条陈，要亟正文体，以光新治。俺小店乃坊间首领，只得聘请几家名手，另选新篇。今日正在里边删改批评，待俺早些贴起封面来。（贴介）风气随名手，文章中试官。（下）（生、净背行囊上）

【水红花】（生）**当年烟月满秦楼，梦悠悠，箫声非旧。人隔银汉几重秋，信难投，相思谁救。**（唤介）昆老，我们千里跋涉，为赴香君之约。不料他被选入宫，音信杳然，昨晚扫兴回来；又怕有人踪迹，故此早早移寓。但不知那处僻静，可以多住几时，打听音信。**等他诗题红叶，白了少年头。佳期难道此生休也啰？**

（净）我看人情已变，朝政日非，且当道诸公，日日罗织②正人，报复夙怨。不如暂避其锋，把香君消息，从容打听罢。（生）说的也是，但这附近州郡，别无相知；只有好友陈定生住在宜兴，吴次尾住在贵池。不免访寻故人，倒也是快事。（行介）

【前腔】**故人多狎水边鸥，傲王侯，红尘拂袖。长安棋局不胜愁，买孤舟，南寻烟岫③。**（净）来到三山街书铺廊了，人烟稠密，趱行几步才好。（疾走介）**妨他豺狼当道，冠带几猕猴④。三山榛莽⑤水狂流**

---

①恩纶：即恩诏，皇帝降恩的诏书。
②罗织：指无中生有地多方构陷。
③烟岫（xiù）：云雾缭绕的山峦。
④冠带几猕猴：此句化用"沐猴而冠"的典故，比喻虚有其表，形同傀儡，讽刺那些投靠恶势力窃据权位之人。《史记·项羽本纪》："人言楚人沐猴而冠，果然。"
⑤榛（zhēn）莽：杂乱丛生的草木。

桃花扇 | 353

也啰。

（生指介）这是蔡益所书店，定生、次尾常来寓此，何不问他一信。（住看介）那廊柱上贴着新选封面，待我看来。（读介）"复社文开"。（又看介）这左边一行小字，是"壬午、癸未房墨合刊"；右边是"陈定生、吴次尾两先生新选"。（喜介）他两人难道现寓此间不成？（净）待我问来。（叫介）掌柜的那里？（丑上）请了，想要买甚么书籍么？（生）非也。要借问一信。（丑）问谁？（生）陈定生、吴次尾两相公来了不曾？（丑）现在里边，待我请他出来。（丑下）（末、小生同上见介）呀！原来是侯社兄。（见净介）苏昆老也来了。（各揖介）（末问介）从那来的？（生）从敝乡来的。（小生问介）几时进京？（生）昨日才到。

【玉芙蓉】烽烟满郡州，南北从军走；叹朝秦暮楚，三载依刘。归来谁念王孙瘦，重访秦淮帘下钩。徘徊久，问桃花昔游，这江乡，今年不似旧温柔。

（问末、小生介）两兄在此，又操选政①了？（末、小生）见笑。

【前腔】金陵旧选楼②，联榻同良友；对丹黄笔砚，事业千秋。六朝衰弊今须救，文体重开韩柳欧。传不朽，把东林尽收，才知俺中原复社附清流。

（内唤介）请相公们里边用茶。（末、小生）来了。（让生、净入介）（杂扮长班持拜帖上）我家官府阮大铖，新升兵部侍郎；特赐蟒玉，钦命

---

①选政：指编选文章的工作。
②选楼：原指南朝梁昭明太子萧统所建的文选楼，后泛指编选文章的地方。

防江。今日到三山街拜客，只得先来。（副净扮阮大铖蟒、玉，骄态，坐轿，杂持伞、扇引上）

【朱奴儿】（副净）排头踏①青衣前走，高轩稳扇盖交抖。看是何人坐上头，是当日胯下韩侯。（杂禀介）请老爷停轿，与金都越老爷投帖。（杂投帖介）（副净停轿介）吩咐左右，不必打道，尽着百姓来瞧。（扇扇大说介）我阮老爷今日钦赐蟒玉，大轿拜客。那班东林小人，目下奉旨搜拿，躲的影儿也没了。（笑介）**才显出谁荣谁羞，展开俺眉头皱。**

（看书铺介）那廊柱上帖的封面，有甚么复社字样；叫长班揭来我瞧。（杂揭封面，送副净读介）"复社文开。陈定生、吴次尾新选。"（怒介）嘎②！复社乃东林后起，与周镳、雷缜祚同党；朝廷正在拿访，还敢留他选书。这个书客也大胆之极了。快快住轿！（落轿介）（副净下轿，坐书铺吩咐介）速传坊官。（杂喊介）坊官那里？（净扮坊官急上，跪介）禀大老爷，传卑职有何吩咐？

【前腔】（副净）这书肆不将法守，通恶少复社渠首。奉命今将逆党搜，须得你蔓引株求③。（净）不消大老爷费心，卑职是极会拿人的。（进入拿丑上）犯人蔡益所拿到了。（丑跪禀介）小人蔡益所并未犯法。（副净）你刻什么《复社文开》，犯法不小。（丑）这是乡会房墨，每年科场要选一部的。（副净喝介）咦！目下访拿逆党，功令④森严，你容留他

---

①头踏：古代官员出行时，走在前面的仪仗。
②嘎（á）：同"啊"。
③蔓引株求：寻根究底，指一人犯罪而追索株连有关人员。
④功令：法令。

桃花扇 | 355

们选书,还敢口强,快快招来。(丑)不干小人事,相公们自己走来,现在里面选书哩。(副净)既在里面,用心看守,不许走脱一人。(丑应下)(副净向净私语介)访拿逆党,是镇抚司的专责,速递报单,叫他校尉拿人。**传缇骑①重兴狱囚,笑杨左②今番又③。**

(净)是。(速下)(副净上轿介)(生、末、小生拉轿,喊介)我们有何罪过,着人看守,你这位老先生,不畏天地鬼神了。(副净微笑介)学生并未得罪,为何动起公愤来。(拱介)请教诸兄尊姓台号?(小生)俺是吴次尾。(末)俺是陈定生。(生)俺是侯朝宗。(副净微怒介)哦!原来就是你们三位,今日都来认认下官。

**【剔银灯】堂堂貌须长似帚,昂昂气胸高如斗。**(向小生介)**那丁祭之时,怎见的阮光禄难司笾和豆。**(向末介)**那借戏之时,为甚把《燕子笺》弄俺当场丑。**(向生介)**堪羞!妆奁代凑,倒惹你裙钗乱丢。**

(生)你就是阮胡子,今日报仇来了。(末、小生)好!好!好!大家扯他到朝门外,讲讲他的素行去。(副净佯笑介)不要忙,有你讲的哩。(指介)你看那来的何人?(副净坐轿下)(杂扮白靴四校尉上)(乱叫介)那是蔡益所?(丑)在下便是,问俺怎的?(杂)俺们都是驾上来的,快快领着拿人。(丑)要拿那个?(杂)拿陈、吴、侯三个秀才。(生)不要拿,我们都在这边哩,有话说来。(杂)请到衙门里说去罢!

---

①缇(tí)骑:逮治犯人的禁卫吏役的通称,如明代锦衣卫校尉,清代步军衙门番役等。缇,橘红色。

②杨左:指明熹宗时左副都御史杨涟和佥都御史左光斗。两人因协力反对魏忠贤,弹劾其三十四大斩罪,同被诬陷入狱致死。

③又:这里表示再次出现。

（竟丢锁套三人下）（丑吊场介）这是那里的帐。（唤介）苏兄快来！（净扮苏昆生上）怎么样的了？（丑）了不得！了不得！选书的两位相公拿去罢了，连侯相公也拿去了。（净）有这等事！

【前腔】（合）凶凶的缧绁①在手，忙忙的捉人飞走；小复社没个东林救，新马阮接着崔田后。堪忧！昏君乱相，为别人公报私仇。

（净）我们跟去，打听一个真信，好设法救他。（丑）正是。看他安放何处，俺好早晚送饭。

（丑）朝中纷纷报怨仇，（净）乾坤付与杞人忧。

（丑）仓皇谁救焚书祸，（净）只有宁南一左侯。

---

①缧绁（léi xiè）：捆绑犯人的绳索，引申为牢狱。

# 卷四

## 第三十出　归山

乙酉三月

【粉蝶儿】（外白髯扮张薇冠带上）何处家山，回首上林①春老，秣陵城烟雨萧条。叹中兴，新霸业，一声长啸。旧宫袍，衬着懒散②衰貌。

　　下官张薇，表字瑶星，原任北京锦衣卫仪正③之职。避乱南来，又遇新主中兴，录俺世勋，仍补旧缺。不料权奸当道，朝局日非，新于城南修起三间松风阁，不日要投闲归老。只因有逆案两人，乃礼部主事周镳，按察副使雷缜祚，马、阮挟仇，必欲置之死地。下官深知其冤，只是无法可救，中夜踌躇，故此去志未决。

【尾犯序】党祸起新朝，正士寒心，连袂高蹈④。俺有何求，为他人操刀。急逃！盖了座松风草阁，等着俺白云啸傲；只因这沉冤未解梦空劳。

---

①上林：泛指帝王的苑囿。
②懒散：不热心于世事。按照《粉蝶儿》的曲调，这两个字应该用平声，"懒散"疑为"阑珊"。
③仪正：仪鸾司大使的别称。明初设仪鸾司，正职称大使，不久废，改置锦衣卫，因以代称锦衣卫长官。
④高蹈：隐居。

（副净扮家僮上，禀介）禀老爷，镇抚司冯可宗拿到逆党三名，候老爷升厅发放①。（杂扮校尉四人，持刑具罗列介）（外升厅介）（净扮解役投文，押生、末、小生带锁上）（跪介）（外看文问介）据坊官报单，说尔等结社朋谋，替周镳、雷缜祚行贿打点，因而该司捕解；快快从实招来，免受刑拷。

**【前腔】**（末、小生）难招！笔砚本吾曹，复社青衿，评选文稿。无罪而杀，是坑儒根苗。（生）休拷！俺来此携琴访友，并不曾流连夜晓。无端的池鱼堂燕一时烧②。

（外）据尔所供，一无实迹，难道本衙门诬良为盗不成！（拍惊堂介）叫左右预备刑具，叫他逐个招来。（末前跪介）老大人不必动怒。犯生陈贞慧，直隶宜兴人，不合在蔡益所书坊选书，并无别情。（小生前跪介）犯生吴应箕，直隶贵池人，不合与陈贞慧同事，并无别情。（外向净介）既在蔡益所书坊，结社朋谋，行贿打点，彼必知情。为何竟不拿到？（投签与净介）速拿蔡益所质审。（净应下）（生前跪介）犯生侯方域，河南归德府人，游学到京，与陈贞慧、吴应箕文字旧交。才来拜望，一同拿来了。并无别情。（外想介）前日蓝田叔所画桃源图，有归德侯方域题句。（转问介）你是侯方域么？（生）犯生便是。（外拱介）失敬了！前日所题桃源图，大有见解，领教！领教！（吩咐介）这事与你无干，请一边候。（生）多谢超豁③了。（一边坐介）（净持签上）（禀介）禀老爷，蔡益所店门关闭，逃走无踪了。（外）朋谋打点，全无证据，如何审拟。（寻思介）（副净持书送上介）王、钱二位老爷有公书。（外看介）原来是内阁

---

① 发放：发落，处置。
② 无端的池鱼堂燕一时烧：此句表示无辜遭受祸患。
③ 超豁：饶恕；宽免。

王觉斯，大宗伯钱牧斋，两位老先生公书。待俺看来！（开书背看，点头介）说的有理，竟不知陈、吴二犯，就是复社领袖。

**【红衲袄】** 一个是定生兄，艺苑豪；一个是主骚坛，吴次老。为甚的冶长无罪拘皋陶，俺怎肯祸兴党锢推又敲。大锦衣，权自操；黑狱中，白日照。莫教名士清流贾祸含冤也，把中兴文运凋。

（转拱介）陈、吴两兄，方才得罪了。（问介）王觉斯、钱牧斋二位老先生，一向交好么？（末、小生）并无相与。（外）为何发书，极道两兄文名，嘱俺开释？（末、小生）想出二公主持公道之意。（外）是，是。下官虽系武职，颇读诗书，岂肯杀人媚人。（吩咐介）这事冤屈，请一边候；待俺批回该司，速行释放便了。（批介）（末、小生一边坐介）（副净持朝报送上介）禀老爷，今日科抄①有要紧旨意，请老爷过目。（外看报介）"内阁大学士马一本，为速诛叛党，以靖邪谋事。犯官周镳、雷缜祚，私通潞藩，叛迹显然；乞早正法，晓示臣民等语。奉旨周镳、雷缜祚，着监候处决。又兵部侍郎阮一本，为捕灭社党，廓清皇图②事。照得东林老奸，如蝗蔽日；复社小丑，似蝻③出田。蝗为现在之灾，捕之欲尽；蝻为将来之患，灭之勿迟。臣编有《蝗蝻录》，可按籍而收也等语。奉旨这东林社党，着严行捕获，审拟具奏；该衙门知道！"（外惊介）不料马、阮二人，又有这等举动，从此正人君子无孑遗矣。

---

①科抄：朝报。
②皇图：皇帝统治的版图。
③蝻（nǎn）：蝗的幼虫，还没生翅的蝗虫。

【前腔】俺正要省约法，画狱牢①；那知他铸刑书，加炮烙②。莫不是清流欲向浊流抛，莫不是党碑又刻元祐号。这法网，人怎逃；这威令，谁敢拗。眼见复社东林尽入囹圄也，试新刑，搜尔曹。

（向生等介）下官怜尔无辜，正思开释。忽然奉此严旨，不但周、雷二公定了死案；从此东林、复社，那有漏网之人。（生等跪求介）尚望大人超豁。（外）俺若放了诸兄，倘被别人拿获，再无生理，且不要忙。（批介）据送三犯，朋谋打点，俱无实迹。俟拿到蔡益所之日，审明拟罪可也。（向生等介）那镇抚司冯可宗，虽系功名之徒，却也良心未丧，待俺写书与他。（写介）老夫待罪锦衣，多历年所，门户党援，何代无之。总之君子、小人，互为盛衰，事久则变，势极必反；我辈职司风纪，不可随时偏倚，代人操刀。天道好还，公论不泯，慎勿自贻后悔也。（拱介）诸兄暂屈狱中，自有昭雪之日。（净、杂押生等俱下）（外退堂介）俺张薇原是先帝旧臣，国破家亡，已绝功名之念，为何今日出来助纣为虐。自古道"知几不俟终日"③，看这光景，尚容踌躇再计乎。（唤介）家僮快牵马来，我要到松风阁养病去了。（副净牵马上）坐马在此。（外上马，副净随行介）

【解三酲】（外）好趁着晴春晚照，满路上絮舞花飘。遥望见城南苍翠山色好，把红尘客梦全消。且喜已到松风阁，这是俺的世外桃源；不免下马登楼，趁早料理起来。（下马登楼介）清泉白石人稀到，一阵

---

①"俺正要省约法"二句：形容施行德政。
②"那知他铸刑书"二句：形容施行暴政。
③知几不俟终日：此句出自《易经》，意指当遇见事变的萌芽时，一天也不要等待。

桃花扇 | 361

松风响似涛。（唤介）叫园丁撑开门窗，拂净栏槛，俺好从容眺望。（杂扮园丁收拾介）燕泥沾落絮，蛛网罥飞花。禀老爷，收拾干净了。（下）（外窥窗介）你看松阴低户，沁的人心骨皆凉。此处好安吟榻。（又凭栏介）你看春水盈池，照的人须眉皆碧。此处好支茶灶。（忽笑介）来的慌了，冠带袍靴全未脱却，如此打扮，岂是桃源中人。可笑！可笑！（唤介）家僮开了竹箱，把我买下的箬笠、芒鞋、萝绦、鹤氅①，替俺换了。（换衣带介）**堪投老②，才修完三间草阁，便解宫袍。**

（净扮校尉锁丑牵上）松间批驾贴，竹里验公文。方才拿住蔡益所，闻得张老爷来此养病，只得赶来销签。（叫介）门上大叔那里？（副净出问介）来禀何事，如此紧急？（净）禀老爷，拿到蔡益所了，特来销签。（缴签介）（副净上楼，禀介）衙门校尉带着蔡益所回话。（外惊介）拿了蔡益所，他三人如何开交。（想介）有了，叫校尉楼下伺候，听俺吩咐。（副净传净跪楼下介）（外吩咐介）这件机密重案，不可丝毫泄漏，暂将蔡益所羁候园中，待我回衙，细细审问。（净）是。（将丑拴树介）（净欲下介）（外）转来，园中窄狭，把这匹官马，牵回喂养；我的冠带袍靴，你也顺便带去。我还要多住几时，不许擅来啰唣③。（净应下）（外跌足介）坏了！坏了！衙役走入花丛，犯人锁在松树，还成一个什么桃源哩。不如下楼去罢！（下楼见丑介）果是蔡益所哩。（丑跪介）犯人与老爷曾有一面之识。（外）虽系旧交，你容留复社，犯罪不轻。（丑叩头介）是。（外）你店中书籍，大半出于复社之手，件件是你的赃证。（丑叩头介）只求老爷超生。（外）你肯舍了家财，才能保得性命。（丑）犯人情愿离家。（外喜介）这等就有救矣。（唤介）家童与他开了锁头。（副净开丑

---

①萝绦、鹤氅：藤萝做的绦，鹤羽做的袍，都是道士的服装。
②投老：投闲告老。
③啰唣：骚扰，吵闹。

介)（外）你既肯离家，何不随我住山。（丑）老爷若肯携带，小人就有命了。（外指介）你看东北一带，云白山青，都是绝妙的所在。（唤介）家童好生看门，我同蔡益所瞧瞧就来。（副净应下）（丑随外行介）（外指介）我们今夜定要宿在那苍苍翠翠之中。（丑）老爷要去看山，须差人早安公馆。那山寺荒凉，如何住宿？（外）你怎晓得，舍了那顶破纱帽，何处岩穴着不的这个穷道人。（丑背介）这是那里说起？（外）不要迟疑，一直走去便了。

【前腔】眼望着白云缥缈，顾不得石径迢遥。渐渐的松林日落空山杳，但相逢几个渔樵。翠微深处人家少，万岭千峰路一条。开怀抱，尽着俺山游寺宿，不问何朝。
境隔仙凡几树桃，才知容易谢尘嚣。
清晨检点白云署，行到深山日尚高。

## 第三十一出　草檄

乙酉三月

（净扮苏昆生上）万历年间一小童，崇祯朝代半衰翁。曾逢天启干恩荫，又见弘光嗣厂公①。我苏昆生，睁着五旬老眼，看了四代时人，故此做这几句口号②。你说那两位嗣厂公，有天没日，要把正人君子，捕尽灭绝。可怜俺侯公子，做了个法头例首。我老苏与他同乡同客，只得远来湖

---

①"曾逢天启干恩荫"二句：意指苏昆生过去曾碰到熹宗重用魏党，现在又见弘光帝宠信马、阮之流。
②口号：指打油诗、顺口溜或俗谚之类。

广,求救于宁南左侯。谁想一住三日,无门可入;今日江上大操,看他兵马过处,鸡犬无声,好不肃静。等他回营,少不得寻个法儿,见他一面。(唤介)店家那里?(副净扮店主上)黄鹤楼头仙客少,白云市上酒家多。客官有何话说?(净)请问元帅左爷爷,待好回营么?(副净)早哩!早哩!三十万人马,每日操到掌灯,况今日又留督抚袁老爷,巡按黄老爷,在教场饮酒,怎得便回。(净)既是这等,替我打壶酒来,慢慢的吃着等他罢。(副净取酒上)等他做甚。吃杯酒,早些安歇罢。(净)俺并不张看,你放心闭门便了。(副净下)(净望介)你看一轮明月,早出东山,正当春江花月夜;只是兴会①不佳耳。(坐斟酒饮介)对此杯中物,勉强唱只曲儿,解闷则个。(自敲鼓板唱介)

【念奴娇序】长空万里,见婵娟可爱,全无一点纤凝。十二阑干光

---

①兴会:意趣,兴致。

清宣统三年炼石斋书局石印本《桃花扇》图

满处,凉浸珠箔银屏。偏称,身在瑶台,笑斟玉斝①,人生几见此佳景。惟愿取年年此夜,人月双清。

（自斟饮介）这样好曲子,除了阮圆海,却也没人赏鉴。罢了!罢了!宁可埋之浮尘,不可投诸匪类。(又饮介)这时候也待好回营了,待俺细细唱起来。他若听得,不问便罢,倘来问俺,倒是个机会哩。(又敲鼓板唱介)

【前腔】孤影,南枝乍冷,见乌鹊缥缈,惊飞栖止不定。（副净上怨介）客官安歇罢,万一元帅听得,连累小店,倒不是耍的。（净唱介）**万叠苍山,何处是修竹吾庐三径**②。（副净拉净睡介）（净）不妨事的。俺是元帅乡亲,巴不得叫他知道,才好请进府哩。（副净）既是这等,凭你!凭你!（下）（净又唱介）**追省,丹桂谁攀,姮娥独住,故人千里漫同情。惟愿取年年此夜,人月双清**。（杂扮小卒数人,背弓、矢、盔、甲走过介）（净听介）外边马蹄乱响,想是回营了,不免再唱一曲。（又敲鼓板唱介）

【前腔】光莹,我欲吹断玉箫,骖鸾归去,不知何处冷瑶京。（杂扮小军四人旗帜前导介）（净听介）喝道之声,渐渐近来,索性大唱一唱。**环佩湿,似月下归来飞琼**③。（小生扮左良玉,外扮袁继咸,末扮黄澍冠带骑马上）朝中新政教歌舞,江上残军试鼓鼙。（外听介）咦!将军,贵镇也教起歌舞来了。（小生）军令严肃,民间谁敢。（末指介）果然有

---

①玉斝（jiǎ）：这里指酒。斝,古代青铜制的酒器,圆口,三足。
②三径：指归隐者的家园。
③飞琼：仙女名,后泛指仙女。

唱曲。（小生立听介）（净大唱介）那更，香雾云鬟，清辉玉臂，广寒仙子也堪并。惟愿取年年此夜，人月双清。

（小生怒介）目下戒严之时，不遵军法，半夜唱曲。快快锁拿！（杂打下门，拿出净，跪马前介）（小生问介）方才唱曲，就是你么？（净）是。（小生）军令严肃，你敢如此大胆。（净）无可奈何，冒死唱曲，只求老爷饶恕。（外）听他所说，像是醉话。（末）唱的曲子，倒是绝调。（小生）这人形迹可疑，带入帅府，细细审问。（带净行介）

【窣地锦裆】（合）操江①夜入武昌门，鸡犬寂寥似野村。三更忽遇击筑人，无故悲歌必有因。

（作到府介）（小生让外、末介）就请下榻荒署，共议军情。（外、末）怎好搅扰。（同入坐介）（外）方才唱曲之人，倒要早早发放。（小生）正是。（吩咐介）带过那个唱曲的来。（杂带净跪介）（小生问介）你把犯法情由，从实说来。（净）小人来自南京，特投元帅；因无门可入，故意犯法，求见元帅之面的。（小生）唗！该死奴才，还不实说。（末）不必动怒，叫他说，要见元帅，有何缘故。

【锁南枝】（净）京中事，似雾昏，朝朝报仇搜党人。现将公子侯郎，拿向囹圄困。望旧交，怀旧恩，替新朝，削新忿。

（小生）那侯公子，是俺世交，既来求救，必有手书。取出我瞧。（净叩头介）那日阮大铖亲领校尉，立拿送狱，那里写得及书。（外）凭你口说，如何信得。（小生想介）有了，俺幕中有侯公子一个旧人，烦他认一认，便知真假。（吩咐介）请柳相公出来。（杂应介）（丑扮柳敬亭

---

①操江：在江上操练兵卒。

上）肉朋酒友，问俺老柳。待俺认来。（点烛认介）呀！原来是苏昆生，我的盟弟。（各掩泪介）（小生）果然认的么？（丑）他是河南苏昆生，天下第一个唱曲的名手，谁不认的。（小生喜介）竟不知唱曲之人，倒是一个义士。（拉起介）请坐，请坐。（净各揖坐介）（丑）你且说侯公子为何下狱？

**【前腔】**（净）为他是东林党，复社群，曾将魏崔门户分。小阮思报前仇，老马没分寸①。三山街，缇骑狠，骤飞来，似鹰隼。

把侯相公拿入狱内，音信不通，俺没奈何，冒死求救。幸亏将军不杀，又得遇着柳兄。（揖介）只求长兄恳央元帅，早发救书，也不枉俺一番远来。（小生气介）袁、黄二位盟弟，你看朝事如此，可不恨死人也。（外）不特此也。闻得旧妃童氏，跋涉寻来，马、阮不令收认；另藏私人，预备采选，要图椒房②之亲，岂不可杀。（末）还有一件，崇祯太子，七载储君，讲官大臣，确有证据，今欲付之幽囚。人人共愤，皆思寸磔③马、阮，以谢先帝。（小生大怒介）我辈戮力疆场，只为报效朝廷；不料信用奸党，危害正人，日日卖官鬻爵，演舞教歌，一代中兴之君，行的总是亡国之政。只有一个史阁部，颇有忠心，被马、阮内里掣肘，却也依样葫芦④。剩俺单身只手，怎去恢复中原。（跌足介）罢！罢！罢！俺没奈何，竟做要君⑤之臣了。（揖外介）临侯替俺修起参本。（外）怎么样写？

---

①没分寸：没有定见，没有主张。
②椒房：后妃的代称。
③寸磔（zhé）：相当于凌迟处死，是古代的一种酷刑。磔，古代一种酷刑，把肢体分裂。
④依样葫芦：比喻单纯模仿原样照搬或没有改变、创新，这里指不能独立有所作为。
⑤要（yāo）君：威胁皇帝。

（小生）你只痛数马、阮之罪便了。（外）领教！（丑送纸笔，外写介）

**【前腔】**朝廷上，用逆臣，公然弃妃囚嗣君。报仇翻案纷纷，正士皆逃遁。寻冶容①，教艳品，卖官爵，笔难尽。

（外写完介）（小生）还要一道檄文，借重仲霖起稿罢。（揖介）（末）也是这样做么？（小生）你说俺要发兵进讨，叫他死无噍类②。（丑）该！该！（小生）你前日劝俺不可前进，今日为何又来赞成。（丑）如今是弘光皇帝了，彼一时也，此一时也。（小生）是！是！俺左良玉乃先帝老将，先帝现有太子，是俺小主。那马、阮擅立弘光之时，俺远在边方，原未奉诏的。（末）待俺做来。（丑送纸笔，末写介）

**【前腔】**清君侧，走檄文，雄兵义旗遮路尘。一霎飞渡金陵，直抵凤凰门。朝帝宫，谒孝寝，搜黄阁，试白刃。

（末写完介）（小生）就列起名来。（外）这样大事，还该请到新巡抚何腾蛟，求他列名。（小生）他为人固执，不必相闻，竟写上他罢了。（外、末列名介）（小生）今夜誊写停当，明早飞递投送，俺随后也就发兵了。（外）只怕递铺误事。（小生）为何？（外）京中匿名文书，纷纷雨集；马、阮每早令人搜寻，随得随烧，并不过目。（小生）如此只得差人了。（末）也使不得。闻得马、阮密令安庆将军杜弘域，筑起坂矶，久有防备我兵之意。此檄一到，岂肯干休；那差去之人，便死多活少了。（小生）这等怎处？（丑）倒是老汉去走走罢。（外、末惊介）这位柳先生，竟是荆轲之流，我辈当以白衣冠送之。（丑）这条老命甚么稀罕，只要办

---

①冶容：指美丽的女子。下句中的"艳品"与此意相同。
②叫他死无噍（jiào）类：意指把他们赶尽杀绝。噍，吃东西，嚼。噍类，尚生存的人。

的元帅事来。（小生大喜介）有这等忠义之人，俺左昆山要下拜了。（唤介）左右取一杯酒来。（杂取酒上，小生跪奉丑酒介）请尽此杯。（丑跪饮干介）（众拜丑，丑答拜介）

【前腔】擎杯酒，拭泪痕，荆卿短歌声自吞。夜半携手叮咛，满座各消魂。何日归，无处问，夜月低，春风紧。

（各掩泪介）（丑向净介）借重贤弟，暂陪元帅，俺就束装东去了。（净）只愿救取公子，早早出狱，那时再与老哥相见罢。（俱作别介）（丑先下）（小生）义士！义士！（外、末）壮哉！壮哉！

渺渺烟波夜气昏，一樽酒尽客消魂。
从来壮士无还日，眼看长江下海门。

## 第三十二出　拜坛

乙酉三月

【吴小四】（副末扮赞礼郎冠带白须上）眼看他，命运差，河北新房一半塌。承继个儿郎贪戏耍，不报冤仇不挣家。窝里财，奴乱抓。

在下是太常寺一个老赞礼，住在神乐观旁，专管庙陵祭享之事。那知天翻地覆，立了这位新爷，把俺南京重新兴旺起来。今岁乙酉，改历建号之年，家家庆贺。我老汉三杯入肚，只唱这个随心令儿。旁人劝我道："各人自扫门前雪，莫管他家瓦上霜。"我回答道："大风吹倒梧桐树，也要旁人话短长。"（唤介）孩子们，今日是三月十几日？（内）三月十九日了。（副末）呵呀！三月十九日，乃崇祯皇帝忌辰。奉旨在太平门外设坛祭祀，派着我当执事的，怎么就忘了，快走，快走！（走介）冈冈恋恋，

接接连连，竹竹松松，密密丛丛。不觉已到坛前，且喜百官未到，待俺趁早铺设起来。(作排案，供香、花、烛、酒介)

【普天乐】(净扮马士英，末扮杨文骢，素服从人上) 旧江山，新图画，暮春烟景人潇洒。出城市，遍野桑麻；哭甚么旧主升遐，告了个游春假。(外扮史可法素服上) 这才去野哭江边奠杯斝，挥不尽血泪盈把。年时此日，问苍天，遭的甚么花甲。

(相见各揖介)(净)今日乃思宗烈皇帝升遐之辰，礼当设坛祭拜。(末)正是。(外问介)文武百官到齐不曾？(副末)俱已到齐了。(净)就此行礼。(副末赞礼，杂扮执事官捧帛、爵介)(赞)执事官各司其事，陪祀官就位，代献官就位。(各官俱照班排立介)(赞)瘗毛血①。迎神，参神，伏俯、兴，伏俯、兴，伏俯、兴，伏俯、兴。平身。(各礼行完，立介)(赞)行奠帛礼，升坛。(净秉笏至神位前介)(赞)搢笏，献帛，奠帛。(净跪奠帛叩介)(赞)平身，出笏，诣读祝位，跪。(净跪介)(赞)读祝。(副末跪读介)维岁次乙酉年，三月十九日，皇从弟嗣皇帝由崧，谨昭告于思宗烈皇帝曰：仰惟文德克承，武功载缵，御极十有七年，皇纲不振，大宇中倾，皇帝殉社稷，皇后太子俱死君父之难。弟愚不才，忝颜偷生，俯顺臣民之请，正位南都，权为宗庙神人主。恸一人之升遐，惩百僚之怠傲，努力庙谟，惴惴忧惧，枕戈饮泣，誓复中原。今值宾天忌辰，敬设坛壝②，遣官代祭。鉴兹追慕之诚，歆此蘋蘩之献。尚飨！(赞)举哀。(各官哭三声介)(赞)哀止，伏俯、兴，复位。(净转下

---

①瘗(yì)毛血：亦称"瘗血"，是古时祭宗庙和孔庙的一种仪式。在正祭前一天杀牲口，用部分毛血贮放于净器中，当正祭时，赞礼官唱"瘗毛血"。瘗，掩埋，埋葬。

②壝(wěi)：古代祭坛四周的矮墙。

介)(赞)行初献礼,升坛。(净至神位前介)(赞)搢笏,献爵,奠爵。(净跪奠爵,叩介)(赞)平身,出笏,复位。(赞)(行亚献终,献礼,同。)(赞)彻馔,送神,伏俯、兴。(四拜同)(各官依赞拜完,立介)(赞)读祝官捧祝,进帛官捧帛,各诣瘗位①。(各官立介)(赞)望瘗②。(杂焚祝帛介)(赞)礼毕。(外独大哭介)

【朝天子】万里黄风吹漠沙,何处招魂魄。想翠华③,守枯煤山几枝花,对晚鸦,江南一半残霞。是当年旧家,孤臣哭拜天涯,似村翁岁腊④,似村翁岁腊。

（副末）老爷们哭的不恸,俺老赞礼忍不住要大哭一场了。(大哭一场下)(副净扮阮大铖素服大叫上)我的先帝呀,我的先帝呀!今日是你周年忌辰,俺旧臣阮大铖赶来哭临了。(拭眼问介)祭过不曾?(净)方才礼毕。(副净至坛前,急四拜,哭白介)先帝先帝!你国破身亡,总吃亏了一伙东林小人。如今都散了。剩下我们几个忠臣,今日还想着来哭你,你为何至死不悟呀!(又哭介)(净拉介)圆老,不必过哀,起来作揖罢。(副净拭眼,各见介)(外背介)可笑,可笑!(作别介)请了!烟尘三里路,魑魅一班人。(下)(净)我们皆是进城的,就并马同行罢。(作更衣上马行介)

【普天乐】（合）奠琼浆,哭坛下,失声相向谁真假。千官散,一路

---

①诣瘗位：到瘗毛血的地方。
②望瘗：明代祭宗庙及孔庙的礼仪,当最后唱"望瘗"时,捧祝官与进帛官捧祝、帛至瘗毛血的地方焚化。
③翠华：帝王的代称。
④岁腊：年终祭祖。

喧哗，好趁着景美天佳，闲讲些兴亡话。咏归去，恰似春风浴沂①罢，何须问江北戎马。南朝旧例尽风流，只愁春色无价。

（杂喝道介）（净）已到鸡鹅巷，离小寓不远，请过荒园同看牡丹何如？（末）小弟还要拜客，就此作别了。（末别下）（副净）待晚生趋陪罢。（作到，下马介）（净）请进。（副净）晚生随行。（净前副净后，入园介）（副净）果然好花。（净吟咐介）速摆酒席，我们赏花。（杂摆席介）（净、副净更衣坐饮介）（净大笑介）今日结了崇祯旧局，明日恭请圣上临御正殿，我们"一朝天子一朝臣"了。（副净）连日在江上，不知朝中有何新政。（净）目下假太子王之明，正在这里商量发放。圆老有何高见？（副净）这事明白易处。（净）怎么易处？（副净）老师相权压中外者，只因推戴二字。（净）是，是！（副净）既因推戴二字。

【朝天子】**若认储君真不差，把俺迎来主，放那搭**。（净）是，是！就着监禁起来，不要惑乱人心。（问介）还有旧妃童氏，哭诉朝门，要求迎为正后。这何以处之？（副净）这益发使不得。**自古道，君王爱馆娃。系臂纱，先须采选来家，替椒房作伐**。（净）是，是！俺已采选定了，这个童氏，自然不许进宫的。（又问介）那些东林复社，捕拿到京，如何审问？（副净）这班人天生是我们冤对，岂可容情。**切莫剪草留芽，但搜来尽杀，但搜来尽杀**。

（净大笑介）有理，有理！老成见到之言，句句合着鄙意。拿大杯来，欢饮三杯。（杂扮长班持本急上，禀介）宁南侯左良玉有本章一道，封投通政司，这是内阁揭帖，送来过目。（净接介）他有什么好本！（看本，怒介）呀，呀！了不得，就是参咱们的疏稿。这疏内数出咱七大罪，

---

①浴沂：在沂水洗澡，多用来比喻一种怡然处世的高尚情操。

桃花扇 | 373

叫圣上立赐处分,好恨人也。(杂又持文书急上)还有公文一道,差人赍来的。(净接看,惊介)又是讨俺的一道檄文,文中骂的着实不堪;还要发兵前来,取咱的首级,这却怎处?(副净惊起,乱抖介)怕人,怕人!别的有法,这却没法了。(净)难道伸长脖颈,等他来割不成?(副净)待俺想来。(想介)没有别法,除是调取黄、刘三镇,早去堵截。(净)倘若北兵渡河,叫谁迎敌?(副净向净耳介)北兵一到,还要迎敌么?(净)不迎敌,更有何法?(副净)只有两法。(净)请教!(副净作抠衣介)跑。(又作跪地介)降。(净)说的也是。大丈夫烈烈轰轰,宁可叩北兵之马,不可试南贼之刀。吾主意已决,即发兵符,调取三镇便了。(想介)且住,调之无名,三镇未必肯去。这却怎处?(副净)只说左兵东来,要立潞王监国,三镇自然着忙的。(净)是,是!就烦圆老亲去一遭。

【普天乐】(合)发兵符,乘飞马,过江速劝黄、刘驾。舟同济,舵又同拿,才保得性命身家。非是俺魂惊怕,怎当得百万精兵从空下,顷刻把城阙攻打。全凭铁锁断长江,拉开强弩招架。

　　(副净)辞过老师相,晚生即刻出城了。(净)且住,还有一句密话。(附耳介)内阁高弘图、姜曰广,左袒逆党,俱已罢职了。那周镳、雷缜祚,留在监中,恐为内应,趁早取决何如?(副净)极该,极该!(净拱介)也不送了。(竟下)(副净出)(杂禀介)那个传檄之人,还拿在这里,听候发落。(副净)没有甚么发落,拿送刑部请旨处决便了。(上马欲下介)(寻思介)且不要孟浪①,我看黄、刘三镇,也非左兵敌手,万一斩了来人,日后难于挽回。(唤介)班役,你速到镇抚司,拜上冯老

---

①孟浪:鲁莽;冒昧。

爷，将此传檄之人，用心监候。（杂应下）（副净）几乎误了大事。（上马速行介）

江南江北事如麻，半倚刘家半阮家。

三面和棋休打算，西南一子怕争差。

## 第三十三出　会狱

乙酉三月

【梅花引】（生敝衣愁容上）宫槐古树阅沧田，挂寒烟，倚颓垣。末后春风，才绿到幽院①。两个知心常步影，说新恨，向谁借酒钱。

小生侯方域，被逮狱中，已经半月。只因证据无人，暂羁候审，幸亏故人联床，颇不寂寞。你看月色过墙，照得槐影迷离，不免虚庭一步。

【忒忒令】碧沉沉月明满天，凄惨惨哭声一片，墙角新鬼带血来分辩。我与他死同仇，生同冤，黑狱里，半夜作白眼②。

独立多时，忽然毛发直竖，好怕人也。待俺唤醒陈、吴两兄，大家闲话。（唤介）定兄醒来。（又唤介）次兄睡熟了么？（末、小生揉眼出介）

【尹令】（末）这时月高斗转，为何独行空院，闲将露痕踏遍。（小生）愁怀且捐③，万语千言望谁怜。

（见介）侯兄怎的还不安歇？（生）我想大家在这黑狱之中，三春莺

---

①幽院：幽静的庭院，这里指监狱。
②白眼：露出眼白，表示鄙薄或厌恶。
③且捐：暂且抛开。

花,半点不见;只有明月一轮,还来相照,岂可舍之而睡。(末)是,是!同去步月一回。(行介)

【品令】(生)冤声满狱,铛铛夜徽缠①。三人步月,身轻若飞仙。闲消自遣,莫说文章贱。从来豪杰,都向此中磨炼。似在棘围锁院,分帘校赋篇②。

(丑扮柳敬亭枷锁上)戎马不知何处避,贤豪半向此中来。我柳敬亭,被拿入狱,破题儿第一夜,便觉难过。(叹介)嗳!方才睡下,又要出恭,这个裙带儿没人解,好苦也。(作蹲地听介)那边有人说话,像是侯相公声音,待我看来。(起看,惊介)竟是侯相公。(唤介)你是侯相公么?(生惊认介)原来是柳敬亭。(末、小生)柳敬亭为何也到此中?(丑认介)陈相公、吴相公怎么都在里边?(举手介)阿弥陀佛!这也算"佛殿奇逢"③了。(生)难得!难得!大家坐地谈谈。(同坐介)

【豆叶黄】(合)便他乡遇故,不算奇缘。这墙隔着万重深山,撞见旧时亲眷。浑忘身累,笑看月圆。却也似武陵桃洞,却也似武陵桃洞;有避乱秦人,同话渔船。

(生)且问敬老,你犯了何罪,枷锁连身,如此苦楚。(丑)老汉不曾犯罪。只因相公被逮入狱,苏昆生远赴宁南,恳求解救。那左帅果然大怒,连夜修本参着马、阮,又发了檄文一道,托俺传来,随后要发兵进

---

①徽缠:捆绑犯人的绳索,亦比喻束缚,牵累。
②"似在棘围锁院"二句:意指他们像被封闭在科举试场里面考校文章一样。
③佛殿奇逢:《西厢记》中张生在普救寺佛殿上碰着莺莺那一场戏,被称作"佛殿奇逢"。

讨。马、阮害怕，自然放出相公去的。

【玉交枝】宁南兵变，料无人能将檄传；探汤蹈火咱情愿，也只为文士遭谴。白头志高穷更坚，浑身枷锁吾何怨；助将军除暴解冤，助将军除暴解冤。

（生）竟不知敬亭吃亏，乃小生所累。昆生远去求救，益发难得。可感！可感！（末）虽如此说，只怕左兵一来，我辈倒不能苟全性命。（小生）正是，宁南不学无术，如何收救。（皆长吁介）（净扮狱官执手牌，杂扮校尉四人点灯提绳急上）（净）四壁冤魂满，三更狱吏尊。刑部要人，明早处决，快去绑来。（杂）该绑那个？（净）牌上有名。（看介）逆党二名，周镳、雷缜祚。（杂执灯照生、末、小生、丑面介）不是！不是！（净喝介）你们无干的，各自躲开。（净领杂急下）（末悄问介）绑那个？（小生）听说要绑周镳、雷缜祚。（生）吓死俺也。（丑）我们等着瞧瞧。（净执牌前行，杂背绑二人，赤身披发，急拉下）（生看呆介）（末）果然是周仲驭、雷介公他二位。（小生）这是我们的榜样了。

【江儿水】（生）演着明夷卦①，事尽翻，正人惨害天倾陷。片纸飞来无人见，三更缚去加刑典，教俺心惊胆颤。（合）黑地昏天，这样收场难免。

（生向丑介）我且问你，外边还有甚么新闻？（丑）我来的仓卒，不曾打听，只见校尉纷纷拿人。（末、小生问介）还拿那个？（丑）听说要

---

①明夷卦：六十四卦之一，即离在下坤在上的卦象。在八卦里，"离"代表日，"坤"代表地，离在下坤在上的卦象表示日入地中，光明受到损伤。"明夷卦"一般用来表示昏君在上，贤者不得志的征兆。

拿巡按黄澍，督抚袁继咸，大锦衣张薇；还有几个公子秀才，想不起了！（生）你想一想？（丑想介）人多着哩。只记得几个相熟的，有冒襄、方以智、刘城、沈寿民、沈士柱、杨廷枢。（末）有这许多。（小生）俺这里边，将来成一个大文会了。（生）倒也有趣。

【川拨棹】囹圄里，竟是瀛洲翰苑。画一幅文会图悬，画一幅文会图悬，避红尘一群谪仙。（合）赏春月，同听鹃，感秋风，同咏蝉。

（丑）三位相公，宿在那一号里？（生）都在"荒"字号里。（末）敬老羁在那里？（丑）就在这后面"藏"字号里。（小生）前后相近，倒好早晚谈谈。（生）我们还是软监，敬老竟似重囚了。（丑）阿弥陀佛！免了上枷床①，就算好的狠哩。（作势介）

【意不尽】高拱手碍不了礼数周全，曲肱儿枕头稳便。只愁今夜里，少一个长爪麻姑搔背眠。

（丑）相逢真似岛中仙，（末）隔绝风涛路八千。

（小生）地僻偏宜人啸傲，（生）天空不碍月团圆。

## 第三十四出　截矶

乙酉四月

（净扮苏昆生上）南北割成三足鼎，江湖挑动两支兵。自家苏昆生，为救侯公子，激的左兵东来，约了巡按黄澍，巡抚何腾蛟，同日起马。今日船泊九江，早已知会督抚袁继咸，齐集湖口，共商入京之计。谁知马、

---

①枷（xiá）床：重犯所睡的囚床。扣其手脚，使之不能转动。

阮闻信,调了黄得功在坂矶截杀。你看狼烟四起,势头不善,少爷左梦庚前去迎敌,俺且随营打探。正是:地覆天翻日,龙争虎斗时。(下)(场上设弩台、架炮,铁锁阑江)

【三台令】(末扮黄得功戎装双鞭,领军卒上)北征南战无休,邻国萧墙尽仇。架炮指江州,打舳舻①卷甲倒走。

咱家黄得功,表字虎山,一腔忠愤,盖世威名,要与俺弘光皇帝,收复这万里山河。可恨两刘无肘臂之功,一左为腹心之患。今奉江防兵部尚书阮老爷兵牌,调俺驻扎坂矶,堵截左寇,这也不是当耍的。(唤介)家将田雄何在?(副净)有。(末)速传大小三军,听俺号令。(军卒排立呐喊介)

【山坡羊】(末)硬邦邦敢要君的渠首,乱纷纷不服王的群寇;软弱弱没气色的至尊,闹喧喧争门户的同朝友。只剩咱一营江上守,正防着战马北来骤,忽报楼船入浦口。貔貅,飞旌旗控上游,戈矛,传烽烟截下流。

(黄卒登台介)(杂扮左兵白旗、白衣,呐喊驾船上)(黄卒截射介)(左兵败回介)(黄卒赶下)(小生扮左良玉戎装白盔素甲坐船上)

【前腔】替奸臣复私仇的桀纣,媚昏君上排场的花丑;投北朝学叩马的夷齐,吠唐尧听使唤的三家狗。拚着俺万年名遗臭,对先帝一片心堪剖,忙把储君冤苦救。不羞,做英雄到尽头;难收,烈轰轰东去舟。

---

①舳舻(zhú lú):船头和船尾的并称,多泛指首尾相接的船。

俺左良玉领兵东下,只为剪除奸臣,救取太子。叵耐①儿子左梦庚,借此题目,便要攻打城池,妄思进取。俺已严责再三,只怕乱兵引诱,将来做出事来;且待渡过坂矶,慢慢劝他。(净急上)报元帅,不好了!黄得功截杀坂矶,前部先锋俱已败回了。(小生惊介)有这等事。黄得功也是一条忠义好汉,怎的受马、阮指拨②,只知拥戴新王,竟不念先帝六尺之孤,岂不可恨!(唤介)左右,快看巡按黄老爷、巡抚何老爷船泊那边,请来计议。(杂应下)(末扮黄澍上)将帅随谈麈,风云指义旗。下官黄澍方才泊船,恰好元帅来请。(作上船介)(小生见介)仲霖果然到来,巡抚何公如何不见?(末)行到半途,又回去了。(小生)为何回去?(末)他原是马士英同乡。(小生)随他罢了。这也怪他不得。(问介)目下黄得功截住坂矶,三军不能前进,如何是好?(末)这倒可虑,且待袁公到船,再作商量。(外扮袁继咸从人上)孽子③含冤天惨淡,孤臣举义日光明。来此是左帅大船,左右通报。(杂禀介)督抚袁老爷到船了!(小生)快请!(外上船见介)适从武昌回署,整顿兵马,愿从鞭弭④。(末)目下不能前进了。(外)为何?(小生)黄得功领兵截杀,先锋俱已败回。(外)事已至此,欲罢不能;快快遣人游说便了。(小生)敬亭已去,无人可遣。奈何?(净)晚生与他颇有一面,情愿效力。(末)昆生义气,不亚敬亭,今日正好借重。(小生问介)你如何说他?

【五更转】(净)俺只说鹬蚌持,渔人候,傍观将利收。英雄举动,要看前和后。故主恩深,好爵自受。欺他子,害他妃,全忘旧。杀

---

①叵(pǒ)耐:亦作"叵奈"。表示不可容忍,可恨。叵,不可。
②指拨:指点;指挥。
③孽子:这里指崇祯帝的太子。
④鞭弭:马鞭和弓,借指戎马生活。

人只落血双手，何必前来，同室争斗。

（外）说得有理。（小生）还要把俺心事，说个明白。叫他晓得奸臣当杀，太子当救，完了两桩大事，于朝廷一尘不惊，于百姓秋毫无犯。为何不知大义，妄行截杀？（末）正是，那黄得功一介武夫，还知报效；俺们倒肯犯上作乱不成？叫他细想。（净）是，是！俺就如此说去。（杂扮报卒急上）报元帅，九江城内，一片火起。袁老爷本标人马，自破城池了。（外惊介）怎么俺的本标人马自破城池？这了不得！（小生怒介）岂有此理！不用猜疑，这是我儿左梦庚做出此事，陷我为反叛之臣。罢了，罢了！有何面目，再向江东。（拔剑欲自刎介）（末抱住介）（小生握外手，注目介）临侯，临侯，我负你了！（作呕血倒椅上介）（净唤介）元帅苏醒！元帅苏醒！（外）竟叫不应，这怎么处？（末）想是中恶①，快取辰砂灌下。（净取碗灌介）牙关闭紧，灌不进了。（众哭介）

【前腔】大将星，落如斗，旗杆摧舵楼。杀场百战精神抖，凛凛堂堂，一身甲胄。平白的牖②下亡，全身首。魂归故宫煤山头，同说艰辛，君啼臣吼。

（杂抬小生下）（外）元帅已死，本镇人马霎时溃散；那左梦庚据住九江，叫俺进退无门。倘若黄兵抢来，如何逃躲？（末）我们原系被逮之官，今又失陷城池，拿到京中，再无解救。不如转回武昌，同着巡抚何腾蛟，另做事业去罢。（外）有理。（外、末急下）（净呆介）你看他们竟自散去，单剩我苏昆生一人，守着元帅尸首，好不可怜。不免点起香烛，哭奠一番。（设案点香烛，哭拜介）

---

①中恶：中医病名，俗称中邪。由于冒犯不正之气所引起，其症状或为错言妄语，牙紧口噤；或为头旋晕倒，昏迷不醒。

②牖（yǒu）：窗户。

【哭相思】气死英雄人尽走，撇下了空船柩。俺是个招魂江边友，没处买一杯酒。

且待他儿子奔丧回船，收殓停当，俺才好辞之而去，如今只得耐性儿守着。正是：

英雄不得过江州，魂恋春波起暮愁。

满眼青山无地葬，斜风细雨打船头。

## 第三十五出　誓师

乙酉四月

【贺圣朝】（外扮史可法，白毡大帽，便服上）两年吹角列营，每日调马催征。军逃客散鬓星星①，恨压广陵城。

下官史可法，日日经略中原，究竟一筹莫展。那黄、刘三镇，皆听马、阮指使，移镇上江，堵截左兵，丢下黄河一带，千里空营。忽接塘报，本月二十一日北兵已入淮境，本标食粮之人，不足三千，那能抵当得住。这淮、扬一失，眼见京师难保，岂不完了明朝一座江山也。可恼！可恼！俺且私步城头，察看情形，再作商量。（丑扮家丁，提小灯随行上城介）

【二犯江儿水】（外）悄上城头危径，更深人睡醒。栖乌频叫，击

---

①鬓星星：指两鬓花白。

柝①连声,女墙②边,侧耳听。(听介)(内作怨介)北兵已到淮安,没个瞎鬼儿问他一声;只舍俺这几个残兵,死守这座扬州城,如何守得住。元帅好没分晓③也!(外点头自语介)你那里晓得,**万里倚长城,扬州父子兵。**(又听介)(内作恨介)罢了,罢了!元帅不疼我们,早早投了北朝,各人快活去,为何尽着等死。(外惊介)呵呀!竟想投降了,这怎么处!**他降字儿横胸,守字儿难成;这扬州剩了一分景。**(又听介)(内作怨介)我们降不降,还是第二着,自家杀抢杀抢,跑他娘的。只顾守到几时呀!(外)咳!竟不料情形如此。**听说猛惊,热心冰冷。疾忙归,夜点兵,不待明。**

(忙下)(内掌号放炮,作传操介)(杂扮小卒四人上)今乃四月二十四日,不是下操的日期;为何半夜三更,梅花岭放炮?快去看来!(急走介)(末扮中军,持令箭提灯上)**隔江云阵列,连夜羽书飞。**(呼介)元帅有令:大小三军,速赴梅花岭,听候点卯。(众排列介)(外戎装,旗引登坛介)**月升鸱尾④城吹角,星散旄头帐点兵。**中军何在?(末跪介)有!(外)目下北信紧急,淮城失守,这扬州乃江北要地,倘有疏虞,京师难保。快传五营四哨,点齐人马,各照汛地昼夜严防。敢有倡言惑众者,军法从事。(末)得令!(传令向内介)元帅有令,三军听者。各照汛地昼夜严防,敢有倡言惑众者,军法从事。(内不应)(外)怎么寂然无声?(吩咐中军介)再传军令,叫他高声答应。(末又高声传介)(内不

---

①击柝(tuò):敲梆子巡夜。也比喻战事,战乱。柝,古代打更用的梆子。

②女墙:城墙上呈凹凸形状的短墙。

③分晓:道理。

④鸱(chī)尾:古代宫殿屋脊正脊两端的装饰性构件,外形略如鹰尾。鸱,古书上指鹞鹰。"月升鸱尾"与下句的"星散旄头"均表示夜深的场景。

应)(外)仍然不应,着击鼓传令。(末击鼓又传,又不应介)(外)分明都有离叛之心了。(顿足介)不料天意人心,到如此田地。(哭介)

【前腔】**皇天列圣,高高呼不省。阑珊残局,剩俺支撑,奈人心俱瓦崩。**俺史可法好苦命也!(哭介)**协力少良朋,同心无弟兄。**只靠你们三千子弟,谁料今日呵,**都想逃生,漫不关情;让江山倒像设着筵席请。**(拍胸介)史可法,史可法!平生枉读诗书,空谈忠孝,到今日其实没法了。(哭介)**哭声祖宗,哭声百姓。**(大哭介)(末劝介)元帅保重,军国事大,徒哭无益也。(前扶介)你看泪点淋漓,把战袍都湿透了。(惊介)嗖!怎么一阵血腥,快掌灯来。(杂点灯照介)呵呀!浑身血点,是那里来的?(外拭目介)都是俺眼中流出来。**哭的俺一腔血,作泪零。**

(末叫介)大小三军,上前看来,咱们元帅哭出血泪来了。(净、副净、丑扮众将上,看介)果然都是血泪。(俱跪介)(净)尝言"养军千日,用军一时"。俺们不替朝廷出力,竟是一伙禽兽了。(副净)俺们贪生怕死,叫元帅如此难为,那皇天也不祐的。(丑)百岁无常,谁能免的一死,只要死到一个是处。罢!罢!罢!今日舍着狗命,要替元帅守住这座扬州城。(末)好!好!谁敢再有二心,俺便拿送辕门,听元帅千刀万剐。(外大笑介)果然如此,本帅便要拜谢了。(拜介)(众扶住介)不敢!不敢!(外)众位请起,听俺号令。(众起介)(外吩咐介)你们三千人马,一千迎敌,一千内守,一千外巡。(众)是!(外)阵上不利,守城。(众)是!(外)守城不利,巷战。(众)是!(外)巷战不利,短接。(众)是!(外)短接不利,自尽。(众)是!(外)你们知道,从来降将无伸膝之日,逃兵无回颈之时。(指介)那不良之念,再莫横胸;无耻之言,再休挂口;才是俺史阁部结识的好汉哩。(众)是!(外)既然应允，本帅也不消再嘱。（指介）大家欢呼三声，各回汛地去罢。（众呐喊三声下）（外鼓掌三笑）妙！妙！守住这座扬州城，便是北门锁钥①了。

不怕烟尘四面生，江头尚有亚夫营。

模糊老眼深更泪，赚出淮南十万兵。

## 第三十六出　逃难

乙酉五月

【香柳娘】（小生扮弘光帝，便服骑马。杂扮二监、二宫女挑灯引上）听三更漏催，听三更漏催，马蹄轻快，风吹蜡泪宫门外。咱家弘光皇帝，只因左兵东犯，移镇堵截；谁知河北人马，乘虚渡淮。目下围住扬州，史可法连夜告急，人心皇皇，都无守志。那马士英、阮大铖躲的有影无踪，看来这中兴宝位也坐不稳了。千计万计，走为上计；方才骑马出宫，即发兵符一道，赚开城门，但能走出南京，便有藏身之所了。趁天街寂静，趁天街寂静，飞下凤凰台，难撇鸳鸯债。（唤介）嫔妃们走动着，不要失散了。似明驼出塞，似明驼出塞，琵琶在怀，珍珠偷洒②。

（急下）（净扮马士英骑马急上）

【前腔】报长江锁开，报长江锁开，石头将坏③，高官贱卖没有买。

---

①锁钥：比喻极其重要、起决定作用的因素；关键。

②"似明驼出塞"四句：这四句化用昭君出塞的典故。明驼，善走的骆驼。珍珠，这里指泪珠。

③"报长江锁开"三句：这三句是指清兵南渡，长江防线已被打开，南京城也快要被攻陷了。石头，指南京，南京古称石头城。

清宣统三年炼石斋书局石印本《桃花扇》图

下官马士英，五更进朝，才知圣上潜逃；俺为臣的，也只得偷溜了。**快微服早度，快微服早度，走出鸡鹅街，提防仇人害。**（倒指介）那一队娇娆①，十车细软，便是俺的薄薄宦囊②；不要叫仇家抢夺了去。（唤介）快些走动。（老旦、小旦扮姬妾骑马，杂扮夫役推车数辆上）来了，来了。（净）好！好！**要随身紧带，要随身紧带，殉棺货财，贴皮恩爱**③。

（绕场行介）（杂扮乱民数人持棒上，喝介）你是奸臣马士英，弄的民穷财尽；今日驮着妇女，装着财帛，要往那里跑？早早留下！（打净倒地，剥衣，抢妇女财帛下）（副净扮阮大铖，骑马上）

【前腔】恋江防美差，恋江防美差，杀来谁代，兵符掷向空江濑④。今日可用着俺的跑了；但不知贵阳相公，还是跑，还是降？（作遇净绊马足介）呵呀！你是贵阳老师相，为何卧倒在地。（净哼介）跑不得了，家眷行囊，俱被乱民抢去，还把学生打倒在地。（副净）正是。晚生的家眷行囊，都在后面，不要也被抢去。**受千人笑骂，受千人笑骂，积得些金帛，娶了些娇艾**⑤。待俺回去迎来。（杂扮乱民持棒，拥妇女抬行囊上）这是阮大铖家的家私，方才抢来，大家分开罢！（副净喝介）好大胆的奴才，怎敢抢截我阮老爷的家私。（杂）你就是阮大铖么？来的正好。（一棒打倒，剥衣介）饶他狗命，且到鸡鹅街、裤子裆，烧他房子去。（俱下）（净）腰都打坏，爬不起来了。（副净）晚生的臂膊捶伤，也奉陪

---

① 娇娆：指美女。
② 宦囊：指做官所得的财物。
③ 贴皮恩爱：指妻妾。
④ 濑（lài）：从沙石上流过的急水。
⑤ 娇艾：美貌的少女。

桃花扇 | 387

在此。(合) 叹十分狼狈，叹十分狼狈，村拳共捱，鸡肋同坏。

(末扮杨文骢冠带骑马，从人挑行李上) 下官杨文骢，新任苏松驼巡抚。今日五月初十出行吉日，束装起马，一应书画古玩，暂寄媚香楼，托了蓝田叔随后带来。俺这一肩行李，倒也爽快。(杂禀介) 请老爷趱行一步。(末) 为何？(杂) 街上纷纷传说，北信紧急，皇帝、宰相，今夜都走了。(末) 有这等事，快快出城！(急走介) (马惊不前介) 这也奇了，为何马惊不走。(唤介) 左右看来！(杂看介) 地下两个死人。(副净、净呻吟介) 哎哟！哎哟！救人！救人！(末) 还不曾死，看是何人？(杂细认介) 好像马、阮二位老爷。(末喝介) 胡说，那有此事！(勒马看，惊介) 呵呀！竟是他二位。(下马拉介) 了不得，怎么到这般田地。(净) 被些乱民抢劫一空，仅留性命。(副净) 我来救取，不料也遭此难。(末) 护送的家丁都在何处？(净) 想也乘机拐骗，四散逃走了。(末唤介) 左右快来扶起，取出衣服，与二位老爷穿好。(杂与副净、净穿衣介) (末) 幸有闲马一匹，二位叠骑①，连忙出城罢。(杂扶净、副净上马，搂腰行介) 请了，无衣共冻真师友，有马同骑好弟兄。(下) (杂) 老爷不可与他同行，怕遇着仇人，累及我们。(末) 是，是。(望介) 你看一伙乱民，远远赶来，我们早些躲过。(作避路旁介) (小旦扮寇白门，丑扮郑妥娘，披发走上)

【前腔】正清歌满台，正清歌满台，水裙风带，三更未歇轻盈态。
(见末介) 你是杨老爷，为何在此？(末认介) 原来是寇白门、郑妥娘。你姊妹二人怎的出来了？(小旦) 正在歌台舞殿，忽然酒罢灯昏，内监宫妃纷纷乱跑，我们不出来还等什么哩。(末) 为何不见李香君？(丑) 俺

---

①叠骑：两人同骑一匹马。

三个一同出来的,他脚小走不动,雇了个轿子,抬他先走了。(末问介)果然朝廷出去了么?(小旦)沈公宪、张燕筑都在后边,他们晓得真信。(外扮沈公宪,破衣抱鼓板,净扮张燕筑,科头①提纱帽须髯跑上)**笑临春结绮②,笑临春结绮,擒虎③马嘶来,排着管弦待。**(见末介)久违杨老爷了。(末问介)为何这般慌张?(外)老爷还不知么?北兵杀过江来,皇帝夜间偷走了。(末)你们要向那里去?(净)各人回家瞧瞧,趁早逃生。(丑)俺们是不怕的,回到院中,预备接客。(末)此等时候,还想接客。(丑)老爷不晓得,兵马营里,才好挣钱哩。**这笙歌另卖,这笙歌另卖,隋宫柳衰,吴宫花败。**

(外、净、小旦、丑俱下)(末)他们亲眼看见圣上出宫,这光景不妥了。快到媚香楼收拾行李,趁早还乡罢。(行介)

【前腔】看逃亡满街,看逃亡满街,失迷君宰,百忙难出江关外。(作到介)这是李家院门。(下马急敲门介)开门,开门!(小生扮蓝瑛急上)又是那个叫门?(开门见介)杨老爷为何转来?(末)北信紧急,君臣逃散,那苏松巡抚也做不成了。**整琴书幞被④,整琴书幞被,换布袜青鞋⑤,一只扁舟载。**(小生)原来如此。方才香君回家,也说朝廷偷走。(唤介)香君快来。(旦上见介)杨老爷万福!(末)多日不见,今朝匆匆一叙,就要远别了。(旦)要向那里去?(末)竟回敝乡贵阳去也。

---

①科头:指不戴冠帽,裸露头鬟。
②临春结绮:二者都是南朝陈后主时为了歌舞行乐所建的宫殿名。
③擒虎:指隋代大将韩擒虎。他有文武才能,以胆略见称。隋文帝任为庐州总管,委以灭陈之任。开皇九年,他为先锋,渡江攻入建康,俘获陈后主。
④幞(fú)被:铺盖卷,行李。幞,同"袱"。
⑤青鞋:草鞋。

（旦掩泪介）侯郎狱中未出，老爷又要还乡；撇奴孤身，谁人照看。（末）如此大乱，父子亦不相顾的。**这情形紧迫，这情形紧迫，各人自裁，谁能携带。**

（净扮苏昆生急上）将军不惜命，皇帝已无家。我苏昆生自湖广回京，谁知遇此大乱，且到院中打听侯公子信息，再作商量。

【前腔】**俺匆忙转来，俺匆忙转来，故人何在，旌旗满眼乾坤改。**来此已是，不免竟入。（见介）好呀！杨老爷在此，香君也出来了。侯相公怎的不见？（末）侯兄不曾出狱来。（旦）师父从何处来的？（净）俺为救侯郎，远赴武昌，不料宁南暴卒。俺连夜回京，忽闻乱信，急忙寻到狱门，只见封锁俱开。**众囚徒四散，众囚徒四散，三面网全开，谁将秀才害。**（旦哭介）师父快快替俺寻来。（末指介）**望烟尘一派，望烟尘一派，抛妻弃孩，团圆难再。**

（末向旦介）好！好！好！有你师父作伴，下官便要出京了。（唤介）蓝田老收拾行李，同俺一路去罢。（小生）小弟家在杭州，怎能陪你远去。（末）既是这等，待俺换上行衣①，就此作别便了。（换衣作别介）万里如魂返，三年似梦游。（作骑马，杂挑行李随下）（旦哭介）杨老爷竟自去了，只有师父知俺心事。前日累你千山万水，寻到侯郎；不想奴家进宫，侯郎入狱，两不见面。今日奴家离宫，侯郎出狱，又不见面；还求师父可怜，领着奴家各处找寻则个②。（净）侯郎不到院中，自然出城去了。那里找寻？（旦）定要找寻的。

---

①行衣：出行所穿的衣服。
②则个：语气助词，用法略同"著"或"者"。表示委婉或商量、解释的语气。

【前腔】（旦）便天涯海崖，便天涯海崖，十洲方外，铁鞋踏破三千界。只要寻着侯郎，俺才住脚也。（小生）西北一带俱是兵马，料他不能渡江；若要找寻，除非东南山路。（旦）就去何妨。望荒山野道，望荒山野道，仙境似天台，三生旧缘在。（净）你既一心要寻侯郎，我老汉也要避乱，索性领你前往，只不知路向那走？（小生指介）那城东栖霞山中，人迹罕到；大锦衣张瑶星先生，弃职修仙，俺正要拜访为师。何不作伴同行，或者姻缘凑巧，亦未可知。（净）妙！妙！大家收拾包裹，一齐出城便了。（各背包裹行介）（旦）舍烟花旧寨，舍烟花旧寨，情恨爱胎①，何时消败。

（净）前面是城门了，怕有人盘诘。（小生）快快趁空走出去罢。（旦）奴家脚痛，也说不得了。

（旦）行路难时泪满腮，（净）飘蓬断梗出城来。

（小生）桃源洞里无征战，（旦）可有莲华并蒂开。

## 第三十七出　劫宝

乙酉五月

【西地锦】（末扮黄得功戎装，副净扮田雄随上）目断长江奔放，英雄万里愁长；何时欢饮中军帐，把弓矢付儿郎。

俺黄得功坂矶一战，吓的左良玉胆丧身亡。剩他儿子左梦庚，据住九江，乌合未散，俺且驻扎芜湖，防其北犯。（杂扮报卒上）报！报！报！北兵连夜渡淮，围住扬州，南京震恐，万姓奔逃了。（末）那凤、淮两

---

①情恨爱胎：指忠贞的爱情。

桃花扇 | 391

镇，现在江北，怎不迎敌？（杂）闻得两位刘将军，也到上江堵截左兵，凤、淮一带，千里空营。（末惊介）这怎么处！（唤介）田雄，你是俺心腹之将；快领人马，去保南京。

【降黄龙】司马威权，夜发兵符，调镇移防。谁知他拆东补西，露肘捉襟，明弃淮扬金汤。九曲天险，只用莲舟荡漾。起烟尘，金陵气暗，怎救宫墙。

（下）（小生扮弘光帝骑马，丑扮太监韩赞周随上）

【前腔】（小生）堪伤，寂寞鱼龙，潜泣江头，乞食村庄。寡人逃出南京，昼夜奔走，宫监嫔妃，渐渐失散，只有太监韩赞周，跟俺前来。这炎天赤日，瘦马独行，何处纳凉。昨日寻着魏国公徐宏基，他佯为不识，逐俺出府。今日又早来到芜湖。（指介）那前面军营，乃黄得功驻防之所，不知他肯容留寡人否。奔忙，寄人廊庑，只望他容留收养。（作下马介）此是黄得功辕门。（唤介）韩赞周，快快传他知道。（丑叫门介）门上有人么？（杂扮军卒上）是那里来的？（丑）南京来的。（拉一边悄说介）万岁爷驾到了，传你将军速出迎接。（杂）啐！万岁爷怎能到的这里？不要走来吓俺罢。（小生）你唤出黄得功来，便知真假。江浦边，迎銮护驾，旧将中郎。

（杂咬指介）人物不同，口气又大，是不是，替他传一声。（忙入传介）（末慌上）那有这事，待俺认来。（见介）（小生）黄将军一向好么？（末认，忙跪介）万岁，万万岁！请入帐中，容臣朝见。（丑扶小生升帐坐）（末拜介）

【滚遍】戎衣拜吾皇，戎衣拜吾皇，又把天颜仰。为甚私巡①，萧条鞍马蒙尘状；失水神龙，风云飘荡。这都是臣等之罪。负国恩，一班相，一班将。

（小生）事到今日，后悔无及，只望你保护朕躬。（末拍地哭奏介）皇上深居宫中，臣好戮力效命。今日下殿而走，大权已失；叫臣进不能战，退无可守，十分事业，已去九分矣。（小生）不必着急，寡人只要苟全性命，那皇帝一席，也不愿再做了。（末）呵呀！天下者，祖宗之天下，圣上如何弃的。（小生）弃与不弃，只在将军了。（末）微臣鞠躬尽瘁，死而后已。（小生掩泪介）不料将军倒是一个忠臣。（末跪奏介）圣上鞍马劳顿，早到后帐安歇。军国大事，明日请旨罢。（丑引小生入介）（末）了不得！了不得！明朝三百年国运，争此一时，十五省皇图，归此片土。这是天大的干系，叫俺如何担承！（吩咐介）大小三军，马休解辔，人休解甲，摇铃击柝，在意小心着。（众应介）（末唤介）田雄，我与你是宿卫之官，就在这行宫门外，同卧支更②罢。（末枕副净股，执双鞭卧介）（杂摇铃击柝，报更介）（副净悄语介）元帅，俺看这位皇帝不像享福之器，况北兵过江，人人投顺，元帅也要看风行船才好。（末）说那里话，常言"孝当竭力，忠则尽命"，为人臣子，岂可怀揣二心。（内传鼓介）（末惊介）为何传鼓？（俱起坐介）（杂上报介）报元帅，有一队人马，从东北下来，说是两镇刘老爷，要会元帅商议军情。（末起介）好！好！好！三镇会齐，可以保驾无虞了，待俺看来。（望介）（净扮刘良佐，丑扮刘泽清，骑马领众上）（叫介）黄大哥在那里？（末喜介）果然是他二人。（应介）愚兄在此拱候多时了。（净、丑下马介）（净）哥哥

---

① 私巡：指天子私自巡游。
② 支更：打更，守夜。

得了宝贝，竟瞒着两个弟兄么。（末）什么宝贝？（丑）弘光呀。（末摇手介）不要高声，圣上安歇了。（净悄问介）今日还不献宝，等到几时哩。（末）什么宝？（丑）把弘光送与北朝，赏咱们个大大王爵，岂不是献宝么？（末喝介）哇！你们两个要来干这勾当，我黄闯子怎么容得。（持双鞭打介）（净、丑招架介）（末喊介）好反贼！好反贼！

【前腔】望风便生降，望风便生降，好似波斯①样。职贡朝天，思将奇货擎双掌；倒戈劫君，争功邀赏。顿丧心，全反面，真贼党。

　　（净）不要破口②，好好弟兄，为何厮闹。（末）啐！你这狗彘，连君父不识，我和你认什么弟兄。（又战介）（副净在后指介）好个笨牛，到这时候还不见机③。（拉弓搭箭射介）俺田雄替你解围罢。（放箭射末腿，末倒地介）（净、丑大笑介）（副净入内，急背出小生介）（小生叫介）韩赞周快快跟来。（内不应介）（小生）这奴才竟舍我而去。（手打副净脸介）你背俺到何处去？（副净）到北京去。（小生狠咬副净肩介）（副净忍痛介）哎呀！咬杀我也。（丢小生于地，向净、丑拱介）皇帝一枚奉送。（净、丑拱介）领谢！领谢！（齐拉小生袖急走介）（末抱住小生腿叫介）田雄！田雄！快来夺驾。（副净佯拉，放手介）（净、丑竟拉小生下）（末作爬不起介）怎么起不来的？（副净）元帅中箭了。（末）那个射俺的？（副净）是我们放箭射贼，误伤了元帅。（末）瞎眼的狗才。我且问你，为何背出圣驾来？（副净）俺要护驾逃走的，不料被他们抢去。（末）你与我快快赶上。（副净笑介）不劳元帅吩咐。俺是一名长解子④，收拾包

---

①波斯：指识宝的外国商人。
②破口：争吵；用恶语大声叫骂。
③见机：识机微，辨情势。
④长解子：长途押送罪犯的差役。

裹，自然护送到京的。（背包裹、雨伞急赶下）（末怒介）呵呸！这伙没良心的反贼，俺也不及杀你了。（哭介）苍天！苍天！怎知明朝天下，送在俺黄得功之手。

【尾声】平生骁勇无人当，拉不住黄袍北上，笑断江东父老肠。

罢！罢！罢！除却一死，无可报国。（拔剑大叫介）大小三军，都来看断头将军呀。（一剑刎死介）

## 第三十八出　沉江

乙酉五月

【锦缠道】（外扮史可法，毡笠急上）（回头望介）望烽烟，杀气重，扬州沸喧；生灵尽席卷，这屠戮皆因我愚忠不转。兵和将，力竭气喘，只落了一堆尸软。俺史可法率三千子弟，死守扬州，那知力尽粮绝，外援不至。北兵今夜攻破北城，俺已满拼自尽。忽然想起明朝三百年社稷，只靠俺一身撑持，岂可效无益之死，舍孤立之君。故此缒①下南城，直奔仪真，幸遇一只报船，渡过江来。（指介）那城阙隐隐，便是南京了；可恨老腿酸软，不能走动，如何是好。（惊介）呀！何处走来这匹白骡，待俺骑上，沿江跑去便了。（骑骡，折柳作鞭介）跨上白骡鞯，空江野路，哭声动九原。日近长安②远，加鞭，云里指宫殿。

（副末扮老赞礼背包裹跑上）残年还避乱，落日更思家。（外撞倒副末介）（副末）呵哟哟！几乎滚下江去。（看外介）你这位老将爷好没眼

---

①缒（zhuì）：用绳索拴住人或物从上往下放。
②长安：泛指京城，这里指南京。

色!(外下骤扶起介)得罪!得罪!俺且问你,从那里来的?(副末)南京来的。(外)南京光景如何?(副末)你还不知么,皇帝老子逃去两三日了。目下北兵过江,满城大乱,城门都关的。(外惊介)呵呀,这等去也无益矣!(大哭介)皇天后土,二祖列宗,怎的半壁江山也不能保住呀。(副末惊介)听他哭声,倒像是史阁部。(问介)你是史老爷么?(外)下官便是,你如何认得?(副末)小人是太常寺一个老赞礼,曾在太平门外伺候过老爷的。(外认介)是呀!那日恸哭先帝,便是老兄了。(副末)不敢。请问老爷,为何这般狼狈!(外)今夜扬州失陷,才从城头缒下来的。(副末)要向那里去?(外)原要南京保驾,不想圣上也走了。(顿足哭介)

【普天乐】**撇下俺断篷船,丢下俺无家犬**;叫天呼地千百遍,归无路,进又难前。(登高望介)那滚滚雪浪拍天,流不尽湘累①怨。(指介)有了!有了!那便是俺葬身之地。**胜黄土,一丈江鱼腹宽展**。(看身介)俺史可法亡国罪臣,那容的冠裳而去。(摘帽、脱袍、靴介)**摘脱下袍靴冠冕**。(副末)我看老爷竟像要寻死的模样。(拉住介)老爷三思,不可短见呀!(外)你看茫茫世界,留着俺史可法何处安放。**累死英雄,到此日看江山换主,无可留恋**。

(跳入江翻滚下介)(副末呆望良久,抱靴、帽、袍服哭叫介)史老爷呀!史老爷呀!好一个尽节忠臣,若不遇着小人,谁知你投江而死呀!(大哭介)(丑扮柳敬亭,携生忙上)偷生辞狱吏,避乱走天涯。(末扮陈贞慧,小生扮吴应箕,携手忙上)日日争门户,今年傍那家。(生呼介)定兄,次兄,日色将晚,快些走动。(末、小生)来了。(丑)我们出狱,

---

①湘累:指屈原。屈原投湘水支流自杀,古人称之为湘累。

不觉数日，东藏西躲，终无栖身之地。前面是龙潭江岸，大家商量，分路逃生罢！（末）是，是。（见副末介）你这位老兄，为何在此恸哭？（副介）俺也是走路的，适才撞见史阁部老爷投江而死，由不的伤心哭他几声。（生）史阁部怎得到此？（副末）今夜扬州城陷，逃到此间，闻的皇帝已走，跺①了跺脚，跳下江去了。（生）那有此事？（副末指介）这不是脱下的衣服、靴、帽么！（丑看介）你看衣裳里面，浑身朱印。（生）待俺认来。（读介）"钦命总督江北等处兵马内阁大学士兼兵部尚书印"。（生惊哭介）果然是史老先生。（末）设上衣冠，大家哭拜一番。（副末设衣冠介）（众哭拜介）

【古轮台】（合）走江边，满腔愤恨和谁言。老泪风吹面，孤城一片，望救目穿。使尽残兵血战，跳出重围，故国苦恋，谁知歌罢剩空筵。长江一线，吴头楚尾路三千，尽归别姓。雨翻云变，寒涛东卷，万事付空烟。精魂显，大招声逐海天远。

（生拍衣大哭介）（丑）阁部尽节，成了一代忠臣。相公不必过哀，大家分手罢！（生指介）你看一望烟尘，叫小生从那里归去？（末）我两人绕道前来，只为送兄过江；今既不能北上，何不随俺南行。（生）这纷纷乱世，怎能终始相依。倒是各人自便罢！（小生）侯兄主意若何？（生）我和敬亭商议，要寻一深山古寺，暂避数日，再图归计。（副末）我老汉正要向栖霞山去，那边地方幽僻，尽可避兵，何不同往？（生）这等妙极了。（末、小生）侯兄既有栖身之所，我们就此作别罢！（拜别介）伤心当此日，会面是何年。（末、小生掩泪下）（生问副末介）你到栖霞山中，有何公干？（副末）不瞒相公说，俺是太常寺一个老赞礼，只因太平门外

---

①跺（duò）：也作"跥"，以脚顿地。

哭奠先帝之日，那些文武百官，虚应故事①；我老汉动了一番气恼，当时约些村中父老，捐施钱粮，趁着这七月十五日，要替崇祯皇帝建一个水陆道场。不料南京大乱，好事难行，因此携着钱粮，要到栖霞山上，虔请高僧，了此心愿。（丑）好事！好事！（生）就求携带同行便了！（副末）待我收拾起这衣服、靴、帽着。（丑）这衣服、靴、帽，你要送到何处去？（副末）我想扬州梅花岭，是他老人家点兵之所，待大兵退后，俺去招魂埋葬，便有史阁部千秋佳城②了。（生）如此义举，更为难得。（副末背袍、靴等，生、丑随行介）

【余文】山云变，江岸迁，一霎时忠魂不见，寒食何人知墓田③。
（副末）千古南朝作话传，（丑）伤心血泪洒山川。
（生）仰天读罢招魂赋，（副末）扬子江头乱暝烟。

# 第三十九出　栖真④

乙酉六月

【醉扶归】（净扮苏昆生同旦上）（旦）一丝幽恨嵌心缝，山高水远会相逢；拿住情根死不松，赚他也做游仙梦。看这万叠云白罩青松，原是俺天台洞。

（唤介）师父，我们幸亏蓝田叔，领到栖霞山来。无意之中，敲门寻

---

①虚应故事：照例应付，敷衍了事。
②千秋佳城：指坟墓。
③墓田：坟地。
④栖真：原本指道家所谓的存养真性，返其本元。这里指寄居道观。

宿，偏撞着卞玉京做了这葆真庵主，留俺暂住，这也是天缘奇遇。只是侯郎不见，妾身无归，还求师父上心寻觅。（净）不要性急。你看烟尘满地，何处寻觅，且待庵主出来，商量个常住之法。（老旦扮卞玉京道妆上）

【皂罗袍】**何处瑶天笙弄，听云鹤缥缈，玉珮丁冬**①。**花月姻缘半生空，几乎又把桃花种**。（见介）草庵淡薄②，屈尊二位了。（旦）多谢收留，感激不尽。（净）正有一言奉告，江北兵荒马乱，急切不敢前行，我老汉的吹歌，山中又无用处，连日搅扰，甚觉不安。（老旦）说那里话。**旧人重到，蓬山路通**③；**前缘不断，巫峡恨浓，连床且话襄王梦**。

（净）我苏昆生有个活计④在此。（换鞋、笠，取斧、担、绳索介）趁这天晴，俺要到岭头涧底，取些松柴，供早晚炊饭之用。不强如坐吃山空么？（老旦）这倒不敢动劳⑤。（净）大家度日，怎好偷闲。（挑担介）脚下山云冷，肩头野草香。（下）（老旦闭门介）（旦）奴家闲坐无聊，何不寻些旧衣残裳，付俺缝补，以消长夏。（老旦）正有一事借重。这中元节，村中男女，许到白云庵与皇后悬挂宝旛⑥；就求妙手，替他成造，也

---

①"何处瑶天笙弄"三句：形容仙人在仙境中奏乐、飘游的逍遥情景。瑶天，指天上的仙境。
②淡薄：冷落，萧条。
③蓬山路通：此句化用李商隐的诗句"刘郎已恨蓬山远，更隔蓬山一万重"与"蓬山此去无多路，青鸟殷勤为探看"。蓬山，即蓬莱山。相传为仙人所居之处。
④活计：生计；谋生的工作或职业。
⑤动劳：烦劳，麻烦。
⑥宝旛：佛寺中悬挂的旗幡。

桃花扇 | 399

是十分功德哩。(旦)这样好事,情愿助力。(老旦取出旛料介)(旦)待奴熏香洗手,虔诚缝制起来。(作洗手缝旛介)

【好姐姐】念奴前身业重①,绑十指筝弦箫孔②;慵线懒针,几曾并③女红。(老旦)香姐心灵手巧,一捻针线,就是不同的。(旦)奴家那晓针线,凭着一点虔心罢了。**仙旛捧,忏悔尽教指头肿,绣出鸳鸯别样工。**

(共绣介)(副末扮老赞礼,丑扮柳敬亭,背行李领生上)

【皂罗袍】(生)避了干戈横纵,听飕飕一路,涧水松风。云锁栖霞两三峰,江深五月寒风送。(副末)这是栖霞山了。你们寻所道院,趁早安歇罢。(生看介)这是一座葆真庵,何不敲门一问。**石墙萝户,忙寻炼翁④,鹿柴⑤鹤径,急呼道童,仙家那晓浮生⑥恸。**

(副末敲门介)(老旦起问介)那个敲门?(副末)俺是南京来的,要借贵庵暂安行李。(老旦)这里是女道住持,从不留客的。

【好姐姐】你看石墙四耸,昼掩了重门无缝;修真女冠⑦,怕遭俗

---

① 业重:佛教语。指罪孽深重。
② 筝弦箫孔:借指管弦乐器。
③ 并(píng):放弃。
④ 炼翁:即"炼师"。旧时某些道士懂得养生、炼丹之法,被尊称为"炼师"。
⑤ 鹿柴(zhài):篱落。比喻隐居之处。柴本作"砦"。
⑥ 浮生:指人生。佛家认为人生在世,虚浮不定,因称人生为"浮生"。
⑦ 女冠:女道士。

客哄。(丑)我们不比游方僧道,暂住何妨。(老旦)**真经讽**①,**谨把祖师清规奉,处女闺阁一样同。**

(旦)说的有理,比不得在青楼之日了。(老旦)这是俺修行本等,不必睬他;且去香厨用斋罢。(同下)(副末又敲门介)(生)他既守清规,我们也不必苦缠了。(副末)前面庵观尚多,待我再去访问。(行介)(副净扮丁继之道装,提药篮上)

**【皂罗袍】采药深山古洞,任芒鞋竹杖,踏遍芳丛。落照苍凉树玲珑,林中笋蕨充清供。**(副末喜介)那边一位道人来了,待我上前问他。(拱介)老仙长,我们上山来做好事的,要借道院暂安行李,敢求方便一二!(副净认介)这位相公,好像河南侯公子。(丑)不是侯公子是那个?(副净又认介)老兄你可是柳敬亭么?(丑)便是。(生认介)呵呀!丁继老,你为何出了家也。(副净)侯相公,你不知么。**俺善才迟暮,羞入旧宫;龟年疏懒,难随妙工;辞家竟把仙箓**②**诵。**

(生)原来因此出家。(丑)请问住持何山?(副净)前面不远,有一座采真观,便是俺修炼之所。不嫌荒僻,就请暂住何如?(生)甚好。(副末)二位遇着故人,已有栖身之地。俺要上白云庵,商量醮事去了。(生)多谢携带。(副末)彼此。(别介)人间消业海,天上礼仙坛。(下)(副净携生、丑行介)跨过白泉,又登紫阁,雪洞风来,云堂雨落。(生惊介)前面一道溪水,隔断南山,如何过去?(副净)不妨。靠岸有只渔船,俺且坐船闲话,等个渔翁到来,央他撑去;不上半里,便是采真观了。(同上船坐介)(丑)我老柳少时在泰州北湾,专以捕鱼为业,这

---

①真经讽:诵念真经。
②仙箓:即仙人箓,指神仙秘籍或道教经典。

渔船是弄惯了的，待我撑去罢。（生）妙！妙！（丑撑船介）（生问副净介）自从梳栊香君，借重光陪，不觉别来便是三载。（副净）正是。且问香君入宫之后，可有消息么？（生）那得消息来。（取扇指介）这柄桃花扇，还是我们订盟之物，小生时刻在手。

【好姐姐】把他桃花扇拥，又想起青楼旧梦；天老地荒，此情无尽穷。分飞猛，杳杳万山隔鸾凤，美满良缘半月同。

（丑）前日皇帝私走，嫔妃逃散，料想香君也出宫门；且待南京平定，再去寻访罢。（生）只怕兵马赶散，未必重逢了。（掩泪介）（副净指介）那一带竹篱，便是俺的采真观，就请拢船上岸罢。（丑挽船，同上岸介）（副净唤介）道僮，有远客到门，快搬行李。（内应介）（副净）请进。（让入介）

（生）门里丹台更不同，（副净）寂寥松下养衰翁。

（丑）一湾溪水舟千转，（生）跳入蓬壶似梦中。

# 第四十出　入道

乙酉七月

【南点绛唇】（外扮张薇瓢冠①衲衣，持拂上）世态纷纭，半生尘里朱颜老；拂衣不早，看罢傀儡闹。恸哭穷途，又发哄堂笑。都休了，玉壶琼岛②，万古愁人少。

贫道张瑶星，挂冠归山，便住这白云庵里。修仙有分，涉世无缘。且

---

①瓢冠：瓜瓢形的僧帽。

②玉壶琼岛：指仙家住的地方。

喜书客蔡益所随俺出家,又载来五车经史。那山人蓝田叔也来皈依,替我画了四壁蓬瀛①。这荒山之上,既可读书,又可卧游,从此飞升尸解②,亦不算懵懂神仙矣。只有崇祯先帝,深恩未报,还是平生一件缺事。今乃乙酉年七月十五日,广延道众,大建经坛,要与先帝修斋追荐;恰好南京一个老赞礼,约些村中父老,也来搭醮。不免唤出弟子,趁早铺设。(唤介)徒弟何在?(丑扮蔡益所,小生扮蓝田叔道装上)尘中辞俗客,云里会仙官。(见介)弟子蔡益所、蓝田叔,稽首了。(拜介)(外)尔等率领道众,照依黄箓③科仪,早铺坛场;待俺沐浴更衣,虔心拜请。正是:清斋朝帝座,直道在人心。(下)(丑、小生铺设三坛,供香花茶果,立旛挂榜介)

【北醉花阴】高筑仙坛海日晓,诸天群灵俱到,列星众宿来朝。旛影飘飘,七月中元建醮。

(丑)经坛斋供,俱已铺设整齐了。(小生指介)你看山下父老,捧酒顶香,纷纷来也。(副末扮老赞礼,领村民男女,顶香捧酒,挑纸钱、锭锞④、绣旛上)

【南画眉序】携村醪,紫降黄檀⑤绣帕包。(指介)望虚无玉殿,帝座非遥;问谁是皇子王孙,撇下俺村翁乡老。(掩泪介)万山深处

---

①蓬瀛:传说中的蓬莱、瀛洲二仙山。
②飞升尸解:表示成仙。尸解,指道徒遗其形骸而仙去。
③黄箓:指道士所做道场。道士设坛祈祷,所用符箓皆为黄色,故称。
④锭锞(kè):祭神鬼时烧的金银纸锭。锞,小块的金锭或银锭。
⑤紫降黄檀:指降香和檀香两种香料。紫降,即降真香,也称降香,可入药,焚烧后烟气直上,传说能降神。檀香有黄檀、白檀、紫檀三种。

中元节，擎着纸钱来吊。

（见介）众位道长，我们社友俱已齐集了，就请法师老爷出来巡坛罢。（丑、小生向内介）铺设已毕，请法师更衣巡坛，行洒扫之仪。（内三鼓介）（杂扮四道士奏仙乐，丑、小生换法衣捧香炉，外金道冠、法衣、擎净盏，执松枝，巡坛洒扫介）

【北喜迁莺】（合）净手洒松梢，清凉露千滴万点抛；三转九回坛边绕，浮尘热恼全浇。香烧，云盖飘①，王座层层百尺高。响云璈②，建极宝殿，改作团瓢③。

（外下）（丑、小生向内介）洒扫已毕，请法师更衣拜坛，行朝请大礼。（丑、小生设牌位：正坛设故明思宗烈皇帝之位；左坛设故明甲申殉难文臣之位；右坛设故明甲申殉难武臣之位）（内奏细乐介）（外九梁朝冠、鹤补朝服、金带、朝鞋、牙笏上）（跪祝介）伏以星斗增辉，快睹蓬莱之现；风雷布令，遥瞻阊阖④之开。恭请故明思宗烈皇帝九天法驾，及甲申殉难文臣，东阁大学士范景文，户部尚书倪元璐，刑部侍郎孟兆祥，协理京营兵部侍郎王家彦，左都御史李邦华，右副都御史施邦耀，大理寺卿凌义渠，太常寺少卿吴麟征，太仆寺丞申佳胤，詹事府庶子周凤翔，谕德马世奇，中允刘理顺，翰林院检讨汪伟，兵料都给事中吴甘来，巡视京营御史王章，河南道御史陈良谟，提学御史陈纯德，兵部郎中成德，吏部员外郎许直，兵部主事金铉；武臣新乐侯刘文炳，襄城伯李国祯，驸马都尉巩永固，协理京营内监王承恩等。伏愿彩仗随车，素旗拥驾；君臣穆

---

① 云盖飘：形容香烟飘聚在一起，像车盖一样。云盖，形状如车盖的云。
② 云璈（áo）：即云锣，一种打击乐器。
③ 团瓢：即团焦，圆形草屋。
④ 阊（chāng）阖：传说中的天门。

穆,指青鸟以来临;文武皇皇,乘白云而至止。共听灵籁,同饮仙浆。(内奏乐,外三献酒,四拜介)(副末、村民随拜介)

【南画眉序】(外)列仙曹,叩请烈皇下碧霄①;舍煤山古树,解却宫绦。且享这椒酒松香,莫恨那流贼闯盗。古来谁保千年业,精灵永留山庙。

(外下)(丑、小生左右献酒,拜介)(副末、村民随拜介)

【北出队子】(丑、小生)虔诚祝祷,甲申殉节群僚。绝粒刎颈恨难消,坠井投缳②志不挠,此日君臣同醉饱。

(丑、小生)奠酒化财,送神归天。(众烧纸牌钱锞,奠酒举哀介)(副末)今日才哭了个尽情。(众)我们愿心已了,大家吃斋去。(暂下)(丑、小生向内介)朝请已毕,请法师更衣登坛,做施食功德。(设焰口、结高坛介)(内作细乐介)(外更华阳巾③、鹤氅,执拂子上,拜坛毕,登坛介)(丑、小生侍立介)(外拍案介)窃惟浩浩沙场,举目见空中之楼阁;茫茫苦海,回头登岸上之瀛洲。念尔无数国殇④,有名敌忾,或战畿辅⑤,或战中州,或战湖南,或战陕右;死于水,死于火,死于刃,死于镞⑥,死于跌扑踏践,死于疠疫⑦饥寒。咸望滚榛莽之髑髅,飞风烟之磷火,远投法座,遥赴宝山。吸一滴之甘泉,津舍万劫;吞盈掬之玉粒,腹

---

①碧霄:亦作"碧宵",指青天。
②投缳(huán):自缢。缳,绳套。
③华阳巾:道士所戴的一种帽子。
④国殇:指为国牺牲的人。
⑤畿(jī)辅:京都附近的地方。
⑥镞(zú):箭头。
⑦疠(lì)疫:瘟疫。

果千春。(撒米、浇浆、焚纸,鬼抢介)

【南滴溜子】沙场里,沙场里,尸横蔓草;殷血腥,殷血腥,白骨渐槁。可怜风旋雨啸,望故乡无人拜扫;饿魄馋魂,来饱这遭。

(丑、小生)施食已毕,请法师普放神光,洞照三界,将君臣位业,指示群迷。(外)这甲申殉难君臣,久已超升天界了。(丑、小生)还有今年北去君臣,未知如何结果?恳求指示。(外)你们两廊道众,斋心肃立;待我焚香打坐,闭目静观。(丑、小生执香,低头侍立介)(外闭目良久介)(醒向众介)那北去弘光皇帝,及刘良佐、刘泽清、田雄等,阳数未终,皆无显验①。(丑、小生前禀介)还有史阁部、左宁南、黄靖南,这三位死难之臣,未知如何报应?(外)待我看来。(闭目介)(杂白须、幞头、朱袍、黄纱蒙面、幡幢细乐引上)吾乃督师内阁大学士兵部尚书史可法。今奉上帝之命,册为太清宫紫虚真人,走马到任去也。(骑马下)(杂金盔甲、红纱蒙面、旗帜鼓吹引上)俺乃宁南侯左良玉。今奉上帝之命,封为飞天使者,走马到任去也。(骑马下)(杂银盔甲、黑纱蒙面、旗帜鼓吹引上)俺乃靖南侯黄得功。今奉上帝之命,封为游天使者,走马到任去也。(骑马下)(外开目介)善哉!善哉!方才梦见阁部史道邻先生,册为太清宫紫虚真人;宁南侯左昆山,靖南侯黄虎山,封为飞天、游天二使者。一个个走马到任,好荣耀也。

【北刮地风】则见他云中天马骄,才认得一路英豪。咭叮当奏着钧天乐,又摆些羽葆干旄②。将军刀,丞相袍,挂符牌都是九天名号。

---

①显验:明显的应验。
②羽葆:帝王仪仗中以鸟羽作为装饰的华盖。干旄:旌旗的一种,以牦牛尾饰旗竿,作为仪仗。

好尊荣，好逍遥，只有皇天不昧功劳。

（丑、小生拱手介）南无天尊！南无天尊！果然善有善报，天理昭彰。（前禀介）还有奸臣马士英、阮大铖，这两个如何报应？（外）待俺看来。（闭目介）（净散发披衣跑上）我马士英做了一生歹事，那知结果这台州山中。（杂扮霹雳雷神，赶净绕场介）（净抱头跪介）饶命！饶命！（杂劈死净，剥衣去介）（副净冠带上）好了！好了！我阮大铖走过这仙霞岭，便算第一功了。（登高介）（杂扮山神、夜叉，刺副净下，跌死介）（外开目介）苦哉！苦哉！方才梦见马士英被雷击死台州山中，阮大铖跌死仙霞岭上。一个个皮开脑裂，好苦恼也。

【南滴滴金】明明业镜①忽来照，天网恢恢飞不了。抱头颅由你千山跑，快雷车偏会找，钢叉又到。问年来吃人多少脑，这顶浆②两包，不够犬饕。

（丑、小生拱手介）南无天尊！南无天尊！果然恶有恶报，天理昭彰。（前禀介）这两廊道众，不曾听得明白，还求法师高声宣扬一番。（外举拂高唱介）（副末、众村民执香上，立听介）

【北四门子】（外）众愚民暗室亏心少，到头来几曾饶，微功德也有吉祥报，大巡环睁眼瞧。前一番，后一遭，正人邪党，南朝接北朝。福有因，祸怎逃，只争些来迟到早。

（副末、众叩头下）（老旦扮卞玉京，领旦上）天上人间，为善最乐。方才同些女道，在周皇后坛前挂了宝幡，再到讲堂参见法师。（旦）奴家

---

①业镜：佛教语，指诸天与地狱中照摄众生善恶业的镜子。
②顶浆：指脑浆。

也好闲游么?(老旦指介)你看两廊道俗,不计其数,瞧瞧何妨。(老旦拜坛介)弟子卞玉京稽首了!(起同旦一边立介)(副净扮丁继之上)人身难得,大道难闻。(拜坛介)弟子丁继之稽首了。(起唤介)侯相公,这是讲堂,过来随喜①。(生急上)来了!久厌尘中多苦趣,才知世外有仙缘。(同立一边介)(外拍案介)你们两廊善众,要把尘心抛尽,才求得向上机缘;若带一点俗情,免不了轮回千遍。(生遮扇看旦,惊介)那边站的是俺香君,如何来到此处?(急上前拉介)(旦惊见介)你是侯郎,想杀奴也。

**【南鲍老催】想当日猛然舍抛,银河渺渺谁架桥,墙高更比天际高。书难捎,梦空劳,情无了,出来路儿越迢遥。**(生指扇介)**看这扇上桃花,叫小生如何报你。看鲜血满扇开红桃,正说法天花落。**

(生、旦同取扇看介)(副净拉生,老旦拉旦介)法师在坛,不可只顾诉情了。(生、旦不理介)(外怒拍案介)唉!何物儿女,敢到此处调情。(忙下坛,向生、旦手中裂扇掷地介)我这边清静道场,那容得狡童游女,戏谑混杂。(丑认介)阿呀!这是河南侯朝宗相公,法师原认得的。(外)这女子是那个?(小生)弟子认得他,是旧院李香君,原是侯兄聘妾。(外)一向都在何处来?(副净)侯相公在弟子采真观中。(老旦)李香君在弟子葆真庵中。(生向外揖介)这是张瑶星先生,前日多承超豁。(外)你是侯世兄,幸喜出狱了。俺原为你出家,你可知道么?(生)小生那里晓得。(丑)贫道蔡益所,也是为你出家。这些缘由,待俺从容告你罢。(小生)贫道是蓝田叔,特领香君来此寻你,不想果然遇着。(生)丁、卞二师收留之恩,蔡、田二师接引之情,俺与香君世世图

---

① 随喜:佛教语,指见到他人行善而生欢喜之意。

报。(旦)还有那苏昆生，也随奴到此。(生)柳敬亭也陪我前来。(旦)这柳、苏两位，不避患难，终始相依，更为可感。(生)待咱夫妻还乡，都要报答的。(外)你们絮絮叨叨，说的俱是那里话。当此地覆天翻，还恋情根欲种，岂不可笑！(生)此言差矣！从来男女室家，人之大伦，离合悲欢，情有所钟，先生如何管得？(外怒介)呵呸！两个痴虫，你看国在那里，家在那里，君在那里，父在那里，偏是这点花月情根，割他不断么？

【北水仙子】堪叹你儿女娇，不管那桑海变。艳语淫词太絮叨，将锦片前程，牵衣握手神前告。怎知道姻缘簿久已勾销；翅楞楞鸳鸯梦醒好开交，碎纷纷团圆宝镜不坚牢。羞答答当场弄丑惹的旁人笑，明荡荡大路劝你早奔逃。

(生揖介)几句话，说的小生冷汗淋漓，如梦忽醒。(外)你可晓得么？(生)弟子晓得了。(外)既然晓得，就此拜丁继之为师罢。(生拜副净介)(旦)弟子也晓得了。(外)既然也晓得，就此拜卞玉京为师罢。(旦拜老旦介)(外吩咐副净、老旦介)与他换了道扮。(生、旦换衣介)(副净、老旦)请法师升座，待弟子引见。(外升座介)(副净领生，老旦领旦，拜外介)

【南双声子】芟①情苗，芟情苗，看玉叶金枝凋；割爱胞，割爱胞，听凤子龙孙号。水沤漂，水沤漂；石火敲，石火敲；剩浮生一半，才受师教。

---

①芟（shān）：割草，引申为除去。

（外指介）男有男境，上应离方①；快向南山之南，修真学道去。（生）是。大道才知是，浓情悔认真。（副净领生从左下）（外指介）女有女界，下合坎道②；快向北山之北，修真学道去。（旦）是，回头皆幻景，对面是何人。（老旦领旦从右下）（外下座大笑三声介）

【北尾声】你看他两分襟③，不把临去秋波掉。亏了俺桃花扇扯碎一条条，再不许痴虫儿自吐柔丝缚万遭。

白骨青灰长艾萧，桃花扇底送南朝。
不因重做兴亡梦，儿女情浓何处消。

## 续四十出　余韵

戊子九月

【西江月】（净扮樵子挑担上）放目苍崖万丈，拂头红树千枝；云深猛虎出无时，也避人间弓矢。建业城啼夜鬼，维扬井贮秋尸④；樵夫剩得命如丝，满肚南朝野史。在下苏昆生，自从乙酉年⑤同香君到山，一住三载，俺就不曾回家，往来牛首、栖霞，采樵度日。谁想柳敬亭与俺同志，买只小船，也在此捕鱼为业。且喜山深树老，江阔人稀；每日相逢，便把斧头敲着船头，浩浩落落，尽俺歌唱，好不快活。今日柴担早歇，专等他来促

---

①离方：指南方。在八卦中，离卦主南。
②坎道：指北方。在八卦中，坎卦主北。
③分襟：离别，分袂。
④维扬井贮秋尸：此句表示清兵南下攻陷扬州城时城内人民被屠杀的悲惨景象。
⑤乙酉年：指公元1645年，是年清兵攻陷南京，明朝灭亡。

膝闲话，怎的还不见到。（歇担盹睡介）（丑扮渔翁摇船上）年年垂钓鬓如银，爱此江山胜富春；歌舞丛中征战里，渔翁都是过来人。俺柳敬亭送侯朝宗修道之后，就在这龙潭江畔，捕鱼三载，把些兴亡旧事，付之风月闲谈。今值秋雨新晴，江光似练，正好寻苏昆生饮酒谈心。（指介）你看，他早已醉倒在地，待我上岸，唤他醒来。（作上岸介）（呼介）苏昆生。（净醒介）大哥果然来了。（丑拱介）贤弟偏杯①呀！（净）柴不曾卖，那得酒来。（丑）愚兄也没卖鱼，都是空囊，怎么处？（净）有了！有了！你输水，我输柴，大家煮茗清谈罢。（副末扮老赞礼，提弦携壶上）江山江山，一忙一闲，谁赢谁输，两鬓皆斑。（见介）原来是柳、苏两位老哥。（净、丑拱介）老相公怎得到此？（副末）老夫住在燕子矶边，今乃戊子年九月十七日，是福德星君②降生之辰；我同些山中社友，到福德神祠祭赛已毕，路过此间。（净）为何挟着弦子，提着酒壶。（副末）见笑！见笑！老夫编了几句神弦歌，名曰《问苍天》。今日弹唱乐神，社散之时，分得这瓶福酒。恰好遇着二位，就同饮三杯罢。（丑）怎好取扰。（副末）这叫做"有福同享"。（净、丑）好！好！（同坐饮介）（净）何不把神弦歌领略一回？（副末）使得！老夫的心事，正要请教二位哩。（弹弦唱巫腔）（净、丑拍手衬介）

【问苍天】新历数，顺治朝，五年戊子；九月秋，十七日，嘉会良时。击神鼓，扬灵旗，乡邻赛社③；老逸民，剃白发，也到丛祠。椒作栋，桂为楣，唐修晋建；碧和金，丹间粉，画壁精奇。貌赫

---

①偏杯：指已经先喝过酒。
②福德星君：即财神。
③赛社：旧俗。一年农事完毕后，陈酒食以祭田神，相与饮酒作乐。

赫,气扬扬,福德名位;山之珍,海之宝,总掌无遗。超祖祢①,迈君师,千人上寿;焚郁兰,奠清醑②,夺户争挥③。草笠底,有一人,掀须长叹:贫者贫,富者富,造命④奚为?我与尔,较生辰,同月同日;囊无钱,灶断火,不啻乞儿。六十岁,花甲周,桑榆暮矣;乱离人,太平犬,未有亨期。称玉斝⑤,坐琼筵⑥,尔餐我看;谁为灵,谁为蠢,贵贱失宜。臣稽首,叫九阍⑦,开聋启聩⑧;宣命司,检禄籍⑨,何故差池。金阙远,紫宸高,苍天梦梦;迎神来,送神去,舆马风驰。歌舞罢,鸡豚收,须臾社散;倚枯槐,对斜日,独自凝思。浊享富,清享名,或分两例;内才多,外财少,应不同规。热似火,福德君,庸人父母;冷如冰,文昌帝,秀士宗师。神有短,圣有亏,谁能足愿;地难填,天难补,造化如斯。释尽了,胸中愁,欣欣微笑;江自流,云自卷,我又何疑。

(唱完放弦介)出丑之极。(净)妙绝!逼真《离骚》《九歌》了。(丑)失敬!失敬!不知老相公竟是财神一转哩。(副末让介)请干此酒。(净咂舌介)这寡酒⑩好难吃也。(丑)愚兄倒有些下酒之物。(净)是什么东西?(丑)请猜一猜。(净)你的东西,不过是些鱼鳖虾蟹。(丑摇头

---

①祢(nǐ):古代对已在宗庙中立牌位的亡父的称谓。
②醑(xǔ):美酒。
③夺户争挥:形容参加赛社者人多拥挤。
④造命:即造物主,命运之神。
⑤称玉斝:举着玉制的酒器。
⑥琼筵:盛宴,美宴。
⑦九阍:九天之门。亦指九天。
⑧聩(kuì):耳聋。
⑨禄籍:旧时指天上或冥府记录人福、禄、寿的簿册。
⑩寡酒:不就菜肴而只是饮酒。

介）猜不着，猜不着。（净）还有什么异味？（丑指口介）是我的舌头。（副末）你的舌头，你自下酒，如何让客。（丑笑介）你不晓得，古人以《汉书》下酒；这舌头会说《汉书》，岂非下酒之物。（净取酒斟介）我替老哥斟酒，老哥就把《汉书》说来。（副末）妙！妙！只恐菜多酒少了。（丑）既然《汉书》太长，有我新编的一首弹词，叫做《秣陵秋》，唱来下酒罢。（副末）就是俺南京的近事么？（丑）便是！（净）这都是俺们耳闻眼见的，你若说差了，我要罚的。（丑）包管你不差。（丑弹弦介）六代兴亡，几点清弹千古慨；半生湖海，一声高唱万山惊。（照盲女弹词唱介）

【秣陵秋】陈隋烟月恨茫茫，井带胭脂①土带香；骀荡②柳绵沾客鬓，叮咛莺舌恼人肠。中兴朝市繁华续，遗孽儿孙气焰张；只劝楼台追后主，不愁弓矢下残唐。蛾眉越女才承选，燕子吴歈③早擅场；力士签名搜笛步④，龟年协律奉椒房。西昆词赋新温李，乌巷冠裳旧谢王；院院宫妆金翠镜，朝朝楚梦雨云床。五侯阃外空狼燧，二

---

①井带胭脂：这里化用陈后主亡国的故事。胭脂井，即南朝陈景阳宫的景阳井，故址在今南京市。隋兵南下，陈后主与妃张丽华、孔贵嫔并投此井，最终被隋兵抓获，故又名辱井。井有石栏，呈红色，好事者附会为胭脂所染，呼为胭脂井。

②骀（dài）荡：亦作"骀宕"。舒缓起伏；荡漾。

③吴歈（yú）：指昆曲。歈，歌。

④笛步：地名，又名邀笛步，在南京市青溪桥右，为教坊所在地。相传晋王徽之曾在此邀桓伊吹笛，故名。亦泛指歌妓的处所。

水洲边自雀舫①；指马谁攻秦相诈，入林都畏阮生②狂。春灯已错从头认，社党重钩无缝藏；借手杀仇长乐老，胁肩媚贵半闲堂③。龙钟阁部④啼梅岭，跛扈将军⑤噪武昌；九曲河流晴唤渡，千寻江岸夜移防。琼花劫到⑥雕栏损，玉树歌终⑦画殿凉；沧海迷家龙寂寞，风尘失伴凤彷徨。青衣衔璧⑧何年返，碧血溅沙此地亡；南内⑨汤池仍蔓草，东陵辇路⑩又斜阳。全开锁钥淮扬泗⑪，难整乾坤左史黄⑫。建帝飘零烈帝惨，英宗困顿武宗荒；那知还有福王一⑬，临去秋波泪数行。

---

①"五侯阃（kǔn）外空狼燧"二句：这两句意指南明君臣不顾边关守将告急，只知道纵情享乐。五侯，指武将。阃外，指京城或朝廷以外，亦指外任将吏驻守管辖的地域，与朝中、朝廷相对。狼燧，即狼烟。二水洲边，指南京的白鹭洲边。雀舫，形状像鸟的游船。

②阮生：指阮大铖。

③"借手杀仇长乐老"二句：这两句形容阮大铖等人的阴险以及对马士英的谄媚。长乐老，指五代宰相冯道，他一生仕唐晋汉周四朝，相六帝，因自号"长乐老"。后世常借指凭靠阿谀取荣而长保禄位的人。胁肩，耸起肩膀，以表示敬畏。

④阁部：指史可法。

⑤跛扈将军：指左良玉。

⑥琼花劫到：指扬州被清兵攻破，全城人遭到屠杀。扬州城内有琼花观，这里用琼花指代扬州。

⑦玉树歌终：指南明王朝的覆灭。玉树歌，指陈后主的《玉树后庭花》。

⑧青衣衔璧：这里指南明弘光帝被清兵俘虏。青衣，晋怀帝被匈奴人掳去后，匈奴人为了侮辱他，让他穿着青衣斟酒。衔璧，古时国君投降时，往往双手绑在后面，口里衔着一块玉璧，后来称国君投降为"衔璧"。

⑨南内：指明代皇城中的小南城。

⑩辇路：天子车驾所经的道路。

⑪淮扬泗：指淮阴、扬州、泗阳。

⑫左史黄：指左良玉、史可法、黄得功。

⑬福王一：指福王在位只有一年。

（净）妙！妙！果然一些不差。（副末）虽是几句弹词，竟似吴梅村一首长歌。（净）老哥学问大进，该敬一杯。（斟酒介）（丑）倒叫我吃寡酒了。（净）愚弟也有些须下酒之物。（丑）你的东西，一定是山肴野蔌了。（净）不是，不是。昨日南京卖柴，特地带来的。（丑）取来共享罢。（净指口介）也是舌头。（副末）怎的也是舌头？（净）不瞒二位说，我三年没到南京，忽然高兴，进城卖柴。路过孝陵，见那宝城享殿，成了刍牧之场。（丑）呵呀呀！那皇城如何？（净）那皇城墙倒宫塌，满地蒿莱了。（副末掩泪介）不料光景至此。（净）俺又一直走到秦淮，立了半晌，竟没一个人影儿。（丑）那长桥旧院，是咱们熟游之地，你也该去瞧瞧。（净）怎的不瞧，长桥已无片板，旧院剩了一堆瓦砾。（丑捶胸介）咳！恸死俺也。（净）那时候疾忙回首，一路伤心，编成一套北曲，名为《哀江南》，待我唱来！（敲板唱弋阳腔①介）俺樵夫呵！

【哀江南】【北新水令】山松野草带花挑，猛抬头秣陵重到。残军留废垒，瘦马卧空壕；村郭萧条，城对着夕阳道。

【驻马听】野火频烧，护墓长楸多半焦。山羊群跑，守陵阿监几时逃。鸽翎蝠粪满堂抛，枯枝败叶当阶草；谁祭扫，牧儿打碎龙碑帽。

---

①弋阳腔：亦称"弋腔"。戏曲声腔、剧种。大约元末明初起源于江西弋阳一带，与海盐腔、余姚腔、昆山腔并称南戏四大声腔。特点是台上演员独唱，后台众人帮腔，只用打击乐器伴奏。由于传播甚广，并同各地语言、曲调或剧种结合，在它的影响下，产生了青阳腔、潮剧等不少新的剧种，或成为当地戏曲的组成部分，对高腔这一声腔系统的形成起了很大的作用。清代以来，独立的弋阳腔剧种已趋衰亡。赣剧中尚保留着一些弋阳腔的腔调和剧目。

【沉醉东风】横白玉八根柱倒，堕红泥半堵墙高，碎琉璃瓦片多，烂翡翠窗棂少，舞丹墀燕雀常朝，直入宫门一路蒿，住几个乞儿饿莩①。

【折桂令】问秦淮旧日窗寮，破纸迎风，坏槛当潮，目断魂消。当年粉黛，何处笙箫。罢灯船端阳不闹，收酒旗重九无聊。白鸟飘飘，绿水滔滔，嫩黄花有些蝶飞，新红叶无个人瞧。

【沽美酒】你记得跨青溪半里桥，旧红板没一条。秋水长天人过少，冷清清的落照，剩一树柳弯腰。

【太平令】行到那旧院门，何用轻敲，也不怕小犬哰哰②。无非是枯井颓巢，不过些砖苔砌草。手种的花条柳梢，尽意儿采樵；这黑灰是谁家厨灶？

【离亭宴带歇指煞】俺曾见金陵玉殿莺啼晓，秦淮水榭花开早，谁知道容易冰消。眼看他起朱楼，眼看他宴宾客，眼看他楼塌了。这青苔碧瓦堆，俺曾睡风流觉，将五十年兴亡看饱。那乌衣巷不姓王，莫愁湖鬼夜哭，凤凰台栖枭鸟。残山梦最真，旧境丢难掉，不信这舆图换稿。诌一套《哀江南》，放悲声唱到老。

（副末掩泪介）妙是绝妙，惹出我多少眼泪。（丑）这酒也不忍入唇

---

①饿莩（piǎo）：亦作"饿殍"。饿得快死的人。
②哰（láo）哰：指鸟兽叫。

了,大家谈谈罢。(副净时服,扮皂隶①暗上)朝陪天子辇,暮把县官门;皂隶原无种,通侯岂有根。自家魏国公嫡亲公子徐青君的便是,生来富贵,享尽繁华。不料国破家亡,剩了区区一口。没奈何在上元县当了一名皂隶,将就度日。今奉本官签票②,访拿山林隐逸,只得下乡走走。(望介)那江岸之上,有几个老儿闲坐,不免上前讨火,就便访问。正是:开国元勋留狗尾,换朝逸老缩龟头。(前行见介)老哥们有火借一个?(丑)请坐!(副净坐介)(副末问介)看你打扮,像一位公差大哥。(副净)便是!(净问介)要火吃烟么?小弟带有高烟,取出奉敬罢。(敲火取烟奉副净介)(副净吃烟介)好高烟!好高烟!(作晕醉卧倒介)(净扶介)(副净)不要拉我,让我歇一歇,就好了。(闭目卧介)(丑问副末介)记得三年之前,老相公捧着史阁部衣冠,要葬在梅花岭下,后来怎样?(副末)后来约了许多忠义之士,齐集梅花岭,招魂埋葬,倒也算千秋盛事,但不曾立得碑碣。(净)好事!好事!只可惜黄将军刎颈报主,抛尸路旁,竟无人埋葬。(副末)如今好了,也是我老汉同些村中父老,检骨殡殓,起了一座大大的坟茔,好不体面。(丑)你这两件功德,却也不小哩。(净)二位不知,那左宁南气死战船时,亲朋尽散,却是我老苏殓殡了他。(副末)难得!难得!闻他儿子左梦庚袭了前程,昨日扶柩回去了。(丑掩泪介)左宁南是我老柳知己。我曾托蓝田叔画他一幅影像,又求钱牧斋题赞了几句;逢时遇节,展开祭拜,也尽俺一点报答之意。(副净醒,作悄语介)听他说话,像几个山林隐逸。(起身问介)三位是山林隐逸么?(众起拱介)不敢,不敢,为何问及山林隐逸?(副净)三位不知,现今礼部上本,搜寻山林隐逸。抚按大老爷张挂告示,布政司行文

---

① 皂隶:衙门里的差役。
② 签票:捕人的文书。

已经月余，并不见一人报名。府县着忙，差俺们各处访拿，三位一定是了，快快跟我回话去。（副末）老哥差矣，山林隐逸乃文人名士，不肯出山的。老夫原是假斯文的一个老赘礼，那里去得。（丑、净）我两个是说书唱曲的朋友，而今做了渔翁、樵子，益发不中了。（副净）你们不晓得，那些文人名士，都是识时务的俊杰，从三年前俱已出山了。目下正要访拿你辈哩。（副末）啐，征求隐逸，乃朝廷盛典，公祖父母①俱当以礼相聘，怎么要拿起来。定是你这衙役们奉行不善。（副净）不干我事，有本县签票在此，取出你看。（取看签票欲拿介）（净）果有这事哩。（丑）我们竟走开如何？（副末）有理，避祸今何晚，入山昔未深。（各分走下）（副净赶不上介）你看他登崖涉涧，竟各逃走无踪。

**【清江引】**大泽深山随处找，预备官家要。抽出绿头签②，取开红圈票③，把几个白衣山人吓走了。

（立听介）远远闻得吟诗之声，不在水边，定在林下，待我信步找去便了。（急下）（内吟诗曰）

渔樵同话旧繁华，短梦寥寥记不差。

曾恨红笺衔燕子，偏怜素扇染桃花。

笙歌西第留何客？烟雨南朝换几家？

传得伤心临去语，年年寒食哭天涯。

---

①公祖父母：旧时士绅对知府以上地方官的尊称。对地位较高者，亦称老公祖、大公祖和公祖父母。流行于明清。

②绿头签：清代官府用以捕人或赦免罪人的木牌。用绿色漆牌头，称绿头牌或绿头签。

③红圈票：旧时捕人的拘票，在要逮捕的人的姓名上加红圈。

# 附录一

## 桃花扇跋语

　　有明三百年结局，君臣将相，奸佞忠良，其间可褒、可诛、可歌、可泣者，虽百千万言，亦不能尽。兹独借管弦拍板，写其悲感缠绵之致，又从最不要紧几辈老名士、老白相、老青楼，饮啸谈谐祸患离合终始之迹，而寄国家兴亡、君子小人、成败死生之大故。贯穿往覆，挥洒淋漓；大旨要归，眼如注矢；凄音楚调，声似回澜。纪事处，忽尔钟情；情尽处，忽尔见道。战争付之流水，儿女归诸空花。作史传观可，作内典观亦可。宁徒慷慨悲歌，听者堕泪而已乎！

桃源逸叟黄元治跋

　　一部传奇，描写五十年前遗事，君臣将相，儿女友朋，无不人人活现，遂成天地间最有关系文章。往昔之汤临川，近今之李笠翁，皆非敌手。

料错道人刘中柱跋

　　先生胸中眼中，光明洞达，其是非褒贬，虽自成一家言，实天下后世之公言，所谓游夏不能赞一辞也。列国贤士大夫，谁无意见？若听其笔削

《春秋》一书，今已粉碎矣。观《桃花扇》者，如睹祥麟瑞凤，当平恕其心，欢喜赞叹，即感慨亦多事，况议论乎？

淮南李柟跋

纨扇而曰桃花，其名艳；桃花而血色染，其情惨。以《桃花扇》而写梨溶杏冶，以《桃花扇》而发喜笑怒骂，以《桃花扇》而诛乱臣贼子，以《桃花扇》而正世道人心。至于出下之编年纪月，末之搜才系士，不书隐公即位之笔，得再见矣。噫！《桃花扇》之义大矣哉！

关中陈四如跋

奇而真，趣而正，谐而雅，丽而清，密而淡，词家能事毕矣。前后作者，未有盛于此本，可为名世一宝。

颍上刘凡跋

慷慨悲歌，凄凉苦语，是何种文章！读之而不堕泪者，其心必石，其眼必肉。

娄东叶摇藩跋

# 附录二

## 桃花扇后序

过客衣冠,依稀优孟;邮亭宫阙,仿佛梨园。览南渡之兴亡,莺花一岁;笑东迁之聚散,萍水三朝。为古耽忧,有意挝骂曹之鼓;因人抱忿,无方击毙贾之锤。往事虽陈,情焉能已;旧人犹在,吾末如何。于是谱叙儿女私情,表一段温柔佳话;纪述君臣公案,发千秋成败奇闻。盖以马史、班书,赏雅而弗能赏俗;《搜神》《博异》,信耳而未必信心。所以许劭之评,托彼吴语越调;董狐之笔,付诸桓笛嬴箫。此《桃花扇》传奇之所由作也。

嗟乎!烈皇殉国,历在申年;闯逆攻都,春当辰月。海飞山走,跳出十八孩儿;轴覆枢翻,逼死九重天子。鼎湖龙去,弓堕乌号;铁胫鸥张,刀挥素质。凤阙鸾台之火,赤焰彤天;螭阶麟阁之尸,红流赭地。蓟门兵燹,绝无原庙残砖;建业人烟,幸保陪京剩土。

噫嘻!汉家之厄十世,唯光武之中兴;献公之子九人,仅重耳之尚在。以故奸顽乘衅,窥神器而包祸心;诡谲同谋,立新君而居奇货。珪桐剪叶,封神庙之亲孙;璚树生枝,迎福藩之嫡子。千官拥戴,气象南阳;万姓欢呼,风流东晋。讵意黄袍加于身上,天子无愁;碧玺列于几前,寡人好色。仇如勾践,未奋志于尝胆卧薪;荒比东昏,只留意于征歌选舞。

小怜大舍，艳丛白玉床前；花蕊梅精，娇簇黄金屋里。月姊进长生之药，枕上飞仙；麻姑贡不老之丹，杯中乐圣。以致六千君子，缩项逡巡；八百诸侯，抽身退避。胭脂古井，仍投珠翠之妃；结绮高楼，又上戈矛之士。奇可传者，斯其一也。

至于帝业维新，沙堤任重；皇图再造，画省权尊。只手擎天，须体认安刘周勃；孤衷捧日，务摹仿复楚包胥。孰不思江左夷吾，经纶岳岳；人皆望禁中李牧，功烈铮铮。尔乃元改靖康，政全归桧；位登灵武，众未诛杨。玉帛金缯，宰嚭则苞苴弗却；刖黥汤镬，广汉则钩距偏多。指鹿随心，元老合称为长乐；斗蚁得意，华堂应号以半闲。孙武子之兵书，用在《春灯谜》里；李药师之阵法，藏诸袴子裆中。截狗续貂，市井屠酤而滥贵；燔羊烂胃，庖厨奴隶而升郎。天下童谣，王与马共；人间仙路，阮挈刘行。以致王气全销，无烦金厌；国风尽变，但有民讹。野日荒荒，不见旌旗战鼓；江流泯泯，唯闻芦荻渔歌。奇可传者，又其一也。

若夫勘乱勤王，将须一德；奋威扬武，兵始捐忠。晋剪苏氛，温峤连士行并讨；唐清史孽，子仪协光弼偕征。贾寇同载而言欢，汉方复盛；廉蔺负荆而任咎，赵乃称强。岂期北镇跳梁，鲜内靖外宁之志；南藩跋扈，多上胁下令之心。裴中立之久亡，谁平淮蔡；孙安国之不作，孰贬桓温。座位闲争，年庚恃长；客兵弗让，流寇偏容。铃阁督师，懦似慈悲佛子；辕门魁帅，劝如和事先生。不图扫穴捣巢，疾趋于子午谷去；只能纵剽肆掠，转骚向丁卯桥来。眼看豺虎纵横，中原怕救；坐拥貔貅护卫，雄镇偷安。以致白露荒洲，鱼潜水静；乌衣旧巷，燕去堂空。江草凄凄，人作扬州之梦；山云黯黯，天消蒋阜之魂。奇可传者，又其一也。

维是君王游豫，亲问蛙鸣；宰相闲嬉，官能犬吠。出师上表，内无蜀国之卧龙；拜将登坛，外少隋家之擒虎。乃不图三公子作东林后劲，五秀才为复社前驱。学论秉公，竟蹈覆巢之李燮；儒林抗节，赶追奏疏之陈东。杨左幽冤，重兴旧案；荆襄积愤，特举新旗。柳敬亭评话微丁，投清恶除奸之檄；苏昆生歌讴贱士，葬乱军死帅之骸。狎客归山，丁继之抱雷海青之恸；书商破产，蔡益所担孔文举之辜。蓝田叔身隐画师，引领蛾眉而学道；卞玉京名逃乐部，掉转蠔首而修真。之数人者，境实卑微，志坚岳渎；品虽高迈，位陋泥沙。挹彼丰标，似听足音于空谷；揭斯气节，允当砥柱于颓波。奇可传者，又其一也。

呜呼！当是时也，临倾厦宇，一木何支？待毙膏肓，九还莫救。世事如此，对风景以奚堪？天运可知，望川原而欲涕。爰有夷门望族，梁苑畸人，慨琴剑之萍飘，孤踪白下；感乡关之梗塞，满地黄巾。恨晋愁梁，暂拭南冠之泣；嘲风啸月，聊追北里之欢。恰遇香君，实为尤物。遂尔握巫峰之暮雨，携洛浦之晴云。三四千里之星娥，朱丝系足；二十八字之月老，素笺盟心。百宝箱中，珍藏摄面；双钩帘下，鉴赏聚头。所谓折叠虽轻，才子投一时之赠；咏题甚重，丽人定百岁之情焉。其奈文章憎达，既落第于吴宫；适值兵牒求援，则从戎于洛水。远入莲花之幕，郎是参军；独登杨柳之楼，妾为思妇。感时抚景，惨淡吟诗；睹物怀人，凄凉玩扇。笼随袖口，弗舍扑蝴蝶之风；系近裙腰，留待殉鸳鸯之冢。红粉于房中计日，正自含愁；青衣于楼下催妆，忽令改志。缘以中堂荐美，驱象而送向蛇吞；亦因开府觅姬，钓鲤而殴由獭祭。香君则冰凝作骨，日出当心。不乐求凰，宁甘打鸭。掷去香囊之聘，弗爱彼瑟瑟珠衫；骂回油壁之迎，徒骂到辚辚绣毂。而且妆崩堕马，金投约指于楼窗；髻坏盘龙，玉触搔头于柱础。舞非如意，孙夫人血滴眉尖；伤岂飞刀，韦娘子红淋额角。遂致扇似团圆明月，洒来几点流星；诗如李杜文章，迸起一层光焰矣。时则豪权难忤，猿亡而必致鱼殃；委曲求全，桃僵而何妨李代？丽娘惜女，竟以身充；香女离娘，唯余影对。梨花云里，倦魂只梦以怀人；燕子楼中，啼眼更谁愁似我？乃有石城旧令，粉署闲曹，窃将点口之脂，分来染扇；借用画眉之笔，暂以描花。赵合德裾上津华，变作玄都嫩蕊；薛灵芸壶中唾色，化成度索蟠根。扇唤桃花，歌场曾有；红叩人面，画苑所稀矣。讵知节届灵辰，贵介赏钟山雪景；渡名桃叶，群姬奏玉树新声。锦席既张，香君与侍。命如斯薄，谁不畏丞相天威？情有所钟，侬已作使君新妇。不觉颊潮红晕，忿忿而言；眉蹙青鬓，申申以詈。热虽炙手，危如燕雀之堂；焰纵熏天，丑是麒麟之楦。雌正平唇枪大动，满座俱惊；活林甫腹剑阴藏，当场反恕。休休相度，不居杀歌妓之名；隐隐奸谋，但唆入乐伶之选。嗣后虬壶听漏，寂寂长门；蝉弩惊秋，凄凄永巷。昭阳日影，树头空盼尽寒鸦；御苑沟流，叶上又难通锦字。悬忆天涯夫婿，雨栉风餐；自怜殿角婵娟，花癯月损。无何洪河失险，记室从间道潜归；文社重联，钩党陷圜扉禁锢。罚以驴之拔橛，光禄则快意私仇；叹其麟也伤锄，廷尉则酸心清议。乃若张金吾者，受诏捕囚，下吴导伏床之泪；弃官避罪，识通明解组之机。遁迹栖霞，学仙辟谷，置是非于弗问，付荣辱于罔闻矣。

哀哉！庙堂错乱，扰扰如棋；将相颠狂，纷纷似疟。幽拘太子，谁为世上江充；辘轹元妃，忍作朝中孟德。独有一藩悫恨，欲求内靖于苗刘；其如三镇糊涂，转去外防于韩岳。壁垒之长枪大剑，未分谁弱谁强；坂矶之快马轻刀，总属自屠自戮。江南撤守，人叹城空；淮北乘虚，兵从天降。灰钉乞命，公辅则犬急亡家；舆榇蒙尘，帝主则鱼忙漏网。青衣变服，不用降书；白马随营，何须衔璧？以致猛将自裁于虎帐，辙乱旗靡；大星先落于楼船，戈抛甲弃。围城掘鼠，广陵莫比睢阳；投水葬鱼，汨罗即同胥浦。景华萤火，绝不见腐草之光；芳乐香尘，那复有金莲之步？三百年丰功盛德，蚁梦槐柯；十五陵剩水残山，蜃消海市。乾坤板荡，无一个社稷之臣；风雨飘摇，余几许林泉之客。如此而已，岂不哀哉！

赖有白发礼生，失其姓氏；黄冠道士，曾现宰官。见陌上铜驼，鼻酸旧国；闻山中之谢豹，肠断先王。于以村户醵钱，追荐中元之节；仙坛醮酒，仰招上界之灵。麦饭一盂，权抵作当年鼎鼐；菜羹半钵，聊充为今夕牺牲。迨及殉难忠魂，死绥厉鬼。光昭四表，趋跄黼座于青冥；篆陟三青，扈从銮舆于碧落。是日也，云迷谷暗，钟鼓伐而声凄；沙走江喧，铙磬敲而音惨。神威赫奕，显剑佩于云衢；奸魄骇奔，碎头颅于瘴岭。观者如堵，伊谁无警戒之心？拜者若痴，彼皆有皈依之志。岂料群鸡立鹤，来逃狱之青衿；飞鸟依人，识出宫之红袖。士曰：狱槐抱痛，命在如丝；女曰：宫柳牵心，骨几化石。喁喁私语，诉别后之参商；刺刺长言，遇当前之牛女。张道士则厉声叱咤，正色申明。国破家亡，试问君亲安在？才贪色恋，仍偕夫妇何为？苦海茫茫，放下屠刀而证佛；爱河滚滚，抛开蝉壳以登仙。香君乃毁短命之花，碎宫纨于落地；侯生则登回头之岸，悟世网于俄时。从兹石榻翻经，花香绕磬；筠笼采药，岚气侵衣。洵足奇焉，故可传也。

悲夫！卦爻当剥，万物乖张。劫火成灰，群伦纬绣。纲常正气，泯灭于台阁簪缨；侠义高风，培养于渔樵脂粉。不分褒贬，谁复知笔墨森严？略别旌惩，世还有心肝戒慎。乱曰：君原圣裔，借此寓德言文政之科；仆本侯家，能不动降替升沉之感！

《桃花扇》者，孔稼部东塘先生所编之传奇也。乃故明弘光朝君臣将相之实事，其中以东京才子侯朝宗，南京名妓李香君，作一部针线。他如画师书贾，狎客娼家，诸卑贱人，翻有义侠贞固。正为显达之马阮，下对症针砭耳。

北平吴穆镜庵识

# 附录三

# 桃花扇考据

**无名氏《樵史》二十四段**

　　甲申年四月十三日议立福王

　　四月二十九日迎驾

　　五月初一日谒孝陵设朝拜相

　　五月初十日福王监国拜将

　　五月内阁史可法开府扬州

　　六月黄得功刘良佐发兵夺扬州

　　六月高杰叛渡江

　　六月高杰调防开洛

　　乙酉年正月初七日阮大铖搜旧院妓女入宫

　　正月初十日高杰被杀

　　二月赐阮大铖蟒玉防江

　　三月捕社党

　　三月十九日设坛祭崇祯帝

　　三月二十五日讯王之明

　　三月二十七日讯童氏

三月督抚袁继咸宁南侯左良玉疏请保全太子

三月杀周镳雷缜祚

四月左良玉发檄兴兵清君侧

四月调黄得功堵截左兵

四月礼书钱谦益请选淑女

四月二十三日大兵渡淮

四月二十四日史可法誓师

四月二十六日弘光帝欲迁都

五月初七日杨文骢升苏松巡抚

五月初十日弘光帝夜出南京

## 董阆石《莼乡赘笔》七条

周延儒初相受阮大铖赂

福王即位

江左称号

大兵南下弘光采选

献县人高梦箕密奏太子王之明

河南巡抚越其杰驿送妇人童氏

将军方国安用阮大铖

## 陆丽京《冥报录》一条

阮大铖殒死闽岭

## 陈宝崖《旷园杂志》一条

甲申三月顺

## 天府伪官李某葬崇祯余澹心《板桥杂记》十六条

长板桥

秦淮灯船

旧院对贡院

旧院郑女英字妥娘

董白死梅村哭诗

卞赛为女道士

贵阳杨龙友

李香

寇湄字白门

曲中狎客

中山公子徐青君

丁继之

柳敬亭

沈公宪

李贞丽

沈石田盒子会歌

## 尤展成《明史乐府注》四条

宁南恨

思陵痛

吴桥行

福王一

## 张遥星《白云述》

## 王世德《崇祯遗录》

## 侯朝宗《壮悔堂集》十五首

为司徒公与宁南侯书

癸未去金陵与阮光禄书

答田中丞书

赠陈郎序

书周仲驭集后

祭吴次尾文

金陵题画扇

寄宁南侯

寄宁南小侯梦庚

燕子矶送吴次尾

秦淮春兴

哀史阁部

哀吴次尾

李姬传

宁南侯传

## 贾静子《四忆堂诗集》注十二条

九日雨花台

别贺都督

赠张尚书

甲申闻新参相公口号

甲申渡京口

燕子矶送吴次尾

海陵署中

我昔诗

寄扬州贺都督

寄宁南侯

哀吏阁部

哀吴次尾

**贾静子《侯公子传》**

**钱牧斋《有学集》十一首**

  题丁家河房亭子

  题金陵丁老画像

  寿丁继之七十

  题杨龙友画册

  赠张燕筑

  左宁南画像为柳敬亭题

  留题丁家水阁绝句

  赠侯商丘

  金陵杂题绝句

  丁老行送继之

  为柳敬亭募葬引

**吴骏公《梅村集》七首**

  听女道士卞玉京弹琴歌

  赠阳羡陈定生

  赠寇白门

  楚两生行并序

  冒辟疆寿序

  柳敬亭传

  柳敬亭像赞

**吴梅村《绥寇纪略》**

**杨龙友《洵美堂集》**

**冒辟疆《同人集》二首**

  得全堂夜宴记

得全堂夜宴后记

## 沈眉生《姑山草堂集》四首

　　劾杨武陵疏

　　书陈定生遗像

　　杨维斗稿序

　　答刘伯宗书

## 陈其年《湖海楼集》三首

　　冒辟疆寿序

　　左宁南与柳敬亭说剑图序

　　哭侯朝宗

## 龚孝升《定山堂集》二十一首

　　张瑶星招集松风阁

　　沈眉生姑山草堂歌

　　赠方密之序

　　怀方密之诗八首

　　寿张燕筑

　　题丁继之秦淮水阁

　　清河道上丁继之送别即席口号

　　口号四绝赠阮怀宁歌者朱音仙

　　赠柳叟敬亭同诸子限韵

　　九日邀诸君听张燕筑丁继之度曲

　　为赵友沂题杨龙友画册

　　贺新郎词赠柳叟敬亭

　　沁园春词赠柳叟敬亭

# 《石巢传奇》二种

十错认春灯谜

燕子笺

云亭漫叟

# 附录四

## 桃花扇题辞

一例降旗出石头，乌啼枫落秣陵秋。南朝剩有伤心事，更向胭脂井畔流。
白马青丝动地哀，教坊初赐柳圈回。春灯燕子桃花笑，笺奏新词狎客来。
江湖弟子弄潺湲，一载春风化杜鹃。却怪齐梁痴帝子，莫愁湖上住年年。
商丘公子多情甚，水调歌头吊六朝。眼底忽成千古恨，酒钩歌扇总无聊。
零落桃花咽水流，垂杨憔悴暮蝉秋。香娥不比圆圆妓，闭门秦淮古渡头。
锦瑟销沉怨夕阳，低回旧院断人肠。寇家姊妹知何处，更惜风流郑妥娘。

——山蒮子田雯题

仙郎花下按宫韶，乐府新编慰寂廖。消得多少东林恨，梨园吹断白牙箫。
玉树歌残迹已陈，南朝宫殿柳条新。福王少小风流惯，不爱江山爱美人。
江流滚滚抱金陵，雪鹭霜鸥讵可凭。不见满城飞燹火，深宫犹自赏春灯。
青楼侠气触公卿，珠翠全抛党祸成。门外乌啼乌桕树，桃花扇底送侯生。
鸳仇凤恨小楼深，懒向寒窗理玉琴。豪贵又将阿母夺，春光牢锁看花心。
翠馆珍楼月正圆，中涓夜半选婵娟。可怜建业良家子，宿粉残妆杂管弦。
书生误国只空谈，汉水楼船战欲酣。两岸芦花啼杜宇，千秋遗恨左宁南。
兵散浔阳草不青，血流殷处楚江腥。军中文武如蜂聚，排难犹寻柳敬亭。

公子豪华尽妙才,秦淮灯船一时开。千金置酒浑闲事,不许奄儿入社来。
曲中哀怨向谁论,别馆春风早杜门。闻道兰台声伎好,一回歌罢一消魂。

——千仞岗樵人陈于王题

水天闲话付渔樵,一载南都抵六朝。羌笛檀槽收不尽,蒙蒙柳色白门桥。
骂坐河房记党人,陪京防乱落前尘。山残百子穷奇骨,只有春灯曲调新。
跋扈宁南风鹤中,东林曾许出群雄。那知不是张韩辈,辜负当时数巨公。
清制排成氍毹余,马伶小传石巢书。描摹若辈声容外,一任文园赋子虚。
青溪野馆明春水,北里颓垣出菜花。都入云亭新乐府,胜听白傅旧琵琶。
玉茗青藤欲比肩,石渠俎豆在临川。浓香绝艳知多少,不及兴亡扇底传。

——齐州王芉题

长板桥头惹恨多,黄金难买玉郎歌。无端社散龙舟歇,翻出新声付绿波。
金粉南朝重有情,人人知爱听雏莺。东林未许花枝好,一阵游蜂叶底争。
怨人不解春灯谜,拚使长江铁锁开。供奉正忙烽火报,胭脂零落女墙隈。
渔樵二老说兴亡,燕子呢喃趁夕阳。眼见九江沉断戟,烟笼春树水茫茫。
栖霞山色白云空,梅岭春残乱落红。六十年来啼杜宇,桃花血点化春风。
寂寞香灯写怨词,秦淮垂柳旧丝丝。春潮夜涨天坛下,漏尽宫门月坠时。

——岸堂从学人唐肇拜题

茸茸芳草一江新,桃李无言照水滨。长板桥头人怅望,秦淮烟雨旧时春。
青溪杨柳两行秋,粉冷脂残箫管收。不是石巢歌舞处,凄凄风雨媚香楼。
羽扇新张天宝登,龙埋扶醉贺中兴。薰风殿里开南部,一岁烟花说秣陵。
元宵灯火夜迷离,燕子新教数段词。羯鼓冬冬催玉树,花开花落后庭知。
楼船骹矢射江鸣,朝野谁人不避兵。肝胆惟存苏柳辈,烟尘满地一身行。

铁锁长江昨夜开，歌声咽断马嘶来。迷楼辱井无人问，笑指梅花一将台。
一声歌罢海天空，剩水残山夕照中。多少兴亡多少泪，樵夫携酒话渔翁。
曲终江山数峰青，金粉南朝战血腥。野草闲花愁满地，一时都付老云亭。
——琴台朱永龄题

中原公子说侯生，文笔曾高复社名。
今日梨园谱遗事，何妨儿女有深情。

南渡真成傀儡场，一时党祸剧披猖。
翩翩高致堪摹写，侥幸千秋是李香。

气压宁南惟倜傥，书投光禄杂恢谐。
凭空撰出桃花扇，一段风流也自佳。

血作桃花寄怨孤，天涯把扇几长吁。
不知壮悔高堂下，入骨相思悔得无。

陈吴名士镇周旋，狎客追欢向酒边。
何意尘扬东海日，江南留得李龟年。

新词不让长生殿，幽韵全分玉茗堂。
泉下故人呼欲出，旗亭樽酒一沾裳。
——商丘宋荦题

往事南朝一梦中，兴亡转瞬闹秋虫。多情最是侯公子，消受桃花扇底风。

飘零金粉雨萧萧，旧院依稀长板桥。莫怪秦淮水呜咽，六朝流尽又南朝。
名士倾城气味投，何来豪贵起戈矛。却食更避田家骋，仿佛徐州燕子楼。
代费缠头用意深，奄儿强欲附东林。绝交书别金陵去，肯负香君一片心。
狎客无端制艳词，何人妙楷写乌丝。家家燕子闻长叹，衔得红笺寄阿谁。
满城甲兵少宁居，行乐深宫尚晏如。小技翻能溷游侠，昆生曲子敬亭书。
寇郑歌喉百啭莺，禁中传点早知名。官家安用倡家选，输与潜身卞玉京。
汉中骄帅筑高坛，庚癸频呼就食难。公子移书疑内应，残棋一局等闲看。
遥忆吾乡老画师，借居香阁墨淋漓。残山剩水何堪写，枉写桃源避世时。
烟火断送秣陵春，颠倒朝常尽弄臣。龙友不为瑶草卖，可知贵竹有奇人。
虞山倡议采宫娥，自是诗人好事多。明月当头杯在手，孟津联语更如何。
冰纨溅血不须嗟，染出天台洞口花。人面依稀筵上见，不知真迹落谁家。
流分清浊辨来真，复社文人目党人。何减苏黄元祐籍，鸡林中亦有安民。
田妃抔土改思陵，内监孤忠愁不胜。野乘漫劳增乐府，也如漆室照残灯。
胜绝河房丁继之，灯船吹竹又弹丝。谁知老去情根断，却与才人作导师。
半壁江山剧可怜，铜驼荆棘故依然。闲情付与渔樵话，不学长生便学禅。
蔓草王风叹式微，狡童荒诞事全非。阁高一枕松风梦，独羡逍遥旧锦衣。
养士恩深三百年，国殇能得几人贤。伤心阁部梅花岭，夜夜冬青哭杜鹃。
侯生仙去宋公存，同是梁园社里人。使院每闻歌一曲，红颜白发暗伤神。
阙里文孙正乐年，新声古调总清妍。谱成抵得南朝史，休与春灯一例传。

——钱塘吴陈琰题

夜半兵来促管弦，燕巢飞幕各纷然。南朝剩有福王一，纵不风流也可怜。
板荡维持见几人，只身阁部泣江滨。却教世俗思忠毅，曾许他年社稷臣。
阉门马口气如蓰，百子山樵作好仇。余毒东林连复社，十分错误一生休。
玉树后庭一曲哀，宫纱歌扇赐新裁。桃花自向东风笑，争似佳人面上来。

鼍鼓冬冬夕照微，耳剽旧事演新机。仲连去后谁排难，长揖军门柳布衣。
由来贾祸是文章，公子才人总擅场。一片痴情敲两断，正从扇底觅余香。

——古滕王特选题

潭水深深柳乍垂，香君楼上好风吹。须知当日张郎笔，染就桃花才画眉。
两家乐府盛康熙，进御均叨天子知。纵使元人多院本，勾栏争唱孔洪词。

——会稽窒门金埴题

## 东鲁春日展桃花扇传奇并悼岸堂先生作

南朝轶事断人魂，重展香君便面痕。

不见满天红雨落，老伶泣过鲁门西。


桃花忍见鲁门西，正乐人亡咽乌啼。

一代风徽今坠也，云亭山色转凄迷。

——金埴小郑氏再题

# 家藏文库书目（持续更新中）

| | |
|---|---|
| 大学　中庸 | 黄庭坚诗选 |
| 三国志选注译（上、中、下） | 陆游诗文选 |
| 水经注 | 王阳明诗文选（上、下） |
| 唐才子传 | 花间集（上、下） |
| 商君书 | 晏殊　晏几道词选 |
| 孔子家语 | 欧阳修词选 |
| 法言 | 苏轼词选 |
| 随园食单 | 秦观词 |
| 板桥杂记 | 周邦彦词 |
| 抱朴子内篇 | 姜夔词 |
| 大唐西域记（上、下） | 豪放词 |
| 洛阳伽蓝记 | 婉约词 |
| 地藏经　药师经 | 先秦散文选 |
| 东坡志林 | 唐宋散文选 |
| 朱子读书法 | 晚明散文选 |
| 武林旧事　附《增补武林旧事》 | 唐人小说选 |
| 徐霞客游记（上、下） | 牡丹亭　窦娥冤 |
| 曾国藩家书 | 西厢记　桃花扇 |
| 梁启超家书 | 喻世明言 |
| 古诗十九首　乐府诗选 | 警世通言 |
| 阮籍诗选 | 聊斋志异 |
| 庾信选集 | 镜花缘 |
| 孟浩然诗选 | 儒林外史 |
| 李杜诗选（上、下） | 千家诗 |
| 韩愈诗选 | 帝鉴图说 |
| 柳宗元诗选 | 四字鉴略 |
| 杜牧诗选 | 声律启蒙　笠翁对韵 |
| 苏轼诗文选 | 重订增广贤文　名贤集 |